（清）陈 忱 著

水浒后传

凤凰出版社

图书在版编目（CIP）数据

水浒后传 / （清）陈忱著 ； 茂山点校. -- 南京 : 凤凰出版社, 2017.4（2023.2重印）
ISBN 978-7-5506-2577-8

Ⅰ. ①水… Ⅱ. ①陈… Ⅲ. ①章回小说－中国－清代 Ⅳ. ①I242.4

中国版本图书馆CIP数据核字(2017)第069251号

书　　名　水浒后传
著　　者　(清)陈忱 著　茂山 点校
责任编辑　常宁文
出版发行　凤凰出版社(原江苏古籍出版社)
　　　　　发行部电话025-83223462
出版社地址　南京市中央路165号,邮编:210009
照　　排　南京凯建文化发展有限公司
印　　刷　苏州市越洋印刷有限公司
　　　　　江苏省苏州市吴中区南官渡路20号　邮编:215104
开　　本　880毫米×1230毫米　1/32
印　　张　10.375
字　　数　289千字
版　　次　2017年4月第1版
印　　次　2023年2月第3次印刷
标准书号　ISBN 978-7-5506-2577-8
定　　价　32.00元
(本书凡印装错误可向承印厂调换,电话:0512-68180638)

出版说明

《水浒后传》是《水浒传》的续书中成就最高的一部，内容承接《水浒传》而继续发展，讲述了劫后幸存的梁山泊英雄李俊、阮小七、李应、燕青、乐和等，由于奸臣的迫害，再一次揭竿而起，啸聚山林，以暴力反抗官府的压迫。在金兵入侵北宋时，奋起抗击，最后迫于时势，撤到海外创立基业。本书的内容，与作者写作时身处的历史背景有着密切的关系，此书最早刊刻于清康熙三年(1664)，虽然清王朝在全国的统治已基本确立，但各地民间的反清浪潮依然此起彼伏。书中最后写众好汉远赴海外，李俊立国暹罗，正是对郑成功拥兵海上据台抗清的影射。

作者陈忱，字遐心，一字敬夫，号雁宕山樵，浙江乌程(今吴兴)人。约生于明朝万历后期，卒于清康熙初年。盛年时，他正逢明清易代，面对国破家亡、江山易主的巨变，他表现出强烈的民族感情，以明遗民自居，绝意仕进。曾与顾炎武、归庄、顾樵、吴炎等名士结成“惊隐诗社”(又名“逃亡盟”)，以民族气节相激励。

本书人物性格鲜明，语言生动，想象丰富，情节曲折，其中的第九、第十回写李俊与太湖渔霸丁自燮斗争的故事，成为后来著名的京剧曲目《打渔杀家》的蓝本。

这次校点整理，以清光绪三年(1877)申报馆排印本为底本，以台湾大学图书馆藏清乾隆三十五年(1770)大字圈点本为校本，重新点校整理，既改正了一些明显的误字，也订正以往整理本中的一些断句错误。

水浒后传序

尝论夫水发源之时，仅可滥觞，渐而为溪为涧，为江为湖，汪洋巨浸，而放乎四海。当其冲决，怀山襄陵，莫可御遏，真为至神至勇也！及其恬静，浴日沐月，澄霞吹练，鸥凫浮于上，鱼龙潜其中，渔歌拥枻，越女采莲，又为至文至弱矣！文章亦然。苏端明云“我文如万斛泉”是也。《水浒》更似之，其序英雄、举事实，有排山倒海之势；曲画细微，亦见安澜文漪之容。故垂四百余年，耳目常新，流览不废。近世之稗官野乘，黄茅白草，一览而尽，不可咀嚼。岂意复有《后传》，机局更翻，章句不袭，大而图王定霸，小而巷事里谈，文人之舌，慧而不穷。世道之隆替，人心之险易，靡不各极其致。绘云汉觉热，图峨嵋则寒，非一味铜将军铁绰板提唱梁山泊人物已也。

嗟乎！我知古宋遗民之心矣。穷愁潦倒，满腹牢骚，胸中块磊，无酒可浇，故借此残局而著成之也。然肝肠如雪，意气如云，秉志忠贞，不甘阿附，傲慢寓谦和，隐讽兼规正，名言成串，触处为奇，又非□然如许伯哭世、刘四骂人而已。

昔人云：《南华》是一部怒书，《西厢》是一部想书，《楞严》是一部悟书，《离骚》是一部哀书。今观《后传》之群雄之激变而起，是得《南华》之怒；妇女之含愁敛怨，是得《西厢》之想；中原陆沉，海外流放，是得《离骚》之哀；牡蛎滩、丹露宫之警喻，是得《愣严》之悟，不谓是传而兼四大奇书之长也！虽然，更为古宋遗民惜。浑沌世界，何用穿凿，使物无遁形，宁不畏为造化小儿所忌？必其垂老奇穷，颠连痼疾，孤茕绝后，而短褐不完，藜藿不继，屡憎于人，思沉湘蹈海而死，必非纡青拖紫，策坚乘肥，左娥右绿，阿者堆塞，饱餍酒肉之徒，能措一辞也！安得一识其人以验予言之不谬哉？

万历戊申秋杪，雁宕山樵识。

目　　录

第一回 阮统制梁山感旧 张干办湖泊寻灾

诗曰：

甲马营中香孩儿，志气倜傥真雄姿。殿前点检作天子，陈桥兵变回京师。黄袍加身御海宇，五代纷争从此止。功臣杯酒释兵权，神武不杀古无比。可惜时无辅弼臣，维王杂霸治未闻。烛影斧声垂青史，那堪再误伤天伦。立位逾年改号蚤，金縢誓约为故草。秦王贬黜尺布谣，德昭德芳俱横夭。竖儒倡议欲南迁，宗社岌岌烽火连。御盖过河呼万岁，南兄北弟始两全。澶渊之役作孤注，乾坤再造功无二。朝中不拔眼中钉，雷阳枯竹沾新泪。圣人特降赤脚仙，深仁厚泽四十年。南衙笑似黄河清，枢使夜夺昆仑天。青苗法行伤国脉，郑侠绘图忤安石。天中桥上子规啼，半山堂内无筹画。首揆幸有涑水公，市夫佣贩皆融融。军中韩范惊破胆，金莲送归词翰荣。元祐党人何所负？窜逐诛夷皆准奏。日射晚霞金世界，竟成语谶为北狩。崔君泥马渡九河，六宫能唱杭州歌。二圣回归尚无日，将军愤死呼渡河。朱仙镇上虮生胄，痛恨黄龙志未售。风波亭内碧血凝，甘心侄媵微臣构。天道昭昭不可移，神器重归艺祖裔。侍奉两宫孝莫伦，茸母生时雪窖悲。十里荷花三秋桂，立马吴山势崩溃。淮山之捷出书生，干戈祸定天应悔。炙手可热握大权，待郎充犬吠篱边。空谈性命成何济？谢金函首玉津园。半闲堂中斗蟋蟀，襄阳五年围不撤。楼台灯火葛岭西，湖上平章欢未歇。破竹迎降水逆流，东南半壁谁能留？可怜无计干净地，开花结子在棉州。皋亭山下嘶万马，孤儿寡妇何为者？钱塘江上潮不来，朝臣尽立降旗下。零仃洋里叹零仃，空扶幼主在翔兴。甲子门中大星陨，赵氏块肉浮江滨。小楼三年在燕市，成仁就义真国士。黄冠故乡不可期，大宋正统乃绝此。六陵冬青叫杜鹃，行人回首望断烟。千秋万世恨无极，白发孤灯续旧编。

这首长歌，是说宋朝得国之始，败国之由。自太祖开基，太宗承统，其中列圣相传，并无荒淫暴虐之主，只是优柔不断，姑息为心；又有佥壬之臣接踵而生，害民误国，把一座锦绣江山，轻轻送与别人。其中虽多经济大臣、韬钤勇将，却都弃置不用，无由展其长技。后来国势将倾，虽有几个能人，也就不能挽回了。且如教主道君徽宗皇帝，天资高朗，性地聪明，诗词歌赋，诸子百家，无所不能，无所不晓。若朝中有忠直的臣宰赤心谏导，要做个尧舜之君，却也不难。他却偏用蔡京为相，引进了一班小人，如高俅、童贯、杨戬、王黼、梁师成之辈，都是阿谀谄佞，逢君之恶，排摈正人，朘削百姓；所做的事，却是造艮岳、采花石纲、弃旧好、挑强邻、纳贿赂、任私人、修仙奉道、游幸宿娼，无一件是治天下的正务，遂至土崩瓦解，一败涂地，岂不可惜！

即如梁山泊内一百八人，虽在绿林，都是心怀忠义，正直无私；皆为官私逼迫，势不得已，避居水泊。后来受了招安，遣他征伏大辽，剿除方腊，屡建功勋，亡身殉国；平定江南回京之日，可怜所存者不过十分之三，虽加封官职，已是功高不赏。那奸臣辈还饶他不过，把卢俊义宣召到京，赐宴之时，瞒着徽宗，暗地里下了慢药，回至庐州，水银毒发，坠水而亡。又将鸩酒赐与宋江。宋江明知有毒，恐怕留下李逵惹是招非，坏了一生忠义，骗他来与他同饮，双双而死，葬在楚州南门外，宛似蓼儿洼一般。吴用、花荣与宋江平日最好，闻知此信，来到宋江墓上，对面缢死，也就殡在一处。那楚州百姓，受宋江恩惠的，墓边经过，无不堕泪，春秋常来祭奠。可见公道原在人心。有诗为证：

戴渊昔日出南塘，入洛能殉社稷亡。
今日忠心同类此，空悲父老奠壶浆。

这一段话是《水浒传》的煞尾，前已讲过，为何重复提起？看官不知，大凡忠臣义士，百世流芳，正史稗乘为他立传著诔，千古不泯，如草木之有根荄，逢春即发；泉水之有源委，遇雨则流。宋江一片忠义之心，策功建名，不得令终，负屈而死。那些亡过之人，已是不能起死回生，但还有存在的许多肝胆义士，岂可不阐扬一番，为后世有志者劝？

他当日同心合胆兄弟，共是一百八人，为征大辽、伏方腊，殁于王事者过半；所存者，除了武松损了一臂已作废人，在杭州六和塔下养老不算，其余还有三十二人。是：

公孙胜、呼延灼、关胜、朱仝、李俊、李应、戴宗、燕青、孙立、孙新、阮小七、柴进、朱武、黄信、樊瑞、乐和、童威、童猛、宋清、裴宣、穆春、蒋敬、萧让、金大坚、安道全、蔡庆、杜兴、杨林、邹润、凌振、皇甫端、顾大嫂。

这些人，或有赴任为官的，或有御前供奉的，或有闲居隐逸的，或有弃职归农的，或有修真学道的。这三十二人散在四方，如珠之脱线，如叶之离条，再不能收拾到一处了。谁知事有凑巧，缘有偶然，机括一动，辐辏联合，比前番在梁山泊上更觉轰轰烈烈，做出惊天动地的事业来，功垂竹帛，世享荣华，成了一篇花团锦簇的话文。使人见之，一个个都欢欣鼓舞，快意舒怀，不禁拍案叫绝。

如今却说那阮小七，从征方腊，得功回京，一例升授官职，除了盖天军都统制。那地方原是蛮荒徼域，人民梗化，不遵法度。这阮小七又是个粗卤汉子，不知政体，虽则到任两个月，只不过吃酒顽耍，那里耐烦理事？先时破了帮源洞，见了方腊的冲天巾、赭黄袍，一时高兴，穿戴起来，摇摇摆摆，不过取笑一番；却被王禀、赵谭看见，道他不该，变脸嗔喝。宋江劝住。那王禀、赵谭又在蔡京面前谮他野性不改，恐有谋反之情。蔡京就奏过圣上，削除了他的官职。那阮小七是个豪爽的人，也不以为意，同着母亲仍旧到石碣村一向住居的所在，盖造了十来间草房，土墙竹篱，甚是清雅；寻了两三只小划船，收拾村中几个渔户做了伴当，依旧在石碣湖中打鱼奉母。只是衣食丰腴，不是那穿棋子布背心时的光景了。

一日是四月天气，万绿盈门，晴光潋滟，就带了两个伴当，提了一瓮村醪，几味鱼鲜蔬菜，到湖边柳阴之下，蓬头跣足，盘膝坐下，一面吃酒，一面看景。一连吃了十余大碗，看着那湖水山光，蓦然想起旧事，心中懊恼起来，不觉连声叹气。伴当问道："好好吃酒，为何忽然烦恼起来？"阮小七道："你们不知，当初我家原是哥儿三个，靠着一身本事，在这湖中打鱼为活。只因奈不过贫穷，却被一个东溪村吴学究先生说去撞筹，到晁天王庄上商量打劫生辰纲，图个下半世快活。不料白日鼠白胜败露出来，只得同晁天王一班儿弟兄同上梁山避难。后来宋公明也来上山入伙，弟兄们越多了，做成掀天揭地的事业，尽好受用。无奈宋公明日夜望着招安。后来天子三降诏书，宿太尉保奏，大家就收拾朝京。即差我们征伏大辽，剿除方腊。赤心为国，血战数年，两个哥哥俱死在沙场，骸骨不得还乡。我除皇恩，得授官职。只因破了清溪的时节，一时孩子气，穿戴方腊服色，被王禀、赵谭造谤，削夺为民，却也不在我心上。如今倒落得自在，随意打几个鱼，供养老娘，逍逍遥遥，再不受这伙奸臣的恶气了，到后来图一个囫囵尸首也就罢了！只是闻得宋公明、卢员外俱被奸臣假传圣旨，将鸩酒药死；吴学究、花知寨俱缢死在楚州墓上，岂不伤痛！若依我阮小七见识，当日不受招安，弟兄们同心合胆，打破东京，杀尽了那些蔽贤嫉能这班奸贼，与天下百姓伸冤，岂不畅快！却反被他算计得断根绝命！如今兄弟们死的死了，散的散了，孤掌难鸣，还做得什么事！前日听得人说，皇帝要在这山上建造庙宇，奉祀他们死过的这班人，不知确也不确。我明日备些酒肉，到山上浇奠一番，也是平日的弟兄情分。你们众人也都同去看看。"一头说，一头吃，把一瓮村醪吃得罄尽。叫伴当收拾了，一同回家。

一宿无话。次日起来，就叫伴当宰了一口猪、一腔羊，买些香烛纸钱，扛两坛酒，将划船装好了，两个伴当荡桨，又有几个随从着，慢慢的从石碣湖荡到梁山泊里。从金沙滩上岸，走在忠义堂基址上，一看光景，比前大不相同。但见：

> 万山料峭，野水苍茫。三关崩塌，四寨空虚。晴天正四月清和，惨雾似九秋黯淡。断金亭下，犹存珠贝零星；忠义堂前，剩得刀枪断缺。杏黄旗破幅挂松梢，锦战袍旧襟堆槲叶。空岩凝血，埋藏腐烂心肝；乱棘招风，挂满焦枯毛发。户额篆文尘燕屎，石碑姓氏蚀苍苔。豺嗥似醉汉鼾呼，虎啸疑登坛叱咤。正是：将军

战马今何在？野草闲花满地愁。

那阮小七山前山后各处走过一遍，甚觉伤心。只见那山顶旁边乱堆着些砖瓦木植之类，却是新的，想道："这自然是起盖庙宇的了。"随叫伴当搬上祭物，摆在忠义堂空地上，点了香烛，满满的斟六七十大碗酒，朝上乱拜几拜，叫道："晁天王、宋公明二位哥哥，众兄弟英魂不昧，我阮小七一片诚心，备些酒肉重到山寨里望空浇奠，众位都要似生前一般，开怀畅饮。虽是被奸臣所算，害了性命，却也天下闻名，道是我等替天行道，忠心为国的好汉子。我阮小七他日死后，自然魂灵随着哥哥同在一处。"说罢，放声大哭了一场，又磕了几个头，烧化纸帛，叫伴当把猪羊切碎，烫起酒来，大家来吃。伴当道："不曾带得刀来怎处？"阮小七道："不妨，我腰边有解手刀，割来吃罢。"掀起衣襟，伸手去摸，笑道："阿呀，也失带了！也罢，你就把手来撕开罢。"伴当撕肉烫酒，团团坐定，大块肉大碗酒吃了一回。

阮小七酒已半酣，揎拳裸臂的说与伴当们道："你们不晓得，这是忠义堂，前面扯起一扇杏黄旗，旗上写着'替天行道'四个大字。兀的不见石柱倒在地上哩！大堂中间供养晁天王灵位。左边第一把交椅是寨主宋公明坐。因建一坛罗天大醮，报答神天，七昼夜圆满，上苍显异，坠下石碣，却篆着三十六员天罡星、七十二员地煞星的姓名。因天文定了位次，不敢搀越，依次而坐，我却是天败星，坐第三十一把交椅。若商议什么军情大事，擂起鼓来，众好汉都聚堂上，听传号令，好不整肃。那两边还有许多耳房、旱寨、水寨、仓库、监房，自从受了招安，尽行拆毁。如今变做满地荒草、几堆乱石了。你道可伤不可伤！"说一回，吃一回，不觉大醉，立起身来正打点收拾回船，只见远远山前大路上，敲着铺兵锣，蓝旗对对，执事双双，青罗伞下罩着马上坐的一个官员，吆喝而来。阮小七道："好不奇怪！这山僻去处，那有官府来往？"说声未绝，渐渐直到忠义堂上来。阮小七定睛一看，那个官儿模样生得：

骨查脸，鹰眼深眍；绰略口，鼻须倒卷。广有机谋，常多冷笑。相府阶前施婢膝，济州堂上逞奴颜。

你道马上这官是谁？元来就是蔡太师府中张干办，前日随着太尉陈宗善来山寨里招安过的。因他伶牙俐齿、擅作威福，阮小七把十瓶皇封御酒偷来吃了，换上十瓶村白酒。诏书上无安慰之意，众好汉心中不服，一齐发作，扯破诏书。亏得宋江劝解，连夜送下山，抱头鼠窜而去。因他极会逢迎，蔡京十分信任他，要抬举他一场富贵，对吏部文选司说了，讨这济州府通判与他做。到任未及三个月，因太守张叔夜升了廉访使，他便谋署这济州府印。倚着蔡太师脚力，凌压同僚，苛虐百姓，无所不为，人人嗟怨。他思量宋江这一伙虽然销散，那梁山泊旧寨或有旧物埋藏，可以搜寻；余党潜伏，缉捕得几个倒有些生发。这两日是四月天，农忙停讼，没处弄耸，趁闲来此巡察，不想却好遇着阮小七一起人在此，一见便喝道："你这伙是什么歹人，又在这里啸聚！左右快与我拿下！"

阮小七不听便罢，听见这般言语，火星直喷，如何忍得，提着双拳说道："我老爷在此吃几杯酒儿，干你鸟事！做张做智要来拿我！"跟随人役是认得的，道："这便是活阎罗阮小七。"张通判大怒道："你这杀不尽的草寇，重新在此造反！我今为一郡之主，正要剿除遗贼，怎敢在我面前如此放肆！"阮小七圆睁怪眼，手拍胸脯，露出那青郁郁刺的豹子来，骂道："你这腌臜畜生！我老爷也曾为朝廷出力，征战多年，蒙授盖天军都统制。那里钻出来这害民的赃贼，无事便来撩拨老爷！"抢到马前，要提他下来，被众衙役拦住，不得近身。

阮小七大吼一声，想要杀他，身边又没有器械，就夺衙役手中藤棍，劈头乱打。把张通判的幞头一下打的歪瘪在半边。众衙役慌忙护卫，当不得阮小七力大，把藤棍一搅，都倒在地。张通判见不是头，扯转马，连抽两鞭，飞也似跑去。众衙役也都爬起逃走，走得慢的，被阮小七抓着一个，喝道："这是什么野贼，倒来闯事！"擎着拳头便打。那人杀猪也似叫道："老爷，不要打！不干小人事，这是济州通判，是东京蔡太师府内姓张的干办，新任未久，恐怕泊里另有什么闲人，故来巡视，认不得老爷，如此唐突。求饶了小人狗命罢！"阮小七道："既然如此，且饶你。只是你去对那野贼说，敢是天大的胆，没事便来轻惹老爷！"那人得了性命，没口的说道："小人就去说！"一骨碌爬起来去了。阮小七道："原来就是那个张干办。不过是蔡京门下一个走狗，岂可为民父母！朝廷好没体统！可惜不曾带得刀来，砍了这颗驴头便好！”正是：

书诗遂墙壁，奴仆且旌旄。

阮小七性定一回，酒也醒了，叫伴当收拾回船。划到家里，已是黄昏时候。对母亲说知此事。那婆婆埋怨道：“两个哥哥通没了，你是个独脚腿，每事也要戒些性子。倘那厮明日来合嘴，怎处？”阮小七道：“不妨。老娘放心，我自有对付，凭他怎地！”当夜无话，明早起来，依旧自去打鱼。

到第三夜二更时分，阮小七睡在床上，忽听得门外有人走动，抬起头来，只见有火光射到屋里，连忙爬起，穿好衣服，且不开门，跨口腰刀，手里提根柳叶枪，踮起脚来往墙头外一望，见一二百土兵，都执器械，点十来个火把，把草房围住。张干办带着大帽，紧身衣服，挂一副弓箭，骑在马上，叫道：“不要走了阮小七！”十来个土兵用力把篱门一推，倒在半边，一齐拥入。阮小七闪进后屋，从侧门里跑出，大宽转到前门来。土兵在内搜寻。张干办还在门外马上，不提防阮小七却在背后。说时迟，那时快，阮小七轻轻挺着柳叶枪，从张干办左肋下用力一搠，那张干办大叫一声，早颠下马来，血流满地。阮小七丢了枪，拔出腰刀，脖子上再加一刀，眼见得不活了。土兵听得门外喧闹，回身出来，不防张干办尸首在地，有两个绊着跌倒。阮小七抖搜精神，一连乱砍了几个，余多的各顾性命，霎时逃散。

阮小七走进屋里，连叫老娘，不见答应；地下拾起烧残的火把，四下里一照，只见婆婆一堆儿躲在床底下发抖，几个伴当通不见了，连忙扶出说道：“老娘受吓了。此间安身不得，须收拾到别处去。”婆婆道：“却往何处安身？”阮小七道：“前日听得路上人传说，邹润在登州登云山脚下，甚是快活。如今且去投奔他。那里躲避几时，却再理会。”随把衣装细软拴做一包，煮起饭来，母子吃饱，扶老娘到门外；拖起张干办并土兵尸首到草房里，放起一把火来，焰腾腾烧着。已是五更天气，残月犹明，参横斗转，见张干办那匹马在绿杨树下嘶鸣不已。阮小七想道：“母亲年高之人，怎生走得长路！何不牵过那匹马，骑坐了去！”就带住那马，扶婆婆坐好。自己背上包裹，跨了腰刀，提把朴刀，走出村中，向北边而去。有诗为证：

千呵万笑骗乌纱，只合妆憨坐晚衙。

何事轻来探虎穴？一堆侫骨委黄沙。

话说阮小七杀了张干办，扶母亲上马逃走。那婆婆嗟叹道：“我生你哥儿三个，本等守着打鱼，待我吃碗安稳饭罢了，却上了梁山。小二、小五俱遭横死，剩得你一个，将就些儿指望送我入土，又闯出这场奇祸来！我老年之人受不得这般三惊四吓了！”阮小七笑道：“老娘不必嗟怨。这不是我寻他，却是他来寻到我头上，难道白白受那厮凌辱！只是有累老娘。今后寻得个安身所在，随他什么人在脸上打一百拳也不发怒了！”婆婆道：“恁般便好。”正是：

艰难随老母，惨澹向时人。

当下母子二人，饥餐渴饮，夜住晓行。在路行了两日，听得过路的人说：“那梁山泊阮小七杀了济州通判，如今城市里奉着明文，画影图形搜捕。有人拿得着，给赏三千贯哩！”阮小七听得这般消息，不敢从州县里过，只望山僻小路行走。因是绕道穿山，路程就远了好些。约莫捱了十多日，到一座高山脚下，看那山势十分险峻。一来天气暄热，二来那婆婆受了惊恐，又途路上辛苦，一时心疼起来，攒着眉呻吟不绝了，看看坐不住，要跌下来。阮小七惊惶无措，却好山坞里有座古庙，轻轻扶老娘下马，搀到庙里，空荡荡并无一人。将包裹打开，把布褥铺在一扇板门上，伏侍老娘睡倒。婆婆道：“这回心里疼得慌，怎得口热汤水吃便好！”阮小七道：“老娘，你且将息片时，这里现放着锅灶，待我寻些火种来，便有滚水。”

把庙门反拽上，大踏步走去，四处并无人烟。蓦过一条小冈子，远远树林里露出屋角，飞奔前去，讨了火种，赶回来已是好一回了。正当晌午时分，红日当空，无一点云影。又走得性急，汗流满面，脱下上盖，搁在臂上，想道：“怎么这般炎热！好似当日在黄泥冈上天气一般。”

忙走到庙边，推进门来，板门上不见母亲，包裹也无了，吃这一惊不小。又忖量道：“想是母亲要登东，包裹怕人拿去，就带在身边。只是马往那里去了？”走出后门一看，都是乱草，四下里声唤，并无形影。

心下慌张起来，道："不好了，敢被虎狼拖去！当初李铁牛驼母亲到沂岭上，口渴要水吃，铁牛到涧边舀得水来，刚剩得一只大腿，今日却好似！"又道："且慢，若被虎狼所伤，必有血迹。"拨开乱草，山窝里各处搜看，并无一点血痕。又想："马匹包裹俱没影响，决非虎伤！"踌躇不定，走到前面神厨边立着，心中焦躁，眼泪汪汪，不知此处是什么地方，又无人可问。思量到大路上抓寻，又想："母亲因害心疼，走不动，那得出门！"胡思乱想的正没理会，忽见走进一个大汉来，怎生模样？

> 面白唇红，眉浓眼秀。八尺以上身材，三旬以外年纪。青纱万字头巾，双环玉碾；梭布斜纹褶子，挺带银镶。看来是旧家子弟，略带些行伍出身，想暂时撞到江湖，终不失英雄本色。

那阮小七不见了母亲，正在烦恼，蓦然见这人走到，抢步向前，一把扭住，嚷道："你还我老娘来！"正是：天边孤雁重连影，波内长鲸再起云。不知那人如何理说，且听下回分解。

第二回　毛孔目横吞海货　顾大嫂直斩豪家

却说阮小七扭住走进庙门的汉子，要他还母亲。那人不知就里，说道："你这人敢是个疯子么！我正着恼，走得热了，到这庙里来歇一歇。你是什么人，没来没历，却问我讨什么老娘！"阮小七情知无涉，只得放手，便问道："你从那里上来，可曾见个年老婆婆，拿着包裹么？"那人道："我从十里牌大路来，这般热天，路上并无人走，那里见有婆婆！你是那里人，为甚的不见了老娘？"阮小七道："我是石碣村人，同母亲投奔亲眷，路上辛苦，母亲一时心疼起来，扶在庙里睡着，口热要水吃，我去寻得火种回来就不见了母亲，马和包裹通没了。正在心焦，见你走进来，忍不住只得问了。"那人想一想道："石碣村可是济州管下，相近梁山泊的么？"阮小七道："正是。石碣村的湖面便连着梁山泊。"那人道："梁山泊里宋江部下，有个黑旋风李逵，你可认得？"阮小七道："我也曾认得。只是死了。"那人道："再问你，当初宋江打破祝家庄，有个一丈青扈三娘拿上山寨，后来怎么样了？"阮小七道："一丈青被林冲所擒，宋江即刻押到山寨交与宋太公。众头领尽猜他定要做夫人。及至回兵，却把他配与矮脚虎王英做了夫妻，两口儿好不和顺！扈三娘也是地煞星宿，忠义堂上坐把交椅。后来受了招安，从征方腊，到乌龙岭被郑魔君使着妖法，夫妇双双打死了。"那人听到此处，簌簌的泪下。

阮小七道："扈三娘是你什么人？"那人道："我便是独龙冈下扈家庄扈成。因妹子一丈青许配祝彪，前来助战被拿。那时我备羊酒表里，亲到宋江寨中纳款，宋江许还妹子。后来打破祝家庄，那个黑旋风杀材，把我太公一家老小杀尽，放火烧了庄院。我亏得落荒逃走，到延安府投奔个相识，又遇不着，流落在外，还乡不得。偶然逢着一伙客伴，做些飘洋生意，颇有利息。那海岛与暹罗国相近，山川风土与中华无异。在那边住了两三年。前月凑有海船到岛，搭附了来。不幸遇着飓风，打翻了船，货物飘沉。还亏得渔船救了性命，打捞得一担货物，却是犀角、香珀等件，还算不幸中之幸。到得此间登州口子上岸，雇名脚夫挑了担儿，思量到东京发卖，回到家乡重整旧业。”说到此处，不觉脸色都变了，咬牙切齿的。阮小七急问道：“到了旱地上还有甚事？”扈成叹口气道：“不要说起，又撞着冤家！因天气炎热，担子又重，脚夫走得力乏，把担放在一家门首大柳树下，歇回凉儿再走。不想走出一个年纪小的后生，跟着五七个庄客，都拿着哨棒，要与人厮打的模样。见了我，喝着道：‘你是什么人，在此窥探！’我便道：‘是过路的客人，走得辛苦，借坐坐儿。’那厮又喝道：‘那担子里是什么东西？莫不是通洋私货！’我说：‘有甚私货！’那厮道：‘现奉宪司明文，缉捕梁山泊余党杀死官员的，盘诘来历不明的人甚是严紧。客商行李俱要细细搜检。’喝叫庄客打开来看。脚夫见不是头，挑了担便走。被那厮脸上一掌，踉跄跌去。五七个庄客，把竹笼打开，见是伽南香、琥珀、犀角、珊瑚等物，便叫抬了进去。我便嚷道：‘这里又不是关津所在，怎的盘诘得我，抢我货物！’那厮便骂道：‘你这大胆的海贼，现放真赃，还要口强！锁去登州府里发落！’那厮同庄客来拿来，我便拽开拳脚，踢倒几个庄客。那厮们把哨棒打来，我空手抵当不住，只得走了。他也不来赶。脚夫已不知去向，我白白地受了这场恶气，千辛万苦性命相搏来的货物，被他抢去。思量孤掌难鸣，敌他不过。待去官司告理，又不知他姓名。况且委是海货，不便分理。正在烦恼，不想遇着你又要讨娘，这是那里说起！”阮小七道：“实不相瞒，我便是梁山泊活阎罗阮小七。可伤宋公明被奸臣药死，我念平日情分，到山寨里祭奠。不想那蔡京的门下一个张干办，做了济州通判，他到梁山巡察，和我闹起来，打瘪他的幞头。到第三夜，他领土兵来围住拿我，我便杀了他。家里安身不得，只得同母亲逃难。行到此间，母亲忽然心疼起来，我去寻火种回来，不见了。如今你不若和我去寻见了母亲，我便同你去夺回货物，何如？”扈成道：“如此甚好。方才你说我妹子死了,倒也放下一条肚肠。”阮小七道:“眼见得母亲不在这里,且到村中访问。只是我肚中饥了。”扈成道:“此间到十里牌不多路,大酒店诸般物事都有。”阮小七道:“既如此,便去。”

两个厮赶着走,不得三五里地面,果然官道傍开一座酒店,摆列十来副红油座头,柜边三只大酒缸,一半埋在土里,喷鼻香新刍熟白酒;两三架蒸笼,热腾腾地盖着精肉馒头;案上堆大盘熟牛肉。两人进店,拣副座头坐下,叫量酒的打两角酒,切三斤熟牛肉,二十个馒头做点心。量酒的观着扈成道:“这位客官方才吃酒会钞去的,重番又来!”扈成道:“不要你管,只顾拿来。”酒保摆上大碗,筛了让阮小七吃。扈成道:“小弟偏背不多时,你饥渴了自吃。”阮小七真个流星赶月的一般吃了一回,两个又提起寻母亲夺货物的话。只见照壁后走出一个人来,叫道:“小七哥!”阮小七抬起头来一看道:“阿呀,嫂嫂,恁地凑巧!”你道那人是谁?

纱裁衫子绿,鬓插石榴红。木轴腰肢壮,银盆面目雄。春风虽觉满,杀气尚然横。水泊能征战,驰名母大虫。

阮小七见是顾大嫂,拜倒在地。顾大嫂连忙答礼,又与扈成见过,问道:“此位是谁?”阮小七道:“是一丈青的哥子扈成。”顾大嫂道:“怪道有些相像。请到后面水亭上坐。”两个走进水亭里看时,一边靠着大树,绿荫摇凉;四扇槅子亮窗对着条涧,流水潺潺;小桌上供着一瓶剑叶菖蒲,几朵蜀葵花,好不清幽。阮小七道:“出路的人把时节都忘了,想是端阳边哩!”顾大嫂道:“今日是初四了。”叫把酒肴整起来。问道:“小七哥,你怎么得到此间?闻知宋公明身故了,我这里隔着路远,不知详细,没有实信。”阮小七将卢员外坠水而亡,又赐药酒与宋公明,宋公明骗李逵同吃,死后葬在楚州南门外,吴学究、花荣同吊死在墓上,说了一遍。然后把自己盖天军削职归来,到泊内祭奠,撞着张干办,合气杀了他,同母亲逃难,心疼讨火种不见了母亲的话,也备细说了一遍。

伙家搬到果品酒肴。顾大嫂相劝吃了一回,问道:“扈家叔叔那里相遇的?”阮小七道:“在前边庙里他有一担货物被人抢了去,也在纳闷。”顾大嫂道:“什么货物?在那里被人夺去?”扈成接口道:“是值钱的洋货。歇凉在一家人家门首，有个后生，跟着几个庄客，假说盘诘奸细，竟夺了去，还要拿我送官。”顾大嫂道：“怎么样一个人？离着多远？”扈成道：“此去东首十来里远近，依山临涧一所庄院。那厮年纪不上二十四五，面上有个疙搭，穿一领酱色官绢褶子，粉底快靴，像是公门中人。”顾大嫂想了一会，点头道：“是了！莫不是门前有一株大柳树，树下有座小小神堂的么？”扈成道：“正是。”顾大嫂道：“小七哥，你道那厮是谁？当初我两个兄弟解珍、解宝在毛太公园内寻虎，他却诬我兄弟白昼抢劫。那毛太公女婿王正就在本州做孔目，把他二人屈打成招，监禁在狱中。我和二哥商议同去劫牢，救出两个兄弟，杀了毛太公一家，因此同归山寨。不料毛仲义的儿子躲过，长成起来，名唤毛豸，到登州顶了那王正的缺，做着孔目。这杂种十分惫赖，几番和我们寻事，想要报仇。方才扈叔叔说这般模样，决然是他。那担货物，好言说，他那里肯还？且待二哥回来，再作商议。”阮小七道：“正不问得二哥那里去了？”顾大嫂道：“早间城中伯伯差人来请，探望去了。想必就来。”

说声未绝，小尉迟孙新汗流浃背的走到。见了阮小七，惊喜道：“小七哥，甚风吹得你来？”与扈成一同见过，问道：“这位却不认得。”顾大嫂道：“是扈三娘哥子扈成叔叔。”孙新道：“幸会。”顾大嫂道：“伯伯请你作甚？”孙新道：“不要说起你伯伯，一发古撇了，教我不要与邹润往来。说道新任知府杨戬，是杨戬兄弟，大作威福，依着姓栾的都统制好武艺。那毛豸小畜生在官府面前撺掇，要寻我们是非，教我不要碰他的钉子。我只不好当面说他。为人在世，那里只为自己打算利害，便把好朋友弟兄都轻易抛撇了！”阮小七道：“为何不要与邹润往来？他如今在那里？我正要去会他。”孙新道：“邹润不愿为官，三月之前，同一个泼皮大户赌钱争竞起来，杀了他一家，仍旧上登云山去落草，聚着一二百喽啰，打家劫舍。”阮小七道：“和我一般，事到头来，那里忍耐得！”又把从前的事告诉一遍。孙新道：“这样说来，令堂好好在一处，不必忧心。”阮小七急问：“在那一处？”孙新道：“我早上进城，路上见了登云山小头目，说邹二哥要会我；又道方才同几个喽啰下山，在山神庙里见个婆婆睡着，一匹马儿，一个包裹。去牵马、拿包，那婆婆不肯，连这婆婆搀到寨里去了。如今你这般说来，那个定是令堂了。”阮小七吃惊道：“倘小喽啰在路上害我老娘，怎处？”孙新道：“不妨。邹润全学梁山泊好样子，不许喽啰私自杀人。”阮小七跳起来道：“二哥，我和你就去看我老娘下落！”孙新道：“不要性急。邹润知道是令堂，必然好待。日色已西，且吃杯酒，待晚凉些，明星皎洁，慢慢的上去，近哩！不上五六里。”

阮小七只是性急，连酒都不肯吃。孙新道：“不妨。离此不远。我且问你，你杀了济州通判，非同小可，如今思量到那里安身？”阮小七道：“我一时性起，开除了他，思量近处躲避不得，闻得邹润在登云山脚下住，还僻远些，要投奔他那里去，住几时再理会去路。却不想他依旧上山落草了，今日却好幸会你夫妇。二哥，你为我摆划摆划。”孙新道：“本州自然申文到枢密院，各处搜捕。小可的所在，是隐藏不得。何不且去登云山暂住，若有变故，我夫妇也同上来了。”阮小七大喜，谢道：“全仗二哥指点。”顾大嫂道：“那毛小厮一发可恶！扈叔叔一担货物歇在他门首，平空地抢了去。留他在此，到底要和我们作对。斩草除根，何不先下手夺这担货物，还了扈叔叔，也显得与故世的三娘情分。”孙新道：“这也使得。只怕连累我哥哥。我和你拼上了登云山。”顾大嫂道：“伯伯不急不走的。有前日的样子，不怕他不来。”扈成道：“货物是小事，心上不甘。若承嫂嫂这般用情，方消得这口恶气。”孙新道：“不消说，今晚同到登云山，会了邹润。明日是端阳佳节，他必然在家里，晚上同去剿除他罢。”四个说得投机，猜枚行令。阮小七也连吃了几大碗闷酒。看看红日西沉，星光灿烂，各人执件器械出门。孙新道：“二嫂，你明晚整顿酒肴在这里。我们饮过菖蒲酒好去。”顾大嫂应诺。孙新在前引路，一同望登云山而去。有诗为证：

绿林豪侠旧知名，话到人情剑欲鸣。

块磊难消须纵酒，水亭高树晚凉生。

当下孙新引着阮小七、扈成，趁着星光，取路到登云山，没多时已到山边。林子里伏路喽啰，听得有人走动，拿了鸟枪赶出来，见了孙新，连忙先去通报。邹润便到寨口迎接，让至聚义厅剪拂了。邹润道：“小七哥，令堂老伯母已先接到敝寨了。先前不知，甚是得罪！”阮小七道:“不见了老娘,甚是忧疑。孙二哥猜道必在这里,方才放心。”邹润喝喽啰扶婆婆出来。孙新、扈成见过。婆婆道:“你去寻火种,两个人来夺包裹,我拖住不放,就搀我到这里。见邹头领,说起你姓名,邹头领甚是相敬。心疼已好,吃过茶饭了。”阮小七致谢。孙新指着扈成道:“这位是扈三娘哥子扈成。有担货物被毛豸抢去,如今要和你商议同去讨还。”邹润道:“这个毛贼那里与他好讲！竟剿除他罢！”众人大喜。喽啰摆出酒馔。阮小七道:“老娘,你先进去睡罢。”婆婆道:“已有床铺,打点睡了。说道你来,故此走出。”说罢,自进去了。他这四个人,开怀畅饮,各诉心事,至更深方散。

次早,邹润宰了猪羊,置办果品,庆赏端阳。饮到下午,撤过筵席,同到山前游玩。看那山势,虽不比梁山广大,却也险峻。周围重峦复嶂,只有山前一条大路,把木石筑成寨门,若然守住,纵有千军万马之势也攻不进。中央一片平坦之地,可容四五千人,只是草创未完。众人看了一会,邹润又请吃酒。孙新道:“不消了,我家二嫂已备在那里。我们再停一会同去吃了去行事。”一头闲步,扈成闲叙那海岛风景。看看日色转西,孙新道:“此时好下山去了,我们去罢。”邹润选十名精细喽啰,准备器械引火之物,吩咐道:“黄昏时分,到孙二爷家里聚齐。”喽啰应诺。

四个人同下山,到十里牌,顾大嫂接着。水亭上坐地摆出许多鸡鹅嗄饭。孙新在供桌上取过那瓶菖蒲,又折一枝榴花插上,放在中间,笑道:“应些时景,不要被人笑我们梁山泊上好汉,一味是大碗酒、大块肉。”顾大嫂道:“伯伯差人送四尾石首鱼在此。”捣上蒜泥,大家吃了一个更次。顾大嫂道:“那厮虽无准备,也要详细,不要被他走脱,是‘打蛇不死惹蛇毒’了。”孙新道:“这个自然。待那喽啰来,把住前后门,断绝邻舍往来的人,从屋上进去,不要大惊小怪。”算计定了,听得敲门,知道喽啰到了。顾大嫂出去,分赏酒肉,先教去四野里埋伏。又进来同他四个又吃几碗酒,扎缚起来,跨着腰刀,分付伙家等候,出了门,望东而走。其时约莫有二更天气,星光闪闪,四野苍茫。

不多时,到了毛豸门首。黑影里有个人蹲在神堂边,打个暗号。看那毛家大门紧闭,里面并无动静。孙新转到后门,望进去微有灯光。却好有个采春树梯靠在墙边，掇过放在夹弄上，爬上去一看，小天井内有株梧桐树。跨在树叉内，双手抱着，一溜溜下去，向窗缝里一张，见一个年少妇人抱着小孩子，坐在床沿上喂乳。那毛豸除下巾帻，脱去上身衣服，立在春台边，明晃晃点着烛儿，把竹笼里的犀角、香珀另装在一只皮箱内。把一串蜜珀数珠套在孩子颈上，笑道："娘子，我这孩子刚刚满月，撞到野蛮这担东西送上门，值一二千两银子，也是彩头。到明日把几件送与杨太守，不怕不做时人哩！"那妇人道："亏你罪过！"毛豸道："什么罪过！自古道'为富不仁'。我明日对太守说，那孙立、孙新、顾大嫂梁山泊做过强盗，广有金珠宝贝，诬陷他与登云山邹润交通，重复造反，拿了他又有一场大富贵。若不要人的财物，今日孩子满月，那里摆设得筵席请亲戚朋友，这般光彩。"妇人道："夜深了。"毛豸道："待我锁了皮箱，藏好了去睡。想你一个多月不曾那话儿，有些喉急哩。我日里吃多了菖蒲烧酒，正有些意思。"妇人一只手抱孩子，一手脱裙，笑骂道："涎脸贼囚子！"

孙新在窗外听得明白，趄转身，轻轻开了角门，从厨房走过。庄客们都醉了，已睡。一直开了大门，对众人说了，都伸着舌头道："这厮好不狠毒！"喽啰身边取出火种，点上松脂绞的绳，拔出腰刀，一拥进去。那毛豸正脱了裤子，赤条条爬上床去。阮小七把房门一脚踢开，毛豸听得，回转头来，早被邹润劈角儿揪住，一刀剁下头来。那妇人惊慌，精着身子，从床上滚到地下。顾大嫂踏住胸脯，颈上一刀，死在床边。阮小七、扈成赶到，外边两个庄客闯出来，一刀一个，都结果了。再寻觅时，有命的开后门走了。孙新、顾大嫂打开厨箱，把金银细软分做两包，床底下寻出皮箱，是方才收拾的，只消挑去。将要出房门，那小孩子在床上呱呱的哭。孙新道："前日斩草不除根，又要费这番手脚，留这恶种何用！"提起来一摔，做了个肉饼。唤进喽啰，背上衣包皮箱，寻把草，放起火来，烨烨剥剥的声响。有邻舍听得火起，开门出来。邹润喝道："有冤报冤，不干你们事！要死的出来！"邻舍听得，缩了进去。不逾时房屋烧净。小喽啰牵了一头黄牛，扛两个肉猪，抬到山寨里祭赛还愿。可笑那毛豸：

满口称有福之人，转眼作不毛之地。

再说五筹好汉，十名喽啰，得了手，欢欢喜喜，到十里牌，天尚未明。孙新道："这番举动，明日官府必然知道。你们先上山去，我到城中打听，就要我哥哥出来，好共歹也便收拾来也。"阮小七、邹润、扈成自上山去，孙新再吃些酒饭，也便进城打探。不题。

却说那邻舍当夜不敢救应，天明都到火场上，说道："不知是那里强人，劫了财物罢了，怎的杀人放火！"有从后门走脱的庄客道："我认得两个，是登云山的邹润，十里牌开酒店的孙新，原是梁山泊余党。"有个年老邻舍道："这干人不是好惹的，不要管闲帐。"有一个道："倘官府责我地方不申报，怎处？"有一个道："自有他庄客执认，不妨。"又有一个道："祖宗该积德，做些好样子与后人看便好。那毛太公一味强赖，遭了毒手。那孙子又逞威风，自然有此显报。"庄客道："不要闲话。烦列位动一报单，待小人去执证便了。"众人写下呈子，付与庄客。

庄客急急走到州衙前，正值太守升堂。庄客把报单呈上。太守接过看了，问道："当夜共有几多强人？"庄客禀道："有二十余凶，明火执仗，打进门来，把主人主母杀死，劫了财物，烧了房子。内中小人认得两个是孙新、邹润。"太守道："你且早晚伺候，不许声张。"庄客应诺而出。太守分付传请栾统制来。你道那栾统制是谁？便是祝家庄上请的教师栾廷玉。那日祝家庄打破，回身不得，仗这一条铁棒，冲散梁山泊西北一路人马，落荒得命。后来投在杨戬门下，因他兄弟杨戡特授登州太守，是濒海地方，恐有疏虞，晓得栾廷玉武艺非比寻常，便升他做了都统制，一同上任的。

闲话休题。且说栾统制请到，竟进后堂。相见已毕，太守道："昨夜登云山反寇，同孙新一班杀了孔目毛豸一家，劫财放火，烦统制即去进剿。"栾廷玉道："这伙草寇倒不打紧，那孙新的哥子是病尉迟孙立，十分了得。当年劫牢救出解珍、解宝，同上梁山，受了招安，除授本职。今闲住在家，恐有里应外合。必要先拿了他，除了后患，方可去进剿。"太守道："有理，事不宜迟。"就唤打轿。栾廷玉上马，带着兵役，竟到孙立家来。正是：

楚国亡猿伐林木，城门失火害池鱼。

却说孙新跑进城，到哥哥家里相见罢。孙立道："昨日拿石首鱼送你过节，你不在家里，莫非又去会邹润？我对你说的话不可忘了。"孙新正要回说，只见门上人来说道："太爷同栾统制来拜。"孙立道："快取公服来。"孙新晓得有些蹊跷，一溜烟先出了门。正是：埙篪共奏推同气，急难哀鸣感鹡鸰。不知后事如何，且听下回分解。

第三回 病尉迟闲住遭殃 栾廷玉失机入伙

却说孙新来到哥哥家里，正要告说杀了毛豸，教他出城避祸。忽听见杨太守、栾统制来拜，晓得决撒了，且自躲出门外看光景。那孙立不知来历，忙讨公服换了，迎进相见。杨太守、栾统制同到中堂，见了孙立，喝令拿下。孙立不及询问，早被众兵役簇拥着在太守轿前。到了州衙，太守升厅而坐，栾廷玉亦在东首。太守道："孙立，你怎么结连登云反寇，和兄弟孙新去杀毛孔目全家，重复反叛！"孙立挺身说道："这事从何说起？下官从征方腊有功，蒙圣恩除授本州都统制。因战场风霜染了痹软的病，辞职在家，并不出门，何曾去杀毛孔目？就是说我兄弟，也须实证。况大宋律上兄弟分居的，也不应连累。况现有诰敕在家，轻易拿我不得。"太守道："你先前劫牢放贼，今番决然通谋的。"栾廷玉道："孙统制，你当日到祝家庄假说助我，里应外合，破了祝家庄，使我置身无地。今又做出事来，不必抵赖了。"孙立道："栾统制，分明是你挟仇陷害，少不得要到枢密司分辨，与你做个对头。"太守冷笑道："你说有诰敕，轻易动不得，且把你监下，待捉了登云山反寇对证。"众兵役就把孙立推到监里。太守道："孙立在监，不怕内患，栾统制你即刻领兵征剿，不可迟误。"栾廷玉应诺起身，点了二千兵，往登云山，不在话下。

却说孙新闪在人丛中，见哥哥拥去，连忙到家里，与顾大嫂说知，收入家资，叫伙家挑着，同到山寨里来。那阮小七、扈成、邹润正在那里还愿。孙新道："不好了，我的哥哥被太守拿去。栾廷玉即刻领兵到了，快作准备！"扈成道："什么栾廷玉？"孙新道："就是祝家庄的教师，新升登州都统制。"扈成道："嗄！原来是我的师父。"沉吟了一回，说道:“不妨,我自有计。如今先把寨门山口都垒断了,不可与他交战。”唤小喽啰搬运木石堵塞,多备擂木、炮石、灰瓶,防备攻打。不多时,尽皆完了,且到里面散福。饮过数巡,孙新道:“我等衣甲不曾完全,一二百喽啰多是乌合之众,粮草又无蓄积,怎么守得住!扈大哥,你说有计,还是何如?”扈成道:“机不可漏。只不要说出我姓名,待他攻打三日之后,如此这般做作,必获全胜。”众人听了大喜,畅饮而散。孙新道:“虽然如此,众弟兄须要用心防守,不要懈了。”众人道:“这个自然。”都装束停当,到寨口守护不题。

却说栾廷玉点了二千兵,骑匹高头劣马,全副披挂,手执浑铁枪,浩浩荡荡杀奔山边来。结下寨栅,把山势周围一看,层峦叠嶂,别无小路。那寨口尽用竹签蒺藜布满。沉吟了半晌,喝令兵士攻打。那高山上石块灰瓶雨点般打下来,伤了几个兵卒。栾廷玉无计可施。天色已晚,只得回营。次日又来搦战,并不见一人下来,小喽啰只在高处百般辱骂。要想仰攻,那深篁密箐,山冈险峻,箭炮都打射不着。略近山脚,上边势顺,竹弩鸟枪容易伤人。栾统制不胜焦躁。

到第三夜,在寨中纳闷。辕门外传鼓,禀报:“有一个姓扈的求见。”栾统制道:“恐是奸细,搜检明白才唤进来。”少顷引进,拜伏在地道:“师父在上,徒弟拜谒。”栾统制扶起仔细一看道:“你是独龙冈下扈成,怎得到此?”扈成道:“一言难尽。自从家口被李逵杀害,逃到延安府寻访师父不着。流落多年,偶然遇着客伴到海岛做些生意,颇有利息。搭了洋船回来,到口子上登岸,那客伴押着货物先走。我中了暑气,行走得慢,被登云山强盗捉到寨中,要我入伙。我是清白汉子,况且那厮们是梁山泊余党,原是仇家,如何做得?只是被他们留住不放。幸而闻得师父领兵来剿,心中暗喜。那伙强盗晓得师父英雄,个个心惊胆颤,寻到寨口守御,无人防闲,被我逃出小路,得见师父,实为万幸!明日要进城,恐有盘诘,要求一枝令箭,城门口照验发脱货物,重到家乡整理旧业,故此特来叩见。”栾廷玉道:“令箭不难,我还要问你山寨虚实。我到了这里三日不见出战,又无路可上,正在此纳闷。”扈成道:“寨中只有一二百喽啰,不曾经阵的。为头的是邹润,凑着阮小七杀了济州通判逃难到此,与孙新、顾大嫂会着,同结了伙。

衣甲全无，刀枪缺少。只有一匹马，是阮小七带来的。粮草不足，每日小喽啰到村中打米。我昨日寻出山后小路，师父若要破他不难，这厮们尽把寨口，后面空虚，若从小路攻进，易如反掌。"

栾廷玉大喜，叫备酒馔相待，说道："贤弟，你何不引我同破山寨，岂不是好！"扈成道："我这担货物约有万金，那伙客伴人心难托，倘然见我不到，竟拿了去；况这是洋货，那里声张去？"栾廷玉道："小路离此多远？"扈成道："在西南角上，只有五六里。有两株大枫树在上边，叫做丹枫岭。虽有寨门，不过十来个喽啰把守。"栾廷玉道："那几个贼寇料道不打紧，只有病尉迟孙立是孙新的哥子，是我同师父学的武艺，有些本事；怪他前日赚破祝家庄，先禀太守拿他监禁，恐他越狱，放心不下。城中的兵我已尽数带来，倘有疏虞，怎生了得！"沉思了半晌，说道："贤弟，我晓得你材具，明日分三百兵与你领到城中，持令箭禀帖呈上太守，守护城池。待我扫荡山寇回来，叙上你的功，图得职衔，然后回去，岂不荣宗耀祖？"扈成致谢道："蒙师父见委，不敢推托。若是耽搁不久，这还使得。只候师父凯旋，就要回去。"栾廷玉道："且再商量。"

到次早，栾廷玉分点三百兵，讨副衣甲与扈成穿扮了，取令箭禀帖，付与扈成道："小心在意，我在两日内回兵。"扈成拜别，领兵出营。下午时分进城，到州衙前，太守晚堂未退。扈成直至丹墀参见，呈上禀帖令箭。杨太守叫听事接到案桌上，启封看道：

> 末将谨奉台檄，剿荡登云山贼寇，探知虚实，不日殄灭奏凯。唯恐城中无备，孙立乘机逃越，特差敝门下扈成，文武全备，分兵三百名回守城池。台相可任调遣，巡察非常，庶无疏失。令箭照验。

杨太守看了禀帖，见扈成一表人材，心中甚喜，验过令箭，说道："栾统制差你守护城池，责任非常。待贼平之日，叙功升赏。"扈成声诺而出。扈成到营内传下号令："每门分兵把守，辰启酉闭，盘诘出入，不可违误！"各门分把去了，留下二十名随身差遣，就在营内安歇。晚间各处巡察，十分严紧。太守放心，回衙安寝。扈成取出银子差随侍的置办酒肉，唤二十名同吃。兵士道："扈爷初到，不曾接风，怎么反扰!”扈成道:“我不过一时遣委,又无统属,全要你们用心。待栾老爷回来讨得无事就好了。这个何妨!”那些兵士只图嘴肥,管甚利害,尽意的吃,都醉了。

三更时分,听得号炮连声。扈成知是登云山兵到,唤兵士们开门迎敌。那兵士多了几杯酒,有甚主意,开了城门。阮小七、孙新等一拥而入,先放起两把火来,遍地通红。守门军士尽皆乱窜。孙新、顾大嫂直入监中,放出孙立,到家收拾家资。孙立打扮旧日模样,铁幞头,乌油甲,手执竹节钢鞭,乘马往来驰骤。阮小七、邹润打进内衙。杨太守听知火发,慌忙起身,早被阮小七一刀砍翻。邹润把衙内家眷杀尽,扈成在城门边把守。城中百姓鼎沸,各自逃命。到天明,救灭了火,把仓库中钱粮装在车子上,叫顾大嫂押着,护送孙立家眷,先回山寨。扈成选营内好马,各骑一匹,余多的驮着衣甲、器械、火炮等物,出城而去。有诗为证:

城中烽火彻天红,调虎离山草寨空。
不是逢蒙偏杀羿,只因事在两难中。

却说栾廷玉分三百兵与扈成去守保城池,只道是心腹徒弟,托了他无内顾之忧;又知寨内真情,可以唾手成功,心中甚喜。先差“夜不收”寻土人引路,到山后西南角上,果然有丹枫岭,探实回报。到晚上尽皆饱餐,着五百兵守寨,截住前路。自引一千多兵,人衔枚,马摘铃,悄悄的到丹枫岭,寨口无人拦阻。呐声喊,杀进去,并无一人,是个空寨。栾廷玉跌脚懊悔道:“不好了,中他奸计了!”恐怕城中有失,连忙回兵。运开木石,从前寨而出。那守大寨的兵只道是贼寇逃走,把铳炮矢石尽力打来,连忙吆喝是自家的兵,已打伤许多了。栾廷玉传令起兵回城,偏生作怪,城中星月清朗,山边霎时雷电大作,雨骤风狂,那山涧涌起水来,寸步难行。栾廷玉心中焦急,直到天明,方才云收雨歇。喝令起程,那泥泞湿滑,赶不得路。行到中途,有人传来:“登云山强人打破登州,杨太守一门受害,各处放火,城中变做瓦砾之场了。”栾廷玉听见这个消息,魂不附体。兵士都念着家里,心慌意乱,队伍不整,搀落无次。

正转过一座林子,忽闻连声炮响。栾廷玉喝令扎住阵脚,刚立未定,只见孙立横着钢鞭冲杀过来。栾廷玉恨不生吞了他,更不打话,挺枪刺去,斗了二十余合,不分胜败。斜刺里阮小七手执三股叉,乱搠来。三匹马转灯儿厮杀。孙新、邹润又领喽啰裹将拢来。那官兵无心恋战,又兼辛苦一夜,早上不曾造饭,腹内空虚,先自弃甲丢盔四散走了。栾廷玉抵当不住,虚幌一枪,败阵而走,回头只有十多个家丁跟着。转抹过林子,见没人追赶,略略放心。喘息方定,寻思道:"失了机,回登州不得。若到京师怎见杨提督！真是上天无路,入地无门!"

只见扈成飞步前来,叫道:"师父,徒弟万分有罪了!"栾廷玉咬牙怒目的骂道:"你这畜生！我以心腹待你,你几时落了草？造这调虎离山之计来害我!"扈成道:"如今埋怨也无用了。我不曾落草,有个缘故。"栾廷玉道:"既不落草,为甚的与他们出死力,献了城池,杀了职官,做这弥天大罪!"扈成道:"我原从海岛归来,有担犀角、香珀贵重之货,雇个脚夫挑了,因天气炎热,在毛豸门首歇回凉。那毛豸见了,说我是通洋的私货,不由分说,叫庄客抢了去,还要捉我送官。彼时孤身,只得忍气吞声走了。到十里牌酒店里吃杯酒解闷,偶遇着阮小七也在那里吃酒,问起是石碣村人,记念妹子一丈青,因问他梁山旧事。那酒店是顾大嫂开的,听得了走出来,邀进水亭饮酒,见我忧闷,问是何故,我说一担货物在某处地方被如此一个人抢去。顾大嫂道:'这个就是毛豸了。'却好孙新回家,一同抱不平,替我夺回货物。那毛豸又与他们有宿怨,就去纠合邹润杀了他。闻得城中拿了孙立,遂上了山。我还不晓得师父在登州做官,到得征剿说出姓名,我一时可怜邹润、孙新万分窘迫,不合献这条计策。实是有累！但凭师父处置。"

栾廷玉道:"便是杀了你,也替不得我的忧。只是我在杨提督门下效用,蒙他十分敬重,因他兄弟杨戬升了登州太守,恐常有海警,升我为都统制。把兄弟托在我身上。如今教我有家难奔,有国难投了。怎么处?"扈成道:"师父有此泼天本事,在登州受杨戬节制,也干不得什么事业。目今朝廷昏暗,奸党弄权,天下不日大乱。不如寻一个所在安身歇马,待时而动。后面建些功业,名垂竹帛,享受荣华,岂不是好！就是我得师父教导，学得一身武艺，也要巴个出身，岂料时乖运蹇，一家老小死于非命，家业销败，飘泊无依。几年从风波险阻中搏得些财物，要回家重整家风，娶房妻小，接续宗祀。谁想撞着冤孽，陡起戈矛，陷身不义！先前只道梁山泊那班是亡命反寇，岂知一个个是顶天立地好男子！疏财重义，路见不平，无一点苟且之心，为着朋友死生不顾的！所以宋公明赤心为国，建立功名，被奸臣所算，将药酒鸩死，人人痛恨，思量为他复仇。师父，你何不也一般替天行道，再看机会！”栾廷玉道：“这个使不得，我仗着一张弓，一条枪，随分到那里边关上图个出身，岂可将清白英名，一旦玷污了！”扈成道：“师父，边关上图个出身，如今那一处边关上不是奸臣鹰犬？既是杨提督把兄弟托在你身上，被人全家杀死，岂不怀恨于你？失守城池，要按军法；况又有禀帖到杨太守差我保守，我是你徒弟，开门揖盗，岂不是私通叛寇？那里分辨去！祸到临头，悔之晚矣！”栾廷玉沉思了半晌，说道：“除非叫那一班人都来请我，再作区处。”扈成道：“这个容易。”飞也似去了。

看官，栾廷玉败了阵，孙立等为什么不去追赶？原是定下计策要招降他。今被扈成一席话说得透彻，自然依顺了。扈成对众人说了，尽皆欢喜。叫小喽啰挑了一担牛酒，孙立、孙新、阮小七、邹润步行到林子里，见了栾廷玉，一齐跪下，说道：“冒犯虎威，望乞恕罪！”栾廷玉也跳下马，扶起道：“我辛苦了几年，挣得这个前程，被你们送了，实是气不过！今你们同来，有何话说？”孙立叫喽啰捧过牛酒，斟了一大碗，又跪下去：“请大哥饮了这杯酒，方敢上禀。”栾廷玉也跪下去接了，就同在林子里团团坐下。饱餐已罢，又分给家丁吃过。孙立方才说道：“小弟与大哥一个师父教出的弟兄，又是前后官。前年攻打祝家庄，委是小弟不是。今弃职在家，自守本分，三日前曾嘱咐我兄弟不要与向日朋友往来，恐怕惹事。不料他不听，又做出这件事。大哥同杨太守来拿我，实是一毫不知，既被他连累，也无可奈何了。大哥，你负此本领，今日失了机，那里去剖明？不如同到登云山安身，再图进步。不是我劝你为此不义之事，其实朝廷不明，奸佞得政，纵有忠心也无处用。请自三思。”栾廷玉叹口气道：“罢！我其实进退两难，又承贤弟恁般屈己，我幸无家小顾虑，同你去罢。只是后有可乘之机，须要为朝廷出力。"孙立道："这个自然。"阮小七拍着胸脯道："我阮小七一生忠直，前日削职归来，原去打鱼供养老娘，何曾再生别念。不料奸臣撞到我刀头上，又干这件，岂是要做的！"叫喽啰牵过马，一同骑了。

来到寨边，顾大嫂闻知，出来迎接。到聚义厅上焚起一炉好香，拜了天地，同盟设誓，请栾廷玉为寨主。栾廷玉推逊道："小可初到此间，无才无德，岂堪妄自称尊！"众人齐声道："统制英名，众人久已钦慕。宋公明当日恨不能请来聚义，时常惋惜。今幸执鞭，理当尽遵约束。况又年长，不须固逊。"栾廷玉推托不得，坐了第一位。孙立道："梁山泊上小七哥原是天罡，该居第二。"阮小七道："我逃难到此，蒙你弟兄挈带，得以安身。我又粗直，只好厮杀，怎么僭妄得！自然是孙大哥。"一把推孙立坐了第二位，说道："第三该是扈哥了。"栾廷玉道："不是这般说，我已僭妄了，伊岂可再越？小七哥从直些。"阮小七遂为第三。孙新道："这山寨若无扈家哥算这妙计，怎得保全？栾统制如何肯来？第四有屈了。"扈成再要推让不得，只得坐了。孙新第五。顾大嫂第六。邹润第七。当日排定位次，杀牛宰马，大设庆贺筵席。小头目喽啰，俱加给赏。

栾廷玉道："初出茅庐，就破府城，杀了太守，朝廷岂不遣兵来剿？这一二百兵干什么事？须要大家同心戮力，做个准备，不可托胆。"孙立道："统制言之有理。"即日设立三关，盖造房屋，安顿家小，修理墙垣、木栅，一如梁山泊竖起杏黄旗，亦写"替天行道"四字。置办衣甲、器械，招军买马。四方闻风慕义，不上三个月，聚了二千多人，逐日训练，号令严明，气象峥嵘。有诗为证：

王杨高李蔡梁童，会送群雄草泽中。
若使量材能擢用，不教北狩泣途穷。

却说七筹好汉，在登云山聚义，但取贪污不义之财，不杀孤穷无罪之辈。因此地方慑服，官军不敢轻来撩拨。

一日，有伏路喽啰报上山来，说有四五担货物在大路上经过。阮小七跳起身道："这几日正少钱粮，待我去取了来。"栾廷玉道："孙二哥,你同去走遭,审看来历。若是小本客人,放过了他。”孙新应诺,同阮小七领了五十名喽啰,赶下山来。见一个大汉,穿着青绫罩甲,戴范阳大帽,身躯雄壮,跨口腰刀,提条梢棒,押着货物,只顾低着头走。阮小七、孙新从后面赶上,喝声道:“这鸟汉那里走!”那汉回转头道:“你这伙毛贼,人也不识,敢来拦截!”掣梢棒打来。阮小七正要挺钢叉搠去,对面一看,同叫声“阿呀”,撇了器械,拜倒在地。不教这人来,怎得:梧桐叶被秋霜落,菡萏花经晓雾滋。端的那大汉是谁,且听下回分解。

第四回　鬼脸儿寄书罹祸　赵玉娥炫色招奸

话说阮小七、孙新见喽啰来报道，有货物在大路上经过，便同下山劫夺。那押担的大汉举棒来迎，正要相持，却认出是扑天雕李应的主管，也在梁山泊地煞星数鬼脸儿杜兴。当下相见，不胜之喜。孙新问道："杜主管，你为甚在此经过？"杜兴道："我家大官人不愿为官，回到独龙冈重整家业。他本是天富星，随处可以发迹，依旧做了财主。况且独龙冈下没有了祝、扈两庄，一发可以独霸了。发一股本钱在海边生些利息，差我取讨，顺便带这几担货物回去。你们两个受了官职，为何还做这般勾当？"阮小七、孙新各把从前事迹说了一遍，就邀到山寨款待。杜兴念旧时情义，欣然便同上山，叫脚夫也挑上去。

到寨里，与各位相见。杜兴只顾看那栾廷玉、扈成。扈成道："杜主管，你不认得了？我是你主人的旧邻舍。"杜兴方才省着道："嗄，我好不迟钝！原来是扈家庄大官人和栾教师，日日相会的。隔了几年，大官人你也苍了些，不比那时标致了。"扈成道："在外风霜，自然不似旧时。杜主管，你长得饱满，不见龇牙露嘴哩！"众人皆笑。扈成问道："我出外多时，家中田产想多荒芜了？"杜兴道："粮差役重，佃户俱各逃亡，如今多是我家东人料理。"扈成不觉伤感，遂置酒相待。阮小七道："依我当初不受招安，在梁山何等快乐！受了奸党无数的亏，今日又寻得这个所在，权且安身。你何不约了李应来一同相聚，岂不是好！"杜兴道："小弟与东人历尽辛苦，将就图些安稳罢。"阮小七道："我也灰心。自在石碣湖中打鱼，又遇着变故，不得不然。只怕那奸党也放不过你两人哩！"孙立道："杜主管，难得相遇，你多盘桓几天，不知后会又在何日！"杜兴道："出来久了，东人在家悬望，还要到东京收些帐目,不能耽搁,明早就要起身。已领盛意。”孙立道:“到东京我有个书信烦你带去,不知使得么?”杜兴道:“总是顺便,但不知寄与何人?”孙立道:“便是我那乐和舅。他的姐姐多时不见,记挂他,我也有句要紧说话与他商量。”杜兴道:“他在王驸马府中,怕道寻不着!你今夜写起来,与我带去便是。”孙立称谢了。当日欢饮而寝。

明早杜兴要行。孙立留不住,取出书信,又是三十两银子:“把与乐和盘缠,叫他作速就来。悄悄对他说,不可声张,怕那里不肯放,脱身不得。”杜兴道:“这个自然。当面会着递与他,东京地面耳目多,我却理会得。”就把书信银子藏在贴肉顺袋里,作别下山,叫脚夫挑了货物先走。孙立送到山边,叮咛而别。

不说众头领在登云山聚义,单表杜兴取路往东京。其时深秋天气,不寒不暖,正好赶路。免不得夜住晓行,饥餐渴饮,不止一日,到东京进了封邱门,寻着下处,安顿行李货物。这主人家叫做王小山,是积年相识,见杜兴到了,置酒接风。次日将各项帐目催讨一番,都说还要迟十来日方可清楚。杜兴只得耐心等待,总是闲着身子,就记起孙立的书信,问到王都尉府中来。门前静悄悄不见有人,勋戚之家,不敢闯进去。立在府门首一会,只见对门茶坊里走出个虞候,与朋友会茶分散,将跨进府门。杜兴迎住唱个喏道:“在下要会府中一个相识,不知可在么?”虞候道:“你要会府中什么人?”杜兴道:“便是做陪堂的乐和。”那虞候把杜兴一看,说道:“你是那里人?与乐和甚相识?”杜兴道:“在下山东人,与乐和旧交,说与他便晓得。”虞候道:“既如此,你随我进来。他与都尉爷在后堂下棋,教他与你相会。”杜兴不知好歹,便跟进去。转弯抹角,到一间房内,说道:“你坐在这里,待我去看,若下完了棋,便唤出来。”杜兴致谢,那虞候带转门。去了一个多时辰,杜兴有些不耐烦,立起身开门,谁知反锁着的,心中疑惑:“怎反锁我在这里?终不然有什么缘故?”又等了好一会,只见那虞候同五七个人开门进来,指着杜兴道:“这个便是乐和亲眷,在他身上要乐和就是。”内中两个取出索子,向杜兴项上紧紧扣住,拽着便走。杜兴大叫道:“我是无罪平人,索我到那里去?”那些人道:“你自到开封府堂上对府尹说。”不由分说,推推拥拥,带进开封府。

击了一声堂鼓,府尹吆喝坐堂,带过杜兴跪下。府尹喝道:"你与乐和什么亲眷?把乐和窝藏在那里?快快招来,免受刑罚!"杜兴分辨道:"小的济州人,名唤杜兴,与乐和不是亲眷,在路上遇着乐和的亲眷,央小的顺便送个书信与他。"府尹道:"他的亲眷叫什么名字?"杜兴寻思不好说出孙立,胡诌道:"一时忘记了。"府尹喝道:"他叫你寄信,怎的不记得!书信在那里?"杜兴道:"没有书信,是个口信。"府尹大怒,叫搜他身上。做公的把杜兴衣服剥下,幸喜杜兴来时恐有差讹,原要约了乐和到下处去交付,因此书信不曾带在身边,故此不曾搜出。府尹见果然没有书信,只叫扯下着实打。众牢军拖下,打得发昏章第十一。杜兴咬定牙根,只说不知。府尹叫把这厮监了,再加勘问。杜兴发在死囚牢里,府尹退堂。有诗为证:

翩翩云中雁,霜天多哀音。篇重苏卿节,寄书来上林。

辛苦敢自惜,反有缯弋临。所以古君子,垂戒在高深。

看官有所不知,阮小七杀了张通判,济州申文到枢密院,又有登州申到孙立、孙新、顾大嫂、邹润结连统制栾廷玉杀了杨知府,攻破府城,劫了仓库,啃聚登云山造反,都是梁山泊旧伙。蔡京、杨戬大惊,奏过天子,行文各州县:"凡系梁山泊招安的,不论居官罢职,尽要收管甘结。"有人首报乐和是孙立妻舅,正是贼党,着落王都尉要人。乐和是乖觉的人,先已听得这个风声,便赶个空隙走出府门,不知去向。开封府碍着王都尉是当朝驸马,不便勾摄,亲自打轿来拜王都尉道:"乐和是奉圣旨的要紧人犯,求都尉发出。"都尉回道:"乐和先在府中,见他怠慢,早已打发去了。若在,何惜这个人?他远着三千多路,恐他未必知情。既是奉旨,倘然回来,自然送出。"府尹只得唯唯而退。却好杜兴三不知来寄信,王都尉要脱干系,就推到他身上,锁在房里,通知开封府交付拿去,当堂打讯监禁。也是杜兴老大晦气,撞在网内。到了监里,懊悔道:"没来由受此屈事,怎得脱身?"央人通信王小山,要他雇人到独龙冈李大官人处,请他到京救解。先将些银子牢中俵散了,幸不吃亏。

过了几日,李应使人回复道:"枢密院行文到济州,凡是梁山泊旧人都讨收管甘结,进京不得。只好多带金银,买嘱掌案孔目,松其罪犯。叫你且耐烦几时，自有分晓。”果然钱可通神，上下受了贿赂，把犯由改轻，申详枢密院：“乐和逃逸在前，杜兴寄书在后，实系并不知情。但不合与叛党相识，刺配发落。”枢密院依拟。府尹取出杜兴，当堂杖脊，刺配彰德府。上了七斤半铁叶枷，贴上封皮，两个防送公人，无非张千、李万，押出府门。

酒店里坐下，王小山把行李金银交付杜兴，取二十两银子送与两个防送公人，吃饱酒饭，王小山别过。杜兴带上行枷，公人提着水火棍，取路而去。风餐露宿，到了彰德府，投了文书，太守给发批回，公人自去。随将杜兴发下牢城营内，讨了收管。杜兴到单身房内，不等开口，取十两银子送与差拨，二十两银子送与管营。少顷，唤到营厅。管营道：“太祖皇帝定下律令，凡配到囚徒，先打一百杀威棒。看你脸上黄瘦，想是路上害了病，权且寄下。”教他看守天王堂，不过烧香扫地，极是清净省力。这是看银子分上。杜兴又置办酒食，请差拨并合营人役，因此尽皆喜他。

那管营姓李，名焕，是东京人，年纪六旬，为人忠厚有余。见杜兴能干，志量爽概，又为别人的事受罪，自己没有子息，亦无亲戚在此，因此抬举他做个悌己人，叫他长随买办。杜兴又肯使闲钱，不时买些时新物件送进孝顺。从此出入内衙，并无顾忌。那李管营大奶奶亡过，只有一个小奶奶，名唤赵玉娥，原是营妓出身，年纪不上二十四五，生得：

远山横黛，频带云愁。秋水澄波，多含雨意。藕丝衫子束红绡，碧玉搔头铺翠叶。双弯新月，浅印香尘。两颊芙蓉，淡匀腻粉。独自倚栏垂玉腕，见人微笑掠烟鬟。

那赵玉娥正在妙龄，那李管营怎能遂其所欲？因此一味颠寒作热，撒娇撒痴。只为营内尽是配来囚徒，腌臜魍魉，没有看得上眼的，只得按定心猿意马。如今见这杜兴，虽然人物粗陋，却身躯雄健，衣服干净，又会逢迎，叫做“饥不择食”，思量到他身上煞些火气。就像潘金莲见了武松，忖道：“不有千百斤气力，怎地打得老虎！”所谓取材而不取貌，时常差他买东买西，赏酒赏食，甚是亲热。这杜兴是个直汉，那里晓得他的心事？况裙带下的滋味从不曾尝着，毫不招架。一日叫买绣线,分付道:“就要交进。”杜兴应诺去买。

在营前酒店前走过,有个人在店里吃酒,叫道:“杜大哥,怎的在这里?”杜兴回头一看,原来是锦豹子杨林。相见过,便把孙立在登云山央烦寄书与乐和,开封府刺配到这里的事说了,便问:“你和裴宣在饮马川作何生计?”杨林叹口气道:“我们是耿直汉子,为着招安,死里逃生。因怕受奸党的气,故不愿为官。谁知也为阮小七、孙立们的事,地方官要取收管甘结,好生逼迫寻事,甚是耐不得,只得仍上饮马川,原做旧时道路。打探有个小伙儿跟两个伴当大有肥腻,闻说要到这营里来,故此来探个实信。先在此吃杯酒儿,不想却遇着你。”杜兴叫过卖添上些肴馔来,过卖认得杜兴,只管搬来。吃了一回说道:“小弟被着冤屈,配到这里,并无相识。杨哥,你到营中盘桓几日,好诉说心事。”便袋里取块银子,丢在柜上道:“一总算帐。”携了杨林的手,到绒缎铺买了绣线,回到自己房里,说道:“你且坐下,待我交了绣线便来。”

走到里边,小奶奶假怒道:“我等着用,一去去了大半日!”杜兴道:“酒店里遇着相识,请他吃杯酒,故此来迟,望奶奶饶恕!”玉娥道:“我不怪你来迟,只怪你这样一个长大汉子,好不晓事。我另眼看觑你,再不肯出力献勤!”把眼一丢道:“待管营不在,还要和你吃杯酒。”杜兴倒低着头道:“小人不敢。”竟自走出。

杨林接着道:“兄长的罪名不过是担着别人的事,不如同我到饮马川,别作区处。何苦在此听人使唤!”杜兴道:“我去了不打紧,恐怕根寻到东人身上。只得耐心守住,限满自有出头。那管营心腹相待,也不忍撇他。单是小奶奶乔张做致,有些不尴尬,好生看不得。”杨林道:“这也由他,只不要着了道儿。我们梁山泊上好汉,这个字儿原是极看得清的,不要坏了名头。”正说间,有个人传拜帖,说东京冯舍人来拜。杜兴接了帖儿去禀,杨林探头一看,正是要探听的那小伙儿,连忙闪了进去。管营看了帖道:“是我表侄,快请进来。”舍人走进。杜兴看时,那舍人生得:

身材俊俏,打扮风流。一双花眼浑如点漆,两道柳眉曲似春山。口未言而先笑,身欲进而频回。荀令衣香三日馥,潘安标致一时倾。

老管营接着，冯舍人便拜道："小侄久违老伯，因父亲命到大名府讨了银子，教我乘便探望。"管营扶起道："一向契阔，甚是记念；今承光顾，喜之不胜。"冯舍人叫伴当送上礼物。管营道："怎好又叨盛仪！"命杜兴收进，就令备饭："对小奶奶说：'有东京冯舍人探望，是个至戚，请出来相见。'"杜兴把礼物交进，说："东京冯舍人到此，管营说：'是个至戚，快些备饭，就请小奶奶后堂相见。'"小奶奶慢慢的道："什么冯舍人？又来打搅！"叫丫鬟随着，先在屏风后一看。不看万事全休，一见了这般风流人物，身子先自酥了半边。整衣掠鬓，嫋嫋的出来。冯舍人见了，慌忙起身，偷眼一觑，花枝招颤，态度轻盈，魂不附体，倒身便拜。管营道："自家骨肉，常礼罢。"小奶奶笑容可掬，平拜了坐在管营肩下，四目交注，两意相投，就开交不得了。

少顷，养娘捧出酒肴，小奶奶满面春风，举杯相劝。冯舍人一团和气，斟酒回敬。两下眉目送情，语言挑逗。管营认是自家亲戚，绝不觉察，长长短短问些家务。吃了一回酒，冯舍人推辞量浅。管营道："难得远来，宽住几日，休得见外。"就留在东厢房安歇。原来这舍人的父亲名唤冯彪，是童贯标下排阵指挥，广有机谋，招权纳贿，童贯托为心腹。单生这个儿子，乳名百花，赋性轻浮，百般伶俐。但见了标致妇人，性命都不顾的。今遇见玉娥，恁般容貌，如何不动火？那玉娥又是不遂心的怨女，就是杜兴这般粗陋，尚且思量寻他救急，何况舍人是捏得水出的美少年，怎不垂涎？两下里恨不得霎时搅做一块，只是碍着管营，未能下手。不题。

却说杜兴到外厢，对杨林叫声："失陪！因为这舍人来，耽搁半日。"杨林附耳低言道："这便是小弟所说来打探的。"杜兴道："是管营表侄，不可下手。况又留住内衙。你且盘桓两日去。"杨林道："裴宣在那里等候，要去回复。既是管营亲戚，只索罢了。"杜兴取三十两银子与杨林："且拿去使用，得便时同裴宣再来走走。"杨林道："你在客边，怎倒受你的银子！"杜兴道："银子不打紧，用完了李大官人又拿来的。"杨林作别而去。

过了两三日，李管营奉上司差遣，到山西公干。临起身，分付杜兴小心承值。嘱玉娥:“好生款待舍人,待我回来与他送行。”俱各应诺。管营出门之后,玉娥等不到晚,亲自洗手剔甲,整理酒肴,请舍人到房里坐定,传杯送盏,笑盈盈说道:“一向怠慢你,甚不过意。况且心里闷得慌,没些头绪。今日空闲,开怀请你吃一杯儿。”拣好的蔬菜送过去。舍人是个惯家,怎不会意,连声致谢道:“承婶婶盛意,侄儿感戴不尽。为甚婶婶身子不快,敢是伯伯不遂心么?说与侄儿,或可分些忧。”那妇人云情雨意,已自把持不定。又饮过两杯,桃花上脸,愈觉娇媚,瞅着眼道:“日子长哩!也分不得许多忧。”两个看看涎上来,饧成一块。玉娥脚下穿一双老鸦青缎子靴头鞋,面上金线缉成方胜,白绫高底,尖尖趫趫,刚只三寸。舍人只顾瞧着。玉娥假做纳鞋,横在膝上。舍人在桌底下伸过手来,鞋尖上捏了一把,道:“侄儿一见婶婶之后,不觉神魂飘荡。又见这双小脚,身子都麻木了。只求婶婶救命!”一头说,就捱近身来搂抱。玉娥假意推开,舍人不由分说,抱到炕上成其好事。穿好衣服,重新倚眉并坐。吃到掌灯时候,竟同床共寝。自此如胶似漆,顷刻不离。养娘丫鬟,都不回避。杜兴闻知,心中不忿道:“这淫妇果然肆无忌惮!待管营回来,慢慢和他讲!”

这玉娥初时有意杜兴,今遇了这般妙人,反嫌他碍眼,竟换了一副面孔,严声厉色,憎长嫌短,开口便骂。杜兴受气不过,未免出几句怨言。玉娥与舍人商量道:“我和你这般姻缘,是生死难开的了。便是老厌物回来,百般随顺,我倒不打紧,只是这个杜兴,恐他弄嘴,如何是好?”舍人道:“怕他则甚!这是该死的囚徒,了他性命,只费一张纸。”连那舍人也乔妆家主的势来,十分凌压。杜兴着实怀恨。

不一日,管营回来,并不觉察。玉娥道:“你出去了几时,那杜兴十分放肆,不时进来调嘴弄舌,要来欺骗我,没些尊卑。那样做歹事的囚徒,你不该重用他。若不处治,还我一个头路!”就倒在管营怀里哭起来。管营道:“怕他不敢。若果如此,要处治他何难!”安慰了玉娥。要去拜客,叫杜兴跟着,问道:“我不在营里,怎么没规矩去冲撞小奶奶!”杜兴道:“恩相不问,小人也正要禀知。那冯舍人与小奶奶终日同在一处饮酒作乐,养娘丫鬟都不顾忌。把小人百般凌辱,要结果小人的性命,舍人说只消费得一张纸。小人蒙恩相恁般抬举,思量酬报大恩，如何敢冲撞小奶奶！恩相，你看舍人的容貌与小人的嘴脸，小奶奶喜欢那一个？”管营道：“不必多讲，我自有处。”

过了两日，玉娥见不难为杜兴，又来挑拨道：“你虽然职小，也是个官，怎容囚徒来凌辱我！何不费一张纸结果了他！”管营听了这句话，心里有些明白，便道：“不见什么实迹，难道便好行此事！”玉娥发怒道：“要有实迹，你情愿做老乌龟了！”哭着进房去了。管营忖道：“且支遣开了杜兴，看他怎地？”遂到营厅对差拨道：“杜兴到此多时，小心谨慎，可拨他到西门看守草料场，待他觅几分常例。”差拨道：“杜兴在此长随倒也出力，拨了他去，恐无人使唤。”管营道：“你不晓得，叫他去便了。”差拨不敢再说，唤到杜兴。管营道：“你在这里安身不得，差你到一处去，不可推却。”杜兴心下狐疑道：“这是‘枕边灵’了。”说道：“蒙恩相差遣，怎敢推却。只不知那里去？”管营说出来。有分教：鸳鸯浪暖翻红雨，狼虎声威起黑风。这一家儿手段不知谁弱谁强？那几个人性命毕竟谁生谁死？天下的事总定不得，不知究竟如何，且听下回分解。

第五回　老管营塞遭横死　扑天雕冤被拘囚

却说管营见玉娥背谤杜兴，要了他性命；杜兴又说玉娥与冯舍人勾当，一时难辨真假，思量遣开了杜兴，打发舍人回家。算计已定，对杜兴道："西门外有座草料场，差你去看守。纳草的来有些常例。你即同差拨去交割。"杜兴想道："又是林冲一般了。"说道："小人自去，只是恩相年纪高大，身边少个亲信之人，每事要防范些。"管营点头，杜兴自同差拨去了。

管营到里面对玉娥说道："杜兴大胆，已差往西门外看守草料场去了。舍人离家日久，恐父亲记念，明日送他回家。"玉娥一喜一忧，喜的是杜兴离了眼前，忧的是舍人要回去，做声不得。舍人接口道："侄儿要去，只是这几日害着腰酸腿软，怕上牲口不得。"管营含糊答应。自此有心冷眼看他，两个果然亲热。

一日在厅上发放新解到的囚徒已毕，悄悄到房门边，听得嬉笑之声；伏在壁缝一张，只见玉娥坐在舍人身上，舍人搂着玉娥香肩，低低的道："老头儿打发我去，怎么割舍得亲亲！"玉娥道："不妨，你只说腰疼未好。他若定要打发时，我和你算计先打发这老厌物上路便了。"管营心头火发，那里耐得，推开门抢进喝道："贱淫妇！你要打发我上那条路？"两个慌忙走开，管营一把扯住舍人，骂道："这小畜生恁般无礼！"一头撞去。舍人要脱身，用力一推，管营头重脚轻，早已跌倒，四肢不举，昏晕在地。玉娥也慌了，来扶时，那里救得醒。一来管营年老，平日为玉娥淘虚身子；二来气塞胸膛，痰迷心窍，顷刻就呜呼哀哉了。玉娥忙唤差拨来，说管营中风，一时身故，申报上司，取银子置办衣衾棺椁。不题。

却说杜兴到草料场住了两日，有几件衣服烦养娘浆洗不曾拿去；见猎户射倒一鹿，买了两腿，顺便到营取衣服，将物孝顺管营。将到营边，劈面撞见杨林，道："我又到营中探你，知你拨守草料场，正要问来。"杜兴道："被那贼淫妇捻了去，今日来讨两件衣服，买这两腿鹿肉来看看管营。"杨林道："管营早上死了。"杜兴吃惊道："什么病？死得恁快！我去的时节好端端的。既如此，你在酒店里坐地吃杯酒，我进去一探便来。"一头说，把鹿肉放在店中，走到营内，见差拨问道："管营怎么死了？"差拨道："发放了新解到囚徒，进后面去，小奶奶说道中风。见丫鬟传说，小奶奶与冯舍人调戏，管营抢进扭住，舍人把他推了一交跌死的。你不要管他。"杜兴到后堂，见管营直挺挺横在一扇板门上，不觉放声大哭，磕了四个头，见玉娥问道："管营没甚病，怎的就死？"玉娥道："天有不测风云，人有旦夕祸福。那里论得！你看守草料场，走来怎么？"杜兴道："我与养娘讨两件衣服，闻管营身故，蒙他抬举一番，就送他入殓。"玉娥变脸道："那个要你送！"舍人接口道："你不过是个囚徒，非亲非故，干你甚事，还不快走！"杜兴道："你是亲故，该来送他终的！"舍人大怒，喝道："放屁的死囚！"叫伴当打他。杜兴本待就要杀那淫妇、奸夫，奈营中不是下手处，寻思且与杨林商议而行。忍气吞声，走到酒店里，对杨林说道："管营死得不明，我要与他报仇。杀死这淫妇、奸夫，出这口气。"杨林道："且慢，若然动手，恐脱不得身。"附耳说道："如此这般，方才做得干净。"杜兴依计，吃了两角酒，算还酒帐，提了鹿肉，同杨林到草料场去了。

却说那玉娥把管营入殓，虽穿孝服，乔妆淡抹，更打扮得妖娆，与舍人朝欢暮乐。舍人道："已是天从人愿了。只是此地不可久留，少不得新管营来就要出衙。把这棺材埋在郊外，我和你到东京。我父亲有泼天势要，谁人敢管！可不是永远夫妻哩！"玉娥满心欢喜，就把棺木抬出，结束行装，雇了轿马，同养娘丫鬟，也不拣日，同上东京。在路行了两日，到紫金山，是强人出没的所在，一望平沙白草，天色阴晦，行人稀少。只见两骑马，马上两个壮士，手擎硬弓，满壶羽箭，跨着腰刀，慢腾腾的来，擦着冯舍人并肩交过，把马加上两鞭，飞也似去了。那轿夫道："奶奶，不好了！方才过的是响马。前面去不得，回去又路远，怎么处？”玉娥、舍人慌做一团，伴当道：“不妨，待我们与他对敌。”说犹未绝，那两匹马飞也转来，飕的一响，把舍人透喉一箭，死于马下。

那两个响马跳下地，把轿门扯开，推出玉娥。玉娥叫道：“好汉，拿了财物，饶奴性命罢！”一个响马道：“你肯饶管营性命么？”拔出腰刀，照项颈上一勒，那里顾花容月貌，也死在一边。那伴当只好说得嘴硬，马到时，和轿夫先走了。养娘丫鬟都已惊倒。响马将行囊打开，把舍人讨来的银子，李管营平日积下约有三千多两银子，装上搭连，跨马加鞭，一直投北去了。那伴当轿夫望见响马去远，方才走转。伴当道：“有一个响马是杜兴的相识，在营里见过，我认得的。但不知姓名。”轿夫道：“且报当地官府，着人收殓。在杜兴身上跟寻响马便了。”有诗为证：

马嵬山下遗香袜，群玉山头怨晚妆。
一段杀机消不得，空留芳草怨斜阳。

那两个响马，便是杨林、裴宣。杨林先与杜兴算计，路上结果他，打听同上东京。杜兴不好出面，在十里外等候。裴宣、杨林杀了玉娥、舍人，劫了财物，会着杜兴，同到饮马川。裴宣道：“我等重理寨栅，招集壮丁，再做一番事业。”杜兴道：“我未限满，若在此间，必然寻究到李大官人身上。裴大哥，你在此招集整理，我同杨哥到独龙冈纠了东人来，方才安稳。”计议已定，消停两日，杜兴、杨林取路到济州。

行了两日，到一小市镇上，见一个人与人厮闹。杨林看时，却是一枝花蔡庆。拦开众人问道：“为甚么在此厮闹？”蔡庆道：“二位来得正好。昨晚我同这伙人在店中安歇，我先出门，他赶来，赖我拿他甚么行李。”杨林大喝道：“这是我的兄弟，你们为甚赖他？”拽拳便打。那伙人道：“不曾赖他。晚上同寓不见了行李，问他一声可曾见，这位客官便要厮打。”杨林道：“他是清白汉子，可是拿你行李的！”看的众人相劝开了。杨林问道：“你到那里去？一向在那里？”蔡庆道：“哥哥没了，我不愿为官，原住在北京。一个舅舅在凌州做知州；总是闲在家里，思量去打个抽丰。”杜兴、杨林道：“如此甚好，我们一同行。”蔡庆道：“你两个在那里相会？到济州做甚？”杜兴把孙立寄书，遭累刺配,杀了玉娥、舍人的话说了。一路同行同歇,不一日,到了山东分路的所在。杜兴道:"我两个到独龙冈,你到凌州住几时。若回家去,必打饮马川经过,千万到山寨里一会。"三人分别,不题。

却说冯舍人伴当到彰德府呈告,差人到草料场拿那杜兴时,早已逃去了,星夜赶到东京。冯彪知道儿子被杀,又苦又恨,细问根由。伴当将囚徒杜兴勾引响马来杀害的话说了。冯彪道:"既是杜兴,自有下落。"禀过童枢密,一面行文到彰德缉拿响马,一面行文到济州勾摄杜兴主人李应,要他根捉杜兴。

却说那济州知府接得枢密院文书,要捉李应,唤缉捕使臣商议。使臣禀道:"那李应有万夫不当之勇,又曾授过都统制官职,不容易拿来。必须太爷自去,只说拜他,哄出来方好拿得。"知府便摆执事,带了一百多衙役到独龙冈。

却说李应虽知杜兴刺配彰德,却有两三个月不通音信。其时秋末冬初,正在家里收拾稻子上仓,见说本府太爷来拜,慌忙出迎知府到厅上,正要参见,知府道:"枢密行文,有件要紧事到府间去说。"衙役簇拥便行。李应脱身不得,只得随去。到济州城内,知府升了堂,说道:"杜兴是你家主管,你怎么纵容他劫杀了冯指挥的舍人!童枢密要你身上送出杜兴。"李应分辩道:"杜兴刺配彰德,隔着二千多里,从来不通音耗,那里去寻他?"知府发怒道:"你和他同是梁山泊余党,自然窝藏在家,推不得干净。今日且不难为你,暂时监下。我申解到枢密院,你自去分辩。"李应到监里寻思道:"怎又做出事来连累着我!"只得把银子分俵狱中。那节级人等,晓得他是大财主,要趁他钱财,并不难为。因此李应不曾吃亏。

却说那蔡庆到凌州,舅舅已升任去了,盘缠使尽,回去不得。思量到独龙冈寻杨林、杜兴,取路到济州,却好会着杨林,说道:"我舅舅升任,没有盘缠,要回不能,正来寻你。"杨林道:"李应已被济州太守拿去,监在狱里;杜兴先把人眷家资同庄客护送到饮马川去了。我要到济州去救李应出狱,正无帮手,你来得甚好。且去寻个客店歇下。"杨林道:"莫若如此如此,方可救他。"蔡庆道:"有理。"

次日下午,二人来到监边,对狱卒道:"我们是东京枢密院奉差到济州公干。闻得李应监在里面，与他有旧，要看他一看，烦你开门。”狱卒受过李应大注钱的，不好推托，开门放进。李应闷闷地坐在牢房，见了杨林、蔡庆，倒吃了一惊。杨林低低说道：“我和裴宣、杜兴做了这桩事，恐怕连累你，到独龙冈报信，不料先监在这里。杜兴先把宝眷家资护送到饮马川了。若解到枢密院，性命难保。不若这里如此用计，方可脱身。”李应大喜，把五两银子与节级道：“我不久要解到东京，一向承你们看待，今日有个朋友枢密院差来公干，顺便来看我，要烦你置备酒肴款待则个。”节级依允。不多时，摆列齐整，请杨林、蔡庆和节级小牢子一同畅饮，又分给牢中一般罪人。节级小心封锁狱门停当。吃到欢畅，李应起身向节级牢子各敬一大杯，不觉口角流涎，昏迷不醒。

听得谯楼上鼓打三更，李应、杨林、蔡庆爬到墙头上，拨开荆棘，一同溜下。正要移脚，只见两个人提碗灯笼，手执棍棒，却是巡更的，一个喊道：“有人越狱了！”李应把那人下颏上一抬，羊撇头倒在地下；那个再要喊时，杨林早已拔出尖刀，夹耳一搠，杀死在地；这一个才要扒起，杨林随手一刀，也完帐了。蔡庆提了灯笼，李应、杨林拿了棍棒，认作巡更的，公然出了大街，又转过小巷。

黑影里有人轻轻话响道：“此时城门未开，家中倘或追来怎处？”蔡庆抢步向前一照，有个年少妇人，青布兜头；在前一个汉子，背一包袱跟着。蔡庆大喝道：“背夫逃走么？”那汉丢了包袱，望侧边巷里一溜烟走了。杨林扯住妇人。那妇人慌了，双膝跪下，说道：“一时错见，被他拐出，饶了我罢！”杨林问道：“那汉子姓什么？”妇人道：“那汉子姓施，是奴的表兄。丈夫出外经纪，奴被婆婆打骂不过，私自要他领到娘家去，不是逃走。”杨林道：“分明与表兄通奸逃出，还要抵赖。我们饶你，不扯见官，你快些回了家去。”那妇人致谢不尽。杨林提了包袱，笑道：“我们巡更有功，捉了一起奸情。”李应道：“且到城门边看开也未开。”奔到城边，却好鸡唱。坐了一回，城门开了，黑影里闯出城。走了五六里，到一小山脚下，天色渐明。杨林道：“夺这包袱，且是沉重，不知甚东西在里面？”打开一看，有几件女衣，裹着三吊铜钱并钗鬟首饰，说道：“且拿这铜钱前边买酒吃。”重新包好，弃了灯笼棍棒，一同赶路，说说笑笑，早行了六十里地面。

官道边有座酒店，挑出望子。进去买些酒吃再走。拣副座头坐下，叫酒保打五斤酒、大盘牛肉来。走了这半日，肚中饥馁，狼吞虎咽吃了一回。见上面一个人，军官打扮，身躯雄壮，一部落腮胡，独占一副座头；下首四个家丁，又在一副座头上吃酒。那军官拱手问道："列位从济州来，不知还有多少路？可赶得到么？要去提一重犯。"蔡庆接应道："尊官贵处？要提什么重犯？"那军官未及答应，家丁便道："我家爷是童枢密标下冯都爷。为着小舍人在彰德府被响马害了，打听得是梁山泊余党扑天雕李应的主管。因移文去提，不见解到，都爷亲自下来并济州官府提到东京，与小舍人报仇。"李应三个听了，做声不得，支吾了几句。杨林算还酒钱，出门便走。

只见一个铺兵背着黄袱公文，急走进店，劈面把李应一看，就叫："酒保，快些打角酒来，吃了要递一角紧急公文。昨夜李应越狱走了，在狱墙边杀死两个更夫，本府要申到枢密院去。"那军官跳起来道："怎么说？李应越狱走了！"铺兵道："方才出门的好像是李应。若拿住倒有三千贯赏钱。"家丁道："不消说了，这三个人见我讲了，慌忙出门。又这个阔脸的正像是杀小舍人的，我认不真，不敢声张。"冯彪唤铺兵做眼，同家丁拔出腰刀，飞也赶来，叫道："劫贼不要走！"李应三个回头看时，已到身边。虽藏暗器，却不中用，急闪入林子里。铺兵再一认，喊道："正是李应！"那冯彪同家丁也奔入林子，轮刀便砍。李应事急智生，见有株松木横在地上，拿起来对面一扫，一个家丁手中的刀拿不住，扫在地下，杨林急忙拾起，举手相迎。李应又将松木尽力一搪，那冯彪抵当不住，一个脚踢跌倒在地；杨林一刀砍开脑袋，死于地下。那家丁不敢向前，狠命跑了。铺兵走得迟些，也被杨林杀死。李应道："若没有这根松木，我三人性命休矣！"恐怕地方知道追来，急急走了。那四个家丁回到店中，说家主、铺兵被杀，店家吃了一惊。日已平西，到济州不及，就在店中安歇。次早回到东京，去报童枢密，叫地方店家去济州首报，不在话下。有诗叹道：

父当垂训，子宜干蛊。

父子凶淫，死非其所。

却说李应三人，脱了险难，晓夜趱行，一路无话。到了饮马川，裴宣、杜兴接着，不胜之喜。告诉店中遇着冯彪，杀死在林子里，各各惊喜。李应见家眷已在，说道："本等我已重整家业，不图什么了，偏又凑出这事来。今已住手不得，须索整顿山寨，成一规模。"裴宣道："小弟已聚得二百人在此。五里之外，有座龙角冈，冈上原有一佑圣观，香火极盛；近来有个强人，唤做毕丰，杀了道士，占住观中，倒聚五百喽啰，钱粮广有。我旧时有个小头目熊胜在他手下，前日来对小弟说：'那毕丰是任原的徒弟，在泰安州嘉会殿上被燕青扑翻，与梁山泊是世仇。'见我这边立起营头，要来吞并。这是肘腋之患，不若我们先下手驱除了他，招过喽啰，方得安稳。"李应道："我们立脚未定，先料理一番，再看机会。"连日砍伐树木，起造房屋，筑了寨门、隘口，置办马匹、衣甲、器械，粗粗完备。

一日，那熊胜又过来说道："毕丰有勇无谋，极贪酒色，不恤下人，喽啰尽皆离心。前日到山下抢了大户人家一个女子，名唤王媚娘，终日迷恋，昏醉不醒。我原是头领旧部，有心归附，在那边做内应。今夜过去，软进硬出，无有不胜。"李应、裴宣大喜，重赏熊胜，叫他先去策应，三更准到龙角山。熊胜自去了。

当下李应、裴宣、杨林领一百喽啰去劫寨，留蔡庆、杜兴看守。二更时分，取路到龙角山来。其时正是腊月下旬，严霜满地，万木凋枯，那残月在东山边吐出寒光皎洁。李应上了山冈，那龙角山生得险恶，只有一条小路，崎岖陡绝。将到寨口，熊胜与心腹二十余人守住，对裴宣道："此人还和王媚娘在那里饮酒。待我领路悄悄进去。"李应、裴宣、杨林各执器械，从大殿侧边转到餐霞轩，窗缝里一看，见毕丰半醉，抱王媚娘在怀，一递一口儿吃酒。

王媚娘道："你说三日后送奴回家，今有十来日了，怎留住不放？"毕丰道："这是哄你的话。要你永远做个夫人，在此有什么不好！我有一百余颗大湖珠在这里，与你穿戴。"媚娘道："爹娘在家啼哭，放心不下。"毕丰道："明日请来在这里一处过活便了。"又哺酒与他吃。媚娘道："吃不得了，饶了奴罢！"毕丰道："昨晚那桩怪你讨饶，我今夜再不饶你！"

李应大怒，喝道："贼子，这般无礼！"一齐拥入。毕丰见不是头，推开媚娘，往轩后窗子里一跳。裴宣赶去，他已爬上岭头了。裴宣也跳出去。毕丰黑影里一闪，不知去向。王媚娘慌忙跪下。李应说道："不要慌，送你家去。"熊胜唤聚喽啰，到大殿上款拜。李应道："那贼子走了，留着后患，不可不追。"遂同裴宣、杨林、熊胜，叫喽啰点起火把，四下搜寻，不见影响，道："造化这贼子！"对众喽啰道："你们肯随我到饮马川么？"众人同声的道："毕丰不仁，久欲散去。见熊胜说头领极有义气，情愿跟随。"李应道："既如此，可收拾了同去。"搜出三五千两金银，两仓米谷，三十匹好马，器械、衣甲，都叫驮回饮马川。杨林放上一把火，把观宇烧作白地，叫熊胜同自己两个小头目送王媚娘还家，媚娘拜谢而去。

天已大明，回到饮马川，宰猪杀羊，拜赛神明，犒赏喽啰，商议坐位。李应道："这饮马川是裴大哥旧日基业，原该坐了。"裴宣道："大官人英雄无敌，况梁山泊上天数定的，岂可再议！自然听受号令了。"李应推不得，坐了第一。裴宣第二。要请蔡庆坐第三。蔡庆道："小弟正有一言相禀。"众人侧耳听着。正是：草昧群英方复业，烟霞仙客更同波。不知蔡庆说出什么话来，且听下回分解。

第六回　饮马川李应重兴　虎峪寨魔王斗法

却说李应、裴宣在饮马川让定坐位，要请蔡庆坐第三。蔡庆道："我兄弟两个是北京行刑刽子，没甚材具。因救护卢员外，蒙宋公明挈带上山。不幸征方腊，哥哥死了，单剩小弟一人，有老母、贱眷在家悬望，偶然路上遇着杜、杨二人，一同救出大哥。我在这里也没用，不如容我别去倒好。"李应道："既然如此，不敢相强。再从容几日，送行便了。"杨林遂居第三。杜兴第四。李应初到饮马川，并了龙角山这枝人马、许多财物，大加整理，竟成了一个局面。过了几日，蔡庆坚执要行，李应取出金银相赠，送至路口而别。

不说四人在饮马川聚义。只讲蔡庆背上包裹，独自一个取路回北京去。饥餐夜宿，走了两日，到虎峪寨地方，是一个大市镇，都是富户居住。到市上时，只见大石场上搭起两座高台，悬灯结彩，如迎神赛会一般。下面围绕老幼男女，约有千数多人，都望台上观看。蔡庆也立住了脚，分开众人，挨身一望，只见东边台上坐着一个道人，四个侍者，各执宝剑。看那法官怎生模样？

> 鱼尾冠多镶白玉，云鹤氅遍绣销金。口阔唇掀，闪烁两腔邪视眼；眉浓脸瘦，蓬松一部落腮须。宝剑掣来天地暗，法铃摇动鬼神愁。

再看西边台上，也坐一个道士，并无侍从，如何打扮？

> 头绾双叉丫髻，腰系八卦葫芦。杂色丝绦，宽系道袍香皂；淡青行缠，紧穿草屦烂斑。胸中常养天和，面上犹存杀气。

蔡庆定睛一认，却是混世魔王樊瑞，寻思道："他如何在这里弄着把戏？且不叫破，看他怎地？"又见中间高桌上立个官人，长髯绿鬓，相貌魁梧，朝着两边台上拱手道："小可难得二位仙长降临。许多人在这里看演妙法，只求各显神通。俱是道高德重。斗得胜的，便建造仙院，情愿拜为师长，终身供养。"

那东边台上法官道："贫道是当今的圣上亲拜为师通真达灵先生林真人传授的法侣。蒙檀越们一向优礼。今既有野狐孽障到来斗法，须索与他对垒。倘赢了他，要拿去见官处治，不可放他走了。"那樊瑞便应道："小道偶然云游至此，闻得仙长道法，特来请教。今日万目同观，倘小术胜时，不过游戏一番，即当飘然而去，并无争竞之心。请仙长先施神技，不必多讲。"

那法官便接侍者所捧的剑，向空中画一道符，口中念念有词。忽然天昏地暗，白日无光，巽地突起一阵狂风，半空里跳出一只白额吊睛斑斓猛虎来，竟到西台上咆哮剪尾，来扑樊瑞。只隔尺许地面，不能近身。樊瑞把手一指，喝道："孽畜，还不现形，更待何时！"只见那猛虎霎时变做一张黄纸，道人一口气吹入云端去了。那法官摇着法铃，道声："疾！"又现出一条黑蟒，约有三五丈长短，目光如炬，口吐毒雾，把樊瑞颈上蟠紧，昂起头来，舌尖如闪电一般，抻入樊端鼻孔。看的人都道："这番道人的性命休了！"蔡庆只吓得一身冷汗。看樊瑞仍不动声色，将手勒住黑蟒，吹口仙气，霎时又化作一条草索，掷于台下。众人齐声喝采。那法官见毒蛇、猛虎害他不得，心下想道："我如今用如此法术，他决躲避不得！"把两手空中一撒，令牌敲响。顷刻间，漫天扑地，数万赤头黄蜂，拖着螯尾，鼓着双翅，轰轰如雷的叫，裹满樊瑞，叮的叮，刺的刺。又只见腾腾烈火，满天通红。樊瑞动也不动，袖中摸出一小石子，向北方抛出，再把拂子一展，一声霹雳，震得屋宇皆动，大雨如注，火光顿灭，那些黄蜂尽是稻秕，随雨而散。那台下看的人，身上并无一点雨儿，尽皆惊异。

那法官法力已穷，无可奈何，思量下台走路。樊瑞叫道："仙长，还有什么奇术，再请赐教一番。小道也有些小技，不敢唐突。但既蒙先施，也只得略做一二件与众位看看，消遣一消遣，不知可否？"台下的人，一来要看法术，二来抱不平，齐声道："二位师父原说赌赛的，他赢不得你，礼无不答，自然该显手段。我们自有公道哩！"说声未罢，只见樊瑞在葫芦内取出个桃核儿，唤看的人在台边掘一土坑，将桃核埋着，又盖上泥土。把一杯水念了咒语，浇在土上。须臾生出一株桃树，繁簇簇开的满树花，结三颗桃子，其大如碗，鲜红灼灼。樊瑞把手一招，云端里冉冉走下一个美女来，绰约仙姿，淡妆道服，非世间美貌可比，轻轻把纤手摘下桃子，袖里拿出个金镶白玉盘，袅娜娉婷，走到东边台上，深深道个万福，起一点朱唇，露两行碎玉，如莺声娇啭的道："侍儿是王母娘娘殿前司香玉女。慧眼观来，知仙长在此演法，特遣送蟠桃三颗，食了长生不老。"那法官见玉女天姿国色，细语柔声，不觉凡心顿起，正要伸手来接；蓦有一位天神，青面獠牙，身长丈余，头戴束发冠，腰系虎皮裙，手执狼牙棍，腾空而来，把法官夹领揪住，望台下一丢，晕倒在地。天神、玉女都不见了。侍者慌忙跳下扶起，兀自昏迷不醒，驼到后边去了。樊瑞也下台来。众人拍手大笑道："好一位道长！有这样手段真是难得！"一哄而散。

那高桌上官人便向樊瑞倒身下拜，道："弟子肉眼凡夫，一向敬那郭法官如神仙，不料师长有此神法，屈到舍下奉斋请教。"樊瑞笑道："何足为奇，不过些小幻术。那法官自逞其能，故略略与他取笑而已。贫道闲云野鹤，不敢过叨，就此告别。"却好蔡庆走过相见。樊瑞见有人在旁，不好问向来踪迹，遂向那官人说道："适遇敝相知，还要说话。"就要转身。那官人那里肯放，扯住道："见了活神仙，岂可放过！这位贵友不妨同请到静室细谈。"邀进厅堂，重新叙礼，即设斋相待。正要叩问修真之道，家人报道："童枢密遣差官要见。"那官人起身道："天色已晚，且请到云房安歇，明日竭诚奉叩。"说罢自去。

家人送樊瑞、蔡庆到云房。蔡庆便把从前事迹说过，道："我要回家，在此经过，见是兄长，看演了半日的法。端的为何与他相斗？"樊瑞道："我不愿为官，云游访道，如今要去访一清道人，结茅名山，也在此经过。闻得那官人姓李，名良嗣，是个豪侠富户，结识权贵，思量干立功名，更一心好那法术。那法官姓郭，名京，是个破落户，投在林灵素门下，传些小术骗人。李良嗣一见款住，甚是钦敬。我闻他名，到来相访。不意郭京十分忌刻，要与我打赌赛，故显些手段羞辱他一番。此间不是久留之地，明日我们早行罢。"两个宿歇不题。

再说李良嗣接见童枢密差官,设宴相待。差官道:"童枢密新奉圣旨,统领大兵镇守北京,防备大辽。出京之日,林灵素先生说:'有个门下徒弟郭京,荐在枢府效用。'闻知在府上,特来相请。"李良嗣忙使人与郭京说知。那郭京受了这场亏,浑身疼痛,睡在床上呻吟不绝。闻得枢府相请,慌忙挣扎起来,与差官相见,谢道:"蒙恩相见收,又烦尊驾枉迎,便当晋谒。只是受了一个贼道的气,身子动掸不得,过两三日,自叩辕门。"差官便问:"何事受气?"郭京道:"李大官人是当今第一个豪杰,胸藏韬略,武艺超群,贫道极承款待。只是不辨贤愚,凡江湖游食之徒,一概收留。不知那里来个贼道,要与我斗法,被他使个障眼法儿,把我闪了一跌,腰膝损伤,甚是狼狈。"差官笑道:"先生,你与他斗法,何不先使个障眼法教他吃跌,反自受了亏?"那郭京满面羞惭,无言可答。李良嗣道:"郭先生遣猛虎、毒蛇、黄蜂、烈火,却也利害,谁知一毫动他不得。他取个桃核埋在地下,顷刻长株桃树,结下三颗蟠桃,云端里走下玉女,容貌非凡,摘来献与郭先生。只道是美意,谁知闪出一员天将,狰狞可畏,把郭先生望空一掷,因此受伤。"差官道:"这道人如今在那里?明日我去拜他。"李良嗣道:"我留在云房安歇,还要传授他的法术哩!"

差官有个跟随的家丁,在旁边听了,私自走到云房门首一张,见道人正与蔡庆在灯下细谈,仔细一认,急急走来,说道:"那道人不是好人!"李良嗣道:"怎见得?"家丁道:"我到云房悄悄一看,道人不认得,那个同他讲话的,却是杀我冯都爷的响马。若是好人,怎与响马相识!"差官惊骇问起根由,家丁便道:"小舍人在彰德被响马杨林、杜兴所害,冯都爷自到济州提那李应,酒店里遇着铺兵,认得赶去,林子里被他杀死。这个人姓名不晓得,面庞认得真的。目今童枢密正要捉李应、杨林、杜兴,若拿了这个人,那三个自有下落。"郭京乘机说道:"李应、杨林是梁山泊余党。阮小七、孙立又闹了登州,害了杨太守一门良贱;杨太尉奏过天子,要发兵征剿。李应杀了冯指挥父子,重造迷天大罪。那道人会使妖法,自然梁山泊上公孙胜了。李大官人素怀大志,进取功名,何不乘此顺便拿了公孙胜和那响马,解到枢府,一定奏闻赏授官爵。若是放他走了,日后根究起来,晓得在你家里，推不得干净。”差官亦思量得功，说道；“郭先生之言甚是有理。”李良嗣也动了功名之念，说道：“拿了梁山泊余党，除却朝廷大害，真可作进身之阶。只是他道法高强，倘然失误，是‘画虎不成’了，怎么处？”郭京道：“不妨。我们法术单怕狗血人屎，叫人围住，他在睡梦里，把秽物浑身一淋，他便施展不得。瓮中捉鳖，手到拿来。”当下算计已定，到三更时分，唤庄客、家丁各持刀杖，把云房守住，安排污秽之物，打进去拿那道人。

却说樊瑞已先晓得有人窥探，便自存心，对蔡庆道：“今晚须防人暗算，不要脱衣服。”取两块泥土，念个秘咒，与蔡庆捏着，道：“若有动静，我们竟走，人不看见，此是土遁之法。”果然三更，郭京当先，领着家丁、庄客点了火把，直拥进来。樊瑞、蔡庆早已起身闪在一边，众人对面不见。樊瑞望着郭京面上吹口气，一时昏迷倒在床上。樊瑞扯了蔡庆竟出大门，说道：“差官说童贯镇守北京，你同李应杀了冯彪，今被家丁认得，若在家里定然安身不牢。我护送你到家，搬了家眷，且到饮马川。我也不去寻公孙胜了，且暂住山寨。”蔡庆听允，趁黑夜同去了。

却说郭京昏倒在床，众人把火一照，见道人绾着双髻，鼾声如雷。众人将秽物满床一泼，取麻索紧紧绑缚，只不见了响马。扛到前堂，那郭京大喊道：“捆的是我！”众人看时，原来果然郭京，浑身血污，臭秽难闻，尽皆诧异道：“分明床上睡的是绾两丫髻道人，怎变做郭先生？奇怪得紧！”李良嗣急叫把绳索解落，将汤水洗净，换了衣服。那郭京受这两番荼毒，皆是自取其祸，哑口无言。差官道：“道人走了不消说，明日同去见了枢府，再作商量。”

次日，李良嗣备了金珠彩缎，同郭京、差官骑着马，到了北京。差官先进禀明。少顷，大吹大擂，开了辕门，兵威好不整肃！差官引李良嗣、郭京拜见，呈上贽见礼物。童贯看过收进，见李良嗣一表威仪，便问道：“本朝向与大辽和议交好，为宋江去征伐一番，惹动干戈。目今命大将统领雄兵，要来复仇，侵犯北界。朝廷特简本枢镇守。现奉敕剑，收录贤才。果有奇谋异策，即填御敕，除授显职，一体重用。久闻足下英才武略，当今贤士。今蒙赐顾，有何良图？”李良嗣恭身答道:“山野鄙夫,不揆固陋,蒙恩相下问,敢不直摅愚悃!那燕云十六州原系中华疆土,因石晋求救契丹,割地为赂。太祖时兴兵恢复,潘仁美违了节制,败于萧翰之手。真宗朝澶渊之役,亏寇准力劝御驾亲征,方得讲和。宋江轻挑边衅,致背前盟,故来侵犯,思复前仇。恩相且按兵不动,谨守封疆。卑末有一条奇计,取燕云如拾芥,灭辽国如破竹,使朝廷开拓万里之地,恩相享茅土之封。不识可上闻否?”童贯大喜,邀进密室殷勤致问。李良嗣道:“大金国主雄踞东方,兵已满万,天下无敌,何不遣一介使臣,从登莱汎海渡鸭绿江,深加结纳,两面夹攻。灭辽之后,燕云十六州仍归中国,那时议加岁币,一如纳辽故事,金主必然喜允。那辽国平州守将张彀,涿州留守郭药师,与卑末为同盟契友。待掉三寸不烂之舌,说他来归,则辽之藩篱已撤,首尾不能救应,岂不立时殄灭!”童贯听了,以手加额道:“天祚大宋,生此良士。一闻金石之论,顿开茅塞矣!”即具本上闻,重封官职,先署枢府参军,赞画机务。郭京因林灵素见托,亦留军中效用。自此李良嗣言听计从,恨相见之晚。

一日,商议军务,良嗣乘间说道:“灭辽已有成算,不必过虑。倒是宋江余党,重复啸聚山林,为祸不小。前日郭京在卑职家里,有一道人要来斗法,同伴一个人,是和李应杀冯指挥的响马。家丁认得,要拿解到枢府,不料使妖法遁了。这道人毕竟是梁山泊的公孙胜,今在二仙山紫虚宫。若不剿除,日后与辽国交战,倘然乘机窃发,反为心腹大患。”童贯道:“我倒忘了。阮小七、孙立占了登云山,杨太尉兄弟受害,李应又杀我心腹冯彪。今公孙胜广行妖法,着实搅乱,不可不捕!”即差标下统制张雄,领五百兵马,郭京为向导,先到二仙山擒拿公孙胜,然后进剿李应、阮小七。李良嗣奉着钧旨,就发张雄领兵前去,分付郭京道:“你不可怠忽,防他妖法。”郭京应诺而去。

却说公孙胜自从汴京辞别宋公明,朱武拜为师父,回到二仙山。过了几年,老母亡过,罗真人亦遂羽化。安葬已毕,自筑一小庵在紫虚宫后,乔松翠竹,曲涧小桥,甚是清雅。与朱武终日修炼炉火,参究内丹,道业愈高,心怡神旷。时当重阳佳节,丹枫满林,秋气高爽,两人酿下柏子酒,炊熟松花饭,笋脯嘉蔬,消梨雪藕,面着东篱黄菊,相对而饮。公孙胜道:“我本世外闲人,因应天罡之数,不由不出头做一番事业。还亏见机得早,跳出火坑。我和你今日啸傲烟霞,嘲风弄月,何等自在!宋公明满腔忠义,化作一场春梦!”又饮过数杯,敲着渔鼓板,唱道:

心上莫栽荆棘,口中谩设雌黄。逍遥大地尽清凉,丹汞鼎炉自养。

世事干戈棋局,人情蕉鹿沧桑。浮云富贵亦寻常,且把恩仇齐放。

两个唱罢,拍手大笑。只见小道童慌慌张张赶来,叫道:“师父,不好了!紫虚宫有兵马围住,两个将军把本宫住持拿着,说奉童枢密将令,要来捉师父。住持说在小庵,领兵同来了。”公孙胜、朱武连忙立起,使个隐身法,倚在松树边,看个下落。张雄、郭京押了住持,入小庵不见,山前山后各处搜寻,并不见踪影。住持道:“公孙先生自居小庵,不在宫内。这几年从不见下山。恐怕误认了。”郭京喝道:“胡说!他亲与我斗法,闹了虎峪寨,与李应杀了冯指挥,奉圣旨来拿的,不是小可!兀自篱畔摆设酒肴,在此赏菊。你这贼道,先知风放他走了。拿你去见枢密爷,重按军法!”叫把住持锁了,纵军士把宫内钱粮衣资掳掠一空而去。公孙胜摇着头道:“奇怪!我遁迹多年,未尝下山,并不接见一人,那里有什么虎峪寨?杀甚冯指挥?好没头脑!害这住持受累!”朱武道:“我前日下山买香,有人传说饮马川重聚强人,十分兴旺,或者李应当真在那里惹出事来也不可知,只不该牵到师父身上来。总是这里安不得身了。且到饮马川探个虚实,再寻名山洞府栖身,却不是好?”公孙胜依允,进庵收拾行囊,同朱武从僻路下山到饮马川。

不多两日路程,已至山边。果见刀枪密布,旌旗悠扬。到关上通了姓名,喽啰进报。原来樊瑞、蔡庆已先到了寨里,一同出迎,到聚义厅相见。李应满面笑容说道:“二位师长已作世外神仙,不似我等尚在患难。虽时常相慕,急切里不能相会。今日不知甚好风吹得到此,真是喜从天降。”公孙胜道:“我两个久离尘迹,高卧白云,重阳那日,对菊小饮,不意童贯差兵将拿住紫虚宫住持,说贫道使妖法闹了虎峪寨地方,和大官人杀了冯指挥,我一些头绪不晓。请问众位,为甚缘故重聚于此?”李应便将登云山孙立寄书、杜兴刺配、济州越狱、林子里杀冯彪的事说了。公孙胜道:“这是一件,也与我无干。那虎峪寨又是恁的?”樊瑞笑道:“这是我的事。我来寻访师父,路经虎峪寨李良嗣家,与郭京斗法,作弄了他。蔡二哥偶然遇着,家丁认得同李大官人杀冯彪的,要来捉拿,被我使遁法走脱。想是他们猜道梁山泊上只有公孙先生会行道法,故此认错了。”

公孙胜方才省得,说道:“怪道来的将官说道亲与我斗法。想是郭京了。只是为甚做了将官?”樊瑞道:“童贯镇守北京,郭京是林灵素门下,荐与童贯。那晚差官来请,想是在童贯标下了。”李应道:“朝廷昏暗,奸党专权,把我兄弟们害得零落无多,还逼得一个不容。虽然错认了先生,也是天假其便。今承到此,正好原照梁山泊上旧位,请先生居尊,共遵约束。”公孙胜道:“贫道已离世网,心似寒灰,不复燃矣!因事体模糊,不知来历,特来贵寨讨个实信。今已明白,即刻告别,再择名山潜身远避了。”李应道:“弟兄们还多,倘然惹出事来,又错认了先生不能安身怎处?小弟有个两便的善策在此。”公孙胜道:“请教。”有分教:干戈再起谈方略,水火抽添握胜谋。不知扑天雕说出何事,且听下回分解。

第七回 李良嗣条陈赐姓 铁叫子避难更名

却说李应要留公孙胜、朱武在山寨里，二人不肯，便要别去。李应道："师长既爱清闲，这饮马川形势非凡，山后高峰下面有一白云坡，地面平坦，两道瀑布，飞到坡前汇成阔涧，苔石嶙峋，四围有千百株虬松，参天苍翠。就在坡上建个小院，请师长在内清修，自送供给。有事则请教方略，无事则闭门参究，岂不是两便之策？"众人齐声称善。公孙胜就要去看。李应陪到白云坡，果然一派景致，不让二仙山。公孙胜方肯住下。驾起一座竹桥，结个茅庵，前临碧涧，后枕苍崖，花果纷披，禽声睍睆。公孙胜、朱武令小童炊爨，不要山寨中供给，蔬食清香，安心住下。

过得五六日，忽探事喽啰报上山来道："有一二千兵马，打枢密的旗号，浩浩荡荡，杀奔山边来。头领准备迎敌！"李应唤杨林、杜兴紧守寨栅，看他动静，未可出战。原来郭京、张雄锁押紫虚宫住持去回复童贯道："公孙胜在那里赏菊，这紫虚宫住持先通风放他走了，因拿这住持来回复。"住持分辩道："公孙胜虽居小庵，与本宫不相往来。他自遁去，与小道何干？"童贯道："他遁到那里去了？"住持道："闻得李应在饮马川啸聚，他是同党，或者在那里也不可知。"童贯道："李应少不得要剿灭。再差都统制马俊领二千兵，一并同李应擒来，扫清山寨，不可失误。"当下将住持撵出。

马俊同张雄、郭京领兵杀到饮马川，见山势峻峭，不敢攻打，只在山边摇旗呐喊。到下午时分，忽听一声炮响，李应全身披挂，背上插五把飞刀，提着点钢枪，左有樊瑞，右有杨林，三骑马飞出阵前。郭京指着樊瑞道："公孙胜，你这贼道，两番使妖法走了，今天兵到此，快快下马受缚！”樊瑞笑道：“你这天将摔不死的贼，真见鬼了！我是公孙胜？你若遇公孙胜，还死得早哩！”郭京大怒，做势要出马。张雄恐他失了锐气，仗大杆刀劈面砍来。李应接住。战了十余合，李应拖枪便走。张雄不知是计，飞马赶来。李应觑得较近，暗掣飞刀掷去，正中张雄肩上，负痛抱鞍回阵。樊瑞、杨林催动喽啰，冲杀过来。马俊抵当不住，官兵自相践踏，伤者甚多。忙退十里下寨，计点军士，折了三百余人。商议道：“贼寇凶勇难敌，且安歇一宵，明日申文去讨救兵方好。”

却说李应得胜而回。公孙胜、朱武知有兵到，也来寨中。李应道：“这些疲兵小将，何足道哉！便是童贯自来，也杀他片甲不回。”朱武道：“他折了一阵，锐气已丧。兵贵神速，今夜分四路去劫大寨，杀得他只轮不返。使童贯害怕，自然再不敢来撩拨了。”李应称善，遂遣杨林、杜兴、樊瑞、蔡庆分头埋伏。二更时分，李应自捣中军。到得寨口，分开鹿角，大喊杀人。官军略无准备。张雄、马俊在睡梦里听得，马不及鞍，人不及甲。李应冲到，一枪把马俊刺死，张雄望寨后逃去。喊声四起，杨林、樊瑞各路团团裹拢，那些军士杀的杀，逃的逃，如疾风乱扫败叶，只不见了郭京。李应等将官军弃下的衣甲、器械、马匹、粮草尽数搬回山寨，置酒庆贺不题。

却说张雄领了残兵回报。童贯大怒，欲起大兵亲自征剿。忽边报甚紧，大辽兵到，边隘守将拦当不住，乞发大兵遣将救援，故此中止。又接中书省行下文书，前日具题李良嗣破辽奇策，着到京陛见，具陈可否。童贯即发勘合，着良嗣驰驿进京，设宴饯行，说道：“参军复中华之疆土，建盖世之奇功，在此一举。朝中军国重事，俱是蔡太师判决，我有密启专荐，参军宜先晋谒太师，备陈事宜，面圣之时方好赞勷。”李良嗣领诺拜别而去。

不一日，来到东京，参谒蔡京，呈上密启。蔡京道：“参军此计真有旋乾转坤之功，可称千古创见。若成得功来，自然膺授显爵，连老夫与童枢密俱有荣施。只是科道中有几个古板的官儿，定然上疏阻挠，面圣之时，须要明白敷陈，条析利害。”李良嗣再拜道：“卑职蒙太师奖拔，当竭犬马之力，矢心报效朝廷。但一得愚忱，不过草茅管见，还求太师指教。”蔡京和颜送出。

次日五更早朝，道君皇帝驾御迩英殿，阁门大使引进。李良嗣山呼舞蹈拜毕。道君皇帝亲降玉音道：“览童贯所奏，荐卿有破辽奇策，不知果有成算否？”李良嗣叩头启奏道：“燕云十六州已沦没二百多年，不见光风化日。今辽主微弱，将骄卒惰，正是天亡之际。况金国劲气方张，近日与辽国构成嫌隙，我朝若遣使航海与彼连和，两面夹攻，易如拉朽。陛下英武圣文，岂但车书一统，远过汉武、秦皇，将见协和万邦，媲美唐尧、虞舜！”道君龙颜大悦道：“天生奇才，以佐朕躬；功成之日，定授节钺。”传旨先授秘书丞，赐姓赵氏。赵良嗣俯伏谢恩。

左班中闪出一员大臣，绯袍象简，启奏不可。众官视之，乃参知政事吕大防也。道君皇帝道：“何为不可？”吕大防正色道：“辽国与本朝为兄弟之国，和好已及百年，一旦撤其藩篱而近虎狼之金，他日难免侵凌。赵良嗣草莽之人，不识朝廷大体，事宜速寝。若贪一时之利，他日悔之晚矣！”赵良嗣道：“辽已败盟，今遣十万大兵侵犯北界，犹然守株待兔，加纳岁币，所谓‘赍寇粮而资盗兵’也；莫若以纳辽之币归之于金，坐复燕云故土，正合远交近攻之计。事机一失，时不再来，惟望宸断。”蔡京道：“琴瑟不调，则起而更张之。灭辽之后，与金交好，安有后悔！”道君皇帝变色道：“吕大防辅弼之臣，只图尸位食禄，无经国远猷。齐桓公小国之君，尚能复九世之仇，《春秋》大之。朕抚有四海，不得洗白沟之耻耶？敢有再谏者，加以上刑！”叱退吕大防。蔡京奏道：“赵良嗣既建奇策，金国通问使就差他去，庶应对无误，不辱君命。所有应用礼仪，乞降圣旨，敕该部料理，择吉启行。”赵良嗣谢恩退班，致谢蔡太师。各部奉旨，不敢迟慢。

宣和二年二月吉日，辞了朝，拜别蔡京，差人回复了童贯，意气扬扬，一路驰驿，至登莱下海。到金国议定封疆、岁币、出兵夹攻之期，就同金国报问使孛堇来朝。八月中秋，回朝复命，厚赐孛堇，送回本国。赵良嗣加授侍御史，监童贯大军，一同镇守。那时高头骏马，富贵逼人，侍从轩赫，好不施为！

行至黄河渡口，皇华驿馆，催封船只。正要过河，只见驿门口蹲着一人，驿丞连忙打开。赵良嗣看那人：

头戴逍遥巾，丝丝似千条柳线；身穿破衲袄，缕缕如百结流苏。满面灰尘，几日不经浆水；四肢委顿，昨宵缺少粥汤。手拿渔鼓简，还装落难神仙；胸藏木漆碗，竟是叫街花子。

赵良嗣认得是郭京。到驿中坐下，唤驿丞问道："那驿门口蹲着的人，与我唤来。"驿丞急忙叩头道："不知那里这个花子，老爷降临，有失回避，驿丞知罪了。"赵良嗣道："我不计较你，只管唤进来。"驿丞赶出唤时，却不见了，东寻西抓，汗流浃背，直寻到驿后，见在茅厕中捉虱子。驿丞一把扯住，骂道："你这该死的花子，见大官府到来，不去躲避，连累我担惊恐！还不自去回话！"郭京战兢兢被驿丞扯进。赵良嗣走出叫道："郭先生，你怎么这般行径？"郭京方敢抬头，见是赵良嗣，满面羞愧道："一言难尽。"赵良嗣唤从人取过巾服换好，作揖坐下。驿中摆出下马饭，一同吃过。郭京方说："前日间同张、马二统制去攻饮马川，先败了一阵，晚间又被劫营，将士尽皆陷没。我逃得性命，失了机，恐按军法，不敢去见枢密。要到东京再投林仙师，又无盘缠。路上害了一场时行疫病，挣扎起来，只得权唱道情儿觅口饭吃。不想天幸得遇！"赵良嗣也把出使金国，已得定议，回朝超授侍御史，钦命去北京协理军务说了。思量原带他去，因出军失利，是没时运的钝货，恐怕有碍；又因一番相与，不忍见他流落做乞丐，问道："你如今行止何如？"郭京道："若到北京，童枢密定然见罪，又无面目去见林仙师，惶惶无定。"赵良嗣想了一想道："有个好去处，荐你去安身，自然重用。"唤从人取过文房四宝，修了一封书札，取三十两银子、一副铺陈相赠，说道："这封书你投到江南建康府王宣慰衙中，那宣慰是当朝少宰王黼的大公子，名唤朝恩，年少风流，最爱乐事，今驻守建康。我备细写在里面，必当亲任。只是要诚实谦和，见机而行，不可妄自尊大，别惹事端。我因钦限甚紧，不便久留了。"郭京感激不尽，送到黄河边。赵良嗣自渡河而去不题。

单表郭京本是落难的人，要顿饱饭也不能够，陡然换了一身华丽衣服，身边又有三十两银子，岂不是一朝富贵，气宇便觉不同，昂昂然重走进驿里，坐在赵良嗣的公位上，奴才狗腿的大骂。驿丞从外边走来，晓得是御史故人，又送银子，况且赵良嗣去还不远；没奈何掇转一副面孔，折叠两个膝盖，陪罪道："不知老爷是御史老爷的好友，有眼不识泰山，方才甚是得罪！"郭京躺在交椅上只做不见，凭那驿丞磕头，慢慢的说道："起来，我不计较你。去的那位老爷不是朋友，是我小徒，当初得我许多力，一朝富贵的。我是故意来试他，他自然该敬我的。我如今要往建康，你该作何料理？"驿丞道："这里有的是徒夫，但不知老爷用多少名数？"郭京是刚刚天上吊下来这一担行李，想多也没用处，捋捋须笑道："我也不好十分扰你，只消一名。"驿丞唤过一名囚徒，吩咐道："这位老爷是方才赵老爷的师长，你在路上小心伏侍，老爷自然赏你。"囚徒挑了行李。郭京起身从山东取路到建康。

行了好几日，天色已晚，错过宿头，官道旁有一所大庄院，叩门借宿。有一员外，苍髯古貌，面带忧色，出来问道："客官何来？"郭京道："在下是当今圣上拜为师的林真人位下，授洞霄宫法官，今江南宣慰王少宰的公子来迎，因错过宿头，特借仙庄过一宵，明早就行，房金依例拜纳。"那员外自有心事，意欲不留，见说了许多大来头，只得恭身迎进。草堂上相见过，说道："难得仙长到此，只是有慢。"郭京道："这里叫甚地名？敢问上姓？"员外道："是临清州管下，地名丰乐堡。老夫姓钱，是祖代住下的，年纪六旬，并无子息，单生一女，却也生得不甚粗蠢，诸般女工晓得，今年十八岁了，并无看得中的女婿，未曾婚配。近日却害了一桩不尴不尬的病，甚是忧心，终日不茶不饭，昏昏的睡，晚间倒梳妆起来，房中像有两个人讲话一般。老夫和妈妈疑心，细细察听，不见人影。如此有三个月了。不知是人是鬼，委决不下，无法可除。"郭京道："敢是被妖祟所凭，何不请法师驱治他？"员外道："便是我这里有个紫微观叶法师，符咒灵验，请他来施符设咒。莫想驱治得他，反被腰胯上打了一下，至今害病不起。"郭京道："毕竟那法师不得真传，故吃了亏。若有五雷正法的，随他什么邪魔，遣天将即刻剿除。"员外道："方才见仙长说是林真人位下，定是道法高强。不揣欲求大力，若得平安，自当重谢。"郭京道："驱邪逐鬼，是我们分内的事，你若说谢，我倒不肯了。"员外大喜，倒身下拜道："请问要什么三牲福物？"郭京寻思道："不知他女儿生得何如，且哄出来一看。"

答道："香烛福物是少不得的。还要令爱当面一看，就晓得那一种妖邪，方好惩治。"员外道："且待福物齐备，等老夫去唤小女出来。仙长少坐。"走进去不多时，同那妈妈扶出女儿来。郭京仔细从头上看至脚下，怎生模样：

粉脸生春，映出桃花两朵；云鬟拖翠，天然柳叶双弯。态度如湘烟淡荡，香风似花气氤氲。立苍苔浅印鞋痕，捻裙带微垂玉指。远望来，行雨行云浑似梦，定有妖凭；近看时，非花非雾总难描，宛然神女。

郭京见了，魂不附体，半晌说不出话，勉强挣着道："细观气色，是九尾狐狸为祟。若不早除，决然髓竭神枯而死。请小姐坐下，待我当面请将，那狐狸自然顷刻现形。"员外、妈妈连声称谢。那女儿见郭京一双贼眼注定了他，满面羞涩，低垂粉颈坐下。庄客摆起三牲福物，灯烛辉煌。郭京东指西划，念动咒语，因无令牌，取一块砖在桌上拍了三拍。一阵风过处，烛灯无光，郭京手中那块砖却在自己脸上雨点的乱打，一霎时皮破血流，口吐白沫，昏晕在地。员外慌了，走来扶持，被郭京一推，跌在地下，喝道："你这老蠢物，不知高低！我是北幽王太子，与你女儿有天缘之分，故来相聘，那里寻这油嘴捣子来瞧我夫人，这般可恶！且暂饶他性命，我请夫人到宫中去也！"郭京说罢，倒在地下。员外起来，那女儿已不见了，和妈妈大哭，懊悔道："江湖上的人再不要信他。女儿虽然恍惚，还在家里。谁想撩毒了他，如今不知摄到那里去了，教我老景靠谁！"泪流不止。又见郭京直挺挺在地下昏迷不醒，怕惹出人命来，只得叫庄客把姜汤灌救，直至五更方醒，满面血污。

郭京爬起，自觉羞惭，等不到天明，叫囚徒挑了行李出门，到涧边掬些水洗去血污，脸上青肿，疼痛难当。囚徒道："相公，你不该招揽这事，自受其亏，饿了一夜。"郭京道："平日我的法术甚灵，今遭他毒手不消说了，只可惜花枝般的女子，被怪物摄去受用！"囚徒笑道："还说这话，北幽太子嗔你瞧了他的夫人，故此打你。"郭京道："我自打的时节，一些不知，可不碜死人！如今肚中饿了，快趱行到前边买些酒饭吃再处。我正不曾问得，你叫什么名字？是那里人？为甚配在驿中?”囚徒道:“小的叫做汪五狗。祖上原是陈州人。父亲带到河北经商,本钱消折,父亲亡过,流落在那边。一时短见,被人哄去做些掏摸勾当,犯出事来,刺配在驿,已将满了。驿官见小的诚实,唤来伏事相公。”郭京道:“你一路小心。我有心要抬举你,不若长随了我到王宣慰府中,自有好处。”汪五狗道:“相公若肯提拔,是小人万分之幸了。”

在路又经四五天,已在天长县界上了,过了江就是建康。天晚投宿,那是小去处,不上三五十人家,大半务农的,只有一家安寓客商。郭京走进,叫:“店主人,有什么酒肉? 拿来吃。”歇了半晌,一个老人家包了头,摸壁扶墙走出道:“这里是草店,没有肉卖,酒便剩下两角,要米做饭,自去打火。我正发摆子,动掸不得。有个儿子又不在家。”拿两角酒、二升米、一碟熟菜放在柜上,说道:“我寒热得慌,要去睡哩!”郭京道:“我相公是受用惯的,怎熬得清淡!”老儿道:“说也无用。里面先到一位客人,也只是熟菜。”说了几句,喘做一团,自进去了。汪五狗道:“相公,待我煮起饭来,自有菜蔬哩!”郭京坐了好一会,汪五狗先点个灯,捧出一大盘肥鸡,把酒斟上。郭京道:“这是那里来的?”汪五狗打着手势掩口而笑道:“见相公没有嗄饭,小人捞来孝顺的。”郭京道:“这里无人,你也同来吃。”汪五狗盛了饭,两个低着头大嚼。

只见两个人推门进来,一看说道:“好! 好! 你们做客的,怎么偷我鸡吃!”汪五狗道:“扯淡! 这是前边路上买来的,谁偷你的!”一个道:“真赃现在,还要口强! 见你篱边一影,就不见了一个鸡儿,抵赖到那里去!”一个道:“不消说了,脸上刺着字,是个积贼,把来吊起,明早送官。”郭京道:“不要放肆! 我是当今皇帝拜为师的林真人位下,不是好惹的!”一个道:“管甚林真人鸟真人,便是皇帝自来也不该偷人家的鸡吃!”一把扭住汪五狗,分扯不开。只见对门房里走出一个客人,劝解道:“不必啰唣。这位客人来买鸡吃,不见有人,先自宰了。你不过要卖银子,快些放手,我这里一钱银子,你拿去罢。”一个道:“我养这个鸡报晓,那里肯卖? 况是偷的,定要究治。”一个道:“罢了,难得这位客人劝解,饶他罢。”接了银子而去。

郭京道:“有劳客人解纷,不知上姓?”那客人道:“小子姓尹,名文和，要去建康访友的。”郭京见客人丰姿俊雅，年纪后生，一团和气，说道：“我也到建康，明日是同路。不敢相瞒，在下姓郭，名京，是洞霄宫有职法官。王少宰的公子王宣慰在建康差人来迎。这鸡委是小价不问而取，若没有客官和解，明日要去见官，又费两日工夫。只是便宜了两个村夫。”尹文和道：“大人不争小人之过。请早些睡了，明日赶路罢。”郭京道：“银子明早送上。”客人道：“小事不劳挂心。”自回房去了。郭京和汪五狗还未吃完，把鸡骨朵咬得罄尽，肥汁泡饭，吃了才睡。明早五更，算还了房钱，一同出门，路上说说笑笑，甚是合得来。

到晚，郭京叫汪五狗备些酒菜，请尹文和。渡了扬子江，到了建康，是六朝建都之地，龙蟠虎踞之乡，山川秀丽，人物繁华。郭京寻神乐观做了寓所，口里又只说是龙虎山天师府差来查察各处宫观道士的，骗了道官一席盛酒吃了。过一晚，明早买件衣帽与汪五狗穿了做伴当，持了书札，问到王宣慰府中投递。尹文和自去访友去了。

却说郭京在府前候了一会，王宣慰叫人请进，自己降阶而迎。相见罢，分宾主而坐。王宣慰道：“久企高风，无由瞻仰。今幸鹤驭枉临，三生有幸。”郭京鞠躬答道：“台下世胄英才，神仙骨相，趋谒旌旄，足慰平生。”两边叙些闲话，甚是契合。王朝恩是纨袴乳臭，专好趋承；郭京是侧媚小人，见机迎合，故此一见遂成莫逆。留过午饭，便叫排军随郭仙师到神乐观搬取行李，后园安歇，以便朝夕请教。

郭京别过，来取行李，见尹文和走回，意致索莫。郭京问道：“贵相知可寻访着么？我蒙王宣慰厚雅，留款后园，正要候足下来相别。”尹文和道：“敝友不曾访着，承情注念，深感深感。”郭京想道：“这人伶俐温柔，不若收他做个徒弟，凡事有些商量。”遂道：“王宣慰慷慨名流，最喜宾客，我同足下路上相依，不忍遽别。贵友既未遇着，旅邸凄凉，不若同我在他内衙住几日，慢慢寻访贵友，岂不是好！只是有屈权作师徒，不知意下若何？”尹文和不语。正是：薰莸同器终非合，玉石相形辨始知。不知尹文和去就何如，且听下回分解。

第八回　万柳庄玉貌招殃
宝带桥节孀遇盗

却说那郭京要收尹文和做徒弟，同到王宣慰府中。你道那尹文和是谁？原来就是乐和，改姓不改名。他闻姐夫孙立闹了登州，晓得要连累到他身上。况且妻子久亡，身无牵绊，故此见机逃出在外。并不知登云山聚义、杜兴寄信刺配等许多事。出了东京，思量到那里安身？他是个精细的人，自思想："若至登州寻访姐夫，恐怕打在局中。"在路展转寻思，忽想到王都慰府中有个一般的陪堂，姓柳，是江南建康人，与他相好，半年前回到家乡，因此特来相访。那柳陪堂原说住在南门城外，乐和却不知建康地面广阔，那姓柳的又不是赫赫有名之人，平时忽略，记不真他居住的街巷名色，海阔天远，那里去寻？闷闷回来，见郭京要他同到王宣慰府中，暗想道："我有事在身的人，小可去处，不便安身。他那里深堂内院，改了姓，还容易隐藏。"又想道："那郭京胁肩谄笑，是个小人；王宣慰又是个奸党，不可露出圭角。权宜暂住，再寻退步。"正是"明知不是伴，事急且相随"，遂答应道："既蒙青盼，万分之美。只恐樗栎下材，不堪教训。若得拜在门下，一发荣施了。"郭京大喜，遂唤汪五狗将尹相公行囊一并同排军挑进，自同乐和进府见王宣慰。

郭京道："此是敝门人尹文和，相从贫道多年，性地聪明，诸般技艺都晓，特引他晋谒。"乐和拜罢，王宣慰留住后园，供给极其丰厚。郭京闲常弄些小法术撮科打诨。乐和是做过陪堂的，不消说识窍知机，又且清曲弦管，色色过人。王宣慰满心欢喜，一刻也少不得两人。就是汪五狗日逐跟随使唤，也享快乐。乐和无事不出府门，谦和谨慎，合衙大小无不喜欢他。郭京未免预些外事，纳贿招权。

有话即长，无事则短。不觉腊尽春回。清明时节，王宣慰要往万柳庄去看新绿，又当踏青，摆列侍卫，挈榼提壶，同郭京、乐和乘着金鞍骏马，出了石城门不远，就到庄边。那万柳庄是建康名胜之所，足有万株柳树，又有各样名花。三春时候，柳明花放，新绿飘扬，士女喧阗，笙歌鼎沸。庄边紧靠城河，四路舟车往来热闹。那王宣慰看之不足，选一片绿茵平坡之上，高张锦幄，铺设绣裀，与郭京、乐和席地而坐。有许多王孙贵客，阀阅娇娥，各选胜处，游玩的游玩，饮酒的饮酒，任情取乐。王宣慰唤侍从摆列山珍海错，玉碗金杯，开怀畅饮。郭京说些风情趣话；乐和取过玉箫吹得悠悠扬扬，移商刻羽，又清讴一曲。真是"游鱼出听，飞鸟回翔！"王宣慰大加称赏。

饮到半酣，郭京忽然抬起头来，指与王宣慰道："神仙下降了！"王宣慰、乐和定睛看时，只见两个佳人，前边一个十五六岁郎君引路，后边侍女跟随，冉冉而来。但觉得：

举止端庄，性情闲雅。略过三旬年纪，未褪娇红；轻描两道春山，犹存浅绿。衣裳缟素，暗送一种真香，非兰非麝；插戴天然，点缀几般异宝，不玉不金。丰肌弱骨，合德新沐兰膏；低笑浅颦，西子乍酣春酒。珊珊瘦影，尾定披发郎君；袅袅腰肢，斜倚垂髫侍女。玉琢粉妆，卫玠被人看杀；冰心蕙质，奉倩到处皆香。西母降凡携玉女，湘妃倚竹侍金童。

那王宣慰少年好色，欣羡不已。郭京更垂涎那披发郎君，唤汪五狗："去访问是谁家女子，便来回话。"乐和正色止住道："看他端庄贞静，大家举止，不可造次，恐失观瞻。"王宣慰倒也罢了，郭京那里丢得开，被乐和阻了兴，好生不乐。酒也不吃，只做起身闲步。踅了一回，直等看着那两位佳人下了船，却认得那船家是常在府中装载的，暗记在心，回来重复坐下，与王宣慰猜枚赛色，吃得烂醉。王宣慰见天色将晚，唤侍从收拾樽罍回府。

那郭京在马上东倒西歪，一到后园便睡，五更醒来，寻思道："可耐这尹文和好意带进府中，反阻我的兴！慢慢在宣慰面前说他事端，逐了他去。"又寻思道："那两个妇人不消说是天仙。这披发郎君一发可爱。怎地弄得到手，平生愿足！"摹拟了一会，天晓起来，叫汪五狗，悄悄的分付他去寻昨日那船家，讨个实信，即来回话。不多时，汪五狗回来说道："问那船家，他说姓花，也是官宦人家，住在雨花台，是水西门雇的船，不知他详细。"郭京听了，用过早饭，瞒了尹文和，唤汪五狗跟随，竟到雨花台自去访问。

出了南门，过了朱雀桥，一路山明水秀，走不多路，远远见昨日那披发郎君穿着紧身绣袄，拿张弹弓，随个小厮，从桃花林中走出。郭京想道："这是天缘凑巧了！"迎上前道："花小舍人，昨日在万柳庄游玩，怎么就下了船？"郎君道："不是游玩，同家母、家姑扫墓回来，顺路经过。"郭京道："高居何处？正要奉拜。"郎君道："不上一里之遥。素不相识，不敢有劳。"郭京正要涎着脸胡缠，见个人牵匹马来，说道："奶奶请舍人回去。"郎君即便上马，扬鞭而去。郭京见他上马便捷，解数风流，一发可爱，心下想道："他说家母、家姑，那半老佳人是他母亲了，那一个是他姑娘，不知有丈夫没有？"不曾问得详明，心中郁郁。望见竹林中有个庵院，且去讨杯茶吃，歇歇脚步。到门前，见写着"慧业庵"，里面佛堂供着白衣大士，好不清净、庄严！只见角门里走个老尼出来，打个问讯说："请坐，待茶。"郭京走进坐下，女童捧出一杯雀舌新茶。郭京一口吸干，问道："老师父甚法号？此间有个花家，可晓得么？"老尼道："贱号素心。这里花家原是乡绅，已经亡过。那花奶奶是本庵檀越，常来烧香的。"郭京道："是什么官宦？"老尼低低说道："是梁山泊招安的。单生一个公子，今年十六岁了，极是聪明。"郭京道："他家还有个姑娘儿？"老尼道："他丈夫姓秦，也是寡居。相公问他怎的？"郭京道："偶然闲问。"又坐一会，谢茶出庵。心下已明白是花荣的妻小，就有算计了。

回到府中，笑嘻嘻对王宣慰道："昨日万柳庄两个佳人，要收他甚是容易，已访知备细了。"王宣慰道："端的是什么人家？不知我一见就放他不下。在东京美貌的妇人也见得多，总没有那一种天然之态，令人想了，再丢不开。"郭京道："那中年的是花荣妻子，那少年的是花荣的妹子，配与秦明，都亡过了，守寡在家。自今梁山泊余党重复啸聚，朝廷行文各州县严加拘管，只消差一队官兵，说是奉旨拿解到京，谁敢阻当！一到府中，妇人水性杨花，见宣慰这般富贵，用些甜言蜜语，自然顺从。就是有人知道，现任大官府用个盗妇也无大事。况少宰老爷这等威权，怕他则甚！”

王宣慰满心欢喜道：“莫说年小的是天姿国色，就是那中年的更觉风骚。”郭京道：“做事要放辣手。当初高衙内爱那林冲妻子，染起相思病，若依我算计，骗他到白虎节堂，登时按了军法，那妇人怕他飞上天去！何须刺配拖延，竟成画饼！事不宜迟，明日就行。若取得来，我出家人不敢妄想，这小官人赏我做徒弟罢。只是那尹文和古撇得可厌，必须先遣开，方好做事。”王宣慰笑道：“尹文和几年前必然标致，如今色衰爱弛，你就厌他了。”郭京道：“他原不是我徒弟，客店里偶然会着的，见他伶俐，收在门下。他若知道，声张起来，里面奶奶知道，这还了得！”王宣慰道：“正是我府中人眼众多，只恐惊动里面便不妙，竟送到那饮虹桥别墅里去罢。那尹文和你既不要他在眼前，我目下正要差人到东京寄封家信，莫若就遣他去。”郭京道：“这个极妙。”王宣慰进去了。

郭京见了乐和说道：“王宣慰要差你到东京递家信，你可收拾行李。”乐和想道：“东京我是去不得的。这里原非久留之地。昨日听见府中人说，闻得柳陪堂住在雨花台，我自别过，去寻他罢。”答道：“在下蒙师长挈带，在此半年有余，正要别了往江北去。东京是不去的。”郭京道：“宣慰这般看待，差遣一差遣就不肯！也罢，随你。”正说间，王宣慰出来。郭京道：“文和自有正务到江北，东京寄书另差人罢。”王宣慰叫取十两程仪相送，乐和拜别，竟出府门，不在话下。郭京道：“不过要他离眼前，他自要到江北，一发好。”

次早，郭京叫汪五狗跟了，领一队兵赶到雨花台，问着花家，蜂拥进去，把花恭人、秦恭人和花公子，不由分说，一同拴住。郭京道：“奉圣旨着王宣慰勾摄梁山泊余党，扭解东京，不许迟延。”花恭人极口分辨，那里听他，扯着便走。邻舍闻说奉圣旨，那个敢惹事。养娘、家人四散躲避。郭京叫兵丁让三匹马与他母子三人骑了，竟到饮虹桥别墅中，锁在东楼上。停了一会，郭京同王宣慰上楼来，与恭人、公子见礼毕。郭京道：“这位是王宣慰大人，因奉圣旨勾拿梁山泊党人，解上东京，家属俱入官为奴。故此唐突，非干宣慰之事。恭人若肯通融，倒有个极妙的方法。”恭人花容不整，满面泪痕，说道：“先夫不幸，孤儿、寡妇苦守在家，朝廷何故又来追拿？既奉圣旨，有何方法？”郭京道：“宣慰少年风流，为人宽厚，只消与恭人出一辨本，说花、秦二将军早已身故，不曾与阮小七、李应等往来，所有妻孥自应免议。况有少宰太老爷在朝，自然依拟。只是夫人新亡，没有正室。恭人有了公子，坚心守志，不消说了。那秦恭人青春年少，又无子息，岂可担误！不若小子为媒，与宣慰做了夫人。公子就在衙内读书，应试求名。岂不两便！”那秦恭人听见，柳眉倒竖，星眼圆睁，说道：“忠臣不事二君，烈女不更二夫。我虽是女流，颇知大义。海枯石烂，自守其志。岂肯做狗彘之行！奉旨入官，起解便了，何得妄生枝节！也没有朝廷命妇可以强占得的！甘心受死，再不受污！不必多言！”王宣慰虽然好色，还有良心，见说得决烈，不发一言，先下楼去了。郭京道：“良言不听，后悔莫追。”也自下去，锁闭楼门，不通出入。

花恭人道：“我两人甘心守节，不料有此奇变。拚得自尽，莫被解去出乖露丑。”秦恭人道：“这贼子心肠在我身上，我若缢死，嫂嫂和侄儿自不妨碍。”花公子道：“孩儿想来，说奉圣旨是假的。前日不该到万柳庄。想是王宣慰看见，起此邪心。我昨日打弹回来，路上撞着那个人，只管盘问，我不采他。方才说做媒，这是真话了。”

正说着，见开了楼门，两个养娘捧一盒子肴馔并饭来，百般劝慰。三人因未早膳，只得吃些。花恭人问道：“你家夫人几时死的？”养娘只是笑，不肯说。花恭人再三好言相问，方说道：“夫人现在。老爷叫瞒着。都是那姓郭的设的计策，唤我们来伏侍，夜间就在此间伴宿。楼下有人看守。”花恭人道：“那姓郭的是什么人？”养娘道：“东京来的，是个道士。为人极刁钻，老爷偏喜他，无不听从。”花恭人道：“相烦与我禀知夫人，待我去哭诉苦情。若放得归去，重重相谢。若是拘留在此，定寻死路。”养娘道：“老爷分付，若使夫人知得，立刻打死。这是不敢。或者在老爷面前说恭人秉性坚贞，立志不从，倘得回心转意，也未可知。要什么饮食，只管说，等我们去拿来，调养贵体为上。”说罢下楼去了。花公子满心焦躁，要出来到正经官府告理，楼下有人守住，重垣峻壁，无路可出。母子烦恼不题。

再说乐和出了府门，寻思道："这郭京明知不是好人，良家妇女，访问怎的？我是好男子，这狐群狗党看不上眼，要差我上东京。且推托出来再处。"寻一所客店安寓，自到雨花台去问柳陪堂，逢人访问，却访不出。乐和登雨花台纵目一看，真是大观，千岩万壑，应接不暇；那大江中烟帆飞鸟，往来不绝；望着钟山，王气郁郁葱葱，不觉胸次豁然。游赏半日，取路要回。

穿过竹林，经过慧业庵，进去随喜，见侧边轩子内有个老汉，像是人家的苍头，对老尼哀求道："我家奶奶和小舍人被王宣慰拿去两三日了，我去打探，侯门如海，无路可入。你是出家人，假化斋粮，倘讨得个信息，却是老大慈悲！"老尼道："常蒙奶奶布施，这是该去的。但怕三姑六婆，不容进府。"那老苍头回转头来，见有人，吃了一惊，都住了口。老尼便讨茶待客。那老苍头只管看着乐和，又不敢问。乐和忍不住道："老人家敢是认得我么？"老苍头道："不知官人上姓？有些像与我先老爷相识的。"乐和道："你老爷是谁？"老苍头道："姓花，原是清风寨知寨，后来上了梁山泊，受招安的。"乐和道："我便是山寨里铁叫子乐和。你是花家何人？"老苍头道："我是花家三世老奴，叫做花信。不幸老爷弃世，奶奶同小舍人、秦姑娘守制，谁想两日前遭一场奇祸，被王宣慰来家奉旨拿去。彼时老奴不在家，回来没处打探，故央老师父去讨个实信。"乐和大惊道："你家奶奶可同小舍人在万柳庄游玩不曾？"老苍头道："正是。老爷葬在万柳庄旁边，清明扫墓回来，下船是从万柳庄边走过的。"乐和道："是了。必是那郭京诡计拿到府中。你且休慌，我是与你老爷相厚的，如今须要设个计策救出。只是此间不是说话处，这后面可有地方么？"老尼道："有。"就引乐和与花信到后面一间房内。

方才坐下，只听得佛堂外有人叫道："老师父有么？"老尼出去问道："是那个？"那人道："我姓汪，是王宣慰老爷府中来的。"乐和在里面听得，就躲在门内窃听，却是汪五狗。只见他说道："昨日如此恁般，只因花家两个奶奶执意不从，郭相公说老师父是与他家相熟的，叫我来请你去说劝说劝。"老尼道："如今这两位奶奶在那里？"汪五狗道："在饮虹桥花园东楼上。"老尼进来取茶，乐和教他如此答应，叫老尼开了后门，自与花信出去了。老尼拿茶出去说道："王老爷来唤，理当就去，只是今日无人在家看门，我明日来罢。"汪五狗坐了一回，又叮嘱老尼明日早来，遂走回来。

刚到城门边，乐和先坐在茶坊里沿街一副座头上，叫道："汪五哥，进来吃茶。"汪五狗道："尹相公说到江北去，怎么还在这里？"乐和道："我正要到江北去，王老爷因花家的事又请我转来，说我还会说话，叫去说劝他两人。你请的素心老尼怎样了？"汪五狗道："他说明日来。"乐和道："且同你吃壶酒去。"

一同出了茶坊，走到一个酒店内吃了几杯，问道："你随郭相公几年了？"汪五狗道："混帐！也同相公一样，路上遇着的。"乐和道："有什么好处到你么？"汪五狗道："有甚好处！单只身上这领旧衣服是他与的。我也不愿随他，要自去寻生意做。尹相公，你不知他出身是一个花子，敲着渔鼓简，沿门讨饭。偶有赵御史到黄河驿，认得他，送他三十两银子，一副铺陈，荐到王宣慰府中，雇我挑行李，路上又惹出事来，哄我跟随到此。醉了便大呵小骂，受他凌辱，只为没盘缠回去，权时忍耐。"乐和道："如今这奶奶、舍人在花园里是谁人看守？"汪五狗道："晚间养娘伴宿，楼下就叫我看守。今日他同王宣慰到茅山顶上烧香，过三日才回来。敢请老尼去说劝，若到底不依，就要用强哩！"乐和又取出二两银子与汪五狗道："一向劳你伏侍，这二两银子拿去买东西吃，我到府中自看顾你。"汪五狗道："若是尹相公这般好人，要小人水里水里去，火里火里去。其实不耐烦受他的鸟气！伏事相公是该的，怎好便受赏赐！"乐和道："不当意思。"把银子塞在他袖里，丢个眼色与老苍头道："五哥，你自斟一杯，我去登东便来。"老苍头跟到僻处，乐和说道："王宣慰不在府中，极好用计。你去雇个船，把家里细软收拾。"腰间取出钥匙，说道："你到某处客店里，把我行李取来。凑晚摇到饮虹桥边停泊等我，不可有误。"老苍头喜诺去了。

乐和进来算还酒钱，同汪五狗到了别墅。看门的人见了乐和，说道："尹相公又来了！"乐和道："我要到江北，老爷又邀我转来。"汪五狗竟领到东楼下。乐和道："你把养娘们叫下来，我好去说话。"汪五狗开了楼门，把养娘都叫下来。乐和上楼，恭身施礼道："二位嫂嫂认得我么？”花恭人却不认得，不好回答。乐和向花公子说道：“我是山寨里铁叫子乐和。贤侄数年不见，这般长成了。”花公子道：“失瞻了！原来是乐叔叔。我说有些认得，一时却想不起。我母子受难，求叔叔救解！”乐和低低道：“已算计定了，晚上便好出去。你们如今须依我。对养娘们只说我劝你们的话甚是有理，只等老爷回来商量，哄的养娘们信了，不甚防范，方好用计。”袖中取出一个纸包，递与花公子，附耳道：“如此如此。”花公子欢喜不尽。

乐和又坐了一会，方才下楼。汪五狗道：“尹相公劝的若何了？”乐和笑道：“被我再三苦劝，已有肯意了，只等老爷回来，一定妥当。只叫养娘们多送酒肴上去与他们吃。”汪五狗道：“毕竟还是尹相公会说。”遂与养娘们说了，大家十分欢喜。一面送酒肴上楼，一面送出许多酒肴来与乐和。乐和就叫汪五狗同坐，慢慢的吃。汪五狗原是酒鬼，心中又快活，尽兴的吃。约莫三更时分，汪五狗已是酩酊，乐和又斟了一杯递与他道：“只吃这一杯罢。”汪五狗一饮而尽，霎时口角流涎，倒在地上。

乐和在他身边搜出钥匙，开了楼门，只见两个养娘也都昏倒，也是中了花舍人的蒙汗药的。乐和道：“好下去了。”四人急忙下楼，恰好有朦胧微月，乐和常在这里游玩，路径多是熟的，引到后门首，开门走出。原来这花园后门正在饮虹桥边不远，老苍头已自停船伺候。一齐下船。花恭人见家中细软并养娘、小厮俱在船内，感激乐和不尽，说道：“自从知寨殁后，我同姑娘矢志守节，不料遭逢奸计，监在东楼。那姓郭的百般说合，我二人誓死不从。亏得叔叔义重，救我母子，真是大恩难报。”乐和道：“我为姐夫孙立闹了登州，暂躲在王宣慰府中。前日万柳庄我若知是嫂嫂，也不致使那贼道弄这诡计了。天幸完名全节，脱了牢笼。只是如今北边是去不得，莫若杭州是个锦绣之邦，寻个所在，权且安顿。公子这般长成，定是伟器，慢慢图个出身。嫂嫂意下若何？”花恭人道：“女流之辈，无甚见识，俱凭叔叔主张。孩儿年幼，全仗教诲。”

说话之间，早已鸡鸣，水关开了。从龙江关取路到镇江，进了闸口，一路顺风。一日到了宝带桥，天色已晚，催着船家赶到吴江停泊。

一时狂风骤起，那太湖里的水从桥里冲出来，汹涌难行。只见有两个船驾着双橹，飞也似摇来，船头立一条大汉，手执三股渔叉，一声胡哨，先把船家搠下水去，两个恭人缩做一团。乐和、花公子立得身起，那大汉早已跳过船来，拔出腰刀要砍下去；这里乐和早已提起朴刀在手，挺身相斗。正是：屋漏更遭连夜雨，船迟又遇打头风。毕竟那来的强盗，却是谁人，这船上几人性命如何下落，且听下回分解。

第九回 混江龙赏雪受祥符 巴山蛇截湖征重税

却说乐和船到宝带桥，遇着大汉举刀要砍。乐和正要挺身要斗。只见那大汉把乐和一看，喝道："你是谁？"乐和也仔细一认，说道："你莫非出洞蛟童威么？我是铁叫子乐和。"那汉将刀入了鞘，说道："天昏月黑，险些儿害了哥哥。你怎么来到这里？这船里却是谁人？"乐和道："我的话且慢慢告诉。这船里是花知寨嫂嫂同儿子和秦统制嫂嫂，你怎么又在这里勾当？"童威道："我只因混江龙李大哥陷在常州狱中，要设法银子救他，故此没奈何来行此事。"乐和道："他为甚拘在狱中？"童威道："说起话长，这里不是叙谈处，且同到湖中去。"这边那船家也爬起了，把船帮着，扯起了篷，一齐望湖中驶去。

到了一处地方，上了岸，童威、童猛与二位恭人见过礼，花公子也来见了。童威道："二位嫂嫂请进，里面自有内眷陪奉。"里面便有两个妇人出来，接了进去。童威问乐和向来踪迹，乐和把他从前事说了一遍，道："如今要到杭州去，不想会着你哥儿两个。这里是什么地方？李大哥却是为着甚事？"童威道："咳！不知我们怎么撞出来便是奸党作对！这里叫做消夏湾，是太湖所属地方。李大哥的事待我告诉。"

看官听着，这李俊的事话说甚长，莫等童威说，且待我慢慢的讲来。正是：

纵谈世事壶应缺，说到人情剑欲鸣。

却说那太湖一名具区，一名笠泽，周围三万六千顷，环绕三州，是江南第一汪洋巨浸。湖中有七十二高峰，鱼龙变化，日月跳丸，水族蕃庶，芦苇丛生，多有名贤隐逸、仙佛遗踪。昔人曾有诗道：

天连野水水连天，环列三州通百川。
日月浴生银浪里，蛟龙斗出翠峰边。
帆归远浦飞烟雨，枫落高秋满钓船。
羡杀功成辞上赏，风流千古载婵娟。

这首诗的结句说范蠡破吴回越之后，载了西施遨游五湖的说话。大凡古来有识见的英雄功成名就，便拂衣而去，免使后来有“鸟尽弓藏，兔死狗烹”之祸。

却说那混江龙李俊本是浔阳江上的渔户，不通文墨，识见却是暗合。从征方腊回来，诈称疯疾，不愿朝京受职，辞了宋公明，却与童威、童猛弟兄来寻向日太湖上结义的赤须龙费保、卷毛虎倪云、太湖蛟高青、瘦脸熊狄成四个好汉，在水泊里居住，终日饮酒作乐。李俊道：“我生长浔阳江上，专一结识江湖上好汉，因救宋公明上了梁山，做一番事业，受着招安，东征西讨，与朝廷出力。岂不知受了官职荣宗耀祖，享些富贵！只是奸佞满朝，妒贤嫉能，后来再不能有好结局的。幸得先见，结识了这几个好弟兄，得此安身立命之所，倒也快活。只是水庄虽然僻静，终是地面卑湿，胸襟不畅。那里去寻一个高爽的所在，盖造房屋，方为久居。”费保道：“大哥，岂不闻太湖中有七十二高峰？只有东西两山最为高旷。那东山上有莫厘峰，居民富庶，都出外经商；西山上有缥缈峰，更是奇峻，上顶江海皆见，民风朴素，家家务农、打鱼、种植花果为业。更有消夏湾，是吴王同西施避暑之地，林屋洞是神仙窟，宅角头是‘商山四皓’甪里先生的故室。这几个去处，何不同去一看？择可居之地，盖造房子起来便了。”

李俊大喜，一同上船，竟到西山各处游览一遍。果是山明水秀，物阜民康。那消夏湾四面皆山，一个口子进去，汇成一湖，波光如练，湖边一片平阳之地，可造百十间房屋。四围有茂林、修竹、橘柚、梨花，真是福地。李俊就与土人买了这片湖地，置办木植，雇唤工匠，不消几时就盖造完了。都是垒石成墙，结茅当瓦，不甚高大，前堂后厦共一二十间。只有费保、倪云有家眷，择日进房。置办酒席，款待乡邻，尽皆欢喜，都称李俊为李老官。盖土俗以“老官”为重也。

那沿湖的两山百姓，都在太湖中觅衣饭，打鱼笼虾，簖蟹翻凫，撩草刈蒿，种种不一。只有那罛船是有大本钱做的，造个大船，拽起六道篷，下面用网兜着，迎风驶去，一日一夜打捞有上千斤的鱼，极有利息。李俊与众兄弟商量，也打了四个罛船，使渔户管着，日逐打鱼起息。却是那罛船利在秋冬，西北风发，方好扬帆。

一日正当仲冬时节，西风大作，李俊要自去看打鱼，同弟兄上了罛船，向北而去。到半夜里，风息了，船行不得，便停泊缥缈峰后。到得天明，飘飘扬扬下起大雪来，霎时节琼瑶满地。唐人有诗道：

千山鸟飞绝，万径人踪灭。
孤舟蓑笠翁，独钓寒江雪。

李俊道："这般大雪，那湖光山色一发清旷，我们何不登那缥缈峰饮酒赏雪！也是一番豪举。"费保道："极妙！"将带来的肉脯、羊羔、鲜鱼、醉蟹，叫小渔户挑了两三坛酒，各人换了毡衣斗笠，冲寒踏雪而去。那峰只有三里多高，鱼贯而上。到了峰顶一株大松树下，有块大石头，扫去雪，将肴馔摆上，石中敲出火来，烫得酒热，七个弟兄团团坐定，大碗斟来，吃了一会。李俊掀髯笑道："你看湖面水波不兴，却如匹练，倒平了些。山峦粉妆玉砌，像高了些。好看么？尝闻道：'朝臣待漏五更寒，铁甲将军夜渡关。山寺日高僧未起，算来名利不如闲。'我们今日在此饮酒赏雪，真是天地间的至乐，凭你掀天的富贵，也比不得这般闲散！若论我李俊年力正壮，意气未衰，那里不再做些事业？只是古今都有尽头，不如与兄弟们吃些酒，图些快活罢。闻说宋公明、卢员外俱被鸩死，往日忠心付之流水。我若不见机，也在数内了。"说罢，又吃。

忽听得西北上一个霹雳，见一块大火从空中飞坠山下。大家吃惊，说道："大雪里怎得发雷！那块火又奇！我们走下去看。"叫小渔户收拾家伙，同下山来，周围一看，只见烧炀了丈余雪地，有一块石版，长一尺，阔五寸，如白玉一般。童威拾起，众人看时，却有字迹。都是不识字的，唯李俊略略认的几个，所以前日揭阳岭上宋江被催命判官李立药翻，正等伙家开剥，李俊赶来，见有批回，识得宋江字样，才得救醒。今将这石版着实摹拟好一会，说道："原来是一首诗。"众人道："大哥，你读与我们听。"李俊又顿了一番，念道：

替天行道，久存忠义。金鳌背上，别有天地。

众人听罢，都解不出。李俊道："这分明是上天显异。头一句说'替天行道'，原是忠义堂前杏黄旗上四个大字，合着我们旧日的事。且拿回去供在家里，日后定有应验。"遂捧了石版到船里，起篷回家，把石版供在神堂内，不在话下。

却说常州管下一座马迹山，也在北太湖之滨。山边村坊里有个乡宦姓丁，名自燮，是丁谓丞相之裔，黄甲出身，累任升至福建廉访使，拜在蔡京门下，为人极是奸狡，又最贪财，绰号巴山蛇。在任三年，连地皮都刮了来，丁忧在家。那常州新任太守姓吕，名志球，福建人，也是甲科，参知政事吕惠卿之孙，与这丁廉访同年，又是两治下，况且祖父一般的奸佞，臭味相投，两个最称莫逆。说事过龙，彼此纳贿。丁自燮思量守制在家，终不比做官银子来得容易，清淡不过，想在渔船上寻些肥水。去与吕太守讲了，颁下几道告示，说马迹山一带是丁府放生湖，不许捉捕，如违送官究治。自从有了告示，那丁自燮便将大雷山为界，竟占了一大半的太湖。若是渔船过了界，就唤狠仆拿住，扯破了网，掇去了篷，还要送官，百般扎诈。那小渔船识窍，不到北太湖打鱼也就罢了；但那罛船全靠是风，顺风驶去，那里收得住？偏是北太湖水深空阔，容得大鱼，众渔户没奈何，与他打话。那丁自燮得计，说要领他字号水牌，方许过界；若打得鱼，他要分一半。众渔户拗他不过，只得顺从了，连那小渔船不过界的也要平分。竟把一个三万六千顷的笠泽湖，与丁家做鱼池了。

李俊、费保闻知，心中不忿，道："偌大一个太湖，怎的做了你放生池！我们便不打鱼也罢，怎生夺了众百姓的饭碗！气他不过，偏要去过界与他消遣一消遣，看他怎么样！"七个弟兄却在一个罛船上，小渔户扯起风篷，望北驶去。过了大雷山，到马迹山边，有十来个小船，每船有三五个人，在那里守港，但是没有字号水牌的，便拿了去；有字号水牌的，便要分鱼，日以为常的。他见李俊罛船驶到，没有字号水牌，喝道："大胆的瞎贼！这里是丁府放生湖，你敢过界么！"费保便接口骂道："狗奴才！朝廷血脉，如何占得！放你娘的屁！少不得把你那巴山蛇皮都剥了，与百姓除害！"那小船的人齐起，把挠钩乱来扯网。

费保、倪云、童威、童猛一齐动手，把木篙撑的撑，打的打，大船风高势勇，小船抵当不住，翻了三个小船，十来个人落水。李俊叫回舵而去。

却说小船上捞起了落水的人，去报丁自燮道："方才有个罛船过界，没有字号水牌。小的们查他，大骂要剥老爷的皮，与百姓除害。撑翻三个船，十多个人下水，救得性命。有人认得是李俊、费保等，住在消夏湾。"丁自燮呵呵冷笑道："这是梁山泊余寇，反来惹我，是生意到了！"即刻修书信来抱呈，差到常州府投下。吕太守拆开看了，叫该房行牌勾拿费保、李俊的一干人犯。书吏禀道："这消夏湾地方是苏州府管辖，须要行关。"吕太守道："既如此，速备关文提来。"书吏备了关文，差人到苏州府行提。

那苏州太守是清正官府，闻得吕太守贪污，与丁廉访表里为奸，那南太湖渔户也曾有去告理的，因碍着同僚面上，不曾准行。今见关文来提李俊等，心中不悦，不肯行拘，打发批回转去。吕太守大怒，差人请丁廉访到来商议。吕太守道："可耐苏州府不准关文，有负老年兄所托，甚是惶愧！"丁廉访道："他不遵老公祖的法度，事倒还小。那李俊是梁山泊余党，恐怕他乘机作乱，这件事大，必须设法剿除方好。将来老公祖威令远行，治弟的地方亦得安枕。还有一节：若拿住了，他是积年盗首，必多金珠宝物，强如去零星收拾。"吕太守笑道："当与年兄共享。"丁廉访道："他们知苏州不准关提，必然放胆。老公祖这里亦不必提起，把原牌销了。少不得元宵放灯，老公祖出示晓谕，城中各户俱要张挂，庆赏丰年。他们是硬汉，托大胆，必来看灯，那时只消几个缉捕使臣就够了，发在监里，紧打慢敲，怕他不来上钩！"吕太守大喜道："年兄神算。怪道敝省的土地都跟了来！"丁廉访笑道："老公祖任满，敝府的土地，少不得也要送去。"两个笑别不题。

却说李俊等回到消夏湾，倪云道："今日打虽打的畅快，那厮必然要来寻事。"童威道："怕他怎的！我们罛船偏要驶去，再翻他几个下水！"李俊道："不是这样讲，今日略挫他威风，使他知我们的手段便罢了。我们又不专靠打鱼为活，何必定要到那边去！他取怨于人，必有天报，省些是非便了。"费保道："大哥之言有理。"把罛船收了港，安然在家。

不觉腊尽春回,元宵节近。有人传说常州府放花灯,与民同乐,十三夜起至十八夜止,十分繁盛,附近州县男男女女都去看灯。李俊道:“我们弟兄同看一看如何?”高青道:“不可。丁自燮与吕太守挽手诈人,谁不知道!前日这番厮闹,他决不能忘情。若在消夏湾,他忌惮我们,不敢轻自来惹;若到常州,是他的世界了,万一疏虞,如何是好?”狄成道:“兄弟,你长他人志气,灭自己威风。我等四人在太湖中横冲直撞,怕了那个!又有李大哥三人来,如虎添翼,有何顾忌!元宵灯节,人山人海,那里知道我们在里面!便去何妨!”李俊道:“宋公明到东京看灯,李逵闹了元宵,也得平安无事。梁中书北京放灯,众好汉偏去救出卢员外。两番俱是惊天动地,何况这个小去处?但若说图安静,就是不去看灯也使得。只是前日与那丁自燮有这番口角,若怕了他恐惹人笑话,只是要有准备就是了。”于是商议定了。

到十五早上,雇两个船,七个弟兄分在两边。渔丁驾了,一帆风到常州西门,寻隐僻去处停泊,已是下午时分。船中整顿酒饭,都吃饱了。童威道:“我兄弟两个只在船内俟候,黄昏左右到城门守着。倘有响动,好接应出来。”李俊道:“也说得是。”身边藏了军器,五个人一同进城,见附近乡村的老幼男女都来城门边,要进去看灯。李俊等一哄而入。但见六街三市,尽搭灯棚,漫天锦帐,悬结彩球,笙歌聒耳,十分热闹。有诗为证:

十里香尘点落梅,溶溶夜色映楼台。
谁家见月能闲住,何处闻灯不看来。

其时一轮明月涌出东方,照得天街如水,遍处悬挂花灯。看灯的人一片笑声,和那十番箫鼓融成一块。那红楼画阁,卷上珠帘,二八婵娟,倚栏而望,衣香鬓影,掩映霏微。真是“天上月圆,人间月半”。早春节序,江南风景最为消魂。李俊等五人赏玩了一回,闻得谯楼上有三座鳌山,一发奇巧,同看灯的人拥至府前,果然火树银花,照耀如同白日。吕太守与同僚官在楼上饮酒,下面笙箫迭奏,花炮横飞,把人挤得脚不踮地,像在空里走的。

李俊又看了一回,转到大街东首一座酒楼上坐定。酒保摆下按酒,各色肴馔,传杯送盏,吃了一会。那时约莫有二更天气。倪云、高青道:“我们好出城去了。”狄成道:“这般良辰美景,金吾不禁,城门自然彻夜不闭,再坐坐何妨!”李俊此时也没了主意,不肯动身。倪云、高青立起来道:“你们再饮几杯。我两个先到城门边等候。”下楼去了。

少时,只见两个穿青衣的人走来,把各人一看道:“认做东洞庭山郭大官人在此饮酒,原来不是。”掇转身便走。李俊、费保只顾饮酒,不放在心上。又有个老儿领一个美貌女子,拿着厮琅鼓儿走到桌边,深深道个万福,顿开香喉,敲着相思板和鼓儿,唱两只小曲;虽非绕梁之音,却也琅琅的可听。费保伸手去钞袋中摸一块银子赏他,约有二钱多重。正要递过去,忽听得楼下发声喊,三五十个做公的都拿短棍,蜂拥上楼。李俊、费保、狄成见不是头,推倒女郎,踢翻酒席,要寻去路。那做公的已到身边,李俊三个措手不及,都被拿住。把索绳背剪绑了,推下楼去,簇拥围绕,推进府门。

那吕太守早排公位,坐在上面,银烛辉煌,两边立着如狼如虎的兵壮。李俊三人带到堂前,都直挺挺的立着。吕太守喝道:“你们是梁山泊余党,重谋不轨,今到法堂之上,怎么不跪?”李俊道:“蒙圣恩三降诏书招安,北征大辽,南剿方腊,多曾替朝廷出力。不愿为官,隐居安分,不曾犯法,为甚要跪?”吕太守道:“盘踞太湖,不遵宪示,翻丁乡宦家人坠水,明是造逆,还要强辩!”李俊道:“那太湖是三州百姓的衣食饭碗,你为一郡之主,受朝廷大俸大禄,不爱惜百姓,反作权门鹰犬,禁作放生湖,平分鱼税。我等不过为百姓发公愤。今拿我来,待要怎的?”吕太守道:“现奉枢密府明文,登州反了阮小七、孙立,饮马川起了李应、公孙胜,凡是梁山泊余党都要收管甘结,故此拿你。”李俊道:“就是枢密院也只取收管甘结,不曾来无故擒拿。”吕太守没得说,冷笑道:“你若知事的,我不难为你;若再崛强,申做结连李应、阮小七等造反,解到京中。且发去监下。”李俊还要折辨,被众兵壮推拥入监。不在话下。

且说倪云、高青先下酒楼,走到城门边,见一起做公的执着火签,分付守门人役道:“奉太爷钧旨,城里有奸细埋伏,快把城门封锁。”二人听见了,慌忙赶得出城。城门早紧闭了,吊桥边撞见童威、童猛,说道："李大哥呢？"倪云道："还在那里吃酒。我二人先到门边伺候，刚走到门口，见说有奸细埋藏，快把城门封闭，抢得出来。"童威道："这也蹊跷了。如今怎么处？且到船中去。"四个到得船里，一夜不睡，巴到天明，同到西门，门已开了。早有人传说："昨晚灯市里拿得梁山泊盗首三名，监下了。"四人听得，吃了一惊。童威道："不知虚实。但今早不见来，必然有缘故。人多不便，你们住在船中，我去打探个实信回来。"就分了路。

童威走到府门口，听得纷纷扬扬，都是这般说。童威竟到狱门首。那牢子们凡有人监下，巴不得亲人通信，要那常例钱。问了备细，放童威进监。李俊、费保道："兄弟，果应你的言语。那太守的口气，像是要启发我们的东西。那里有得给他！"童威道："事已至此，且含糊应承。待我去竭力寻来，挣出身子，再作理会。我身边带的盘缠取出来，先俵散与众牢子，教他看觑。"有十多两递与李俊道："我且出去安慰弟兄们。三日后再来。"说罢，走出回到船中，与众人说知，面面相觑。童威道："且到家中收拾起来，约三日要到这里的。"真个是有兴而来，没兴而返。

到了消夏湾，各人倾箱倒笼，共有二千之数。童威道："这二千两银子也够打发赃坯了。且迟些拿去，看那边数目如何。"只带一百两，驾个小船自去。到了监中，李俊道："那厮教人打话，要一万两才肯释放。都是那丁自燮杀才定计策，两人剖分。我思量那有许多银子，再三推敲，讲定三千两了，限十日兑足，不得迟延。"童威道："我已料着，今共凑合将来只有二千两，缺下的待我去设处来便了。先带得一百两在此，送此与掌案孔目，教他宽限。我十日内必来。"别了回家，与众人说知："但是还少一千两，我有个计较在此。"正是：贪果不饮无廉吏，变虎何多封使君。不识童威有甚计较，且听下回分解。

第十回　墨吏赔钱受辱　豪绅敛贿倾家

却说李俊、费保、狄成被吕太守用计监了，使人打合，要三千两银子方肯释放。童威讨了信，对倪云、高青、童猛说道："吕太守要三千银子，我这里尽数凑上不过二千，限十日内兑足，少这一千银子那里得来？我寻思一个计较，除非用旧时伎俩，方才可得。我同兄弟到苏州界上去，倪、高两位同到湖州界上去冲塘，或者撞个大本钱客商，就可完局了。"三人依计，各驾一个船，藏着器械，五七个渔丁操舟，五更开船，分路而去。

童威、童猛的船从木渎收港，过了苏州，偶撞见乐和、花公子的船，装着箱笼衣包，知道有些油水，故此如飞赶来，到宝带桥赶着，跳过来拔刀要砍，谁知却是乐和。两边相见了，一同回到消夏湾上岸，里面就是费保、倪云娘子接进二位恭人。乐和问及李俊的事，童威说道："自从征方腊回来，李大哥明晓得虽建功劳，决无好收场，诈称疯疾，别了宋公明，却与我弟兄两个来会向时太湖小结义的四个好汉，一同住下。因水庄上地面卑湿，遂移到消夏湾，打些鱼，吃些酒，图个散诞快活。谁知马迹山有个丁自燮，是进士出身，做到廉访使，为人刻薄贪污，与常州府的太守吕志球同年，两个镶了局害人。那太湖是三州百姓的养生之路，却道是他的放生湖，不许捉捕。若要打鱼，必要领他的字号水牌，不拘大小鱼船，捕得鱼来，他要平分。我们也有四个罛船，偏不去领他字号水牌，与他家人闹了一场。他设个诡计，广放花灯，哄我们进城。李大哥要去看灯，我力阻不住。元宵那夜进城看灯，在酒楼上吃酒，被他拿了。费保、狄成和李大哥监在牢里，要扭做阮小七、李应一党解上东京。若有一万银子便放，没奈何只得应承了三千。这里尽数凑来，还少一千。孔目处用了银子宽限。没处设法，只得从新做旧时道路。不想天幸遇着你！我等尽是粗人，不晓计较；乐哥，你是个伶俐人，怎的救出他们便好！花家嫂嫂不消到杭州，这消夏湾尽好，不妨同住。”说罢，摆出夜饭。

正吃间，倪云、高青回来了，乐和、花公子各通姓名见过礼，倪云道：“我二人到湖州东塘，有一起贩纱罗的客人，搬得他三四百匹纱罗，也准折得银子。你弟兄得采么？”童威道：“刚赶得一个船，却就是这个自家弟兄。请得花家嫂嫂在里面。我这乐哥是聪明不过的人，要他算计救他们出来。”高青道：“有何计策？”乐和沉思了一会，笑道：“已有个极妙的着数了。要凑足银子不打紧，花家嫂嫂有些积蓄，取来就够，只是偏没有得给他！今晚且安歇了，明早要两个大船，整顿到常州去。”众人不知何故。

五更起身。乐和道：“今日要借重花公子一行。”公子道：“小侄年轻不谙，不知去作何干？”乐和道：“我教你言语，假妆做王黼的公子王朝恩的兄弟，如此如此。”童威、童猛扮做家丁，乐和自己充了虞候，倪云、高青做伴当跟随，身边各藏暗器；到城外停船，雇一乘四人抬的大轿，花公子换了华服坐了。乐和手执双红全帖，竟进府门迎宾馆中坐下，叫门上听事的传帖。吕太守知道，连忙出来见礼送座。吕太守看那花公子丰姿俊雅，如粉雕玉琢，礼数优闲，自然是清华贵胄。茶罢，开谈道：“令尊少宰公在京师参谒，极蒙优礼。令兄老台台忝在属下，上元送些薄仪，愧不成礼。今又承老世台枉驾，不胜荣幸。但不知几时出京的？”花公子恭身答道：“晚辈向同家兄在建康肄业，家严称台下是名公之裔，斗山文望，叫备薄贽拜在门下。今随奉家母天竺进香，经过贵郡，抠谒龙门，先瞻芝宇，以慰积诚。”吕太守见说要拜门下，喜出望外，不唯难得这样玉笋般门生，自此又得夤缘权要。谦逊道：“不材樗栎下品，何敢屈尊！不知太夫人鸾辀亦在敝治，有失迎候。万罪，万罪！尊寓在何处？暂屈行旌，薄设请教。少顷遣拙荆祇候太夫人。”花公子道：“若不鄙弃，待进香回来，趋侍绛帐，不敢过叨。”起身作别。吕太守送出府门，三揖上轿。回到船中，乐和道：“那厮来答拜，如此如此。依计而行。”

不多时，吕太守果然双铺兵开路，两首清道旗，许多执事仪从，到码头上，不见有大座船。正要访问，花公子早先上岸来，致谢道："小舟窄隘，况有家母在内，不敢有劳。"吕太守即忙下了轿，笑吟吟携着花公子的手，逊至接官亭上，分宾主作了揖。正要送座，那童威、童猛捱到太守身边，说时迟，那时快，把太守袍口封住。倪云、高青飕的一声拔出短刀，明晃晃的架在太守颈上，喝道："你这害百姓的贼！还是要死要活？"太守吓得魂消胆丧，三十个牙齿捉对儿相打，再挣不出一个字来，战兢兢抖着。衙役要上前救护，见锋快的白刃凑着颈上，恐害了太守性命，只好袖手旁观。看的百姓拥上千余，又惊又笑。乐和道："吕太守，你不要慌。我等行不改名，坐不改姓，是梁山泊上好汉。你为什么拿李俊、费保、狄成监禁，要诈他三千银子？好好的即刻送出来，饶你性命！若然道半个'不'字，有一个人近前，教你身上搠百十来个透明窟窿！"吕太守要性命，连声的答应道："好汉！不要动手。就送！就送！"唤书吏、皂快即刻到监里，取李俊等三人来。

无半顿饭时，三个送到了。李俊见拿住太守，围绕许多人，又见乐和指手划脚的说，反不知头脑，呆呆的立着。吕太守道："好汉，三位已送到了，放了下官罢！"乐和道："还未！不要性急。那太湖是百姓的活路，怎么与巴山蛇连手出告示，做了放生湖，要领他字号水牌，平分鱼利，私自起税！我弟兄们不忿，与百姓做主，你又阴谋诡计，拿住监禁，诈揞三千银子。银子现有在这里，却没有得与你！你剥削百姓的许多财物，拿出三千两与我们方才饶你！"太守道："出告示做放生湖，是下官不合误听了。私起鱼税，设计拿好汉们，都是丁乡绅的主意。既要银子，取来就是。"又唤书吏、皂快到衙里尽数拿来。奶奶见说，慌了手脚，连忙搬出几十封来。乐和叫送到船内。吕太守哀求道："恐失官箴，好汉放手罢！"乐和道："性命便饶你。只是那丁自燮气他不过，要回去和他对明白了，方才放你！若不放心，叫众衙役一同随去便了！"吕太守没奈何，只得唤众役齐到船中。倪云、高青还紧紧帮住。离郡城三十里便是太湖，拽起风帆，不消半日，到了马迹山下。乐和自己扮做衙役，先去报知，说本府太爷来拜。

却好这日是丁自燮的生日，在家里庆寿，见太尊到来，便道："承吕公祖这等美意，不过是散生日，他怎么得知亲自来贺？又是那个多嘴的！”忙换冠带相迎。亲朋都躲在厢房内看，众口欣欣称羡。

乐和原叫敲锣开路，摆列仪从上岸，却无轿子，童威、童猛、倪云、高青原拥在身边，步行到门前。丁自夔鞠躬迎进，揖罢，坐下。丁自夔称谢道：“治弟母难之日，因在制中，不便设宴。怎劳老公祖远涉玉趾，不安之极！”吕太守因芒刺在背，又不知是他生辰，不好回答，勉强的道：“小弟此来，不晓得年兄华诞。因有几句话要对明，故此轻造。”丁自夔笑道：“有甚话？敢屈大驾！那李俊等前件作速勒限，教他完纳，不可轻纵。”

李俊、费保、狄成也藏器械立在旁边，丁自夔却不认得。三个听他说了，那火直冲出泥丸宫，足有千丈多高，那里还按捺得住，把丁自夔劈胸扭住道：“我李俊正来交纳银子！”费保、狄成两口短刀，早向衣底抽出。丁自夔面如土色，魂不附体道：“怎么说？”李俊骂道：“怎么说！你这蠹是害民的强盗！你占着太湖，抽百姓的私税，索诈我们银子，今日你与吕太守当面说明！”丁自夔见势头凶恶，双膝跪下，说道：“总是该死！凭好汉怎么，只留下这条草命罢！”李俊道：“我们不要怎么，只剥你巴山蛇的皮！”丁自夔只是磕头讨饶。乐和道：“要杀你只似杀猪狗一般，恐污了刀！饶便饶你，却要依我们三件事！”丁自夔道：“莫说三件，就是三十件也依得！”乐和道：“你做官贪的赃与平日诈人的财物，共有几多？尽数说出来，若隐藏一些儿，就剁做十段！”丁自夔道：“不多，约有十余万两。有簿籍登记，不敢隐匿。”乐和道：“我们不要分毫，今年歉收，百姓完纳不起国课，把这项银子入了官，代阖郡作了秋粮。”叫搬出来摆在厅上。乐和道：“吕太守，你唤书吏写下百来张告示，各处张挂，说丁自夔代纳秋粮之故。”就叫书吏纳纸领状，吕太守用印签押，这是一件了。又问道：“你仓中有多少米谷？”丁自夔道：“有三千多斛。”乐和道：“可唤附近居民并各佃户来，你毕竟一向刻剥他们的，分散与他，这是二件了。第三件，太湖不许霸占假做放生湖，大小渔船抽过的税，都要加倍还他。你今要改过自新，若再不悛，早要早取，晚要晚取，决放不过了！”丁自夔又磕头致谢。乐和道：“吕太守，你回去也要改过做好官，爱惜百姓，上报朝廷。若蹈前辙，亦不轻恕！你两个送我们回船！”

倪云、高青扯了吕太守，费保、狄成揪了丁自燮到船中，扬帆而去。到半路，抛在荻洲上，乘风去了。

那吕太守、丁自燮惊呆了半晌，互相埋怨。自有船远远尾着，载了回去，不题。名贤有诗叹息道：

为富由来是不仁，可怜象齿自焚身。
绿林反肯持公道，愧杀临刑金谷人。

却说李俊等一行人回至消夏湾。李俊拜谢乐和道：“兄弟，全亏了你！怎地能得到此？”乐和道：“小弟在王都尉家，倒也安乐。闻得姐夫孙立与阮小七不知为甚事闹了登州，我恐怕连累，潜出府门，要到建康访一个姓柳的朋友。在客店遇见郭京，是东京道士出身，有人荐与王黼的儿子王宣慰处，他要我同去，因权且容身。清明佳节，王宣慰到万家庄游春，那郭京见了花、秦二嫂嫂和这花公子，陡起不良之心。彼时我不认得。他瞒了我，领一队兵，只说奉圣旨拿梁山泊余党，解上东京。把他母子软禁，要说合花知寨令妹与王宣慰做偏房。秦恭人矢死不从。我晓得了，用计救出。思量到杭州居住，在宝带桥会着童威，说大哥有难，吕太守要三千银子才肯释放。我想奸人必喜趋奉权要，我在王宣慰处晓得他有个小兄弟，那吕太守必然也是知道的，他又是王宣慰属下，自然十分奉承。但若是我们妆来却不像，且年甲亦不相当，故用花公子扮做王黼的小公子去拜他，只说要拜做门生，使他不疑。他果然落了圈套，来答拜时，叫弟兄们封住袍口，将利刃架在颈上，料他要性命，决不敢违拗，反要他三千银子，教他做个‘赔了夫人又折兵’。”李俊大喜道：“不料兄弟有此奇谋！只是那丁自燮恨不曾杀得他！”乐和道：“那丁自燮是第二个黄文炳，若杀了倒便宜了他。那贪吝人的财物，如身上肉一般不舍得，把他一生苦挣的东西一朝分散，苦不可言，胜如千刀万剐。又替贫民纳了秋粮，分给佃户，赔还鱼税，又做了许多美事。况他与黄文炳却不同，只是想诈我们银子，原不曾要害我们性命，所以这般施行。”李俊拍手称妙。

请出二位恭人相见，说道：“公子这般长成，今日又脱了我这一难，真为可喜！”花恭人道：“这孩子也有些志气，父亲在日，取名花逢春。可怜母子孤茕，又被奸人所算，若无乐叔叔，不知怎地了！如今全仗列位伯叔教诲。”李俊道：“不劳嫂嫂嘱咐。现放李俊在此，必要同做一番事业。”当下宰了猪羊，赛谢神明，众弟兄庆贺饮酒。乐和道：“李大哥，还有句话讲：那吕志球、丁自燮受了这场亏，必要复仇，我们也要防备。”费保道：“不妨。这消夏湾聚合将来有三五百渔丁，众弟兄在此，他若来时，杀他片甲不留！这太湖有八百里水面，七十二峰，钱粮广有，招军买马，拼做个大战场。”乐和道：“太湖虽然空阔，却是一块绝地，在里头做事业的再没有好结果。若把各处溇港塞住，苏、湖、常三郡兵会剿，那渔丁未经战阵的，怎么用得！况洞庭两山沿湖百姓，都是殷富守本业的，岂肯顺从？要防民变，决使不得。”童威道：“不若再上梁山，重兴霸业。”乐和道：“梁山泊兴旺过一番，地气不能再盛了。宋公明费许多心机，才招聚得一百八人，如今死的死，散的散，时移物换，那里还兴得！况且路途遥远，带着家眷走，各处关津有阻，急切也不能到。”李俊道：“乐兄弟这议论甚是有理。只是那厮们惊魂未定，就要报仇，这三五日也不能就来。感谢得神明保佑，众兄弟同心协力，脱了此难。今夜且尽欢吃酒，明日从长计较。”大家开怀畅饮，酩酊而散。

李俊到床上再睡不着，到三更天气，正待合眼，只见一个黄巾力士，手执令旗叫道：“李大王，星主在山寨里，专等相会，差我来请，作速前去。”李俊披衣起来道：“备了船只渡湖。”力士道：“不消船只，自有飞骑在此。”李俊出门，力士扶上一条大黑蟒，有十丈多长，金鳞闪烁，两目如炬，骑在背上腾空而去。耳边但听得波涛之声，如流星掣电，竟到梁山泊忠义堂前歇下。看那忠义堂比旧日气象不同，却是金钉玉户，琉璃鸳瓦，高卷珠帘，香喷瑞兽。上面灯烛辉煌，看见宋公明幞头蟒服，坐在中间；左边吴学究，右边花知寨，都降阶相迎。施礼罢，宋公明说道：“兄弟，我在天宫，甚是安乐。因念旧居，常与众弟兄在此相会。我被奸臣所鸩，不得令终，你前程远大，不比我福薄，后半段事业要你主持。你须要替天行道，存心忠义，一如我所为，方得皇天护佑。我有四句诗，后来应验，你牢记着。”念道：

金鳌背上起蛟龙，徼外山川气象雄。

罡煞算来存一半，尽朝玉阙享皇封。

李俊听了诗句，不解其意，正要详问，只见黑旋风李逵手托双斧，奔上堂来，大叫道："李俊，你好欺负人，怎来会哥哥不来看我！"把手一推，惊觉醒来，却是南柯一梦。残灯未灭，天色黎明，唤起众人，诉说梦中之事，念着诗句，一字不忘。想起"金鳌背上"四字，又与石版字句相同，未审主何吉凶。

乐和道："宋公明英灵不昧，故托梦与兄长。骑坐黑蟒背上腾空而去，变化之象。力士称呼大王，定有好处。我想起来，昨夜算计不通，终不然困守此地？宋公明显圣说'徼外山川气象雄'，必然使我们到海外去别寻事业。"李俊道："正合我意。前日在缥缈峰赏雪，见一声霹雳，飞下一块火，寻看时，得一石版，也有四个字，是一样的，至今供在神堂内。"叫取来与乐和看了，道："我当初听得说书的讲一个虬髯公，因太原有了真主，难以争衡，去做了扶余国王。这个我也不敢望。但海中多有荒岛，兄弟们又都是服水性的，不如出海再作区处，不要在这里与那班小人计较了。"众人齐声道是，就把四个罛船装好了，选二百多个精壮渔丁，扮做客商，收拾家资，载了人眷，烧了寨，开了船。出了吴淞江，野水漫漫，并无阻隔。到得海口，把船停泊，再定去向。

李俊、乐和登了海岸，望那海：拍天无际，白浪翻空，寒烟漠漠，积气弥弥，不辨东西，那分昼夜。李俊看了，有些忧疑起来，说道："这般无边岸的所在，那有可居之地？"乐和道："今日阴晦，景色凄凉；若天气晴明，岛屿历历可见，定有好去处，不必忧心。只不知那罛船出得洋么？"见有个老叟在那里拾螺狮，乐和叫声老丈，问道："那开洋的船要几多大？"老叟道："倒不论大小，只要打造得合式。"乐和指停泊的罛船道："这般船可去得么？"老叟一看，摇头道："底平梢阔，经不得风浪，到大洋里颠不上几颠，就完帐了。客官，你看澳里竖着樯桅的两个海舶，方是出洋的。"李俊、乐和举头一看，果有两个船泊在那里，果然那式样大不相同。李俊道："一时少算计，那出洋的船只要打造起来，几时得成？进退两难，如何是好？"乐和沉吟了一会，笑道："大哥，放心。有极好的两个船在这里送我们出大洋,不须疑虑。"李俊道:"又来取笑。这海滨并无相识,那里有船送我们出洋?"乐和叠着两个指头说出来。有分教:蛟龙得雨飞天外,虎豹依山踞穴中。不知后事如何,且听下回分解。

第十一回　驾长风群雄图远略　射鲸鱼一箭显家传

话说李俊见天水相连，这风波又不是太湖气象了。土人说罛船开不得洋，甚是忧心，见乐和说有船送我，不解其故。乐和用手指道："那两个海舶，他若不肯送我们，借了他的何如？"李俊会意道："这倒使得。"沿着海滩寻到海舶边来，只见两个军官打扮的人，指麾家丁们收拾旗号，是枢密府字样，原来是童贯家人，差往外国勾当的。艄公水手共有百余人，都乱哄哄收拾脚手、家伙，说道："打点明日开洋。"李俊、乐和打听得详细，到船中悄悄与众人商量定了。

到了半夜，海舶上人睡着了。费保、倪云当先，一拥而上，大喊杀入，将两个差官与二十余个家丁都砍了，喝道："舵工水手不许走，走的都是死！"那些人只得伏定。这里把死尸撺入海中，打扫血迹，引家眷上船，资财搬运过来，弃了罛船，查点舶内，尽是细缎、丝绵、蟒衣珍异物件，又有枢密院照验批文一纸，都收拾了。叫水手拽起风帆，趁着东北风望西南而进。出了大洋，众人一看，但见：

天垂积气，地浸苍茫。千重巨浪如楼，无风自涌；万斛大船似马，放舵疑飞。神鳌背耸青山，妖蜃气嘘烟市。朝光朗耀，车轮旭日起扶桑；夜色清和，桂殿凉蟾浮岛屿。大鹏展翅，陡蔽乌云；狂飓施威，恐飘鬼国。凭他随处为家，那里回头是岸？

那海舶行了一昼夜，忽见一座高山，隐隐有钟磬之声。李俊问道："这山是那里？"水手道："开船时东北风，转到这里是普陀山观音菩萨道场。"李俊叫湾船，与乐和、花逢春、童威、童猛、费保、倪云、高青等一同上去，到盘陀石、潮音寺、紫竹林、舍身岩各处游玩了一日，下船开去。

又行了两日，到韭山门，是浙、闽交界之所。有一员守备，领三百名兵，十个战船，在那里把守，盘诘奸细，防倭国侵犯及私通外番的。远远望见李俊船到，一声号炮，把战船一字儿摆在隘口。那守备全身披挂，手拿三尖两刃刀立在船头，叫兵卒驾起火炮等候。乐和急回道："不要动手，咱是奉枢密府令箭信牌，到福建采办香珀的。"守备道："既有枢密府照验，取过来看。"乐和将前日劫得的批文就递了过去。那守备接过一看，叫人在舱中取出一本簿子来，看了喝道："分明是奸细了！既是枢密府批文说往高丽公干，怎说福建采办香珀？"

原来凡是出洋船只，枢密府给了批文，一面就行文书知会经过口岸地方，说明某人往某处作何事，批文上只有字号查对，不注出所往地方，以防假冒。乐和不知其细，见批文上没有地方，就随口说个往福建采办香珀，却与来文不对了，所以被他看出破绽。

费保见决撒，就取一柄五股鱼叉，劈头掷去，刚掷中守备咽喉，扑通的倒坠下海。童威、童猛、倪云、高青一齐跳过，拔出腰刀便砍。那边船上有个人将巾绵甲，身躯长大，叫道："不可动手！你这伙人都有些认得，莫不是梁山泊上好汉么？"李俊道："只我便是混江龙！你问他怎的？"那人便在舱板上拜道："原来是旧主人！"李俊叫扶起，问道："足下是谁？"那人立起，说道："我叫做许义，是浪里白条张顺部下。从征方腊，张头领死在涌金门，我就不去了，住在杭州。后来投到汪都统标下，做了哨官，拨来守这韭山隘口。梁山泊上头领俱是认得的，隔了几年，一时叫不出。如今要到那里去，却在此经过？"李俊道："我等在中国耐不得奸党的气，要寻一个海岛安身。"许义道："我在此已久，海道尽熟，待我随去拣一处丰富地方，何如？"李俊大喜道："这样极好！只怕你是官身去不得。"许义道："那里管他是什么官身！我也是浔阳江上人，从张头领到江州劫法场，白龙庙聚会我也在那里。上梁山泊几年，好不快活！宋大王真是好人，待我们如手足一般。闻得在楚州被奸臣药死，我着实伤感了一番。这守备是高俅的表侄，叫做田富，一些本事也没有，倚仗高俅脚力，谋干这守备，专会克扣军粮，用刑严酷。这三百名兵都是切齿的，几番要结果他，奉我做主，也思量寻一小岛容身。我自忖才力不济，阻住了。头领若用得着，叫他们都随了去。李头领，你那时还黑瘦，如今肥白得多了，又长出虬髯，几乎认不出了。”

李俊止恐兵力单弱，器械不备，今有三百名兵来归，心中甚喜，取出三百两银子分给众兵，尽皆欢喜叩谢。许义道：“既要到外洋寻岛安身，定不得是那一国、那一岛，那各处言语不同，文字各别，必须带几名通事方好去得。”李俊道：“你这里可有现在通事么？”许义道：“有虽有几个，却不知谁人肯去，待我去问了来回复。”众人就在韭山门过夜。次日，许义来说道：“已选了三个人，各人通各处的言语文字的。但要重赏方才肯去。”李俊道：“说到赏赐，就是易事了。”都叫来盘问了一番，各加重赏，说定了。看官记着，以后李俊到清水澳、金鳌岛、暹罗国及后面日本、高丽，诸人都是用通事打话，先在此处表过，后面便不必处处絮烦了。

却说李俊在韭山门耽搁了两日，看见风色顺了，许义引路，带了十只船，一同进发。天色晴明，波浪不起。李俊喜乐，叫取酒与众兄弟叙谈，唤许义同坐了吃酒。正行之间，忽听得后面梢上舵工叫道：“不好了！快些湾船。”水手忙落了风篷，用力撑到沙嘴上，抛下锚碇。李俊惊问道：“怎的？”水手摇手道：“不要响。”李俊等看时，只见白浪如山，喷雪鼓雷的响，有一大鱼，竖起背脊，如大红旗一般，扬须喷沫而来。那船似簸箕一般，翻覆不定。花逢春看见，立起身来，取下铁胎弓，搭上狼牙箭，左手如托泰山，右手如抱婴孩，觑得亲切，飕的一箭射去，正中大鱼的眼睛。那鱼负疼，把尾乱掉，那波浪滚起，有二三丈高，十来丈远，泼得满船都是水，亏得下碇坚牢，不致倾覆。许义唤军士放箭，二三十把弓，一齐射去，那鱼虽然力猛，先是眼珠上中了一箭，已是难熬，又被这乱箭攒射，也有穿腮的，也有透腹的，渐渐动弹不得，翻了转来，浮在水面，那波浪势定。

二三百兵一齐把挠钩搭着，用力扯到沙滩上来，首尾足有数十丈，犹然巨口含牙，眼珠闪动。舵工道：“此是鲸鱼。我们惯行海道，也时常看见。这是小的，若是大的，把口一吸，那船还不够他当点心哩！”李俊道：“花公子这神箭真是家传！当时花知寨初到梁山泊，见一群雁飞鸣而来，知寨一箭穿了雁头，晁天王和众人无不惊异。可见将门有种。若无这箭中他眼珠，怎生拿得？可喜可敬！”众人尽把利刃剁割鱼肉，剖开肚腹，见二三十斤一个癞头鼋在腹内尚未变化哩！那两个眼睛乌珠挖将出来，如巴斗大小，乐和道：“将他镂空，当水晶灯，点上火，莹亮好看。”众人齐道有理。将鱼肉煮起来，肥美异常，五六百人个个厌饫，多的腌了。为这鱼倒停住一日。

又行了两昼夜，望见一处地方。许义起来一看道：“此是清水澳，暹罗国界上了。这岛土地肥饶，有些景致。”说着，船已到岸，下了碇，许义请李俊等上岸散步。只见山峦环绕，林木畅茂，中间广有田地，居民都是草房，零星散住，牛羊鸡犬，桃李桑麻，别成世界。问土人道：“此间有多少地面？属那州县总管的？”土人道：“方圆有百里，人家不上千数，尽靠耕田打鱼为业。各处隔远，并无所属。我们世代居此，也不晓什么完粮纳税，只是种些棉花苎麻，做了衣服；收些米谷，做了饭食；菜蔬鱼虾，家家有的，尽可过得。再向南去三百里，有个金鳌岛，属暹罗国的。近日来个岛长，名唤沙龙，暴虐不仁，贪婪无厌，常来骚扰，因此受他的气。”

李俊听说金鳌岛，触着宋公明梦中之言与石版上诗句，又问道：“那金鳌岛离暹罗国多少路？风景何如？那沙龙是那里人？”土人道：“金鳌岛到暹罗国也只三百里。那岛四围高山峻岭，无路可去，南面岛口只通一个船的路，转三个大湾方得到岸。一座城门，甚是坚固。里面盖造房屋，如宫殿一般。田地膏腴，五谷丰稔。山上野兽甚多，花果诸般多有。约莫有五百里广阔。那沙龙是洞蛮出身，长大雄健，遍体黄毛，两臂有千斤之力，使一柄五十斤重的大斧，腰悬弩箭，百步飞中。器械、马匹、船只俱备。有三千蛮兵，都是惯战的。那沙龙性极好杀，爱吃巴蛇椰酒。一年来此两次，有些姿色妇女，他便白昼奸淫。小男、小女抓去做奴婢。还要进奉猪、羊、酒、米，没法回他，只得受他荼毒。那暹罗国共管辖二十四岛，此为最强，便是国主也奈何他不得。”李俊道：“我们是天朝大宋差来镇守，要剿灭那沙龙，与你百姓除害，何如？”土人道：“若得老爷们驻此，百姓无不乐从。四旁有与我清水澳一般的小岛，都被他扰害，若闻得有官兵驻扎，尽皆悦服的。”

李俊大喜，遂与乐和、许义商议，选择中间高敞地面，筑成石基，砍伐树木，搭起营房，安顿家眷、兵丁，一面招集强壮岛民，造起战船，置备器械，建立旗号。凡有归顺的，重赏金帛。遇着私商小伙通洋客商，邀截招抚。日日操练兵士，闲时屯田播种。不上半年，聚有二千余人，成一模样。

适遇中秋，那日李俊命宰了两头牛，几副猪羊，大劳军士，就同众弟兄赏月。到一高峰上坐看，那一轮皓月，从东边海中涌出，金光万道，天宇清朗。李俊擎着杯，对众人道："梁山泊与太湖中虽然空阔，怎比得这海外浩荡！承众位相扶，脱了毗陵之难，到这清水澳，虽然稍立根基，奈兵微将寡，还立脚不住，必得取了金鳌岛，方可容身。闻得沙龙骁勇，急切难攻，如何是好？"乐和道："班超以三十六人破了鄯善国，将在谋而不在勇。且屯扎几时，招集训练，觑个机会，方好攻他，不可性急。只要防他来侵犯，当做准备。这里又无险阻可守，沿边宜建木栅，拨几个船远处瞭望，放炮为号。这是要紧着数。"李俊道："明日就树栅瞭望。"当下饮到二更始散。

到第二日，差许义领兵探望，使狄成监工造栅。尚未完备，一日忽听远远号炮连声。李俊知道有兵到，领童威、童猛、倪云、高青四面埋伏，自己披了衣甲，同费保、乐和、花逢春领一千兵澳边把守。只见五只大海船拢到岸口，那蛮兵都是斑布盘头，结着螺蛳顶，穿绵花软甲，挂两把倭刀，有六尺多长，跣着双足，一哄上岸。沙龙也一样打扮，倒卷赤须，黄毛遍体，手持大斧，跳舞而来。李俊、费保挺枪抵敌，沙龙将斧劈来，斗了十来合，不分胜败。那蛮兵跳开有一丈多远，两把长刀着地扫来。费保抵当不住，退后便走，兵皆乱窜。李俊见阵脚已动，虚晃一枪，撇了沙龙回转。沙龙如风赶来。李俊正难措手，那花逢春却好迎来，看得明白，弯起弓来，一箭射着沙龙右肩，扑地便倒，蛮兵救起，回身就走。

李俊、费保挺枪追来，到得岸上，四面伏兵齐起，奋勇砍杀了二百蛮兵。童威、童猛便抢上海船，撑起三只。沙龙和蛮兵剩得两个海船，狼狈而去。李俊等收兵回营道："那蛮兵好狠！当不得那跳舞！若无花公子这箭，几乎失手。喜添得少年良将，可喜可贺！"乐和道："他虽然败去，必要报仇。我这里乘他喘息不定，箭疮未愈，就领兵杀去，一鼓下了金鳌岛，做了基业，方成局面。只是衣甲未备，我们将前日洋船中的绸缎，各做一副绸甲，又轻便，刀箭不能透入，如今连夜攒造完成。还有一件：海面上征战全凭火攻，韭山门兵船内有三眼枪子母炮，将硝黄铅弹装好，也驾五只大船，一千兵去。”隔了一日，诸事已备，留狄成在清水澳守营，用许义为向导，一齐上船开去。

不消半日，到了金鳌岛。那沙龙也有见识，恐怕乘胜而来，先使蛮兵在隘口把守，堆着石炮，弄个机括，打得甚远，利害得紧。李俊等船远远泊定，不就上岸，只是摇旗擂鼓，呐喊连天。沙龙闻报有兵到隘口，把箭疮扎好，亲自出来巡视。一连三日，再上岸不得。李俊焦躁。乐和道：“且自耐性。我同许义去山后探路，或有可上的去处。”遂驾了一只小船，周围一看，都是高山叠障，树木丛杂，上去不得，回来说知，无计可施。童威道：“土人说进了隘口要转三个大湾，方到城门口，就上了岸。那三个湾怎么好进？我兄弟二人到夜深人静，用油纸包好了硫黄焰硝引火之物，由海底爬到城边，发起火来，他只顾在外防守，内必空虚，若见火起，必定惊惶。大哥这里领兵去攻，自然可破。”李俊大喜，依计而行。

童威、童猛吃饱了酒饭，脱下衣服，单穿一条裤子，把引火之物包好，缚在腰里，手中拿把尖刀。初更时分，船边下水，慢慢泅去，行了几步，探出水面透气，吐出些咸水。到得隘口，见蛮兵打着火堆，席地而坐；沙龙来往巡察，再不防海底有人偷进。童威、童猛进了隘口，果然有三个大湾，逶迤曲折，水急沙清，两旁尽是石壁，只通一船，路如狭巷一般。

到得岸边，轻轻爬上岸来，一看那城墙是天生成光荡荡，草木不生，两扇铁门紧闭。童猛道：“这城垣是石的，怎好放火！空费心力。不如爬出去罢。”童威道：“有心进来，且再思量个计策出来。”其时深秋天气，白露瀼瀼，金风淅淅，又在水中爬了许多时，身上寒冷。正在无措，忽听铁门开响。童威、童猛重复钻入水中，把头略昂起偷觑，见四个蛮兵提着大藤筐，不知什么物件，在内又扛了一坛酒，两个蛮女笑嘻嘻走出，蛮兵扶下一个小船，撑了出去。原来沙龙是个酒色之徒，半夜传令进来，唤蛮女去作耍，却不关铁门。

童威、童猛重上岸来，说道："惭愧，天幸开了门！"侧身捱进，见两边都是民居，尽皆关门熟睡。一天星斗，四野悄然。童威取石块敲出火种，引上硫黄焰硝，那房子原无墙壁，都是竹笆，一发透得快。一连放了十来把火，焰腾腾烧起。那些居民睡梦里慌忙开门走出。童威、童猛拿住两个，将尖刀搠死，剥下衣服穿上。那些竹笆连片烧去，烨烨剥剥，照天彻地的通红，城内一霎时鼎沸起来。李俊在外边望见火起，催众人向前，连声子母炮震天的响，箭如飞蝗射来。沙龙见城内火起，前边又杀来，首尾不能救应，蛮兵各各心慌逃窜。李俊、费保先跳上岸，沙龙箭疮未好，擎不起大斧，回身就走。李俊一枪搠倒，倪云枭下首级，众兵把蛮兵乱杀。李俊叫道："降者免死！"蛮兵投降者甚众。就扎营在隘口沙滩上。

到天明方把战船放进隘口，到城门边一齐上岸。童威、童猛迎着道："亏得杀了两个居民，剥这衣服穿上，不然蛮兵也要认出来了。"李俊道："实是亏了你哥儿两个！"先叫救灭了火，到沙龙的住房，真个壮丽。把沙龙妻小尽行杀死。仓廒内米谷如山，金银珠宝不计其数，有一百匹战马，牛羊成群。李俊等大喜，当下祭赛天地，大排筵宴庆贺。正饮酒之间，只见守隘口军士解两名蛮女来说道："在沙滩上草里拿来，候元帅发落。"李俊看那蛮女时：

钵盂头高堆黑发，银盆脸小点朱唇；西洋布袄到腰肢，红绢舞裙拖脚面。胸前挂璎珞玎珰，鬓上插野花香艳。眼波溜处会迷人，眉黛描来多入画。谩言吴国能亡灭，眼见金鳌亦荡倾。

那两个蛮女说话也听得出，说道是广东香山人，被沙龙抢来，日里唱歌，夜间伴宿。童威笑道："若非这两个蛮女，金鳌岛怎么攻得破！"李俊问道："怎么亏他两个？"童威道："我弟兄到城边，墙垣都是光的，怎生放火？亏得开门送这两个蛮女与沙龙取乐，才得入城放火。倒是有功之人！"李俊道："为将的贪了酒色，自然败事。"对蛮女道："路途遥远，不能送你们回家。且发在花恭人处伏事，待有功将士，为彼完配。"饮至夜阑方散。

次日起来，李俊自称"征东大元帅"，一应晓谕用大宋宣和年号，出榜安抚居民。被火焚者给赏银米，与他盖造房屋；七十以上者俱送细缎一匹,抢来的妇女奴婢出晓谕教人领回。百姓尽皆欢喜。差倪云到清水澳接花恭人、秦恭人,费保、倪云娘子同来金鳌岛,拨厅房居住。乐和专管出入钱粮,商量军务。童威、童猛把守隘口,操练军士。费保、倪云为左右副将。高青管领船只,一应器械。狄成领三百名兵镇守清水澳。许义给与千总职衔,做心腹长随。花公子随着母亲,另自习学武艺韬略。又将太湖里的鱼丁、韭山门官兵、清水澳招集的壮男、投降的蛮兵,共有三千多人,分派五营,设立队伍哨把,一依中国法度,造作旗帜大纛,焕然一新。又问土人:"沙龙在日,岛内凡有讼狱钱粮是怎地施行?"土人答道:"沙龙不用刑杖,若犯重罪,把木舂舂死,轻者罚米谷。钱粮到收成时平分。"李俊命乐和颁下律令:"杀人者偿命,奸盗杖七十,钱粮行什一之法。"百姓尽皆感仰。一连数日,诸事俱已停妥。忽有飞报前来:"暹罗兵到!"李俊慌忙请众人商议。正是:阵云高处鸣钲鼓,烽火传来整旆旌。不知与暹罗交战胜败如何,且听下回分解。

第十二回　金鳌岛开基殄暴
暹罗国被困和亲

却说李俊破了金鳌岛，布置许多事宜，方才停当，忽报有暹罗兵到。李俊与乐和商议。乐和道："水来土掩，兵来将迎。有金鳌岛做了基业，城池坚固，有三千胜兵，弟兄协力，怕他怎的！先叫紧守隘口，看他兵势何如，然后拒敌。"李俊听允，传令童威、童猛防守隘口，不题。

再说那暹罗国王，姓马，是汉伏波将军马援之后。他家承嗣国统，已历数世了。这王名唤赛真，为人宽仁柔懦。国政有两个大臣掌管：一个丞相名唤共涛，奸邪狡猾，专权罔上；一个将军名唤吞珪，却也刚直，膂力过人，使两条铁鞭，职掌兵权。连年丰稔，物阜民康。管辖下二十四岛，各有岛长自理其事，进纳钱粮，四时进奉，如唐朝藩镇一般羁縻而已。那二十四岛：

金鳌、铁板、长滩、天堂、西鏖、潢剌、峻冈、白石、井沙、铜山、铜坑、长甸、前丰、后丰、青霓、罗江、古渡、钓鱼、文港、银湾、南津、竹岭、甜水、大树。

那各岛大小不一，其中金鳌、白石、钓鱼、青霓四岛最强，分为东西南北，统率小岛，如方伯连帅之意。凡暹罗有外邦侵犯，四岛会兵俱来救护。而金鳌尤为雄盛，乃一国之藩蔽。当日闻得金鳌被宋兵打破，杀了沙龙，马赛真大惊，会集文武商议。共涛道："金鳌是本国之门户，今被宋兵打破，险要已失，国势将危。宋兵远来，不知地利，乘他根基未固，起倾国之兵，传檄各岛，驱剿了他，方得安稳。若迟延不发，必然得陇望蜀，就难为计了。"马赛真道："丞相言之有理。"一面差官到各岛，速令会兵，并力恢复金鳌；一面命吞珪为大将，领三千精兵,同共涛火速进攻。共涛、吞珪上了战船,旌旗闪闪,戈甲森森,杀奔金鳌岛来。

李俊已作准备,童威、童猛守住隘口。共涛、吞珪船到岛边,耀武扬威,统兵上岸。童威、童猛谨守寨栅,不与交战。至第二日,李俊、乐和、费保一同来到隘口,乐和见共涛、吞珪有骄矜之色,兵无纪律,附耳与李俊说道:"如此用计。"李俊就倾兵上战船,共涛、吞珪也把船摆开,说道:"你宋朝好不知足!中华许多国土,久享繁华,怎要到海外占我疆土!好好收兵,放你回去。若不见机,教你尽葬鱼腹!"李俊喝道:"蠢尔小丑,不沾王化!天兵到此,要取你暹罗国,何况区区小岛!你快回去,唤马赛真亲来纳款,年年进贡,方才饶你!"共涛大怒,催兵冲杀过来。吞珪舞起双鞭,劈头打来。李俊、费保挺枪接住,厮并了一会,李俊假输,唤水手开舵,皆四散开外洋去了。共涛、吞珪赶了一回。共涛道:"我料宋兵有甚伎俩!抵敌不住,四散走了。竟进去攻城,就复金鳌岛!"将兵船收进了隘口,那条水路又狭又曲,只好鱼贯衔尾而进。到得城边,旌旗密布,插满刀枪,倪云、高青、花逢春在敌楼上。共涛道:"你那宋兵俱逃走去了,还不开门让我进来!"倪云道:"教你顷刻死在眼前!"

共涛令蛮兵爬城,通是光荡荡石壁,那里扒得上?火箭石炮雨点打下,伤了好些蛮兵。共涛焦躁,无可奈何,只得下船。二更时分,忽听得炮声震天,李俊、费保、童威、童猛外边杀进,倪云、高青、花逢春城里杀出,内外夹攻。共涛、吞珪进退无计,拼命冲出。花逢春射枝火箭在风篷上,各只船上尽烧起来,烟焰冲天,杀声震地。蛮兵上岸的尽被砍杀,下水的又皆淹死。吞珪舞着双鞭,护了共涛,杀出隘口,止剩得三五个船,蛮兵不上百余,都是焦头烂额。李俊等赶上,团团围住。吞珪大叫道:"丞相,待我杀条血路,你自回去!"真个共涛死命挣出。吞珪被费保一枪搠在海中,穿着铁甲,沉到底了。共涛刚剩一个船回去。

李俊收兵,又得了二三十个船,蛮兵降者甚多,各皆大喜,犒赏三军。费保道:"共涛大败而去,再不敢来了。我等再把别岛破他几个,做成犄角之势。"李俊道:"闻得马赛真柔懦,共涛专权恣肆,君臣不睦，吞珪勇猛阵亡，国中单弱，不若统兵取了暹罗，那二十四岛自然降伏。我等海外称尊，同享富贵，岂不是一劳永逸！”休息了两日，只留狄成屯清水澳，高青守金鳌岛，其余尽数统兵到暹罗城下扎住。

那共涛奔回说：“吞珪已死，全军覆没。”马赛真大惊道：“吞珪既丧，坏了万里长城，国中精锐已尽，如何是好？”正忧疑不定，忽报宋兵到了，惊得手足无措。共涛点兵守城，不敢出战。原来暹罗城倒不比金鳌岛有隘口可守、石城坚固，这里海岸沿城只有三里陆路，并无险阻，全恃金鳌岛为外援，凡有寇兵临城，金鳌会合各岛围合拢来，往往失利，故不敢侵犯。今金鳌已失，各岛岛长闻得沙龙、吞珪是两员勇将，俱兵败被杀，人人胆寒。又平日共涛专权无忌，欺凌诸岛，故此不肯救应。李俊等兵临城下，队伍严明，戈矛如雪，紧紧围定，高叫投降。马赛真见各岛不到，吞珪被杀，无人敢领兵出战。共涛也束手无策。马赛真忧愁不已，回到宫中，与王妃说道：“祖宗基业已是难保。内无良将，外无救兵，若然攻破，玉石俱焚。不若开门纳款，庶可保全性命！”流泪不已。

那王妃姓萧，原是东京人，父亲为参知政事，恶了章惇丞相，被他陷害，安置儋州，还要伤他性命，因此逃到暹罗，把女儿配与马赛真为妻，数年前寿终了。萧妃为人淑顺，极是贤能，生下一双男女：公主小名玉芝，生长一十六岁，一貌如花，聪慧幽闲，善通文墨，又好武事，时常走马舞刀顽耍，国主爱惜犹如珍宝，要选中华士人做驸马，一时那里得来，以此尚未婚配；世子幼小，只得六岁。当下萧妃与公主见国主流泪要开门投降，玉芝公主便道：“宋朝是何等兵将，便无人敌得？待孩儿与母亲同上城一看，或可用计退他。”国主即命内监宫娥侍卫，乘了香车上城。玉芝公主凭城一望，见旗帜鲜明，兵强马壮，李俊、费保、乐和等全身披挂，手执兵器，指挥士卒攻打，如天神一般，威风凛凛，相貌堂堂。又见一个将官，年纪约有十六七岁，轻弓短箭，银甲锦袍，面如傅粉，唇若涂朱，手执方天画戟，骑一匹金鞍紫骝马，真是风流儒将，年少英雄。见一群天鹅飞来，那少年将官挂了画戟，弯着弓，取枝响箭射去，一声响，穿入云里，只见毛羽纷纷，一只天鹅落将下来，三军齐声喝采。萧妃与玉芝公主见了，甚是骇然，随即下城回宫。

萧妃说道："果是中华人物俊丽，兵强将勇，如何敌得他过？若是投降，把锦绣江山付与别人，也不甘心。我有一计，不动兵戈，自然保全。"国主问道："中宫有何良策？试且说来。"萧妃道："我这玉芝孩儿，一向要选配中国士人，因在海外，一时难得。今看这个少年将官，仪容俊雅，武艺超群。着人打话，若未完姻，就招为驸马。一则保全疆土，二则完了孩儿终身大事，岂不两便？"国主大喜道："此计大妙！只不知女孩儿心下何如？"萧妃与玉芝讲这篇话，玉芝一见花逢春好生企慕，只是不便启口，见母亲说着，满面娇羞，俯首不答，萧妃又再三苦劝道："要救国难，孩儿也说不得了，只是不好强逼你。"玉芝方才低低说一句道："但凭父王、娘娘做主。"

国主欢喜，急命内侍传说道："宋朝将官，暂且退兵，请一位将军进城，国主有话亲自面议。"众人皆道："此是缓兵之计，不可听信。"乐和道："兵临城下，不敢出战，外无救兵，此是计穷力竭了。待我挺身进去，看他有何话说。班定远说得好：'不入虎穴，焉得虎子！'随机应变，说他归顺，免动刀兵，岂非美事！"李俊命军士答道："堂堂天朝，有征无战。既要面议归降，不妨暂退。任有缓兵之计，也不惧怕。这回到来，寸草不留了！"李俊把令旗一挥，兵将都退下船。

乐和选十个彪形大汉，各带弓刀，自己轻裘缓带，骑着白马，到城门边，果然大开，昂然而入。共涛来迎接。乐和见六街三市，人物喧阗，与中华无异。进了东华门，宫殿壮丽，槐柳成行。将到前殿，国主马赛真降阶而接，讲过礼，分宾主而坐。文武各官，侍立两旁。国主生得面白身长，五柳髭髯，衣冠伟丽。

茶罢，开谈道："小邦僻处海外，自守封疆，并不得罪天朝，不知何故劳师远涉，下临敝境？"乐和欠身答道："'普天之下，莫非王土；率土之滨，莫非王臣。'我大宋中外一统，列圣相传，历世已久。今天子圣仁英武，荒裔要服，无不重诏来朝，贵国并不朝贡，有失以小事大之礼；故遣征东大元帅率领雄兵十万、战将百员，特来问罪。金鳌岛沙龙贪淫好杀，天兵一到，立时授首；贵国犹不悔过，辄敢复来抗战。吞珪说是贵国大将，交兵已作波臣。今天兵既临城下，能战则出师对垒，以决胜负；如其不能，则当衔璧舆榇，面缚军门。何得首鼠两端，坐待亡灭！大元帅仁义之师，不忍无辜受戮，不施火炮云梯诸般攻具，以示怀来之意也。今蒙见召，必有所谕。若入情合理，自当拱听。”马赛真道：“昔年曾差使臣进贡，被蔡太师遏奏，不得瞻觐龙颜，又无赏犒，反勒贿赂，流落不归，因此缺贡。寡人素性仁慈，不忍害民，师到城下，用兵厮杀，惟恐两伤。若便纳土，但本系汉朝伏波将军新息侯之后，立国暹罗，已历数世，不忍祖宗疆土一旦沦亡，尚尔踌躇不决。寡人元妃是东京萧参政之女，因被章惇丞相倾陷，安置儋州，故聘为妃。生下一女，小字玉芝，年已及笄，仪容不劣，颇知德教，要招中华士人为婿，一时难遇。适在城上，见马上少年将军轩昂英俊，气度不凡，不知上姓？可曾完姻否？情愿招为驸马，两家息兵罢战，永作藩臣，重来进贡。汉、唐原有和亲之例，不识可俯从否？”乐和道：“那小将军姓花，名逢春，是世代将门之子，六韬三略，无不精通，十八般武艺，尽皆精炼，更擅百步穿杨之箭。方才在城下射落天边飞过的天鹅，已见一斑。况美如冠玉，性地聪明，发愿封侯拜将之后，方议姻事。多有豪门巨室来聘为壻，一概坚辞，尚未婚配。贵国既要和亲，亦是情理可行之事。但末将不敢专主，乞差一位使臣同去禀知大元帅，若是可行，即来回复。”国主忙排筵宴款待，更送珍奇之物，求他玉成美事，跟随的俱有犒劳。乐和一些不受。国主便遣共涛为使，出城到中军帐，共涛暂候。

乐和先与李俊说知和亲备细。李俊与众人商议道：“暹罗国虽然单弱，可以取得；但我们基业初定，也还势寡，倘各岛不服，要来争竞，惹起干戈，不得安靖。若和了亲，且守金鳌，养成羽翼，再看机会。但不知花公子意下何如？”花逢春道：“小侄蒙众位伯叔虎威，得脱患难，自当听从。但本中华世胄，恐蛮女陋劣，误了终身大事，怎处？”乐和道：“这玉芝公主，我在清水澳时便闻得他有倾国倾城之貌，更兼知书识礼，爱习武事，温柔聪慧，是东京萧妃所生，不是蛮种。父母爱惜犹如珍宝，要招中华士人为婿。只因在城上见你才貌，十分倾慕，故此求和。正是一对佳人才子。虽在海外，也是一国驸马，富贵无穷。况天缘是月下老人赤绳系定的，不必多疑。”花逢春道：“叔叔主张，不敢有违。但婚姻大事，要禀过母亲方可行得。”乐和道：“这个自然。料令堂也是喜允的。先与使臣相见过,然后与令堂说知,纳聘成亲。"

当下大设威仪,摆列兵队。李俊出来与共涛相见送座。李俊道:"乐将军备述国主之言,要和亲息战,这是美事。虽奉天子明诏来讨不廷,只要畏威怀德,不是贪取土地,致害生灵。今既愿作藩臣,仍修职贡,则和亲一事,自可听从。若然定议,待退兵到金鳌岛,赍了聘礼,就烦足下与乐将军为媒,择吉成亲。只是外邦多诈,哄我退军,更有翻覆,那时进兵,玉石俱焚了!"共涛道:"天兵到此,本不该抗拒。吞珪恃勇轻进,自取灭亡。昨日国母与公主亲见小将军材貌双全,故此真心实意招为驸马。岂不知元帅虎威,马到成功?焉敢复生贰心,自取罪戾!"李俊亦设宴款待共涛,遣他先去回复国主。

即日回兵到金鳌岛,请花恭人出来,细述国主求和,愿招驸马,玉芝公主德容俱备,也不辱没了令郎。花恭人欢喜道:"承各位扶助,小儿得成姻事,知寨在九泉也是感激的!不料姻缘定数,远在海外。"李俊、乐和即择吉日,置备金珠彩缎异巧奇珍礼物为聘,差倪云、高青领五百兵护卫,乐和为大媒,置酒送行。花逢春拜别李俊众人及母亲、姑娘,鼓乐喧天,旌旗飘漾,海口下船。趁着顺风,不消一日,到了暹罗国。先放三个号炮,停泊了船。

那国主知道驸马已到,差丞相共涛到海边迎接,与乐和、花逢春相见过,请到皇华馆驿,饮过接风酒。倪云、高青全身披挂,五百军士盔甲鲜明,簇拥上马,沿路悬球结彩。到城门边,有四员内相,四名宫娥,捧着酒盒,撩衣跪进。那蛮民不曾见过中国礼仪这般富盛,又见驸马生得风流标致,结束非凡,乌纱帽插两朵金花,罩着粉扑的面庞,不论男女,沿街塞巷观看,都啧啧羡赏。一到宫门,国主率文武官员,恭身迎进,送到东宫更衣。少顷吉时,到金銮殿上行礼。国主、国母俱穿大红吉服,排着香案,笙箫细乐,响彻云霄。花驸马从容朝拜,一般有序班鸣赞喝礼。少顷,宫娥拥出玉芝公主,交拜天地,花烛合卺。真是王家富贵,与民间不同!但见:

黄金殿上,高挂珠帘;白玉阶前,平铺锦褥。非烟非雾,狻猊口内喷奇香;如日如云,獬豸身边排锦仗。隐隐声闻天上,乐奏霓裳;叮叮响出花间,衣鸣佩玉。垂旒秉笏,蛮君亦习华风;绕翠围珠，母后原依京式。蹒跚内相撩衣，绰约宫娥窄袖。辉煌宝炬，红云捧侍神仙；灿烂银屏，瑞霭映来鸾凤。正是：日色才临仙掌动，天颜有喜近臣知。

驸马、公主结亲已毕，送入宫中，更了便服。花逢春偷眼觑那公主，真是天姿国色，竟是中华妆束，喜不自胜。公主在城上远瞟已生企慕，今对面亲切，更觉精采。因害娇羞，不敢正视，心中暗喜。当夜翡翠衾中，鸳鸯枕上，你贪我爱，说不尽山盟海誓，如鱼似水。次早重到殿前拜谢。国主敕有司把东宫改作驸马府，拨内相宫娥侍奉，供给极其隆盛，自不必说。

却说乐和要回金鳌岛，对花驸马道："国主宽仁，你在此间须谦和谨恪，不可放纵。唯恐共涛奸猾，致生事端。留两员裨将，统三百兵护身，预防不测。"花驸马点头会意道："不须叔叔致嘱，自然谨慎。回去拜上李伯伯并家母，不必挂念。"乐和等回去不题。

花驸马在府中与公主琴瑟和鸣，互相敬爱。公主更兼贤达，精通文墨，随着母后一口京话，并无半句蛮音。闲时与驸马吟诗作赋，弹琴下棋，或到花间打弹，或到柳阴走马，暮乐朝欢，如胶如漆。国主、国母不时到府中宴饮欢乐。驸马尽半子之礼，谦谨温和，国主大悦。常将军国重务与他商议，驸马条对详明，剖判停妥。国主道："驸马这般才貌，不唯小女终身有托，孤家亦得辅弼贤良了！"驸马谦谢。一日公主问道："婆婆在金鳌岛与李元帅是甚亲戚？可安乐否？"驸马道："元帅是先父同盟契友，又同做朝廷大官，最有义气，待我母子如骨肉一般。还有一位姑娘，也是孀居，去年患难之中，全亏那乐将军救拔，所以得有今日。"公主道："虽是他二人义重恩深，终是外人。我和你人子之心，也当各尽。况远隔海面，温凊之礼有缺。待我禀过父王，差官接到这里，朝夕侍奉，以尽孝心。"公主就去禀知国主，差官迎来。驸马又修书一封送去。公主分付内侍打扫花楼一座，待婆婆来居住，不题。

那差官奉国主之命、驸马书札，到金鳌岛说知来意，呈上书信。李俊拆开看了，与乐和商议道："花公子要接母亲、姑娘到府中奉养，你道如何？"乐和道："他母子天性之恩，不可违隔。公主贤慧，正该如此。况二位嫂嫂俱是孀帏，虽我辈弟兄是顶天立地好男子，终有瓜履之嫌，自宜送去，两全其美。"李俊就与花恭人说知。花恭人心中甚喜，说道："承列位伯叔这般美意，成就我母子安享富贵，万分难报！"即去收拾，思量起身。乐和对李俊道："乘这机会送花恭人去，还有一条妙计。"有分教：虎豹在山惊犬彘，蛟龙镇海统鱼虾。不知乐和说出什么计策来，且听下回分解。

第十三回　救水厄天涯逢故友　换良方相府药佳人

话说花逢春差官来迎母亲到暹罗驸马府中孝养，李俊正要送去，乐和道："这暹罗好一座锦绣江山，国主优柔不断。那共涛是个奸邪险恶的人，长防肘腋之变。花公子虽是在那边，孤立无助，趁送花恭人去，差倪云、高青领五百兵护送，待我说与花公子，教他禀过国主，就留在府中防守。一旦有事，除其元恶，那基业就是我们的了。"李俊大喜，依计而行。花恭人拜辞起身，乐和对老管家花信道："我前日不叫你跟随公子去，有个缘故：恭人在此，没有亲信使唤。今日你去，须要内外照管。"花信领命，就开船到暹罗。

花公子自押人轿到海边迎接到府中。玉芝公主行了大礼，次后国主、国母俱相见过，就送在花楼上，与秦恭人同住。公主曲尽妇道，自不必说。乐和将密计与花公子说知。花公子去禀国主道："李元帅虑国中单弱，差倪、高二将军领五百兵在此防护，小婿也好同习武艺。特请钦旨。"国主道："既是至亲，谊同一体。承李元帅美意，就留在府中便了。"公子来回复乐和道："国主听允，留住兵将了。"乐和又道："贤侄，你可敬事国主，得其欢心。共涛以下臣僚，谦恭浃洽，不可露一些圭角。百姓当施以恩惠，收拾人心，万勿骄矜失事。"花逢春一一领会。

乐和回到金鳌岛与李俊尽心料理，岛中荒地都加开垦，爱民练卒，招徕流亡，与客商互市，日渐富强。李俊与乐和道："当初宋公明何等才技，又有吴学究指点军机，卢员外等一班人物，梁山泊方成得局面。我本一介，全凭贤弟指教，来到海外，反成这个基业，岂不是侥幸！"乐和道："时有不同，势有难易。中国人都是奸邪忌妒，是最难处的。海外人还有些坦直，所以教化易行。”李俊大笑。

一日到清水澳回来，霎时狂风大作，波浪掀天，舵工连忙收在沙渚下碇，等候风色。忽见一只大海舶冲风而来，一声响亮，把一根大桅吹折，风篷倒拖水面，那海舶滴溜溜打着旋涡，篙工水手支撑不定，舶内多人一时慌乱，立脚不稳，把海舶一侧，那海水滔滔滚入，人与货物，几个浪都打散。李俊急叫捞救。兵丁都是识水性的，跳下海去，尽力将长挠搭住，救得二十余人，货物行李也捞得一半。

那失风的人虽然救起，昏迷呕吐，脸上滚满泥沙，一时认不出。歇了多时，方才苏醒。李俊问：“是那一国人？”一个道：“我们是东京人，奉圣旨差往高丽国回来。内中有两位老爷，且喜多在。”李俊问：“是何官职？”一个坐起来道：“在下是太医院，姓安。”李俊定睛一看，失声叫道：“莫不是安道全先生么？”那人也仔细一认道：“惭愧，原来是李大哥！敢是梦中相会？”李俊急把衣服与安道全换了。安道全道：“小弟自同宋公明征辽回来，就留在太医院供奉，颇算平安。因高丽王染了瘵疾，本国没有良医，进上表章，要到中国求医。圣上念高丽是个属国，难拂其意，钦差小弟同这本院御医卢师越到那里疗治。住了三个月，幸获安痊，回朝复命。国主备下谢表进贡之物，我两人亦有厚赠。不想遇着风波。若无大哥，已葬鱼腹矣！”李俊也叫把衣服与卢医官换过。坐定了，李俊诉说从前事迹，说花知寨儿子花逢春已做了暹罗国驸马了。安道全见了乐和，道：“乐哥，你便在这里安享，只是难为了杜兴！”乐和吃惊问道：“为什么？”安道全将孙立寄书、杜兴刺配、李应越狱、饮马川结寨的事说一遍，乐和嗟叹不已。

叙谈之间，渐渐风平浪息，李俊喝令起碇扬帆。顷刻到了金鳌岛。安道全见山川环绕，城垣坚固，人物繁盛，宫室壮丽，不胜叹羡。当日设宴款待，饮酒中间，李俊问起近日朝中的事，安道全道：“燕雀居堂，不知祸到。君臣只知宴乐，严刑重赋，上下欺蔽。是以天灾叠见，人心思乱，各处盗贼窃发。又听童贯引用赵良嗣之计，通连大金，夹攻辽国，以图恢复幽燕之地，不日用兵了。”李俊道：“辽国自我们征伏之后，约为兄弟，相安无事，何必远交金国，致启祸端！恐强邻生衅，日后悔之何及！”安道全道：“便是高丽王倒也识见宏远，道大宋与辽百年和好,唇齿相依,不宜改图,养虎自卫,要小弟回朝奏谏。我思量'不在其位,不谋其政',当国大臣并无远虑,微贱之士何敢妄言!今日在这里偶然谈及,一到东京便钳口结舌了。"

那卢师越在旁,再不开口。原来那厮是个阴险之徒,本是撑布伞卖药的,投蔡京门下,滥厕太医院中。一向妒忌安道全本领高妙,见与李俊讥刺朝政,暗记在心。李俊道:"我草创这个所在,却也自在。暹罗国内亦少明医,先生何不住下同叙往日情谊?省得回京受奸党的气。"安道全道:"奉旨钦差,必要复命。"李俊道:"假如淹没海中,那个去复命?待卢兄去缴旨,只说死了,再没有查帐处。"安道全道:"若果然淹死,便没得说。幸而更生,若说是死,便是欺君了。"李俊道:"既然如此,不敢曲留。宽住几日,待我安排行李船只相送便了。"安道全称谢,当夜酒散就寝。

次日,安道全道:"大哥大才,必有大福。小可的'太素脉'能定穷通寿夭,试一诊视,便知端的。"李俊笑道:"一勇之夫,放胆做去,祸福在所不较。"就伸手过来。安道全凝神定想,诊了一会,又换过那手,亦诊一会,称贺道:"神全气厚,脉秀络清,自有非常富贵,必居南面之尊。昔日宋公明亦曾诊过,原说他福基浅薄,果不令终。"李俊道:"什么非常富贵!大碗酒、大块肉是有得吃的。"乐和、卢医官都笑起来。

住了十余日,卢师越归家念切,催促起行。安道全要辞别。李俊把救捞的行李货物一一检还,又制一套衣服,白金三百两为赠。卢医官也送二十两银子。高丽国人留下,另自遣回;东京来的,一同上船。安道全致谢不已,说道:"卢寅翁管家还在,我一个小厮却淹死了。"李俊道:"既先生身边乏人,我这里送一个伏侍。"安道全道:"不消。路上有卢寅翁挈行,到京一向与萧让、金大坚同寓,他那里有人使唤。"两人拜别而行。乐和送至海口,取出一封书信,说道:"先生到登州上岸,少不得从登云山过,相烦寄与我姐夫孙立,不知使得么?"安道全道:"这是顺路,有什么使不得!"笑道:"前日杜兴寄到东京,为你牵累;今送到山寨,难道也把我解去开封府不成!"接过藏在身边,分手而去。

金鳌岛的水手惯行海道,认得路径,识得风色,不消三五日,早至登州岸口。二人发上行李，打发来船回去，雇两乘小轿，安道全、卢师越坐了。脚夫挑了行李。行过六十里，便是登云山路口。轿夫道："此间悄悄过去，不要惊动了山寨里好汉。"安道全道："不妨，我正要会他们哩！"说声未绝，一棒锣鸣，早拥出三五十喽啰，喝令住轿。卢医官在轿内发抖不止，几乎颠了出来。安道全道："不要啰唣，我来会孙头领的。"喽啰道："既是会头领，我等引路。"

一行人到了寨口，喽啰报知。孙立出来迎接，到聚义厅上逐位见过。安道全不认得栾廷玉、扈成，众人不认得卢医官，互通了姓名坐下。孙立道："先生一向在东京，必是安乐。今日何幸至此？"安道全将奉敕到高丽医好国王的病、海中翻船、遇了李俊、救在金鳌岛住了多时、今去回京复命、乐和寄书，故来探问的话说了一遍，遂取书信与孙立。拆开看过，孙立道："那乐和舅久无音耗，原来他们做下这般大事业！"扈成接口道："我曾飘洋到暹罗国，那金鳌岛果是个好去处。"安道全道："孙大哥，你还不知：前日杜兴寄书到东京，受了无穷的累。"孙立急问："怎的受累？"安道全备述前事，道："我也曾在府狱中去看过他两遭，只恨无可用力处。"又笑道："我今日寄书来，却是无碍的。"阮小七大叫："快活！我们弟兄都起事了！安先生，你不消到东京，住在这里，正用得着。我前日吃多了牛肉、白酒，腹中作胀，几乎死了。倘再发作起来，那里寻你？"

安道全未及回答，卢师越离家已久，归心如箭，恐怕淹留，连忙催促安道全作别。阮小七心中焦躁，立起身来，劈胸揪住卢医官，圆睁怪眼喝道："你这含鸟！这是什么所在，容你放屁！"安道全慌忙劝阻道："兄弟，不可！这是钦差的官员，休得粗鲁。"阮小七一发怪吼道："莫说这个不入流的小人，就是赵官家触犯了老爷，也吃我一顿拳头！"栾廷玉道："不可胡说！安先生要去，岂能强留？只是今日天晚了，权宿一宵，明日早行罢。"阮小七方才放手。卢医官吓得满身冷汗。是夕设宴款待。明早，孙立送三十两银子与安道全，作别下山。安道全一路上安慰卢医官。

不只一日，到了东京，安道全、卢师越先去参谒蔡太师，禀道："高丽王病得痊愈，有表章谢恩，并进贡礼物。行至暹罗国界，陡遇飓风，海船飘没，表章礼物尽皆遗失。卑职二人得人救捞，幸留性命。随行的淹死了三十余人，故禀明太师，好去缴旨。”蔡京道：“海上风波不测，这也罢了。皇上连日商量军务甚忙，你们且安息两日，我再带你们去缴旨。只是有个小妾染病，久已不痊，专望二位来疗治。”留进书房待茶，分付院子传云板，说安、卢二位先生进来诊视小奶奶的病，唤内侍们伺候。不多时，院子来禀道：“请二位先生进去。”蔡京一拱先行，二人缓缓随后。到得内房，朱栏画栋，锦幕珠帘，庭内白石砌成，排列奇花异卉，大理石小几上博山缸内袅出缕缕沉烟，真个是“天上神仙府，人间宰相家”！

进明间内坐下，调和气息，方好诊脉。一个披发丫鬟，云肩青服，捧到金镶紫檀盘内玉玻璃碗阳羡峒山茶。茶罢，养娘丫鬟引安道全轻轻行至绣榻边，安放锦墩，侍儿从销金帐内接出小奶奶玉腕来。安道全闭目凝神，诊了两手的脉，已知病源。重到明间内，禀道：“小夫人脉带洪弦，风火相搏，复有怒气伤肝，故见发热咳嗽，胸胀腹满之症。只消几剂清火平肝的药饵，自然平复。”蔡太师唤取过文房四宝，安道全立了药案。蔡太师道：“我即刻要到朝堂议事，不得相陪你二位。将药配合了交院子送进来，明早再来诊看。”说罢出府入朝去了。安道全自到书房中去撮药。

卢师越在旁寻思道：“可奈安道全自恃其能，每事小觑我。一路上受了他气，明日太师面前说他一场是非。只是太师素日喜他，未必信我。今日且先撮个绵包儿，送断他的命根。”趁安道全去制药，他悄悄另自配了一剂不按君臣的药品，藏在袖中。安道全将药配合停当，卢师越道：“待我交与院子去。”接过药来，早已将袖中药包换去。二人一齐走出，将药交与院子，各自回家去了。

那院子送进药，养娘丫鬟煎好捧与小奶奶。服后没有一个时辰，小腹绞痛异常，浑身火热，昏沉不醒，牙关紧闭，指甲青黑。养娘丫鬟慌张了，传出报与蔡太师知道。却好那日朝堂会集各官，商议与大金夹攻辽国的军国重事，各出一见，纷纷议论，及至议定，又要进呈候旨定夺，直至一更三点方得回府。院子先禀：“小奶奶服药之后，十分危笃，专候老爷永诀。”蔡京闻知，惊惶无措，急至榻旁，见小奶奶四肢不收，瞳神反上，汗出如油。蔡京又恼又苦，叫道："你心中怎么？"奶奶喉中痰涌，沉迷不知，把脚一伸已绝气了。蔡京大哭不已。原来这小奶奶年方十九岁，色艺俱绝，是扬州人，淮扬安抚用三千金聘来送到府中，是个专房之宠，怎不疼痛！哭罢，唤干办速唤安道全、卢师越到来，送开封府治罪。

五更时分，干办回来禀道："卢师越已唤到。安道全昨日城外拜客不归，禁门未开，不好出城寻唤。"蔡京道："天明速去拿来，不可迟误！"干办应诺而去。蔡京道："卢师越，我怎地看觑你，如何不小心，把我小奶奶药死了！"卢师越跪着说道："太师爷在上，小人深蒙垂盼，虽粉骨碎身恨不能报，怎敢不用心！只是昨日小人并不参赞，也不曾诊脉，也不曾用药，通是安道全主张，太师爷亲见的。"蔡京道："住了！你同是太医院官，若见他差误，就该阻当，怎缄口不言，致伤我爱姬！倘龙驾有恙，也可坐视不救么？"卢师越道："安道全是神医国手，岂有差误之理！他有隐衷要谋害太师爷，故先下此毒手。"蔡京道："你既知他隐衷要谋害，怎昨日不禀明？"卢师越道："见太师爷要进朝议事，其说甚长，急切不能上禀。"蔡京道："你且起来讲。"

卢师越站起说道："前日奉旨差往高丽医国王的病，尽是他主持，幸得安痊，不消说了。他对高丽王道：'主上荒淫，任用群小，交通大金，共破辽国，将来祸不旋踵，宗社丘墟。大王何不起一旅之师，乘机取其疆土！我在京中愿为内应。'这是一件了。海洋船覆，捞救的人就是梁山泊反寇李俊。诊他太素脉说：'非常富贵，位居九五之尊，我愿为辅。'那李俊说道：'我若平宋之后，定然封你大大官儿。'这又是一件了。及至回来，与乐和寄信与登云山孙立，阮小七指斥乘舆喊道：'就是赵官家也吃我一顿拳头！'安道全道：'赵官家倒也罢了，只是那，'"卢师越把说话顿住了。蔡京问道："那什么？"卢师越道："小人只得直说了。"道："'那蔡京奸贼，碎割了他，方快我心。'他如此毁骂，岂不是有心于谋害！"

蔡京大怒道："我只道他偶然差误，送去开封府禁戒一番。谁知辄敢大胆如此作为！"叫写本的："把安道全输情外国、结连反寇、毁斥圣驾、谋害大臣的密揭，飞马递到掌东厂太监胡公公处，速令进呈取旨，处以极刑，便来回话。”写本的应诺，火速起稿。蔡京对卢师越道：“我错怪了你。圣旨下来处治了他，就把你掌太医院事。”卢师越叩头谢恩回去。蔡京一面厚殓小奶奶，自不必说。

看官，从来九流术士惯要五毒推排，小人故套，不足为怪。那卢师越萋斐贝锦，陷人死地，听言者但喜其巧言如流，阿谀尊奉，不知如花如玉的一个美人，被他轻轻断送了。然君子出言亦不可不慎。明知谗人在侧，慷慨激烈，论及时事，被他明记在心，安道全也是自取其祸。昔贤曾有一首古诗叹息道：

良金不范，美玉不剖。君子修身，浑朴自守。危行言逊，祸免生肘。金人示诫，三缄其口。鸿飞冥冥，弋人何有？

把闲话丢过。说那蔡京密揭送到东厂进呈。那道君皇帝闻着蔡京的屁也是香的，见许多危词，岂有不准？御笔亲批道：“安道全着大理寺勘问，严刑究拟具奏。”大理寺奉了圣旨，移行开封府提解，差官坐守。公文到开封府，不敢迟缓，唤缉捕使臣火速拘拿，分付道：“大理寺奉着严旨，要紧钦犯，不比等闲，要限时刻到的。”问阴阳官：“这时辰牌上是甚时候？”阴阳官回复道：“巳初一刻。”府尹道：“若过午牌不到，你们俱是死数。”退堂去了。

缉捕使臣领了台旨，叫齐做公的，到安道全寓所去拿。只见萧让与金大坚闲谈，见缉捕使臣走进来，举手道：“列位何来？”使臣道：“我们是开封府要寻安先生的。”金大坚道：“敢是请去看病？”使臣恐怕说急了放他走脱，乘机答道：“便是。”金大坚道：“昨日到城外拜客不回，敢待这早晚就来哩！请宽坐一回。”使臣丢个眼色，做公的会意，将前后把定。使臣坐了好一会，有些心焦，一个探头望着日色说道：“已过午牌了。再担延不得！待到里面一寻。”萧让道：“各有内外。怎么恁般性急！”使臣道：“二位不知。安道全是大理寺奉圣旨勘问，着开封府提人，不是顽要的。”萧让、金大坚才着了急，道：“既然如此，列位自进去寻。”使臣不容二人转身，押到里面，各处搜寻，只除地皮不翻过来，眼见得不在了。使臣要二人到开封府回话。金大坚道：“各人自己的过犯，与我们有甚相干？要去回话！”使臣焦躁道：“一家有罪，九家连坐，何况同居的好朋友！方才老爷坐在堂上说：‘若过午牌不到，你们都是死数。'难道与我们有甚相干,是该死的!"萧、金二人出于无奈,只得随到开封府。

府尹见午牌已过,不见人到,又升堂等候。使臣禀道:"安道全知风先遁,没处勾拿。拘得同寓萧让、金大坚二人回话,着他身上追究,自有下落。"府尹见二人不跪,问道:"是什么样人?"萧让、金大坚打一恭道:"是供奉职员。"府尹道:"安道全是叛逆重犯,你怎的放他走了?"萧让道:"他奉差回来,往各家探拜,昨日出城竟不回寓。这是密旨,何人先晓?怎说放他?"府尹道:"与你们同住,决知踪迹,若根寻出来,你二人身上便无事了。"金大坚道:"他无家无室,那里去寻?"府尹道:"我不管!圣旨敕大理寺勘问,解到那里,自去分辩。速唤该房备文申解。"萧让、金大坚叫苦不迭。正是:楚国亡猿,祸延林木;城门失火,殃及池鱼。天下这样的事也是常有的,不知后面如何结果,且听下回分解。

第十四回　安太医遭谗避迹　闻参谋高隐留宾

话说安道全出了相府，想："前日奉差时，诸大老多有饯赠，如今左右不得进朝缴旨，何不且到各家探候？"回寓带些高丽纸扇之类，街上雇一个小闲的跟了。到城外拜张尚书，款住接风，宿了一晚。次日进城就去拜宿太尉，却值入朝未回，这是相厚的，必要候见，便把跟的小厮打发了，自己坐在客座等候。宿太尉午后才回。安道全上前参拜，宿太尉连忙携手，竟进书房内坐定。太尉道："你可知蔡太师嗔你药死他爱妾，密揭奏你输情外邦、结连反寇许多说话么？已发大理寺勘问了。"安道全如劈头冷水一浇，满身发抖，半晌答道："并无此事。"太尉道："有个对头，是医官卢师越。"安道全方省得被阮小七斥辱之事，恳求道："医士从高丽回来，海中翻了船，幸得旧友李俊救起，送行李盘缠得回，果是与乐和寄书到登云山与孙立。卢师越被阮小七呵斥了几句，这是有的。若说药死他小夫人，医士有起死回生之术，那般病症，那样药方，怎么会死！这个缘故，一些不知。求恩相怜悯垂救！"宿太尉道："别的事还好主张，这是奉着严旨，又是蔡太师先进了密揭，怕一时分解不来。要留你在府中，恐一时漏泄，蔡太师见怪。你不可回寓，且出京远避，再看机会与你分理。"安道全只得垂泪作别。太尉道："且慢，待我送些行李盘缠，方好远行。"分付院子："取几件衣服，包裹好了，并五十两银子来。"不多时，院子取到。

安道全感恩拜谢要走，太尉道："且慢，大理寺问开封府提人，拿你不着，定然城门上要盘诘。你可换上衣帽，做承差打扮，我叫院子送你出城，说到南方去。"安道全千恩万谢而别，同院子到封邱门，果然守城门的官校奉开封府明文，缉拿钦犯安道全，凡出入的俱细细盘问。见安道全同院子出城，认得是宿太尉府中，不敢细查。

二人直至郊外，安道全谢了院子，背上包裹，惶惶似丧家之狗。正值隆冬天气，朔风凛凛，白日无光，衰草连天，黄沙卷地，好不凄惨！他原是文弱的人，不惯走长路，思量雇个牲口，前路又无定向走到那里，只得一步挨一步慢慢的走。到晚投下客店，打一角酒，一头吃，一头想道："早知有这场是非，淹死海中倒也干净。金鳌岛是个好去处，李俊留我，不来也罢。那李俊将来必然发迹，只是远隔海洋，怎好过去？没来由与乐和寄信，连杜兴恰是两番了。登云山虽可容身，我已跳出火坑，怎地又走进去！"胡思乱想了一回，吃完酒，坑上宿了。

早起五更又行。离东京不上六七十里，只见两个人赶上来叫道："安先生，你到那里去？"安道全吃了一吓，回头看时，却不认得，支吾道："我自姓李，要到南边去的。"一个笑道："不要怕，我是宿太尉府中干办。昨日太尉叫院子送你出城的。"安道全道："我一时慌迫失瞻，得罪了二位！可知我出城之后，开封府有人到府中寻访么？"干办道："开封府有这样大胆，敢到府中寻访！只是贵友萧让、金大坚拿去解到大理寺了。"安道全跌足道："怎好累他二人！如今二位到那里去？"答道："太尉差到杞县下书，明日就回的。只在前边分路。"安道全道："自己脱逃，带累别人，心上过不去。我要写一封书谢太尉，并恳周旋二人，求二位带转去。"干办道："你的事重，不好分解。他二人不过着他根寻，太尉自然肯用情的。"把手指道："到那酒店中打了中火，你就写起书来。"三人走进店中，唤酒保拿进酒肴吃了。安道全借笔砚写了书柬，取一两银子送与两个，把书呈送太尉，又算还酒钱，出门不上三里路，两个自分路去了。

安道全闻了此信，又增忧闷，一发走不动。捱了十多日，方到山东地面。若有牲口，一日走两站，客店是有定所的；他是步行，随路宿歇，看见日坠西山，路上人少，巴不到宿头，肚中饥了，脚又酸疼，问到歇处，还有十里。长吁短叹，又过一二里，望见一座村坊，官道旁有一所庄房，门前两三株古木，屋背后枕着山冈；左边一条小石桥，满涧的冰澌；有一老梅横过涧来，尚未有花，一群寒雀啄着蕊儿，见人来一哄飞去。里边走出两三个小童，抱着书包散学，随后有个人出来关门，高巾道服,骨格清奇。

安道全向前拱手道:“在下是过路的,奈因贱体瘦弱,一时巴不到宿头,斗胆欲借贵庄权宿一宵,房金明日拜纳。”此时黄昏,月光未上,识不出人。那人对面一看,见他气象儒雅,又且说得恬静,答道:“既是斯文人,不妨。只是荒僻有慢。请进里边来。”安道全随入草堂,作揖坐下,里面小厮点出灯来,放在桌上。两个面庞相对,看得仔细,那人道:“尊驾可是安先生?曾在东京会过的。”安道全有事在身上的人,不敢即便应承,便问:“足下上姓,厮熟得紧。”那人道:“小可便是闻焕章。”安道全方才放胆道:“久违芳范,一时称呼不出。在下便是安道全。”闻焕章大喜,重复施礼,进去一晌,方始献茶,说道:“安先生,你供奉朝廷,王公大人不时晋谒,车马盈门,怎生独自一人来到这里?”安道全道:“奉旨到高丽疗痊了国王的病,回到海中翻了船,险些伤了性命。幸得有人救起。名利之心已冰冷了,思量回到敝乡,图个安闲,不想得遇台兄。连日客途,心绪不宁,今晚可以稳睡了。”又道:“台兄与高太尉交厚,何故却在此间?”闻焕章笑道:“那里什么交厚,势利而已!生无媚骨,曳裾侯门,非我所愿。来此避喧求静,教几个蒙童度过日子,倒也魂梦俱安。”谈论之间,小厮捧出酒肴,相对而饮。闻焕章道:“先生此来,自非偶然,昨夜先有吉兆。小生无子,单生一女,年已长成,性颇端庄。拙荆亡过,主持中馈,全亏是他。不意得一奇疾,白昼昏沉,终夜不寐,肌肤憔悴,饮食减进,且独言独笑,精神恍惚。远近无有名手,再医不好。几遍要来迎聘先生,恐贵冗不能远来,又家寒难措舆从之费,所以未果。今日从天而降,小女可以得生了。”安道全道:“诊脉必须平旦,明日自当效力。”两个俱是高人,情投意浃。饮至更余,用过晚饭,引至书房安歇。土垣茅屋,纸窗木榻,潇洒无尘。又啜一杯茶,闻焕章叫声安置,自进去了。

安道全连日劳顿,客店里未免有些戒心,此间高枕无忧,一觉睡去,直至红日三竿方才起身。梳洗毕,用过早膳,闻焕章迎进卧室。闻小姐在帐幔中伸出玉腕来。安道全调和气息,细心体认,审过左右手三部九候,说道:“脉理已明白了。只是古方书上说得好:‘病有四要:望、闻、问、切。’不揣要看小姐面庞一看是何颜色,方可定那药案。”闻焕章教养娘揭开帐幔。安道全略看一眼，虽则消瘦，却眉细目清，五官平正，好个福相！只是色带浮红。遂起身同到书房内，论道：“小姐这症是七情所伤，以致神魄失守，阴阳互格的症候，须得一月之功，方得全愈。”闻焕章道：“先生真神仙也。果因荆妻亡过，小女至性过人，终日悲泣，以致如此。昨晚不曾说完：小女病剧，小可望空祈祷，梦一天女对我说道：‘明日天医星至，病自得痊。后为一国之母，不可轻许了人。’今得道兄蓦然枉临，岂不是天医星了！只是国母之言未可深信。小可寒素之家，那有贵戚来聘！若是眼前这班权要富贵，又不在我眼上的。”安道全道：“令爱脉理清而纯，相貌庄而厚，自配大贵之夫，天缘必然凑合，不必挂怀。只是药饵不备，怎处？”闻焕章道：“不难，此间离东昌府只有二十里，应用的药，先生开出来，小可遣人买来便是。但要屈留一月，唯恐归思难阻，又且简亵有慢。”安道全道：“既蒙见委，自当始终其事。”闻焕章大喜，开了药帐，教人到东昌买了回来。炮制得法，服下去便觉宽舒，晚间熟睡。

安道全恐露圭角，只在书房静坐，再不出门。闻焕章馆课得暇，便来陪伴。将及一月，小姐病已全愈，精神倍复。安道全要作别起程，闻焕章留住道：“小女得先生神功治疗，已得再生，无恩可报，正当残冬腊月，道路寒冻，行走不便，不如且在舍下盘桓几时，略等天气和暖，少尽芹意，方好送行。”安道全称谢住下，与闻焕章朝夕谈心，知是正人君子，说也无碍，将身上的事尽行吐露。闻焕章道：“既然如此，一发不可就行。先生被小人谗谮，都是有影无形的事，且再消停，待我央人到东京探听，若得宽解，回到仙乡，方为安稳。”安道全因此放心耐住。

一日腊尽春回，大雪初霁。闻焕章道：“桥边那树梅花渐开，我同道兄到门外一看何如？”安道全欣然而出。两个站在小桥上，疏影暗香，自甘清冷，屋后山冈积雪如银，背着手玩赏。安道全蓦然回过头来，只见两个人带着行枷，背后两个公人提水火棍，劈面撞见，吃了一惊，却是金大坚、萧让。金大坚在后叫道：“安，”萧让连忙摇头，接口道：“张员外，恰在此相遇，正要附个信儿。借一步说话。”走远了二三十步，附耳道：“前日开封府使臣勾拿兄长，不见了，便要我两个回话。

府尹不准诉理，申解大理寺，拶逼得紧。幸得宿太尉情面说救，故得从轻发落，刺配沙门岛。太尉又分付解子不许难为。只是兄长囊中药资，衙门内都用尽了。”安道全踧踖道：“小弟那日去拜宿太尉，方晓得被卢师越谗谮，又换过我定的药案，毒害蔡京爱妾，故此深恨，密揭奏闻，要置我死地。宿太尉叫不要回寓，赠我衣服盘缠，又着人送我出封邱门。次日路上逢着他府里的人，闻得连累两兄，故此寄书嘱托求救。及行到这里，会见闻参谋，留住治他令爱的病，故此耽住。我起初只道牵连二兄，几日自然无事，不想深累至此。我自身做事自身去当，就一同到东京挺身认罪，释放两兄。”萧让道：“不可。我两个不过是干累人，罪名还轻。兄长若去，性命必然不保。况我们被累已过，俟罪满回来，再图出身。所以金兄叫出尊姓，小弟摇头接叫张员外。”安道全道：“闻参谋是正人君子，这些事体通晓得的。二位同解子到里面一坐，好谈心曲。”

萧让走回，对解子道：“适遇乡亲张员外，要写封书信，有屈暂停片时。”四人同进草堂。闻参谋会意，忙备酒饭。寒风冻雪，路上辛苦，解子见了热酒，流星赶月的吃。安道全又殷勤相劝，不觉沉醉。闻焕章道：“天色已晚，到宿头还有十余里，不妨在此草榻。这两位都是故友，可以担待的。”解子醉了，正走不动，趁便说道：“两位有宅眷在京，况且宿太尉吩咐过的，我们公人也看好歹，只恐打搅不便。”就先吃了饭，到房内去安歇了。

四个人再添酒肴吃了一会。安道全致谢道：“我命运乖蹇，遭此奇祸，就死也是该的。只是牵累两位兄长，于心不安！”金大坚道：“朋友们义气为重，替死何妨！只有贱眷们在京中无人照管，未免耽心。”闻焕章道：“小可有个见识。小女幸得安先生医好了病症，无可报效。今日两位既为安先生牵累，小可理当分忧。两位长兄何不修起家信来，小可亲自进京接了宝眷来，与小女相依。日后遇赦回来，重复完聚。尊意若何？”萧让道：“兄是古德君子，正可托妻寄子。若是恁地，我们到沙门岛也安心了。”吃过晚饭，二人各自修书。安道全取三十两银子送做盘费，说道：“待闻先生接到宝眷安顿好了，我去泰安州进过香，就来岛中相会。”当夜宿歇。五更又吃酒饭，洒泪而别。

过了两日，闻焕章收拾行李，要到东京，接了一个邻家老媪来相伴女儿。安道全修一封书去谢宿太尉。闻焕章到京，把萧、金家信送与二位娘子，说知来意。次日，参谒宿太尉，呈上安道全书札。太尉拆开看了，说道："难得足下如此高谊！去对安医官说，事虽冷了，尚未可出头。近因朝廷与大金通好，谋伐辽国，蔡太师日进朝堂，共议军国大事，无暇料理细务。我又向大理寺讲了，故此萧让、金大坚得从轻刺配。不然要问连坐的罪名哩！本欲留足下小饮，也要进朝堂议事，不敢有屈了。"叫院子取书仪相送。闻焕章拜谢出府。到萧、金寓中，二位娘子束装已完，雇两乘车子坐了，自己跨上牲口，取路到东昌，往返一月有余。且喜路上平安，到了庄门下了车子，各收细软包裹进去。

原来萧让也有一女，年方二八，容貌秀丽，姿性聪明，女工针指，无件不精；更兼父亲教他，文墨皆通。二位娘子俱各贤惠，平日同居，如嫡亲妯娌一般。安道全见过礼，闻小姐接进，口称婶婶，甚是亲热。见萧小姐才貌，互相敬爱，如亲姊妹一般。真是异姓骨肉，和顺得紧。闻焕章对安道全说道："宿太尉说：'京中事务虽是冷了，还要隐些。前日与大理寺讲了，萧、金二人故得放松。'他又送书仪与我。朝廷新与大金通好，不日出兵夹攻辽国，都是童贯、王黼主张，满朝文武知非良策，那个敢开口诤谏！恐不日有一番大变故。萧、金二位娘子出了京倒好，倘日后有事，女流之辈，怎好支持！"安道全道："多亏先生为着小弟费一番跋涉，真是古人所难。萧、金两嫂已到贵庄，万分安妥了。天气和暖，东岳圣诞已近，小弟进过香，去沙门岛回复他一声，明日就行。"闻焕章置酒送行。萧、金二娘子道："伯伯进过香，千万到那边一看。有个家信烦伯伯带去。我们有些积蓄，可以度日，不必挂念。"安道全应诺。谢过闻焕章，五鼓起身，背了包裹，竟向泰安州进发。

行了两三日，晌午时分，走得饥渴，道旁见座小酒店，进去拣副座头，放了包里，叫打角酒来，有什么素菜点心，一发要些。酒保取角酒，一碗麻辣熝豆腐，一盘素蒸卷。吃完了，正要起身会钞，见两个人也进店来吃酒，叫道："张员外，你到那里去？"安道全看时，却是解萧、金二人的解子，答道："我到泰安州进香。二位到沙门岛，恁地往回得快！"解子道："不要说起！经过登云山下，撞出一伙强人，劫了两个秀才上山，要杀我们。原来那秀才和强盗是一般的人，看来是旧相与，亏他二人力救，饶得性命。那大王倒好，赏二十两银子与我们做盘缠，打发回来。员外去进香，路上香客正多哩！"安道全别了出门，寻思道："他二人在登云山正好安身，省得到那沙门岛去。我进过香就到登云山看他。"又想道："神行太保戴宗闻得在岳庙里出家，寻着他便好作寓。"

又行两日，到了泰安州，寻问戴宗，果然在岳庙里。厮会着戴宗，不胜之喜，问道："安先生，你在东京供奉，怎得到此？"安道全道："有许多曲折，一言难尽！"便把前边事迹说了，"今特来进香。"戴宗道："皇天再不容人安闲的！似先生这般高品，又惹出事端！我所以看破了，纳还官诰，誓不入名利场中，出了家，尽是散诞。今日是三月廿六日，且消停一日，后日早上进香。"摆设素斋相待，共谈心曲。安道全道："明日总闲在这里，闻得海中日出甚是好看。"戴宗道："只要起早些。"说罢就寝。

到五更，戴宗引安道全到日观峰上。其时尚早，星斗斓斑，海中墨黑。停不多时，见一道红光，从海底透上来，霎时霞光万道，一轮红日涌上，照满乾坤，无一点烟雾。两人坐在大石上，渐渐看见升起数丈。方走下峰来，下面还是黑胧胧的。早饭后，各处遍览胜迹。

廿八日三更，听得一派仙乐，与圣帝上寿。安道全沐浴更衣，捧了信香，同戴宗到嘉会殿的山门前，望见上山进香的，一带火光，足有数十里远近，火龙金蛇一般。霎时间，人山人海，挨挤不开，龙香宝炬，瑞气氤氲，果是万年香火。礼拜已过，下得殿来，擂台上原有教师，只是没人放对。安道全道："当初燕青与任原相扑，何等气概！今皆烟消灰灭了，可叹，可叹！"回到庙中，对戴宗道："院长，你昨日说皇天不许人安闲，你看那轮红日，东升西没，万古奔忙，天也不得安闲哩！人要见机，得安闲处且安闲。我在朝廷供奉，往来都是王侯贵戚，只得要鉴貌辨色，鞠躬尽瘁，有何意趣！倒不如院长，放下名心，逍遥自在。我不合与小人共事，被他谗谮，若无宿太尉救拔，送我出城，已作刀头之鬼。自己受罪是应该的，又连累别人抛家失业，心上大不过意。如今把他家眷安顿好了，到登云山回复一声，重到这里和院长出了家。做了道士，虽不能羽化登仙，眼前落得清闲。况久混红尘，受尽波浪，还不得干净哩！”戴宗道：“安先生，你有妙术在身，四方相求的多，那容你自在出家！只怕到登云山，弟兄们就不放你转身哩！且再消停几时，慢慢去会他不迟。”正叙论间，见香火道人来说道：“本州太爷来拜院长。”戴宗道：“为什么事来拜我？”安道全道：“恐怕为我身上事。”戴宗道：“未必。你且在后房，看他来有何事故。”有分教：兵戈动处摇山岳，羽檄交驰见废兴。不知州尹毕竟来怎地，且听下回分解。

第十五回　大征战耶律奔溃　小割裂企弓献诗

话说安道全与戴宗闲谈，忽闻泰安州太守来拜，安道全退入后房，戴宗出迎，上前参谒。太守拖住道："尊驾曾为朝廷建功，虽不愿受职，亦应除都统制之衔，与本州文武并职，岂可行这个礼？目今童枢密镇守北京，会金兵破辽。知尊驾有一日能行八百里之具，奏过圣上，原授都统制之官，屈到军前效用，本州亲赍敕命在此。"戴宗谦让道："治下原系两院节级，为宋江之事牵上梁山，幸受招安，立有微劳，征方腊回来，纳了官诰出家。年非少壮，岂能任此？望台相申覆童枢密，缴了敕命，实感大德。"太守道："圣旨既下，谁敢缴纳？况童枢密颙望已久，本州为此亲来劝驾。钦限甚紧，速行勿误！"叫左右放下敕命，上马而去。

戴宗呆了半晌，走进来对安道全道："这冤孽帐又来了！如今怎处？"安道全道："果然皇天再不许人安闲。太守亲自来请，若不去，必然见罪。没奈何，只得要再去混一混。小弟即此告别了。"戴宗道："上命难违。我也明日到州里辞过太守，只得启行，再图后会。"又共饮几杯素酒，怏怏而别。

不说安道全到登云山事，单说戴宗次早见过太守，结束行囊。若论都统制职官，该有跟随的，因他有神行之术，那个赶得上？原是旧日打扮，从山东取路到河北。不消几日，到了大名府，寻寓所安顿。明日辰牌，辕门上递了禀揭。童贯升帐，唤旗牌官传进。戴宗参谒已毕，童贯好言抚慰道："本枢久仰神术，奏闻奉旨，加授职衔。目下用兵之际，各省文移往来，恐有稽迟，特取尔传递。功成之日，叙题升赏，你可尽心供职。"戴宗道："卑职已出家为道士，蒙恩相见擢，本州官自来催促就道，倘立微劳，望恩相原放还山。”童贯道：“你既厌尘俗，破辽之后，就题授本宫提点便了。”戴宗拜谢而出。

原来这几日童贯正遣赵良嗣持书至金，其略云：

远承信介，宣布函书，致罚契丹，逖闻为慰。雅示同心之好，共图问罪之师。诚意不渝，当如来约。已遣枢密使童贯勒兵相应，彼此兵不过关，岁币之数同于辽。

金主看了道：“金兵自平地松林趋古北口，宋兵自白沟夹攻。”赵良嗣拜诺而回，奏闻道君皇帝，大喜道：“卿可谓国之良栋。可速去与童贯出师，不可失了大金之约。兵马钱粮，任从调用。”赵良嗣谢恩而出。

道君皇帝即到上清宝箓宫，听林灵素讲道经，铺设大斋，谓之“千道会”。林灵素道：“天有九霄，惟有神霄最高。玉清上帝之长子主南方，号长生大帝君，陛下是也。蔡京即左元仙伯，王黼即文华吏，童贯即褚慧下降，共佐帝君之治。”时刘贵妃方有宠，林灵素又说他是九华玉真仙妃。帝心独喜其事，甚加宠信，赏赉无算。其徒美衣玉食者，几二万余人。那时郭京亦同王朝恩回京，复投在门下，十分用事。

不说道君皇帝尊崇道教，再说金主与宋朝盟约之后，即起倾国之兵，命粘没喝为大将，至混同江上，夜眠就枕，像有人摇醒他，一连三次。金主惊醒道：“这是神明警我！”下令三军，鸣鼓举燧而行。到江边无船可渡。金主骑赭白龙马，径到江中，传令道：“看我鞭梢向那里，就依着走！”大军果然跟了，水才浸到马腹。上了江岸，遣人回到渡处一探，深不见底。军士踊跃大呼道：“这是真命天子了！”

到了界口，那辽国大将萧嗣先统兵十万，扎营拒守。见金主领兵到来，列成阵势，三通鼓罢，萧嗣先立马横刀，说道：“汝向为大辽属国，何故与宋朝结连，倒来侵犯？”金主笑道：“你家气运已绝，特来捉你昏君！你若识得天命，快下马投降，免你一死！”萧嗣先大怒，一刀砍来，粘没喝挺枪接住。斗了五十余合，未分胜败。忽然西北上大风倏起，飞沙走石，尘埃蔽天，辽兵不能开目，各自奔走。萧嗣先被粘没喝一枪刺于马下，金主挥鞭赶杀，辽兵大败。金主乘胜赶去，追到黄龙府，有辽国都统军萧敌里守住。金主四面围困，率兵攻打。萧敌里抵当不住,弃城而走。

金主领兵占了黄龙府,与粘没喝、兀朮四太子、勃堇商议道:“我自起兵已来,所向无敌。如今兵精粮足,拓地万里,我意欲建号称尊,你道何如?”粘没喝道:“辽主暗弱,势如破竹,幽燕之地,唾手可得。宋朝主骄臣佞,虽有盟约,他日乘便进取,中原疆土不日是我们的。况前日在混同江神明警示,马渡深渊,明明是天助我们。亟宜行事。”金主大喜,遂称皇帝,改号收国元年。金主道:“辽以‘宾铁’为号,取他坚固意思。宾铁虽坚,到底变坏,只有金子不变不坏的。金是白色,我姓完颜,尚白,国号‘大金’,改讳为‘旻’。”即位于虎水之上,群臣毕贺,郊天祭地,大赏三军,连夜催兵进发不题。

宋朝闻得金主大破辽兵,即加童贯为河北、河东路宣抚使,以开府仪同三司蔡攸为副,赵良嗣为监军侍御史,点羽林军二万夹攻。童贯升帐,与蔡攸、赵良嗣计议道:“金兵已破黄龙府,建号称帝。辽国看难支持。我这里兴兵,直过白沟河,事不宜迟。”赵良嗣道:“辽涿州留守郭药师与卑职结盟好友,待卑职差人送一封书去,他必解甲来降。若得了涿州,辽国已失左臂,破之何难!”童贯道:“既然如此,你作速差人去。”赵良嗣即修了书,星夜送到涿州。

那郭药师看了,即便回札,约大兵到涿州开门相待。童贯见回书,郭药师已肯投顺,即统十五万大兵,同蔡攸、赵良嗣直到涿州。郭药师郊迎进府,童贯握手安慰道:“公知天命,一旦来归,真是英雄识量!本枢即刻奏闻,除授显职。”郭药师道:“枢相威震远近,末将久已要来归附,又有好友赵良嗣先在幕中,敢不箪食壶浆以迎王师!但辽国大将萧幹统精兵在良乡,必来相争。枢相宜先发制人,萧幹自然束手就缚。”童贯即遣刘光世、赵良嗣领兵五万,郭药师为向导,直抵良乡。萧幹领兵出战,两边排成阵势。刘光世出马,那刘光世是刘延庆之子,勇力过人,广有谋略。萧幹更不打话,冲杀过来,刘光世接住,战了三十多合。郭药师、赵良嗣分两翼兵冲进,辽兵大溃。萧幹虚晃一枪,落荒逃走。宋兵乘势夺了良乡县,把兵屯住不题。

且说萧幹败回,见辽主道:“郭药师据涿州降宋,童贯率师夺占良乡,臣抵当不住,乞主上御驾亲征,庶可保全疆土。”辽主道:“金兵已破辽左，直抵城下，势甚浩大，虽是亲征，两头夹攻，首尾难救，如之奈何？”丞相左企弓奏道：“宋朝向与本国约为兄弟，不若遣人到童贯处，原修旧好，缓了宋师，方好拒敌金兵。”辽主依议，就差官到童贯帅府，把书投下。童贯看道：

金之叛本朝，亦南朝之所甚恶也。今射一时之利，弃百年之好，亲强暴之邻，启他日之祸，谓为得计可乎？救灾恤邻，古今通义，惟大国图之！

童贯看罢，与诸将计议。赵良嗣道：“垂成之功，岂可毁于一旦！况与金国定约，又与辽国通好，没有这个道理！”童贯不许，把使臣推出辕门。辽主见童贯不肯，心中惶迫。萧幹道：“事急了，须背城一战，不可束手待毙。”辽主不得已，尽点国中的兵，尚有三万，扎一行营，等候交战。

金主通知童贯：遣粘没喝、兀朮、勃堇、斡离不分为四队，自领铁骑做中军。童贯也差刘光世、辛兴宗、郭药师、赵良嗣分作四队，自部中军。四面八方布定，漫山遍野尽是两国之兵，鸣金伐鼓，呐喊摇旗。辽主见了，惊惶无措，只得乘马出阵，左有萧幹，右有左企弓。未及接战，金主领铁骑直捣中营，八营兵马一齐冲突，辽兵胆颤心惊，无心恋战。萧幹护了辽主并萧太后，突围出奔天德去了。丞相左企弓率领文武表降金主。事已大定，那童贯就遣郭药师进京奏捷。

道君皇帝大喜，设太牢告了宗庙，受群臣朝贺，宣郭药师进后苑延春殿，玉音加劳道：“卿知顺逆，首建大功，百年逋寇，一旦消灭，朕之本愿足矣！特授卿为宣抚使，知燕山府事。”郭药师俯拜庭下，泣谢道：“臣在辽国，闻大宋皇帝如在天上，不图今日得觐龙颜，实为万幸！”顿首谢恩。道君皇帝道：“燕山府与大金为界，卿可尽心防守。”郭药师道：“敢不竭力效死！但前日在海上与大金定约，燕云十六州之地，复归于宋。今疆界未明，乞差赵良嗣同臣到大金，分画已定，再来复命。”道君皇帝道：“卿能若此，真是社稷之臣！”解所御珠袍及二金盆赐之，又张水嬉在金明池使他纵观，并赐甲第、姬妾，传谕贵戚、大臣更互设宴，宠遇甚隆。

郭药师谢恩而出，回到燕山，同赵良嗣领了敕旨，来到金国，朝见金主,致道君分界之旨,并求营、平、滦三州。金主道:“初与宋约,营、平、滦非石晋所赂故地,乃刘仁恭所献的。特与燕云六州,共是蓟、景、檀、顺、涿、易。”赵良嗣道:“臣由海道与陛下矢约,原许山前后十六州。今若如此,信义何在?”金主道:“汝出兵失期,燕云是本朝兵力攻下,租税当输本朝。”赵良嗣因道:“租税随地,岂有一边管地一边收粮的!”金主道:“典租六百万,若要全得,输我代税银一百万;不然,还我涿易旧疆。我提兵按边,平滦就要做边境也不可得了。”只因这时辽相左企弓以诗献金主,其末句云:“君王莫听捐燕议,一寸山河一寸金。”故此金主悔了初议,遣赵良嗣、郭药师回朝,定议画定疆界,置榷场交易,每岁旧输四十万之外,又加代税银一百万,遣使贺正旦生辰。金主下令班师,凡燕云金帛子女,职官富民尽数掠去,惟剩空城而已。

朝廷以复燕云之功,加王黼太傅,封楚国公;蔡攸少师,封英国公;童贯太尉,封豫国公;赵良嗣为延康殿学士。自此两家和好,息境安民,不在话下。昔贤有诗叹曰:

泽国江山入画图,生民无计乐樵苏。
凭君莫话封侯事,一将功成万骨枯。

话说童贯封了豫国公还朝,十分威赫。那戴宗奔走传檄,受尽劳苦,幸得大功已成,息兵罢战,来见童贯,禀道:“卑职蒙枢相委用,日夜辛勤,今得平静。枢相已建百世之功,乞准卑职还山。”童贯道:“我知你积有功劳,业已汇题进呈,不日旨下,就是泰安州本宫提点。再候几日,领一敕诰回去。只是还有一角紧急文书,投到江南建康府。领了批回来,圣旨已就下了。”戴宗推辞不得,只得领了文书,回到寓所。

次早,结束了,换上多耳麻鞋,取四个甲马缚在腿上,如腾云掣雾一般走去。见天色已晚,投着客店,取下甲马,把纸钱烧化了,讨些素酒饭吃过,上床安寝。辛苦的人,便齁齁睡去。忽觉有人推醒道:“我奉宋哥哥将令,和你到一处去。”戴宗看时,却是黑旋风李逵,忘了他已死,说道:“哥哥有甚将令?”李逵道:“你且起来,与我也缚上甲马。前番请公孙胜时,被你作耍怕了,我再不吃牛肉哩!”两个出了门,挽手而行。忽行到一处,只见大水漫漫,一望无际。戴宗道:“恁般大水,怎么去得?须寻个船只渡过方可。”李逵道:“不消寻船,你跟我来。”牵着手,踏水行去,如登平地。须臾到一国土,宫室壮丽,金阶玉陛,文武班齐,有一王者,坐在殿上。李逵道:“同你进去。”戴宗道:“这是什么所在?好轻易进去!”李逵道:“少不得你也到这殿上来坐。我却不能够了。”戴宗偷看时,却有些认得,又一时叫不出。李逵要拖进去,戴宗不肯。李逵圆睁怪眼,喝道:“你这厮好不忠义!哥哥的将令倒不遵,却与童贯这奸贼递文书么!”腰间拔出双斧,劈面砍来。戴宗一闪,醒来却是做梦,寻思道:“好不诧异!为什么梦见这李铁牛?他怪我与童贯递文书,他是个直性汉子,死去还恨那奸党。我也是没奈何!又说‘这殿有你坐’,解说不出。梦是幻境,且自由他。”听得鸡鸣,起身梳洗。算还了房钱,出门又走。

不消四五日,已到建康,寻个寓所安歇。次日换了大帽箭衣,军官打扮,到建康府投递文书。太守见批文上差官是都统制,不敢轻慢,延至后堂,分宾主作揖,送坐留茶,说道:“台驾亲临本府,自当速行备办。五日后定有回文。少停有薄仪专役奉上。”戴宗致谢,知府送出仪门。戴宗又换了便服,往各处游玩。到第三日,本府有两个孔目前日解钱粮到童贯军前,与戴宗厮熟,又周旋款待了他。闻得戴宗来递文书,要还个礼,到寓所探望,就邀到府前大街上酒馆内,有新到姑苏的梨园,演得好院本,搭一桌儿酒相款。

三个人刚转出大街,见四五个大汉扭住一个人骂道:“这有名的强盗到这里欺负人!同你去见太爷!”那个人挣扎不脱。戴宗劈面一看,叫道:“蒋兄弟,你为甚与人厮闹?”那人抬头见是戴宗,喊道:“院长,救我一救!这班白日鬼赖了我货物,反毒打我,要扯我到官!”戴宗道:“放手!”那为头的大汉道:“谁要你管这鸟事!”只是扯着走。两个孔目喝道:“你这厮忒煞无礼!这位是童枢密差官,怎敢无理!还不放开!”那大汉认得是本府孔目,只得放了,道:“且慢慢和他讲!”扬扬走去。

那人正要分诉,孔目道:“既是统制贵友,同到馆中坐定,慢慢的讲。”一把邀进酒馆,正面设一席盛酒。孔目送戴宗与那人上坐,两个孔目东西列坐。馆中摆满酒席,因孔目分付留这正席,候到了梨园子弟,方呈院本。酒过三巡,戴宗道:“兄弟,你几时到这里和这干人费嘴?”你道那人是谁?原来是神算子蒋敬,潭州人氏。蒋敬道:“小弟不愿为官,回到家里,闲坐不过,拿些本钱到四川贩些药材到这里发卖。这大汉叫做中山狼甘茂,是本地破落户,专一掯赖客货,行凶健讼。牙行忌他威势,赊把他黄连川附,共价一百两,约定十日之后完银。岂料三个多月不见一厘。我要讨起帐到湖广买米,心焦得紧。早上和他讨取,他平白地生出一片话来,道在梁山泊时,劫了他千金资本,叫这干无赖乱打,要扭到建康府,求太守把我解到东京去。你道有这道理么!”戴宗对孔目说道:“我这兄弟姓蒋,名敬。也受了招安,征方腊有功,也该授统制之职;他纳了官诰,守本分做些生意。这里光棍赖了他货物,生造这无影的话来,少不得我后日领批回,要辞谢太守,就求太爷与他追本正法,还要仗两位做主。”孔目道:“这甘茂几番闯祸,府尹也曾处他,再不改过。统制先说了,少不得要我们录案。孔目决断,自然追还银两,问他一个大大的罪名。今日且请吃酒。”戴宗、蒋敬称谢了,直饮至更余方散。戴宗对蒋敬说道:“你同我宿了,明日好去禀太守。”二人谢别了孔目,同到寓所。

蒋敬道:“兄长在岳庙出家,因甚至此?”戴宗攒着眉说道:“我已脱离世网,谁知童贯奏过圣上,仍加都统制之职,取我军前效用。本州知州亲自来请,只得到了北京,替他传文递檄,奔走了半年。前日力辞还山,又要我递这角紧急文书。这一回去缴了批回,原旧出家了。朝廷新与大金通好,灭了辽国,后面只怕还有一番大变乱哩!你可知李应、裴宣们占了饮马川,阮小七、孙立结寨登云山么?兄弟,我明日与你追了银两,回到家里置些田产,将就过活,再不要揽事了。”蒋敬道:“这个自然。小弟也识破世情了。”两人同榻,讲了半夜话。

次日进府,把甘茂赖了蒋敬货物诬陷打他的事说了,太守即刻押拿甘茂到堂上,请戴宗坐在后堂听着,打了他三十大板,立追原价给与蒋敬。这是两个孔目用情。戴宗谢过太守,领了批回出府,又同蒋敬去谢了孔目,就与蒋敬分别。正是:患难相扶逢故友,金兰交契夙同心。不知后事如何,且听下回分解。

第十六回　浔阳楼感旧题词　柳塘湾除凶报怨

却说戴宗与蒋敬追还银子，领了批回，自回河北去了。蒋敬讨完帐目，共有五百两本钱，还剩二三十两的零星账尾，一时不得清楚，寻思道："建康连年亢旱，荒歉无收，米价昂贵；湖广甚是丰熟，若贩米到这里发粜，自然多有利息。倘耽迟久了，米船来得多，利钱便轻了。把这帐目且丢在这里，后次再来催讨。"算计定了，到龙江关上写了一只江西三板船，把行李装好，烧了神福开船。两个艄子却也小心伏事。蒋敬道："不曾问得艄公的姓？"一个大头阔脸腿矮身肥的答道："我姓陆。那个伙计姓张，尊号雪里蛆。"一个眉浓面削的后生笑道："你的尊号就不说与客官知道！叫做癞头鼋。"顽笑了一会，却好东北风，上湖广是当艄顺，赶着船帮湾歇。

一路风好，不消十来日，将到江州。还差三十里。江面陡然转了西风，掀天白浪，行不得船。少顷，彤云密布，大雪飘飘，一个伴船也无，只得收了港，是个荒凉去处，艄公认得地名，叫做老鹳渚，岸上不过十数家人家。雪里蛆道："不遇这斗风，此时已到家里了。"癞头鼋笑道："只是你家嫂子没造化，又要耐着一夜凄凉。"又道："我们连日扰着客官，今日湾船，弄些酒菜来还个礼。"跳上岸去。蒋敬道："不消，若要买，我这里有银子。"雪里蛆道："是小人们一点孝顺，难道客官怕没有银子！"不多时，提了一只大公鸡，十来个鸭子，一段鲟鳇鱼，酒店后生抱了一坛熟白酒送到船里；两个整治得停当，摆在舱里，一同坐下，殷勤相劝。蒋敬因风寒雪冷，一连吃了十多碗，猛然想道："这般荒僻去处，两个船家口甜貌恶，我是单身，恐不怀好意。"又想道："梁山泊好汉，怕他怎的！"又吃上几碗。又想道："当初浪里白条张顺过扬子江,也着了道儿。还是少吃些好。”推辞不饮。癞头鼋把篷推开,叫道:“客官,你看这般大雪,寒冷得紧,还亏得几杯酒,做个里牵绵。虽然无物孝敬,且再开怀畅饮几杯。明日到了江州,若要换船,不消说;若要上湖广,我们就送去。难得客官这般和气,真是老江湖!”只顾斟来。蒋敬又吃两碗,坚辞不饮,讨饭用了。船家收拾已过,蒋敬展开铺盖,腰刀放在头边,不脱衣服,把被浑身卷了自睡。此时也有五六分酒意,容易睡熟。

约莫有三更天气,朦胧中听得响动,连忙坐起,去摸那腰刀,早不见了。雪光照进,舱中明亮,见癞头鼋就拿那把腰刀,船头上钻入来;雪里蛆拿一把柴斧,后艄爬进。蒋敬心慌,并无器械,势急了,把身子一挺,那扇箬篷掀在半边。癞头鼋劈面把刀砍来,蒋敬一时无措,踊身向那江中一跳,扑通的沉了下去。癞头鼋道:“伙计,斩草不除得根,恐怕有碍。”雪里蛆道:“自古道:‘江无底。’莫说这厮是旱地上蛮子,不识水性,就是识水性的,这般雪天,冻也要冻死!只管放心。但不知他包裹中有多少财物?若不是银子,干做了!”癞头鼋道:“打开来看。”雪里蛆便把被套子一提,抖出两大包,把青布裹着。解开一看,都是大锭纹银,雪色耀着,分外晶莹,约有五百余两。两个欢喜不尽。雪里蛆道:“我和你对分了,你去娶一个嫂子,好做家业。”癞头鼋道:“分什么!左则在你家里,若娶了妻小,反多牵缠。且再商量。”此时雪下得深,风息了,两个驾桨棹船,竟回江州去了。有诗为证:

贪夫徇利不知休,黑尽心肠白尽头。
世上若无阿堵物,华胥国里可遨游。

却说蒋敬被两个艄公谋财害命,前后砍来,仓皇无计,只得跳下江中。还亏得他是湘江人,从幼识得水性。猛力一跳,沉了下去;到得江底,把脚一撑,重游起来。竭力爬到岸边,却不是泊船的老鹳渚,通是芦苇,寻不出路。况又严寒大雪,身上湿衣服拖住,冻得发颤不止。拨开芦苇,捱步向前。上得高岸,一望茫茫,都是琼瑶碎玉。又踏着雪寻路,忽见松林里隐隐有些灯光,拼命走去,原来是一个小茅庵。不防雪里横着一块大青石,踏着一滑,扑地倒了。吃惊受冻的人,一时挣扎不起。

那茅庵有个老僧，五更起来做功课，听得门外有呻吟之声，开门出来，见雪地上有一人倒着。发慈悲之念，用力扶起来，衣服浑是冰水，搀进庵里，泡碗姜汤与蒋敬吃了，叫脱下湿衣，拿件衲袄袍换了，烤起火来。有一个多时辰，蒋敬方说得话出，谢道："多亏老师父救了性命！"老僧道："想是在江中吃人暗算了？"蒋敬道："被两个艄公将酒劝醉，半夜里拿刀砍来，我无计可施，只得跳在江里。"老僧合掌道："阿弥陀佛，只愿他长福消灾。"蒋敬倒笑起来。天色已明，老僧备些素饭用过，又替蒋敬把衣服晒起，虽是雪霁天晴，那绵衣急切难干。蒋敬道："这里还是老鹳渚么？"老僧道："上面十里路便是。"蒋敬道："想是那两个贼徒昨夜放下船，到没有人家处下手。尚不晓得老师父法号？"老僧道："贫僧是西川人，贱号淡然。行脚至此，蒙村中几个檀越布施些斋粮，将就度日，已有十多年了。"

到第三日，衣服方干。蒋敬作别，谢道："弟子性命幸蒙老师父救得，只是身边没有一些东西可以酬谢，怎处？"老僧道："贫衲一片平等心，莫说居士是被难的，就是那歹人落水受寒，也要相救。说那里话！便是这碗素饭也不是贫衲自已耕种的，都是檀越的福田，不消谢得。"用手指道："出了松林，转上南有座涧，可过了桥，再过东，不上半里，就是大路了。"蒋敬拜别而行。到得大路上，寻思道："还是重到建康去，讨那些零星帐目，还是到江州？或者关上有相熟客伴，借些盘缠再处。"以口问心一会，想道："此去建康有千里途程，腰间并无一文，怎生去得？且到江州再作进退。"踏着冻，走过三四十里，到了关边，寻个客店安寓。

那店家见单身客人，又无行李，不肯相留。蒋敬只得出门，皇皇无定。背后忽有人叫道："蒋客人。"蒋敬回头看时，却是前日贩药材过关写税单的主人家。相见了，主人问道："恭喜回来了。可曾得利？带什么货物转来？要写单么？"蒋敬道："不要说起！利息颇有些，尽被船家所劫。逃得性命，只剩一双空手。思量在关上寻个相认的客伴，借些盘缠。前边那店家见无行李，不容安寓，正在两难。"主人道："既然如此，且在舍下暂住，等候客伴，何如？"蒋敬道："如此感极！"一路同走。到了主人家，身边止剩得一个束鸾带的金环，解下来称有二两重,央主人家兑换些银子使用。到晚吃了夜饭,主人家拿出铺盖与他睡了。

到次日,在关上寻访,并无相熟的,闷闷不已。转过江边,见一座大酒楼,挑出酒旗,正是浔阳楼。想道:“是个名胜去处。且上去吃杯酒,消遣消遣。”走到阁子里,开窗一望,庐山晴雪,那五老峰就像五个白头老人一般。酒保搬上酒肴,自斟自饮,渐渐酒上心来。忽然想起宋公明当初在这楼上醉后题了反诗,险些丧了性命,幸得众兄弟救上山寨,隔了许多岁月,经了许多变更,风景依然,良朋何在?不觉凄惨起来。想着宋公明吟的那“西江月”,至今还记得,和他原韵,也题一首,写今日落魄凄凉光景。唤酒保借过笔砚,磨得墨浓,蘸得笔饱。他本是落第举子,不待思索,写在粉壁上道:

> 万事由来天定,空多神算奇谋。当年管鲍遇山邱,一向豪华消受。　浪迹天涯归去,青衫重到江州。千金散去不为仇,恐惹英雄笑口。

题罢,念了一遍,正要放笔,背后有人拍着肩膊道:“你又学宋江在此题反诗么?”蒋敬吃了一惊,回过头来,却是小遮拦穆春。欢喜不迭,对揖坐下,叫酒保再添酒来。饮了几杯,蒋敬道:“我在家闲不过,往川中贩药材到建康发卖,一个破落户要赖我的货物,幸遇戴院长在府讨批回,对太守说,追还了。要到湖广买米,在这江州三十里外老鹳渚上停泊,被两个艄公劫了五百多两银子去。我跳入江中,逃得性命,打点到揭阳镇寻你,偶在这里吃杯酒消遣,不想恰遇兄弟,绝处逢生了!你近况何如?”穆春叹口气道:“我弟兄两个原在揭阳镇上一霸,不幸哥哥亡过,家业消败,兴复不来,受小人欺侮,孤掌难鸣,因此只在江州城内东混西混。连日又赌得精光,气闷不过,到这里赊角酒吃。遇着兄长,心怀开了!”两个吃得杯盘狼藉。穆春道:“船是那里讨的?艄公姓什么?是那里人?”蒋敬道:“在龙江关雇的,是只三板船。船家一个姓陆的,绰号癞头鼋;一个姓张的,绰号雪里蛆。不问得名字。阻风在老鹳渚,他两个取笑道:‘若是顺风,今晚到家,你嫂子好受用哩!’想就是这江州人。”穆春道:“三板船通住在柳塘湾,离此不远。趁这酒兴,找着了他,怕银子还未散哩!就和你去。”蒋敬算还酒钱下楼。穆春道："我不说虚话了。其实身边没有一厘银子。"

两个沿江走了二三里路，穆春道："这里像是柳塘湾。待我问声看。"篱笆内见个老儿弯着腰在那里锄地，认得他叫做胡撇古，声唤道："胡老官，这里可是柳塘湾么？"老儿仰起头来，道："原来是小郎。这里正是。"穆春道："你一向撑船，为何在此锄园？"胡撇古道："我这柳塘湾远近闻名，极是老实的。客货丢在船里，再不敢动。就是剩下物件，凭你几时来讨，就送还他。如今世态不同了，新出几个后生，不干的好事。我老了，不去撑船；便是儿子，叫他务农，免后边做出事来，干连受累。小郎，为甚到此？"穆春道："有个客人要到建康去，来寻癞头鼋，可住在这里？"胡撇古道："他是没爷娘的祖宗，名唤陆祥，与张德做伙计，三四日前从建康回来。张德这两日不见了。陆祥方才提着筐子买东西去了。小郎为什么定要雇他的船？"穆春道："是旧主雇。换了陌生的，不识性子。"胡撇古向东指道："那柳桩上系的不是他的船？缺墙内遮着芦帘的便是张德家里。"胡老儿自摇着头，开了篱门进去了。

穆春迤逦望东走去，不上一二百步，见一年纪小的妇人，堆着满面粉，乔眉画眼的，穿一领对衿青布袄，束根桃红绉纱汗巾，内系一条沙绿布裙子，脚下高底鞋，提着木桶，到湖边打水。蒋敬、穆春让他走过，揭开芦帘，闪入屋里。是两间房子，后面厨房卧室，并无一人。

不多时，那妇人乔模乔样喘吁吁提那桶水进门来，见有人在屋里，吃了一惊。穆春道："张大哥在家么？"妇人道："不在。"穆春又问："陆祥呢？"妇人道："他到城边买东西去了，恐怕就来。"穆青指着蒋敬道："这位客人从建康来，雇你们的船，有五百两银子遗失在船里，拿出来还他！"妇人脸上变色说道："恐没有这事。我不知道。"穆春努个嘴儿，蒋敬会意，便拴上了门。

穆春腰边拔出解手刀，把妇人推倒在地，一只脚踏着胸脯，把刀在妇人面上撇了两撇，喝道："泼妇，你不说出来，性命就在顷刻！"妇人乱抖，求道："官人饶命！银子在床底下酒坛里。"穆春又喝道："你丈夫这两日那里去了？"妇人道："丈夫，"便住了口。穆春把刀刺近喉咙道："你快说，快说！"妇人道："他，"说得一个"他"又住了口。穆春焦躁,扳开胸脯,露出白馥馥嫩松松两乳,就要下手。妇人慌了,急叫道:“不要动手! 他也在床底下酒坛里。”穆春道:“怎么也在床底下酒坛里?”妇人道:“他两个带这许多银子回来,烧了神福,陆祥便起心没得分给他,把酒灌醉,就把船里带来的这把刀劈头砍杀,剁做几块,装在坛里,埋在床底下。”穆春道:“张德是你丈夫,被陆祥杀了,怎不叫喊地邻?”妇人道:“陆祥是好杀人的,若是叫喊,也被他杀了。”穆春道:“当夜有刀在手,不敢叫喊;这两日何不通知地方拿他送官?”妇人闭口无言。穆春道:“不消说了。定与他通奸,谋害亲夫了! 陆祥如今去买甚东西?”妇人道:“怕这里露眼,烧了神福,今夜要同我到镇江过活。”穆春道:“也是个淫妇! 谋杀亲夫,天理王法却饶不得!”把刀向咽喉一勒,那股血直喷出来。妇人把脚挣了两挣,死于地下。

两人到床底下翻出酒坛,两袱银子动也不动。果然闻得一阵血腥。铺陈衣服,俱在床上。腰刀挂在壁间,拔出鞘来,尚有血迹模糊。就把铺陈衣服银子分作两处卷好。

只听见敲门响。穆春走到前面,便拔下拴儿,闪在门背后。陆祥筐子内放着鱼肉香纸等物,跨进门来,叫道:“大嫂。”只见妇人死在血泊里,吓得魂飞魄散。正要声张,后面蒋敬走出,喝道:“陆祥,你认得我么?”陆祥转身就走。不防穆春撞进,劈角揪住,骂道:“贼驴! 你劫了客人银子,又谋死张德,占了妇人,万剐犹轻!”蒋敬把腰刀砍翻。穆春又将解手刀胸前捅了个窟窿。穆春、蒋敬各背上包裹,跨着腰刀,反拽上门儿走去。胡撇古还在锄地,叫道:“小郎,方才陆祥买东西回来,怎么不雇他船? 这行李是一向寄他家里的么?”穆春道:“他不得闲,另雇罢。”

两个飞步到主人家,里面点出灯来,买些酒吃了。穆春道:“畅快得紧! 只是反与张德报了仇。”蒋敬道:“若没有兄弟,也寻不出他的脚跟。”吃够多时,穆春道:“小弟有句话要与兄长商量。前日要救宋公明,把庄子烧了,田产弃了,同上梁山。谁想弄得家破人亡。回来庄院复不起,身边的财物日逐用完,无家无室。有个西庄并山界田地,被一破落户占住,那厮名唤天狗星姚瑰。这厮刁诈不仁,霸住揭阳镇,几遍和他合嘴,要还我庄房、田地。他说开垦、修理、粮务、当差，费了好些银子，凭着亲邻议处，贴他二百两银子才肯交还。我一时难措，近日又赌输了，那有银子！不识进退，要借兄长二百银子赎了回来，方可安身。”蒋敬道：“我弟兄们几时把银子放在心上的？这宗银子多亏兄弟抓得来，又出了一口恶气，要用时只管拿去。”穆春道：“兄长既是慨然，明朝就要兄长同去做个见付。”蒋敬道：“使得。”当日安寝了。

明日穆春抱二百两银子束在腰里，其余行李，都寄在主人家。两个厮赶着到揭阳镇。姚瑰见了穆春，满面春风，请到里面。穆春道：“向日所议二百两银子，蒙这位朋友相助，特来交明。须出房子还我。”就取出银子来，逐封递与姚瑰收进。姚瑰是个笑里藏刀的猾贼，说道：“小郎既有银子，何消说得！少不得备些薄酒，请原议亲邻当面交割。今日晚了，且吃一杯。”一面摆出酒菜，请蒋敬上坐，穆春对面，自己打横，殷勤相劝。

姚瑰道：“小郎连日进城得采么？”穆春道：“不知怎么只是输！”姚瑰道：“夜长无事，何不来耍一耍。若是小郎赢了，明日把这原银与房产即便交还，如何？现有这位贵友作证。”穆春有了酒，拍拍胸脯道：“这也使得。只不许胡赖！”姚瑰道：“岂有此理！我与小郎交手几次，难道不晓得我的赌性是极直的！”桌上铺下红毡，明晃晃点上蜡烛，取过色盆，点下筹马。蒋敬见穆春高兴，暗地里阻当不住。

两个掷了一个更次，姚瑰的筹马尽被穆春赢过来，立起身来道：“夜深了，且睡。明日交还我房产、银子。”姚瑰堆着笑容说道：“这不消讲。小郎，东边连着的那一号山是小可的，原价一百两，贴上再掷。若我输了，一并交割。”穆春贪心所使，点过筹马，重复下场。这回风色不顺，丢下去纯是小色。霎时，三百两筹马尽数送过去了。

姚瑰立起身道：“夜深了，睡罢。”穆春道：“我赢了，你要再掷，你赢了就要歇么？”姚瑰道：“我是贴一号山的；你要再掷，拿银子出来。”变了脸往内便走。穆春一把扯住道：“我拿银子赎房产，怎的哄我赌输了！贴一号山，山在那里？白占我的房产，又恁般局哄，忒煞欺心！”姚瑰道：“你弟兄窝藏强盗，闹了两座军州，自去落草，官府着落地方搜缉，搅得鸡犬不宁！你今日还有宋江么？你自赌输了，如何又来赖人!”穆春大怒,兜的一掌。姚瑰大喊:“强盗杀人!”穆春又兜心一脚踢倒,提起一条板凳乱筑下去。里面赶出男女庄客救助,蒋敬也恼了,飞拳拽脚,打得那些人东倒西歪。那姚瑰已是颈破脑裂,死于地下。

穆春道:“今日才得豁出了心头这口恶气! 一不做,二不休!”抢到里面,妇女、庄客都跑出后门去躲避了,到卧房里,见这二百两银子放在床上,打开箱笼,也有百来两银子并金珠首饰,都拴在腰里。寻十来个草把,放起火来,焰腾腾烧着。说道:“哥哥,去罢!”已是四更天气,残月东升,趁着亮光,连夜赶到关边。蒋敬取一两银子谢了主人家,背了行李,大踏步望官道进发。穆春道:“虽然做了两桩爽快的事,如今那里去好?”蒋敬道:“不打紧,有个好去处。”正是:豹入虎群添羽翼,蛟回龙穴起风云。不知到何处去,且听下回分解。

第十七回　穆春喋血双峰庙　扈成计败三路兵

话说穆春因平日气愤，打死姚瑰，放火烧了他房屋，与蒋敬在路上商量到何处安身。蒋敬道："前日会着戴院长，他说李应、裴宣在饮马川，阮小七、孙立在登云山，重复起事。饮马川在河北，一时难到。登云山就在山东，我和你到那里何如？"穆春道："山寨里住惯了，在家里甚是不服，不去赌钱便是闯事。如此甚好！"竟取登云山的路。

行不上五十里，蒋敬因前日雪天跳江受了寒气，又辛苦了，觉道身子不快，头疼身热，着实狼狈，说道："兄弟，我有些病发，走不动了。"穆春道："这怎么处！这里还是江州界内，倘事发起来，就了不得！哥哥，且勉强前进，寻客店歇住了，觅个医生，赎贴散寒的药吃，自然便好。"蒋敬只得捱去。又走了四五里，见一座庙宇，匾额上写着"双峰山神之庙"，要在门槛坐一坐，忽然打个寒噤，仆倒在地。穆春慌忙扶起，道："哥哥，你病势沉重，去不得了。且靠在这门棂上，待我进去问过庙祝，借间房睡着，好寻医生来看。"蒋敬点头。

穆春走进前殿，转到厨房，见一香火在那里烫酒。穆春道："我是过路客商，有个哥哥在路上染了病，行走不动，要借贵庵权时歇息，寻医生赎贴药来，好了就行，重重把香金奉送。"香火道："我做不得主，要问里面师父。"穆春道："师父在那里？你请出来，我自对他说。"香火提了一壶热酒到房里去了。好一会，有个道士慢慢的踱出来。穆春看那道士：赤眼胡髯，身长面阔；穿一领镶边香皂鹤氅，戴一顶黑毡纯阳巾。穆春向前施礼，又把方才对香火说的话说了。道士手捋髭髯说道："只恐有病的人不便。"穆春道："我这哥哥不过感冒些寒气，没甚大病。求老师父方便！"道士对香火把嘴一努道："教他西廊下住着罢。”又踱了进去。

香火引穆春到西廊下，却是报应司的神座。地上卑湿，门窗破败，又无关闭。没奈何，只得走出，扶了蒋敬，背上行李，到西廊下掇扇破门放在地上，将被窝打开伏侍蒋敬睡好，缠袋里取出二钱多重一块银子，到厨房递与香火道：“这块银子把你买酒吃。有姜汤与我泡一碗。我去赎药来，劳你看觑。还要重重相谢。”香火接了银子，觉道沉重，欢天喜地的道：“有，有。客官，你去，我就送出来。”穆春转得身，那香火泡一大碗浓浓的姜汤来。蒋敬勉强坐起，一口气吃下，重复睡倒。穆春道：“兄长，且安心睡着，我去赎药就来。”香火道：“下北五里路便是双峰镇。那镇上有名的太医叫做贾杏庵，细说病源，对症发药，一贴就好，远近闻名的。这客官若要汤水，我自送来。”穆春取了银子，刚要出门，见里面走出个人来：

身材瘦小，性格凶顽。数茎铃口须，衬着雀斑凹脸；一双弫颀眼，耸出鹰嘴鼻头。行业没有专门，姓名不时改换。惯要吹毛求黑痣，无非浅水起洪波。

那人带六七分酒意，踉踉跄跄，携着一个小舍出来解手。那小舍见了穆春，叫道：“小郎。”穆春为赎药心忙，竟不听得，一直去了。那个人姓竺，名大立，是江州一个无赖子弟，倚着母亲有些姿色，有人帮贴，略读几行书，只是唇枪舌剑，覆雨翻云，扎火囤，开天窗，做刀笔讼师，无所不为；更兼好淫，不论男女。那小舍与他邻居，是开赌场的池大眼的儿子，乳名芳哥，生得眉清目秀，面白唇红，年纪十五六岁，性好顽耍，不肯读书；先生要责罚他，一时害怕，被竺大立哄到双峰庙里，干那没要紧的事。这道士又是不守本分的，唤做焦若仙，与村中保正袁爱泉交好，就联络了竺大立，拜为兄弟，三个人一串。焦道士察听地方事故，袁爱泉便申报上司，竺大立把持衙门。有些油水，三股均分。当地人无不切齿，叫做“双峰三虎”。那竺大立骗池芳哥到庵中，与道士公用，这不消说得。

当日在房内饮酒，竺大立听得有客人与道士借寓，不放在心上；半酣之后，携了芳哥的手出来小解，见芳哥叫穆春一声“小郎”，便问：“什么小郎？”芳哥道：“常在我家赌钱，叫穆小郎。”竺大立关了心道：

“前日柳塘湾杀了两个人，酒坛中又有个碎尸，胡撇古报官说是穆小郎，同一个不识姓名的人，定是他了。现今官府出一千贯赏钱捉他。何不通知袁保正拿去解官领赏？”

走到西廊下，见蒋敬把被蒙着头睡，头边堆两个大包裹，急回房道：“老焦，上门买卖到了。”焦道士不解其故。正要相问，忽有三个人撞进房来，大家坐下。竺大立道：“袁保正，我正要使人请你，来得却好！”因问：“这二位是何人？”袁保正道：“是本府公差，来讨地方盗贼的甘结。”指左边坐的道：“有名的朱泼天，官名唤做朱元。这位是他伙计，闻得竺相公大名，下乡来特来一会。”竺大立大喜道：“人有善愿，天必从之。”叫道士取三个大碗来，每人吃三大碗：“有一桩美事在此，你们吃了，我再说出。”三个真够吃了。竺大立道：“江州柳塘湾杀了两个人，一男一妇，地邻胡撇古报官，一个不识姓名，一个是穆小郎。这事有的么？”朱元接口道：“我同伙计正为此来讨甘结，恐怕地方窝藏。”竺大立道：“先把这一千贯赏钱，大家均分再处。”袁保正道：“竺相公又来取笑。影也没有，怎的便分赏钱！”竺大立道：“这两个人我已捉在便袋里了。老焦，就是那问你借寓的。”道士道：“一向认得的么？”竺大立道：“我不认得，芳哥见他出门，叫声小郎，问起来，说常在他家赌钱的穆小郎，岂不是他！”保正道：“他出门去了，那里寻他？”竺大立道：“有个害病的在西廊下睡着，他到镇上赎药自然就回。”朱元跳起身道：“先拿了那害病的，问知真实，方好行事。”齐道有理，一哄到西廊下。

朱元便揭被喝道：“你这杀人贼却躲在这里！可见天理昭彰！”蒋敬见了一伙人，晓得事发，便立起来道：“列位不须性急，自有分辨。在下是潭州人，姓蒋，从建康回到湖广，船家陆祥、张德将酒灌醉，半夜里拿刀抢进舱来，我一时无计，跳入江中，多亏茅庵里老师父救得性命。他劫了我五百两银子。我到江州会着个弟兄，访到柳塘湾，仇人相见，分外眼明，因此杀了他。便到官也是这篇话。”朱元道：“强盗的口那里听得！”袖中取出青索子，扣颈缚了，道：“我是江州差来的缉捕使臣，等拿了穆小郎一并解官。”扯着便走。蒋敬身上有病，见五七个人，敌他不过，只得随他扯去。到柴房里，把门锁了。竺大立、焦道士、袁保正便把行李包裹拖到房里，打开一看，见雪白的五六百银子，又有金珠首饰，喜出望外。竺大立道："这宗财物是我寻出来的，我应该得一半，那一半你们均分。"保正道："这个自然。且捉了穆小郎再处。"焦道士喜欢得紧，重去宰两个鸡，开了窖下的好酒，摆出果品菜蔬，开怀的吃。竺大立教道士唤香火到西廊下伺候："穆小郎回来，不可惊动，哄他说这位客人有病，师父恐外面有风，移到房里去了，骗他进来，便好捉住。"道士就去分付香火依计而行。

那池芳哥一时冲口叫了一声，见他们如此举动，懊悔起来，想道："那穆小郎在我家赌钱，最是直气，常把头钱给我。今日分明我害了他性命，日后回家，父亲知道必然埋怨。须通知他才好。"其时已是掌灯时候，竺大立诸人财物到手，大家欢呼畅饮。池芳哥只推酒醉，先去寻睡，轻轻走出来，到西廊下，见香火坐在门槛外打盹。芳哥推醒他。香火见是芳哥，便道："小舍，你出来做甚么？"芳哥道："那两个客人知道是真是假！那干人存心不良，我和你着甚来由？须要救他方好。"香火道："我也是这般想。那客人是个好人，一进门就送我二钱银子。那里不是方便，我同你去门外等他才是。"芳哥和香火刚走出门，只见穆春急奔回来。香火摇手道："不要进去！"穆春不解其意，见了芳哥，叫道："池小舍，你何故也在这里？"芳哥便扯穆春到松林下，如此这般说了道："我与香火商量救你。小郎，你走了罢。"穆春道："多承你两个好意，只是我的哥哥在内，怎处？"芳哥道："再消停一会，待他们醉后，悄悄进去放了，同走便是。"穆春道："不打紧，我且进去看他们动静。"

轻轻的到房门前，探头一望，只见乱呼大嚷的猜枚行令，都是歪斜身子，醉眼朦朦。朱元道："此时也该来了。"竺大立道："又无人走风，自然撞到网里来。"忽叫道："芳哥呢？"焦道士道："你的心爱人先去睡了。"朱元笑道："你两个受用的够了，今夜让与我罢。如今鸡奸的罪名犯得重了，莫要等我出首。"穆春按不住心头火发，因无器械，转身到灶边，寻劈柴的斧子又寻不见，只有一把开山的铁锥，口上银子也似亮的，提起来看，那脑头阔厚，约有十多斤重，欢喜道："够了！"把衣服扎起，提了铁锥，直闯进房，大喝道："你这干贼囚如此可恨！

吃我一锥！”众人见了，慌做一团。这间小房子又无后路，挤做一处。穆春咬牙切齿，奋起勇力，先把袁保正打倒。那伙计要夺门而走，穆春把锥柄当胸一撞，也翻在地。朱元拿条板凳来抵，穆春用力一锥，却打在桌子上，碗盏打得粉碎，把脚一踢，那桌子倒了。焦道士被桌子横压在壁边，满身鸡汁。朱元将板凳劈头打来，穆春左手接住，右手奋锥，一声响亮，早已脑浆迸裂，跌在一边。焦道士推开桌子，立得起来，穆春夹脖子一下，便倒在桌子底下。单不见了竺大立。穆春道：“奇怪！”向院子里一看，那竺大立却躲在芭蕉叶里，便把锥隔窗打去，竺大立擎手来遮，一锥把右臂打折，也倒在地。穆春回头看那袁保正、伙计、焦道士还在那里挣命，料是走不动了。走到厨房，见香火、芳哥两个做一堆儿蹲在灶下草里，各自抖不止。穆春道：“我的哥哥在那里？”香火挣了半晌，挣一声道：“锁在后面柴房里。”穆春拿了亮子，叫香火引去，见门锁着，问道：“钥匙呢？”香火道：“他们锁的，不知在那个身边。”

穆春一脚踢开门，叫道：“兄长。”见蒋敬坐在柴上，穆春说道：“那些狗头都被我打倒了！好快活！”见蒋敬项上有索子拴着，取出解手刀来割断，说道：“你这一会身子怎的？”蒋敬道：“我吃下姜汤，又是一惊，出了一身冷汗，倒觉松爽了些。那几个人来盘问，我身子还软弱，动手不得，且待你来。”穆春道：“且同到前边去。”二人来到房里，寻包裹行李不见。香火指道：“在那首卧房内。”穆春进去，见果然放在那里，腰刀也在；就拔出鞘来，再到前房，把保正、朱元、伙计、道士的头都割下来，问香火道：“可有酒么？”香火道：“库房内有。”穆春走去，提出一坛，叫香火烫来；又去厨内搜寻，还有一腿羊肉、半只熟鸡，都拿到前边，将解手刀切开，请蒋敬坐了，道：“兄长，吃一碗热酒，鸡肉且不要吃。”叫芳哥、香火也同来坐。芳哥道：“小郎，你把我胆子都吓碎了！”穆春道：“小舍，你后日切不可同这干人走。明早快些归去，你父母在家悬望。”斟上大碗，一连吃上五七碗，跳起来道：“还有一件未曾了当。”叫香火点了亮子，到院子内提出竺大立，把衣服剥去，喝他跪下，骂道：“你这狗头！快把从前亏心短倖的事从实说来，我便饶你！”竺大立道：“好汉，若肯饶我，我便实说。某日诈某人若干银子，某日强奸某家妇女，某日拐某小官，某日谋害某人，那兴讼构非、诬谜词状、唆人起波的事，一时记不起许多。小人死不足惜，只有母亲在堂无人养赡，求好汉饶了狗命罢！右臂已折，再写不得刀笔，情愿改过自新了。”穆春笑道：“你的母亲，我晓得有人照顾，倒不劳你养赡。你说右臂已折，写不得刀笔，只怕你脚指头夹起笔来还要陷人。我与你平日无冤，往日无仇，何故生此毒念？就是池小舍，是好人家儿女，不该骗他出来坏他行止。”又斟上大碗酒吃了，把竺大立拖转，一刀剁下头来，摸着胸膛道：“恶气已消！再和你吃几碗，煎药与你吃。”蒋敬道：“兄弟，我见你这般豪侠，病都好了，不消吃药。此间不是久留之地，且打点走路。”穆春道：“有理。”分付香火道：“那焦道士自然有些积蓄，你先收拾过了，明日去对地方说，叫他报官。”对池小舍道：“你作速回家，省得报官牵累。以后不可再去游荡。”到房里驼出行李包裹，把刀插在鞘里，挂在腰边，同蒋敬出了门。

其时约有四更天气，霜华满地，寒星闪闪，也辨得大路，独自背上行李包裹，教蒋敬空身走。蒋敬道：“我这会身子如旧了，不知昨日怎的一霎不好起来！”穆春道：“想是这干人恶贯满盈，鬼使神差的要我们替天行道。”走到天明，进店中打了中火再走。

不多几日，已近登云山下。只见大路上旌旗遍野，密布刀枪，扎下三个大寨，便不敢近前。退到一座酒店里，且买酒吃，叫打两角酒，有好嗄饭拿来。酒保道：“实不相瞒，有官兵在此扎营，卖不得酒肉。”蒋敬道：“为甚有官兵在此？”酒保道：“登云山有几个头领屯扎，东京枢密院差一员大将，领三千兵，会合登、青、莱三府兵，来征剿。到这里有半个多月了，因此客商也都断绝。”穆春道：“山寨里头领有个阮小七、孙立么？”酒保道：“客官是何处？问这两个头领怎的？”蒋敬道：“向在梁山泊同受招安的。”酒保道：“既如此，请到里面亭子上坐。”搬出酒馔款待，说：“是顾大嫂的伙家。这店就是山寨里开着做眼的，若要会他们，要到晚间从小路上去。”

候至更深，酒保引路，到了后寨。喽啰通报，直至聚义厅上。相见已毕，阮小七道：“两个兄弟来得正好，帮助帮助。”孙立道：“前日我们打破登州，杀了杨太守，请这位栾廷玉大哥做山寨之主，那一个是扈三娘哥子扈成，都是他的计策。杨戬恨杀了他的兄弟，蔡京又因怪安先生，把萧让、金大坚刺配沙门岛，也被我们劫了上山，安先生闻知也就来了。他们奏过朝廷，差御营大将邬琼领三千兵马，调登、青、莱三府都统制会剿。已见过两阵，虽不分胜负，只是寡不敌众，相持半月，无有退兵之策。你两个怎知我们在这里?”蒋敬道:“小弟在建康遇着戴院长，知道列位在此聚义，要来投奔;不料在江州被劫，几丧性命。两次患难，多亏穆兄弟救得，今日又得相会。”

那扈成听着说完，问道:“孙大哥，这两位好汉可托得心腹的么?”孙立道:“都是梁山泊旧时弟兄，那个不是同心合胆水火不避的!”扈成道:“若然如此，倒有一个极妙机会。”栾廷玉问:“计将安出?”扈成道:“青州都统制黄信念向日情谊，推病不出。蒋大哥可扮做黄信，选五百精壮喽啰，打青州旗号，竟去合营。只说患病得痊，太守催促，故来会兵。那邬琼是京营里人，这登、莱将官又都是新选来的，决然都不认得。过几日，我这里差人去投降，他们必然懈怠，我们却去劫寨，那时里应外合，定获全胜。”众头领听罢大喜，设席庆贺。第二日挑选喽啰，制造青州旗帜，诸色停当。扈成又使萧让做了青州知会文书，金大坚雕了印信，先差人递去。又过一日，蒋敬装做黄信，领五百兵，原从小路下山，大宽转从青州路上来。

到了大营前，报青州都统制领兵来合营会剿。邬琼因先有了知会文书，坦然不疑，开辕门传进。蒋敬到中军，见邬琼坐在上面，莱州、登州统制官俞仁、尤元明列坐两旁。蒋敬向前参见，邬琼起身回揖，俞仁、尤元明平拜送坐。邬琼道:“将军托病不来，敢是为旧日情分么?”蒋敬打一恭，正色答道:“末将前日在梁山泊造下弥天大罪，幸蒙恩赦，建立微功，除授显职，已是粉身难报。这班反贼，恶习未除，重复背叛朝廷，万死犹轻，还有什么情分！只因末将感冒寒疾，不能速趋麾下。今幸得痊，知府恐误军机，催促前来。逗遛之罪，万望宽宥!”邬琼见蒋敬言辞激烈，相貌魁梧，举手道:“久闻将军有镇三山之号，果然名不虚传!”蒋敬逊谢，请问:“主帅见过几阵？强弱何如?”邬琼道:“这些草寇都是狂魂野鬼，只是栾廷玉武艺略可，原是杨提督标下，在东京曾会过，除授登州，不想也反了。其余多不足道。三战三北，死守巢穴不出。将军看我不日成功！”

正谈论，中军官报道：“登云山差喽啰来递降书。”郧琼道：“唤他进来。”喽啰膝行到帐前，叩了头，呈上降书。郧琼看了道：“这伙草寇来纳款，列位将军以为何如？”尤元明道：“王者之师，恩威并用。他们也为时势所逼，权时啸聚。今既向化，当开一面之网。就是前日梁山泊亦用诏书招抚。”蒋敬毅然道：“不可。”只因这一句话，有分教：雄兵一旦填沟壑，猛将须臾丧战场。不知蒋敬说出什么话来，且听下回分解。

第十八回　黄统制遭枉归山　焦面鬼谋妻落井

却说蒋敬假扮做黄信，领青州兵来合营会剿。登云山喽啰来递降书。尤元明主剿抚并用之说，当受他纳款。蒋敬恐怕郚琼疑心，故意说道："不可。若是良民不得已而啸聚山林，情犹可恕。今这伙贼寇，招安复叛，法所不容。况区区小寨，破之何难！不可听信。"俞仁道："黄将军之言虽是有理，只是山势险峻，林木丛杂，这厮们死守不出，便要旷日持久；目今朝廷西北用兵，粮饷不敷；况且我等登、青、莱的兵，尽数调来，城守单弱，恐怕别寇乘机窃发，为祸不小。不如且受他纳款。只是兵法云：'受降如受敌。'不可懈怠便是了。"郚琼道："俞将军之论深为得计。"因吩咐喽啰道："降便准了，限三日内都要面缚辕门。若再迟延，攻破山寨，寸草不留！"喽啰禀道："明日烧毁寨栅，料理花名册籍，全伙下山。求元帅先给免死牌。"郚琼唤军政司给一张大牌，凡来投诚的都要鱼贯而入，逐名听点，备花红给赏。营中兵士闻知投降，免得厮杀，尽皆欢喜。

喽啰叩谢。回到山寨，将郚琼准降，蒋敬等各人的话说了。栾廷玉就差孙立打东寨，阮小七打西寨，孙新、顾大嫂埋伏登州去路，邹润、穆春埋伏莱州去路，自同扈成直捣中军。分拨已定，三更时分，人衔枚，马摘铃，悄悄下山，到得寨边，并无动静。

先说栾廷玉、扈成排开鹿角，发一声喊，杀入中军。郚琼终是惯将，不卸衣甲，急起身来，只见一派火光，满营通红。那些军士都在睡梦里，马不及鞍，人不及甲，乱窜起来。郚琼手拿大杆刀，当先抵敌。栾廷玉挺点钢枪，两下相持。忽见黄信领喽啰从寨内杀出。郚琼见里应外合，心慌意乱，被栾廷玉一枪搠倒，扈成赶来一刀杀了。兵卒各自逃生。尤元明听得中军喧嚷,方起身来,阮小七早已入营,一朴刀砍翻。俞仁知两寨已破,飞身上马,往寨后逃走,孙立紧紧赶来。一声炮响,闪出邹润、穆春,俞仁措手不及,被孙立一鞭打下半个脑袋,死于马下。四路里剿杀,到得天明,三营的兵尽皆败没。夺得马匹、衣甲、器械、粮草,搬回山寨。正是:鞭敲金镫响,人唱凯歌回。众头领不胜之喜,重赏喽啰,大排筵席,欢呼畅饮。

栾廷玉道:“众寡不敌,困守多时。若无蒋大哥改扮青州兵将,从里面杀出来,纵然劫寨,难保必胜;若不胜时,便难以存扎了。”孙立道:“我这兄弟本是个落第举子,文武全备的。只看他假做黄信,一些圭角不露,使郛琼并不疑心,便见他的才调。只是黄信身上用计忒毒了,须知会他上山,免得受害方好。但恐怕未必肯来。”萧让道:“黄信武艺高强,极有义气。只因权宜之计,借他名儿破了三路大兵。前日调青州兵将会剿,他托病不来,足见昔时情分。今陷害了他,坐视不救,于心何忍!待小生掉三寸不烂之舌,说他同归山寨。若是执迷不肯,便只得由他了。”栾廷玉道:“萧先生言之有理。事不宜迟,恐登、莱残兵回去,说是青州统制内应,就有口难辨了。敢烦明日就行。”萧让应诺。当晚宴罢。次早,萧让原扮白衣秀士,取些银子在身边,作别下山不题。

且说登、莱两府的败兵回来,禀道:“青州统制黄信领五百兵来合营,结连贼寇,引他晚间劫寨,在里面杀出,坏了三位将官、五千兵马。”两府一面会稿申报枢密府,就行关知会青州。青州太守姓张,是科甲出身,为官清正,一尘不染,与黄信极是相知。当下见了知会文书,不胜骇异,就请黄信到来,与他说知。黄信道:“末将因有瓜李之嫌,又且染病,前日预先申覆不去合营,这几时从不出城,恩府深知的。那里有这样事?”太守道:“统制,你素履忠贞,本府佩服的。想是贼人用反奸之计,假冒将军领兵助战,破了官兵。现放本府作证,如今先回文到两处,说将军从不出城,然后申到枢密府,力为辨明。愿以百口相保,不须忧虑。”黄信致谢不尽,回到府中,终是放心不下,闷闷不已。

过了两日,门上报道:“有东京萧秀才来访。”黄信想道:“东京有什么萧秀才?”再省不起,道:“有请。”见是萧让,相见毕。黄信道:“萧先生,你在东京供奉,那得光降?”萧让道:“为朋友一件事牵累,安身不得,特来投奔。兄长大才,复任青州,一向定是得意。”黄信道:“向日为花知寨一事,宋公明劝上梁山,招安之后,东征西讨,留得性命,蒙圣恩重授此地。新任张太守与小弟极合得来,倒也无事。不料孙立、阮小七等重聚登云山,枢密府差一员上将,领三千御营兵马,又会合登、青、莱三府统制征剿,行文来调我,因众兄弟在那里,左右皆难,只得推病不去。不知那个假冒了小弟,打青州旗号去合营内应,三路兵将尽行败没。登、莱两府会稿申报枢密府,又行关来知会。太守虽极力分辨,只恐终有不测,因此纳闷。先生来得正好,与我筹画则个。”萧让道:“总是朝廷昏暗,奸党专权,我们旧日弟兄一个也容不得。宋公明一生忠义,日望招安,血战多年,功高不赏,反赍鸩酒药死了他。小生是闲散之人,”指脸上金印道:“为安道全出使高丽,被卢师越谗谤,蔡京发怒,奏过圣上,着大理寺勘问。安道全知风潜避。开封府将小弟与金大坚申解,幸得宿太尉营解,从轻发落,刺配沙门岛,在登云山经过,被他们劫了上去。刚遇郛琼来会剿,众寡不敌,存札不住。恰好蒋敬上山来,扈成定这条计,叫他扮做兄长,就破了三路兵将。兄长虽然不去,外面尽说青州统制内应,况又是旧日同伙,那里去分辨?虽有太守作证,那高俅、童贯一班奸党岂肯听信!不如及早同了小弟去,免得祸到临头,悔之晚矣!”黄信沉吟半晌,说道:“先生且留几日,看太守申文分辨得明,权且容身;若有变故,只得依着兄长了。”萧让见他犹豫,不好十分催促,只得住下看光景。

到第二日辰牌,只见一个将官,身披细铠,腰悬利刃,领百来个关西大汉,弓上弦,刀出鞘,直入统制府。黄信忙问来历,那将官喝令把黄信拿下,推过囚车囚住。原来是郛琼的女夫,姓牛,为济州都监。闻得丈人被黄信内应杀了,心中忿恨,不待枢密院来文,就先捉住,骂道:“这贼子反性尚在!朝廷升你做都统制,不思量尽忠报国,又通同旧党,坏了三路兵将!”张太守已知道了,急来分解道:“黄统制患病与下官终日在此,并不出城。这是贼人诡计,假冒青州兵。下官可以力保,已申辨到枢密院了。不可造次!”牛都监道:“他假推患病,潜到那里通谋劫寨,大小三军亲眼见的。太守,你先有文书知会,也要连坐。”喝令军士推着囚车竟去。太守嗟叹不已。

却说萧让见黄信拿去,如飞回到山寨报知。栾廷玉即点五百喽啰,引孙立、扈成、阮小七埋伏在青州来路。等到次日,只见牛都监气昂昂骑在马上,兵士簇拥囚车前来。林子里一棒锣声,闪出四骑马,五百喽啰一字儿摆开。阮小七道:“知事的留下买路钱,放你过去!”牛都监大怒道:“我是济州上司官,那有买路钱与你这伙草寇!辄敢大胆!”阮小七道:“莫说你这蠢牛,便是宋官家在此经过,也要脱下平天冠做当头!”牛都监也不回言,把泼风刀对面砍来,栾廷玉挺枪接住。孙立又提虎眼钢鞭横打过来,牛都监抵当不住,拍马便走。阮小七、扈成早打开囚车,放出黄信。栾廷玉见牛都监走了,也不追赶。黄信骑了喽啰一匹马,回到山寨,一齐拜见。黄信致谢道:“这位好汉是谁,来救小可的性命?”孙立道:“是祝家庄上教师栾廷玉,与我同学武艺的弟兄,除授登州都统制,我们请来做山寨之主的。”指扈成道:“这是扈三娘哥子扈成。前日妙计是他定的。”黄信对蒋敬道:“兄弟,你假冒得我好!”蒋敬道:“若不是假冒,兄长在青州做官,威风凛凛,那肯到山寨里来?”众人齐笑起来。萧让道:“我苦口劝你,只管迟疑,谁知祸在顷刻。”黄信道:“多蒙列位救拔,从此死心蹋地了。只是负了太守一片好心。”当下大排筵宴,与黄信庆贺。连夜差人下山,迎取黄信家眷。

酒至半酣,安道全道:“萧、金二位为着小可无辜受累,赖众弟兄救得上山,只是两家宅眷寄在闻焕章庄上,不通音信,两地挂心。连日见山寨有事,不敢说起。今已宁静,意欲到那里接来,无有亲信人可托。自己下山,恐人认得不便。只有穆兄弟初到,身上没事,央烦去走一次,不知意下若何?”穆春道:“弟兄们的事总是一般,明早便去。”安道全大喜。当夜席散,安道全修了书札,封一百两银子相谢闻焕章。萧让、金大坚各有家信。穆春就下山。安道全道:“闻焕章庄上离东昌二十里地,名‘安乐村’,在官道边,门前一座小石桥,有株老梅横过涧来便是。”穆春道:“不消多说,路在口边。”挂口腰刀,提条朴刀,背上包裹,作别下山。

在路不消几日，到了安乐村。问到闻焕章家里，有个小厮出来问道：“客官那里？到此何事？”穆春道：“要访闻先生的。有安道全并萧、金二位书信在此。”萧、金两个娘子因久无音耗，甚是耽心，听见说有家信，自走出来。穆春向前施礼。萧、金娘子问道：“客官上姓？家信在那里寄来的？可曾亲见我们官人么？”穆春道：“我便是梁山泊上小遮拦穆春。二位哥哥俱在登云山寨里，恐二位嫂子记念，特要我来迎接二位嫂子到那里去。”就把家信递过。萧、金娘子道：“原来是穆家叔叔。虽在山寨多年，不曾会面，故不认得。有劳叔叔远来。闻先生为着我们有些事故，到东昌府去了，敢怕晚上回来。我们这几日如坐针毡，如今有了音信，万分之美了。叔叔请坐。”

转到里面，整顿午饭，叫小厮搬出来吃了。穆春坐到将晚，闻焕章才来。相见罢，穆春道：“小可从登云山来，有安道全先生书札在此。”打开包裹，取银子一并送过，闻焕章看了书中来意，道：“久慕穆兄快士，今日幸会。只是安先生送银子来，反觉客套了。”穆春道：“教小可致意，略表寸心。”闻焕章收进，搬出酒肴相待，说道：“小生一心耿直，路见不平，常受小人之累。蒙安先生托萧、金二位宅眷在家，萧小姐与小女情投意合，如嫡亲姊妹一般，终日做些女工针指，闲时吟诗写字。萧、金二位娘子俱各贤淑，竟是异姓骨肉，到极相安。只为有一朋友，姓仲，字子霞，是个风雅之士，前边夫人生下一子，甫得六岁，夫人不幸得病身亡。那仲子霞因中馈无人，幼子没人抚养，只得续取了一个姓胡的。那胡氏是再醮之妇，凶悍异常，性情恶劣。那前边的夫人聪明贤达，知书识理，夫妻相敬如宾，子霞当初看做世间极平常的事，也就不知不觉过了。谁知续娶这胡氏，十分暴戾，大不相合，却又无可奈何，在家一日也住不得，因有个故友升任西川采访使，请他为记室去，他把儿子送在小生处读书。不料子霞出门之后，胡氏就唤前夫之子，绰号焦面鬼，来家同住。那焦面鬼禀了母气，一发狠毒不仁，唆着母亲，竟把仲子霞幼子磨灭死了，占了他家私，一窝的快乐。小生可怜那孩子受屈而死，未免发了几句公道说话，冲撞了他。这胡氏阴险之极，并不发怒，反央人来求小女的庚帖，聘做媳妇，又对人说：‘若不肯时，就他把的阴事到东京首报，怕他不连夜自己送过来！’我一闻知，气得发昏。我这小女要觅个快婿，倚托终身，多有豪门世族要来聘定，都一概谢绝，怎肯与焦面鬼为配！不要说他庸恶陋劣无赖小人，只是那胡氏，天下第一个恶妇，怎肯送到他手中磨折！回绝了他。那焦面鬼果然到开封府去呈首，道是窝匿反寇家室，纵放钦犯，逆天大罪。开封府准了，行文到东昌府来提人。我寻思提到开封府自有宿太尉营救，料没大事，只为受了安先生万金重托，岂肯使二位娘子去出头露面？这叫做‘为人谋而不忠’了。正在万难摆布的时节，今得足下接了去，担子就轻，十分之美！”

穆春见说，怒形于色说道：“那恶妇与这焦面鬼住在那里？我今夜杀了他，和闻先生同上登云山，怕他叫起撞天屈来！”闻焕章道：“这个使不得。小生是闲旷的人，事情分解了便没事。只要二位娘子完美避过，就无对证，怕他怎的！穆兄，你且耐性，我今日东昌去打听，呈首是真的，来文还未到，恐怕只在日内。”穆春道：“既然如此，明日早些雇两乘车子，待我把他二位押送到山。安先生知道这节事，只怕放心不下，还要小可到东京来看觑先生哩！”闻焕章道：“我到东京有人照看，再不敢动烦。只是还有一件难处，拙荆亡过，只有这个小女，我到东京去时，舍下无人照管，又恐那厮心怀不仁，要使强暴。若带到京时，闻得近日金国败盟，统兵南侵，在京官员多有打发家眷回乡的，若有变故，便进退不得了。思量安顿在亲友处，亦无至亲切友可以托妻寄子的，如今世上人转眼相负，以此踌躇不定。况是萧小姐听见要与小女分别，恋恋不舍，各自流泪，正难为情。”穆春道：“小可有个计较在此：安先生与尊驾为金石之交，萧让、金大坚蒙先生高谊，刻铭不忘。山寨里目下杀败了三路大兵，官军魂飞魄丧，不敢正眼相觑，万分宁静。小可辈虽是粗人，都是顶天立地的汉子，立心不苟。不若小姐同到山寨，待事平之后，迎接还家，实为至便。”闻焕章道：“便是萧、金二位娘子也是这般说。今得穆兄这般肝胆相待，事有经权，只得如此了。这里邻家是个车夫，我去雇定了，五鼓起行。”进去对女儿说道：“我到东京，必无大事，只是放你不下。方才那穆兄讲得有理，明早同二位婶婶去，权且安身。有安先生在那里，自然无事。东京的事若一解，我就来领你回家。”小姐见说同萧小姐去，也依允了。

当夜一家不睡，收拾停当，到五更吃了酒饭。车子到门前，先装了细软行李，萧、金娘子各坐一乘，两位小姐共坐一乘。闻焕章又分付一番："你出门之后，我也不等来提，先上东京去了。"萧、金娘子谢过登车。闻焕章取一封回书与安道全，并写寄托女儿之事。各各垂泪而别。

穆春提了朴刀，大踏步押着车子前进，到晚足行一百里路。晚间寻客店，拣一间洁净的房，安顿了女眷，自己在房门前安歇。这客店是三岔路口，河北、山东、河南往来通路。客寓里也下得人多。见一个人满面黑斑，两眼眍进，状貌狰狞，打角酒，一盘牛肉，同一个人共吃。那个人问道："你从那里来？"这个人答道："我在东京开封府呈首反叛事情，已蒙准了，发在东昌府提人。我回家去料理。"那人道："你何苦惹这空头祸！敢是有仇么？"这人道："仇也有些。若不去闯空头祸，我焦面鬼怎得香喷喷老婆到手？"那人道："我明早要赶路，不陪你了。"走了去。穆春仔细一认，又听他自说出诨名，暗记在心。到鸡鸣时候，各自起身。穆春看萧、金娘子，闻小姐上了车子，分付车夫道："你们先去，在十里亭等我。我就来。"车夫推着先走。原来这三岔路到登州过东，东昌反转落北。

穆春立在大路上，见焦面鬼背着布套子，独自出门，让他走过，随后跟来。行了五里多路，天尚未明。到一古庙边，周围一望，并无行人，赶上叫道："焦面鬼，和你同走。"焦面鬼只道是昨夜同吃酒的人，就立住了脚。穆春向前把脚做了铁门限，劈胸一拳，焦面鬼望后便倒。穆春喝道："你要香喷喷的老婆，叫你先吃碗板刀面着！"拔出腰刀，照头砍下，直挺在地。庙前有口枯井，穆春提了他腰胯，望黑洞洞井里一丢，眼见得井底窥天了。把布套子一抖，抖出一个小皮护书匣儿，一二两零碎银子，几张有字的纸。藏在自己缠袋里，提了朴刀，从旧路赶过来。

往回有二十里，见车子歇在亭子上，车夫蹲着打盹。穆春道："小姐，我替闻先生报了仇了，到东京必然无事。"闻小姐不知缘故，不好问得。穆春唤醒车夫走路。第三日，到了山边，先去通知安道全，备说闻焕章之事。萧让、金大坚出来接了家眷,自有顾大嫂、阮小七母亲陪进。安道全看了回书,见闻小姐同来,甚是欢喜。穆春道:“还有一桩快事。”缠袋里摸出字纸来,却是焦面鬼开封府内呈首的底子,说:“他在店中吃酒如何讲,被我赶上杀死,丢在枯井内了。”栾廷玉与众头领赞道:“兄弟你真是好汉子,每事做得斩绝!”摆筵席与穆春接风,又与萧让、金大坚暖房。里面款待闻小姐,萧、金娘子自不必说。正是:聚散却如萍打叶,欢娱深喜鸟归巢。不知闻焕章到东京毕竟如何结果,且听下回分解。

第十九回　纳平州王黼招兵　逐强徒徐晟夺甲

却说闻焕章被焦面鬼挟仇呈首开封府，要到东京分理，心中放女孩儿不下，却好安道全央穆春来接萧、金二位娘子，到山寨完聚，便把女儿寄托同去，身子才无羁绊。五更送上车子，未免有些孤凄。恐怕东昌府有人来提，把房屋封锁，托与邻人照管。自己即上东京，先去参谒宿太尉，把焦面鬼挟恨呈首开封府的事说了，恳求太尉分解。宿太尉道："不妨。我遣人对府尹说，把呈首人治他诬陷的罪就是了。你只管放心。"闻焕章拜谢而出，到大相国寺，寻一寓所住下，且看下落。

那时智清长老已回首了，寺中一个老僧，法号真空，是个有德行的禅师，与闻焕章一向厮熟的，就留在松月轩宿歇。真空到晚上唤侍者烹茶与闻焕章闲话，说道："闻先生，你是个真诚君子，隐逸避世，今日何故复到此地?"闻焕章道："只因愚直，触了小人之怒，有些事在开封府。早上见过宿太尉，许了与我分解，少不得要耽搁几天，故此借寓贵刹，但恐打搅不便。"真空笑道："只是有慢，何出此言！老衲虽是世外的人，在此地眼中看不过，也要出京寻一个隐僻之所安身了。朝廷的事都被一班朋党弄坏，这不消说了。还有灾异的事，可曾闻得么?"闻焕章道："远在乡僻，不曾知道。"真空道："夜静无人，不妨闲讲。有龙挂在军器作坊，兵士取来作铺吃了，大雨七日，京城水高数尺。禁中出了黑眚，其形丈余，毒气喷出，腥血四洒。又有黑汉蹲踞，像犬一般，点灯时候就抢小儿吃。狐狸坐在御榻上。东门外一个卖菜的，至宣德门外，忽然痴迷，叉手骂道：'太祖皇帝、神宗皇帝使我来说，快些改过！'又有卖青果男子，有孕生子。酒店姓朱的妻子，忽生髭髯，长六七寸，宛然一个男子，特诏度为女道士。天狗星陨，有声如雷。彗出紫微垣，长数丈，北拂帝座，扫文昌。种种怪异，不可殚述。总之，国之将亡，必有妖孽，眼见得天下大乱了。这是老僧饶舌，先生须要谨言。”谈至夜深，到客寮送单安寝。

过了数日，闻焕章又去见宿太尉。太尉道：“我已对开封府说过了，这几日正在军务倥偬，这些细事那里来追求！料必无事，不必挂心。”闻焕章辞谢，回大相国寺中不题。

原来金国与宋朝和议之后，以燕云之地与宋，将富室大家辽国旧臣左企弓等尽行东徙。那些百姓在路，流离困苦，弃子抛妻，逼辱鞭朴，备极艰辛。行到平州，一齐诉与守将张瑴道：“丞相左企弓等投降金朝，百姓尽被迁徙，家业失散，妻孥被掳，生不如死。求公做主，使我等得归乡土，生死感恩！”张瑴召诸将商议道：“我本辽国大将，镇守平州，兵强将勇，何不投降于宋，兴复辽国，使百姓安集，名标青史，何所不可！”遂请丞相左企弓来说道：“公为辽国大臣，当尽忠竭力，死守社稷。怎么金兵一到就稽首迎降，使辽国绝灭？今又将百姓东徙，备极苦难，皆汝之罪！”左企弓无辞可对。张瑴喝令武士缢死，弃尸野外。遣牙将李弼投降童贯军前。童贯密本启奏道：“平州形胜之地，张瑴总练之材，足以御金人、安燕境。”左司郎中宋昭谏道：“不可。前者与金破辽，弃久和之邻，亲虎狼之国，已为失策。今新与金盟，若又纳叛受降，自启其衅，后必有悔。”王黼大怒，将宋昭削职为民，劝帝纳之，加授张瑴为镇东将军，钦赐黄金彩缎。张瑴受诏，遂改宋朝旗号，练兵守城。

金主闻张瑴降宋，大怒道：“那宋朝藉我兵力破了辽国，好意分燕云之地与他，他却贪心不足，背了盟誓，纳我叛臣，不可不伐！”遂差大元帅斡离不领兵二万，攻打平州。一连攻打三日，张瑴无措，只得弃了平州，同二子逃到童贯营中。斡离不得了平州，火速追来，切责童贯：“弃盟纳叛，快把张瑴送出，尚可饶恕。若是执迷留住不放，杀到东京，连那无道昏君一并捉来！”童贯心慌，只得把张瑴父子灌醉缢杀，将木匣盛了首级，送到金营。斡离不不肯罢兵，必要童贯亲来谢罪。童贯心中害怕，那里肯去，连夜逃回京师。那时郭药师专制一路，募兵三十万，心怀进退，闻缢死张瑴，首级送到金营，愤然道：“金人要张瑴，即杀与他；若要我，也照样了！”即率众降金，作为向导，知宋虚实，领兵深入。

金国又遣大将粘没喝统兵十万，进攻太原。边报甚急，羽檄交驰。道君皇帝心中忧惧，集文武百官商议避兵之策，诏天下勤王，以皇太子为开封牧，将幸亳州。太常少卿李纲刺臂血上疏，请假皇太子位号，使为陛下守宗社，收将士心，以死捍敌，天下可保。帝意遂决，明日传位皇太子。太子即位，尊帝为太上皇帝，居龙德宫，改年号为靖康元年。以李纲为兵部侍郎，分遣十员御营兵马指挥使，各领兵二千，前往黎阳防遏金兵渡河。此乃朝廷大事，且搁过不题。

且说那焦面鬼的母亲胡氏在家，不见儿子回来，心内忧疑。有个邻舍从东昌来，说三岔路口古庙前枯井内，地方人起出一个死尸，好似焦面鬼。胡氏闻知，魂不附体，就央邻舍领到那里，见尸首抛在荒地上，面色从来焦黑，死后喜得不改，只是没有了一只腿，想是被狗嚼了。胡氏号啕大哭，身边带有银子，买口棺木盛贮停好了。回到家中，日夜悲哭，想道：“必是闻焕章谋死。”去东昌府告理。那妇人虽然阴狡，终是女流，邻里都恨他平日所为，无人帮助，患病起来，不消几日，也就呜呼哀哉了。古人说得好：“青竹蛇儿口，黄蜂尾上针。两般犹未毒，最毒妇人心。”那胡氏丧了丈夫，自该守节；既忘了昔日恩义，去再嫁仲子霞，便应该与他照管家业，抚育儿女；却反溺爱前夫之子，把他一个聪俊孩子，可怜生喇喇磨灭死了。又怪旁人公道之言，教儿子去呈首陷害贤良。皇天有眼，母子俱亡，是不足惜。闲话丢过。

再说闻焕章在大相国寺已久，不见焦面鬼来催审。开封府因宿太尉嘱托，并不来提。闻焕章终日只是闲行游玩，闲时与真空禅师谈些佛法消遣。一日，在大殿上随喜，看赶庙市的。只见一个军官骑着马，两个家丁跟随，到寺内拜客。下了马，叫家丁递帖。见了闻焕章，举手道：“久违了。怎得在此？”闻焕章看时，却是双鞭呼延灼，忙向前施礼道：“老将军，阔别多年了。一向定当纳福！小生有些小事在此作寓。请进待茶。”呼延灼道：“有一敝友亦在此作寓，特来拜他。”家丁来回复道：“某爷已出京了。”闻焕章邀进松月轩坐定，侍者献茶。

呼延灼又问:“先生为着何事来此?”闻焕章把安道全偶然到庄上,留他看病,萧、金二人刺配,寄放家眷,被焦面鬼呈首的事讲了。呼延灼道:“此是小事,无影无踪,怕他怎的! 我们旧时的弟兄多事得紧,受了招安,为朝廷出过力,拜除官爵,也该守些本分,为什么东也起事西也啸聚? 不惟坏了宋公明一生忠义,连我们面上少了光采,动不动说‘是梁山泊余党’!”闻焕章道:“总是为官司逼迫,出于无奈。就是小生局外之人,也牵惹在内。”呼延灼道:“有个小儿,取名呼延钰,年已长成,颇有膂力,武艺也习熟了,只是不通文墨,欲屈先生训诲,不知尊意若何?”闻焕章寻思半晌:“女儿已安顿得所,回家也无甚事,况且京师请先生是按月的,进退可以自由。”回言道:“但恐才疏学浅,不能为公子之师。”呼延灼道:“不必太谦。敝寓离此不远,少停奉迎。”举手作别出门。

到下午,家丁牵了一匹马,拿了一个名帖来请。闻焕章谢过真空禅师,骑马到门。呼延灼父子迎进。看那公子相貌魁梧,身躯雄壮,英气逼人,真是将门之子。进到中堂,呼延灼叫院子铺单,请闻焕章上坐。公子呼延钰倒身拜了四拜,闻焕章在旁边受了两礼。晚间设席款待。次日进书馆肄习,六韬三略,尽心讲训。公子也颖悟领略,不在话下。

一日呼延灼营中操练回来,到龙德牌坊下,见侧首小巷里,一个大汉抱着一个红羊皮匣子,急忙忙奔出来。后面一个小学生,年纪不上十五六岁,眉目清秀,面白唇红,飞也似赶来,大喝道:“你这大胆的贼! 拐了东西,往那里走!”旁边有三个闲汉,一把拦定道:“小子,你为甚赶他?”那小学生焦躁道:“你们敢是他同伙么?”那三人只是拦住不放,小学生发起怒来,把前面的一掌,踉踉跄跄,倒过一边;又飞起右脚,将这一个腰胯下用力一踢,便护疼坐了下去;还有一个,不敢向前。那小学生赶上来,将那抱匣子的照背心一拳打倒,劈手夺过匣子,骂道:“这十杀不尽的贼囚! 拿去送官便好!”看的人挤满了,都道:“恁般四个大汉,经不得这个小娃子动手,端的好气力! 后来长成不知怎的哩!”呼延灼也勒住马,看得呆了,唤道:“你这小官人是那一家的? 匣子内什么物件?”那小学生把呼延灼上下一看,知是个官员,不慌不忙放下匣子，举手答道："我姓徐。匣子里是祖上三代传下的一副雁翎砌就圈金锁子甲，名唤'赛唐猊'。先父在日，花儿王太尉情愿出十万贯来买，不舍得卖他。先父从征方腊，途中病故，母亲又亡，只同一个乳母过活。家道虽然消乏，遵着遗训，珍藏这甲在家，等闲也不把人看。三日前，这两个撮子来说是老种经略相公差来借去一看，我回说没有了。奈何这厮们打听我不在家，欺乳母是女流，竟闯进内室，抢了出来。我恰好回家，方才赶来夺回。"呼延灼晓得是徐宁之子，见他勇力过人，又有志气，便道："这般说来，令先尊是金枪手徐宁了。我是双鞭呼延灼，曾为八拜之交。贤侄今既父母双亡，何不到我家里与我小儿同学？现请闻先生为西席，通家之谊，极是便的。"那小官人见说是呼延灼，从小在山寨里也还依稀认得，向马前便唱一个大喏，说道："小侄苦无依傍，得伯父这等美情，不敢自外。"

呼延灼叫跟随的接过匣子，就与他们到府中，与恭人说知就里，道："这般英俊，后来必成大器。"恭人也欢喜，即取一套新衣服与他换过，问道："多少年纪？"答道："小侄十六岁，名唤徐晟。"呼延灼道："小我孩儿一岁，教他两个结为兄弟。"当下徐晟先拜了呼延灼夫妇，呼为伯父、伯母，然后拜呼延钰为兄。恭人分付衙中下次人等，称为"二相公"。呼延灼到书馆中与闻先生说了，要一同拜在门下。徐晟拜见了，自此同习兵书。资性聪明，非常颖悟，更兼做人谦谨老成，上下都欢喜他。徐晟教人去唤乳母并家中物件搬来。闲时与呼延钰比较气力，走马试箭。呼延钰也使双鞭。徐晟原是父亲存下一条金枪，呼延灼自来点拨。不消几日，两个一样精通。呼延灼夸奖道："这一对少年，他日必为朝廷良佐！"那恭人一发欢喜。他有个女儿，小字玉英，年长十五岁，生得容貌端妍，有心要招他为婿，只为年纪还小，故此不曾提起。

不上一月光景，呼延灼从殿帅府回来，说道："不好了，圣上只因轻信王黼、童贯，纳了平州守将张瑴，金人借败盟为题，分道南侵，攻破河北州郡，将次渡河。圣上危急，思量避兵亳州，李纲请传位太子。明日点兵到黄河守御。特旨命内侍梁方平为总监督师，就在教场内阅武，召募天下英勇，有一番大征战哩！"呼延钰、徐晟道："既是阅武召募，孩儿们也要去看看。"呼延灼道："这也使得。只要五鼓起身。"

次早，呼延钰、徐晟一齐结束，执了器械，同呼延灼到教场里来。只见千军万马，排列得十分严肃。各将官全副披挂，齐整整伺候。到辰牌时分，内侍梁方平，蟒袍玉带，百员家将，簇拥而来。放了三个大炮，登将台而坐。左右摆着刀斧手，扯起帅字旗。中军官传下号令："若有膂力过人，深谙韬略，弓马熟娴，武艺出群的，不论有职无职，俱准面试。若果才技优长，不次重用。"三通鼓毕，各营各队的比较，其间优劣不等。中军官又传下令来："凡军民人等来应募的，要试三事：第一试力，将台下有两个铁墩，要提起走三匝；第二试箭，二百步外立下一标，标上画个红心，红心内安一枚金钱，马上射三枝箭，要中红心，若能中金钱，尤为超等；第三是试武艺。"传令已毕，那些应募的都纷纷去试力。那铁墩重有五百多斤，提不起的多。有略提起的，走上几步，就气喘吁吁，只得放下。马箭都有射中红心的，金钱眼内并无一人。试武艺，这是容易的？

呼延钰、徐晟看了半日，并无一个才技绝伦的，就放胆走到将台边。两个俱是垂髫，穿着紧身绣袄，相貌齐整，众人尽皆属目。呼延钰、徐晟各立一边，将铁墩轻轻提起，绕将台走了三匝，原放在旧处，面不改色。众军士齐声喝采。二人唤家丁牵过两匹马，呼延钰、徐晟把手一按，腾身跨上，那马嘶了一声，如飞跑去。两个各张弓搭箭，流星掣电一射，两枝箭齐插在金钱眼内。鼓声大振。梁方平见了也欢喜。已后四枝箭俱中红心，团团把金钱关在中间。射完了箭，下马离鞍，呼延钰手执双鞭，徐晟提金枪，盘旋击刺，解数斤节，毫无破绽。多少老成宿将喝采不绝。梁方平大喜，唤上将台，问甚姓名。呼延灼从左边队里走出，打恭道："一个是末将的儿子，名唤呼延钰。一个是义侄，名唤徐晟。"梁平方道："今日本监奉圣旨召募英勇，同各将出兵守御黄河渡口黎阳一带地方。许多应募的，都是庸材，惟有将军家这两位小将天生豪杰，堪为国家梁栋。承制先授骁骑校尉，就同出征。若退金兵有功，更加显职。"呼延灼同呼延钰、徐晟拜谢回班。

梁方平命军政司拨御营十员名将，各领兵二千，分守汛地，明早即要出师，后期者斩。那十员将官是谁？

王进、刘光世、汪豹、岳飞、杨沂中、韩世忠、呼延灼、张俊、马杰、胡定国。

那十员将官，有好几个有名宿将，其中也有个把搭色的。梁方平发放已毕，就去回复圣旨，辞朝出师。各兵将尽回去，料理出征。

呼延灼同二子回家，对闻先生说道："今日梁太监奉圣旨在演武场点兵出守黄河，就招募英勇随征，并无出色的；惟有我家两个孩子，技勇马步，各样合式，除授骁骑校尉，随我出征。想起来金朝遣斡离不攻河北，粘没喝打河东，各统十万雄兵，今梁太监点十员将官，各领二千兵去分守汛地。那十员将虽有几个好的，但恐众寡不敌，守御不住。倘金兵一渡了黄河，东京便危如累卵，恐不可保。我同两个孩子去倒不打紧，只是贱眷们在京，放心不下。在朝官员多有送家眷回乡的，我意亦欲烦先生叫家丁跟随，送老荆小女回到汝宁。那边有些薄产，可以住得。但是不敢动尊，不知先生肯否？"闻焕章道："承台翁这般雅爱，怎敢推辞！况在京中无事，学生亦要南还，送宝眷到了汝宁，就去看觑小女，正是两便的。"呼延灼大喜，即进去叫恭人收拾家资细软："我央闻先生送你们到汝宁家里去。明早我同两个孩子从梁太监到黄河口防御金兵，不可迟缓。"恭人依命，又置酒饯别。当夜雇下车子，一夜通不睡。五鼓车子来了，坐了恭人、小姐，闻焕章骑马，四个家丁跟着，出门分手。未免各人含泪而别。

先说闻焕章押着车子出了京城，行不上三日路程，只见那些百姓携妻挈子，纷纷逃难，说是汝、颍、光、黄等处有土寇王善作乱，聚兵五十万，抢掠子女玉帛，杀人放火，甚是猖獗，官兵望风而逃。闻焕章听得这个消息，老大惊忧，下了马，到车子边对呼恭人说道："有土寇王善作乱，黄、光、汝、颍州郡，都破了，人民逃散，汝宁是去不得了。重回京师，又使不得；今在路途，进退两难，怎么处？小生的小女在登州，有几个道义朋友在那里，也是呼将军的旧相知，不若且去权住，待呼将军得胜回来，再作区处。"呼恭人道："我是女流，有甚见识？既是登州可以安身，但凭先生主张。"闻焕章就令车夫取登州路上去。

又行了五六天，方到登云山下，使喽啰通报。安道全、萧让、金大坚、穆春齐来迎接，到聚义厅上，一同拜见。安道全等各加致谢，问：

“东京事情若何?”闻焕章道:“我的事小,已解散了。所患金人败盟,攻破河北、河东,圣上传位太子,改为靖康元年。差内侍梁方平领十员名将去守黄河渡口。呼延灼亦在十将之中,他恐家眷在京有失,央我送回汝宁。不料土寇王善在那里作乱,回去不得,故同呼恭人、小姐来此权住。”众头领道:“正该如此。”顾大嫂便请恭人、小姐到后寨,与萧、金两娘子、闻小姐相见。把细软家资收进,打发车夫回去。闻焕章父女重逢,这欢喜自不必说。大排筵宴,内外款待。穆春将店中遇着焦面鬼口出大言,次早跟到古庙边杀死,撺入枯井中的事说了。闻焕章道:“难得穆兄干此快事,怪道再不见原首人到了。”当夜尽欢而散。正是:朝廷变乱难安坐,朋友欢逢且论心。不知呼延灼出征何如,且听下回分解。

第二十回　卖杨刘汪豹累呼延　失保定朱仝投饮马

却说呼延灼打发家眷起身之后，就连忙整顿鞍马兵器，到酸枣门外取齐。各将官次第皆到，行伍整肃，等候总监梁方平启行。不逾时，梁太监摆列仪仗执事，许多内官牙将，传呼而至。各官向前呈上手本打恭。就吩咐放炮起马，旌旗金鼓，络绎不绝。只见马上飞报说："金兵将次渡河。"梁太监传令火速趱行。

到了黎阳，梁太监安营升帐，说道："兵信紧急，这里有五处极冲隘口，当晓夜防备。今拨尔等十员将分为五营，各领四千兵，协力同守。有功者升赏，失机者连坐。"呼延灼却派在杨刘村，是第一个要紧去处，与汪豹合营同守。领了将令，遂与汪豹统兵来到杨刘村，正是黄河岸口，四野萧条，人民逃散。择地下了寨栅，唤呼延钰、徐晟两路提防，晓夜不寐，不在话下。

却说那汪豹原是一游手之徒，实无本领，因投在蔡京门下钻营，做了御营指挥使。心术更是不端，见金兵势大，有心归附，暗地里使人到斡离不处通了线索，献这杨刘隘口以为进身之阶。恐怕呼延灼连营掣肘，请呼延灼到来，置酒相待，慢慢挑说道："朝廷昏暗，大势已倾，非一木所能支。我与将军虽用尽血汗，那个知道！若然得胜，上面的人奏了功去；倘一跌挫，归罪我们。岂不闻'良禽择木而栖'？须要见机而作。"呼延灼听了这篇言语，毅然说道："汪将军错矣！我等身受国恩，当以死报，有功无功，在所不较。金国虽然兵多将广，我这里紧守隘口，黄河天堑，岂能飞渡？况有老种经略相公统勤王之师三十万，不日就到，胜负正未可知。大宋列圣相承，恩泽布在人心，大河以北，必有豪杰响应。金国孤军深入，亦未为得计。不可自挫锐气，以慢军心。”汪豹见说不动,冷笑道:“将军之言,真金石之论。小弟不过一时戏言,不可认真。自当同心竭力,共立功名。”将酒来劝,呼延灼推辞不饮。

回到营中,与呼延钰、徐晟商议道:“方才那汪豹来下说词,要我见机而作,分明他有背叛之意,如何是好?”呼延钰道:“两营并力备御,尚且支持不住,他有了此心,倘私去卖国,如何了得?爹爹何不写一密揭,到梁太监处揭了他,免得日后连坐。”呼延灼道:“汪豹见我词色俱厉,便改了口。又无实据,怎好轻易揭他?”徐晟道:“那厮既是心变,见伯父不从,恐有肘腋之祸。待我与哥哥分兵五百,另立一营在那前边小山之上,以为犄角之势,倘或有变,好来救应。”呼延灼道:“此言甚是有理。”即分兵五百,结一营在小山之上。呼延钰道:“虽然有了犄角,还防爹爹这边孤立无助,我与兄弟轮流一个在旁护卫,始可放心。”呼延灼喜道:“此更有理。”遂分了两营,防守更加严紧。那汪豹见呼延灼分小营在山上,知他疑心,恐防泄漏,暗暗差人去金营,约定日期,所以一连几日,并无动静,也不见金兵一人一骑到黄河岸边。

忽然一晚风雨大作,天色漆黑。呼延灼道:“这般风雨,更要严备。”同着徐晟领一队兵沿河巡哨。只见这边营里,忽然火光冲天,喊声震地。原来汪豹勾引奸细在营,乘这风雨昏黑,发作起来。呼延灼、徐晟慌忙赶回,已有数百金兵在那里杀人放火。汪豹在火光中指挥。呼延灼大怒骂道:“你这叛贼!怎勾引奸细,背叛本朝!”把双鞭劈头打去,汪豹挺枪接住。徐晟前来助战,汪豹力怯,拍马便走。呼延灼、徐晟奋力赶去。不防金兵乘了大筏,竟过黄河,漫山塞野而来。急转身到小寨边。呼延钰知道,下来救应,正遇斡离不到来。呼延钰把双鞭抵敌,呼延灼、徐晟来助,那金营又有别将接战,相持了半夜,当不得金兵众多,把呼延灼父子三人团团裹住。拼命杀到山上小寨里,二千兵只剩得百余名。金兵又紧紧围住,无计可施。斡离不得汪豹献了杨刘隘口,无人阻当,滔滔不绝,把十万大兵尽数渡了黄河。那各营支持不定,尽皆溃散。梁太监见各营俱败,弃了黎阳,逃回京去。

再说呼延灼父子三人，困住了一日，粮饷已绝。徐晟道："且到夜深，拼命冲下山去，不可死在此间。"其时九秋天气，积雨初晴。到二更时分，霜气迷漫，星光灿烂，西风萧飒，孤雁哀鸣。望见金营火光未息，呼延灼道："趁此时冲下去，若到天明，必然难保。"领着残兵，抖擞精神，三个并力冲下。金兵都起，四面围住，一将在马上挺枪刺过来。呼延灼见是汪豹，心中大怒，骂道："你这反国逆贼，敢来阻当！"把鞭打去。呼延钰、徐晟鞭打枪挑，杀条血路。呼延灼且战且走，汪豹犹然不舍，放马赶来。呼延灼大喝一声，双鞭齐举，把他打下马来。金兵人多，抢来救起，却也便不敢来追。呼延灼出得金营，回头看时，兵卒尽无，单剩父子三人。黑暗里不辨东西，随路奔走。到天明，离杨刘村已远，喘息方定。呼延灼道："天幸逃得性命！如今到那里去好？被这汪豹所误，失了隘口，东京决去不得了。若回到汝宁，那些奸党必然罪我失机，那里去分辨？我想起来，那美髯公朱仝在保定府做都统制，且到那里权且容身，再看京师消息。"遂取路到保定来。

晌午时分，肚中已饥，见村里有座酒店，下了马进店，唤："打酒来，有什么嗄饭么？"酒保道："金兵杀来，连日牛也不曾宰，只有几瓶熟白酒在此。"呼延灼道："也罢，拿酒来吃。做五升米饭。"酒保取三只大碗，两瓶酒，一盆熟菜。呼延钰见门前有一只大公鸡，在沙泥里抓寻虫蚁吃，说道："把这个鸡宰了，一并算钱还你。"呼延灼吃了几碗酒，叹口气，对徐晟道："我日前征讨梁山泊，被你父亲用钩镰枪破了连环马，我兵败了，要去青州借兵复仇，也到店中，身边没了盘缠，把金带解下，回一脚羊肉煮吃。不料隔着多年，又被这逆贼所卖，教我有家难奔，有国难投。今日还亏有你两个在此。正不问得，你们带得银子么？"呼延钰道："孩儿身边有些。"呼延灼笑道："还好，不然又要解金带。"酒保煮得鸡熟，搬过饭来，吃饱了，会了钞，把盔甲拴在马上，一同上马。

行到傍晚，已到保定城下，见城门紧闭，遍插旌旗，城外居民尽皆逃散。呼延灼仰面问守城军士道："都统制朱爷可在么？"军士道："为金兵犯界，朱爷在三十里外把守飞虎峪，不在城内。"呼延灼立马踌躇，只听得金鼓乱鸣，一二百皂雕旗拥到。呼延灼知是金兵，忙同二子拨转马头，望小路便走。那箭如雨的射来，三人把马加上两鞭，飞走得脱。在马上商量道：“如今怎处？朱仝会不着，金兵遍地拦截，到那里去好？”又走错了路，都是山僻小径。看看红日西沉，深林中怪鸟乱啼，转过一个山坡，长松夹道，翠竹阴森，林子里一座大寺，殿阁嵯峨，钟声远彻。呼延灼道：“好了。且向寺中借宿一宵，明日再处。”

到得寺前，正要下马，忽听一声梆子响，山门里赶出四五十个和尚，都执枪棍，合拢来喝道：“你这饮马川强盗，敢来窥探么！”呼延灼道：“我们父子三人，去保定府寻朱统制，会不着。天色晚了，要在上刹借宿一宵，不是什么强盗。”和尚道：“我这万庆寺是北齐所建，已归顺金朝，颁下禁示，凡有面生奸细，拿去请赏。你马上现有盔甲，定是宋朝败将，捉去请赏！”众和尚把枪棍乱搠来。呼延灼父子大怒，将鞭打去，早打伤了几个秃驴，余者方才退去。呼延灼父子只得放马又走。

又行了一个更次，见大树下有一所山神庙，因困乏了，且进去歇息。下了马，推开门看时，月光满地，并无人影，空荡荡地，落叶堆阶，蛩声唧唧，又饥又冷。在门槛上坐了一会，徐晟跳起身，取块石头，敲出火来，将落叶引着，拆了竹扉，烧了火，觉得身上温暖。又点火各处搜寻，并无一物。走到门外，寻枯树枝凑那火堆，往前一张，急转身到里面，提了金枪便走。呼延钰道：“兄弟，提枪到那里去？”徐晟招着手，呼延钰也拿一条鞭跟来。徐晟到涧边，指道：“哥哥，有一个獐子在那里吃水，弄翻了他，好当晚饭。”轻轻蹴去，把枪一搠，直透肚肋。那獐子还呦呦的叫。呼延钰拔出腰刀，剁落了头，就在涧边开剥洗净，提到庙里，说道：“兄弟搠得獐子在此，权当消夜。”两个重去搜出一个大酒坛，抹净了，把獐子宰了十来块装在坛里，放了些水，打下窗楞，四围煽炙，将次熟了。徐晟道：“只是没有盐味，怎么好吃？”呼延灼道：“行军勾当，长是淡吃，那里寻得盐味？寻得獐子也就好了，譬如忍饿。”正要动手去撕开来吃，只听得隐隐哭声。呼延钰侧耳听着，说道：“奇怪，荒山静夜，怎有哭声？莫不是有歹人！”

呼延钰、徐晟同走出门外，又不见人，只见大树边有条小路。月色明朗，两个随路进去，望见竹林中射出灯光，走近看时，恰有个小静室。细听似有妇人声音喊哭。徐晟推开竹篱，从窗缝张看，只见一个和尚搂着个妇人，那妇人蹲在地上极声的喊叫，又有个和尚来解妇人下衣。呼延钰也钻进来，窥见了，心中大怒，把亮格窗一扳，用得力猛，那窗裂开，同徐晟跳进去。那两个和尚开了侧门，一齐跑去。徐晟大喝道："贼秃！往那里走！"随后追来。

呼延灼在庙中因不见他两个回来，也出庙门观看，听得徐晟声喊，又见两个和尚飞奔而来，撞个满怀。呼延灼顺手捞住一个，那一个走脱。徐晟赶到，拔出腰刀，将刀劈过去，早把这个和尚一只右臂斩断垂下，重拖到静室里。妇人还在地上啼哭，虽是村妆，倒有些姿色，两髩蓬松，衣衫不整。呼延灼问道："你从那里来，落在和尚手里？"妇人拭泪答道："奴是近村人家，丈夫姓李。为金兵各处掳掠，丈夫携着婆婆并奴家到山僻处躲难，金兵冲来，不见了婆婆、丈夫。夜深路杂，奴家行走不得，只得坐在前边林子里。不防遇着这两个和尚看见，推拥到这里。奴家宁死决不受污，故此叫喊。亏得爷们搭救！"呼延灼又问和尚道："你是何处寺里？怎不守清规要强奸良家女子？"和尚道："小僧原是万庆寺里，因要养静参禅，同师父筑此静室居住。因本寺新来一个住持，名唤昙化，是嵩山少林寺出身，使得好枪棒，他的兄弟叫做毕丰，日前占住龙角山，被饮马川强人所破，故此去金朝元帅斡离不处，请兵来会剿这饮马川。因他归顺了金朝，今日都要去点名，我同师父点过名回来，到林子中经过，见了这妇人，是我师父不合起了邪心，扯他到静室。都是师父所为，不干小僧事。"呼延钰喝道："这秃厮还要抵赖！那个和尚一把搂住，你解他的下衣，还说不干你事！"徐晟扯到涧边，一刀砍了，回转静室。呼延灼道："小娘子，我们替你杀了这和尚了，到天明，你自去寻丈夫、婆婆罢。"妇人拜谢道："多亏爷们救小妇人性命。若被和尚所污，必然撞死！"呼延灼道："好一个贞烈女子！"徐晟道："肚中饿了，又遇着这桩事，担阁了半夜。可惜那个和尚被他走了！"笑道："那獐肉好煮烂了，哥哥，你去取来，这里自然有盐味，待我寻出来。"把灯到房里，开了食厨，甜酱、酸醋、米、面、菜蔬各件俱有。床底下搜出一大瓮好酒。徐晟大喜，把酒烫热。呼延钰取到獐肉，和了酱醋，大碗酒大块肉的吃。又把米做饭，三人吃得醉饱,也叫妇人吃些。

天色已明,商议道:"到此地位,进退不得,不如到饮马川权且安身。"问妇人道:"你晓得饮马川离这里多少路?"妇人道:"只在西南上,不够二十里。闻得那山上大王极有义气,只要取那不仁强横的财物,并不扰害良民。这万庆寺和尚比强盗更凶!"呼延灼吩咐妇人自去。三人上马,望西南而行。不上十里多路,平坡上见一骑马飞奔而来,后面喊声大震,一队皂雕旗金兵追那骑马的将官。呼延灼定睛看时,原来正是美髯公朱仝。正要动问,那皂雕旗已赶近身边,把刀砍来。徐晟一枪挺去,早挑一个金兵下马;呼延钰舞着双鞭,也打伤一个。那金兵胡哨了一声,退回去了。朱仝把呼延灼仔细一看道:"原来是长兄!若不相遇,我性命休矣!长兄从何处来?这两位少年是谁,恁地英雄!"呼延灼正要回答,忽然一棒锣声,侧路里拥出三五十个喽啰,马上坐着个头领,押一和尚在前。

那头领见了呼延灼、朱仝,滚鞍下马。原来是锦豹子杨林。尽皆大喜,都下了马,一同拜毕,在大松树下坐了。呼延灼道:"我在东京做御营兵马指挥使,因金人败盟,抢到河北、河东,圣上传位太子,命内侍梁方平督十员名将分守黄河渡口,阻遏金兵。我同汪豹连营,驻扎杨刘村地方。谁知汪豹暗通金兵,放过隘口。我那时兵败,幸得小儿呼延钰与这金枪手徐宁令郎徐晟并力杀出,欲到保定投朱大哥。刚至城下,遇一队金兵冲来,只得望小路而走。夜深山僻,见座万庆寺,想去借宿,那些和尚认做饮马川奸细,将枪棍打来,我与小儿打伤了他几个,方才退去。又走十多里,见一所古庙,进去歇息,闻有妇人哭声,寻到静室里,见两个和尚搂住一个妇女强奸,被我拿住一个杀了,救了这妇人。父子三人进退无路,思量到饮马川去。一路行来,却好会着朱大哥,不意又逢兄弟!"朱仝道:"金兵犯界,太守命我把守飞虎峪。金兵势大,难以抵敌,兵卒皆散,我匹马逃生。幸遇贤乔梓得解此难。"杨林道:"此去饮马川不远,请同上去。"五人上了马,呼延钰见旁边押着的和尚,说道:"这便是昨夜强奸妇人逃走的,那里拿得来?"杨林道:"万庆寺与山寨屡次作对,拿去几个喽啰。我今日见这和尚慌张逃走,也便拿住,到山寨里取他心肝做醒酒汤。不想正是强奸妇女的，一发该拿了！”

说话之间，已到饮马川。杨林先去通报。李应等齐出来迎接，到聚义厅上，一同相见。李应道：“万庆寺昙化和尚要请金兵来攻山寨，喜得二位兄长到来，便不怕他了。”朱仝道：“我同呼将军是过时的人，这两位少年：一个是呼延钰，乃呼将军令郎；一个是金枪手徐宁之子徐晟，真是后进英才，我方才被皂雕旗追来，被他一鞭一枪，坏了两个，方退得转去。”李应道：“隔得几年，这般长成！若不说明，竟不认得了。可喜可敬！公孙先生与朱军师也在这里，因爱清静，筑一小院在白云坡居住。”叫请来相会。杨林道：“我拿得一个和尚，原来昨夜在静室里强奸妇女的，被呼大哥杀了一个，这是逃脱的。”李应道：“且监着。若昙化来打仗，杀了祭旗。”正说间，公孙胜、朱武来到，各叙契阔之情，设席款待，不在话下。

却说当夜静室内还有个道人，见有人跳进行凶，开后门走脱，次日见一个和尚杀在涧边，去到万庆寺报与昙化知道。原来那两个和尚是昙化付法徒弟，闻得被杀了，大怒道：“这饮马川贼人这等可恶！几番来搅扰，与他势不两立！本待等兄弟毕丰到来，同去剿灭，如今忍不得了，待我自去斡元帅处请兵扫荡他，出这口恶气！”当下置备厚礼，侍者跟随，到金营报知。走进中军帐，见了斡离不，合掌拜禀道：“万庆寺是北朝胡太后所建的香火院，列朝并皆供养，护国祝圣。今大兵一到，首先归顺。因有饮马川草寇李应等，原是宋江部下，梁山泊余党，占住山寨，打家劫舍，无所不为。他要兴复宋朝，与大兵作对。前夜到静室杀了我两个法嗣，殊为可恨，不可不除！请元帅发兵，待贫僧自去扫平山寨，庶王化无梗，佛法兴隆。”遂呈上珊瑚数珠一串、流金缅佛一尊。那斡离不性极好杀，却深信佛法，尊隆三宝，说道：“我大兵一到，无不向化！这伙草寇辄敢如此！拨五百皂雕旗雄兵随师父去，立等报捷。”昙化拜谢，同领兵的将官到万庆寺，设斋相待。又选三百僧兵，结束雄壮，在前引路。到十里松扎一大营，打点明早讨战不题。

却说李应正和众头领叙谈，探事喽啰报上山来，说万庆寺昙化和尚领皂雕旗金兵，已屯扎在十里松，来攻山寨。李应道：“那和尚奸淫凶恶,正要灭他,却反自来送死!”朱武道:“那和尚不打紧,恐金兵剽悍,未可出战。且守定寨栅,耐他两日,待他锐气将阑,方可出战。”李应遣樊瑞、杜兴、杨林、蔡庆守定三关,各处小路俱用木石垒断,安排炮石、火箭、擂木、灰瓶,把寨门紧闭,偃旗息鼓,等他到来。

却说昙化五鼓造饭,扬旗展幡的杀来。到得山边,静悄悄并无一人。周围一看,见路径尽皆断绝。喝令僧兵爬山,那山上炮石、灰瓶雨点的打下来,那僧兵像葫芦一般滴溜溜乱滚下山脚,不能上去。无可奈何,到日色平西,只得退转十里松。正是:世外尚然饶毒计,尘中那不起雄心!要知胜负如何,且听下回分解。

第二十一回　李应火烧万庆寺　柴进仇陷沧州牢

却说昙化和尚我相未除，毒心更炽，自去请了金兵到饮马川，思量即刻踏平山寨，泄了毒气。谁知紧闭寨门，塞断山路，并不出战。焦躁了一日。次早，又到山边耀武扬威的搦战，只不见出来。那些皂雕旗大半去村中掳掠资财，奸淫妇女，昙化又拘束不得。

到下午时分，精神恹倦，正要回营，忽听得一声炮响，李应、呼延灼、杨林、樊瑞飞下四骑，领着四五百喽啰来到阵前。那昙化身躯胖大，骑一匹白马，手执浑铁禅杖，有六十多斤重，宛如鲁智深转世，骂道："你这伙梁山泊杀不尽的残寇，敢来搅我清净法门！金朝大兵到此，快下马受缚！"李应喝道："杀不尽的秃驴！敢来寻死！"挺枪便刺，昙化轮禅杖来敌。斗三十余合，不分胜败。呼延灼忍不住，提双鞭助战。那和尚毫无惧怯，又斗了多时。那金兵呜呜的吹动笳声，直冲过来，杨林、樊瑞率喽啰混战，互有损伤。天色已晚，各自鸣金收兵。昙化退到十里松去了。

李应回寨，说道："那秃厮果然骁勇，我同呼将军两个刚刚敌住。"朱武道："既是昙化武艺高强，只可智取，不可力敌。明日再守一日，不要出战，只在山上摇旗呐喊，缀住了他。另遣一枝兵从山背后下去，竟取万庆寺，那寺里必然空虚，先破了他巢穴，再差兵将两路埋伏。那和尚闻知我们取他住场，必然回兵去救，我这里追去，必获全胜。"众头领尽皆称善。李应便请呼延灼、徐晟、呼延钰、杨林去取万庆寺，裴宣、蔡庆、樊瑞、杜兴分两路埋伏，自与朱仝对阵追赶。分拨已定。

三更时分，呼延灼、裴宣等各引喽啰下山，杨林引路。裴宣等四人领兵埋伏在寺前二三里之外松林里。呼延灼等领三百喽啰到寺门，听得大殿上做晨朝功课。众喽啰把寺门打开，一涌而入。寺里只留得一二十个老弱、妆戒律、强吃斋的禅和子并些火工道人。呼延灼等一齐动手，逢着便杀。霎时间，尸横满地。杨林就要放火，呼延灼道："且慢。寺内必有积蓄，搬回山寨，都有用处。"便叫众喽啰到库房、方丈各间遍处搜寻，取出若干的陈年好酒，薰腊火肉、腌鲞海错、果品蔬菜、油盐等物，又有金银缎匹、衣服布帛、铜锡器皿、米麦豆面，不可胜计。寻到后边，又有一条曲折深弄，黑洞洞的，点了火把照进，只见一扇石门关着。打开看时，内有幽房密室，花竹缤纷，麝兰氤氲，藏着十来个年少尼姑，二十多个有姿色的妇女。见有人打进来，都在睡梦里扒起，衣裤都穿不迭。也有尼姑披着女衫的，也有妇女拖了僧鞋的。见众人哄进，都跪下哀告道："我们尽是良家，被和尚拐骗而来，昼夜轮流奸宿，要出去不能够。求老爷饶命！"呼延灼唤出，教锁在一间空房里。把锦帐绣被玩好之物，一齐取出。喽啰便炊饭煮肉，打开好酒，尽意的吃，都醉饱了，伏在两廊，专等和尚回来。

却说昙化复引金兵到山边，又不见一人，山顶大吹大擂，摇旗呐喊，不觉怒气填胸。正无可奈何，只见寺里几个和尚，满面灰尘，汗流浃背，如飞的赶来，喊道："堂领，不好了！一班强盗把寺打破，常住抢光，大众都杀了。有一个强盗头现坐在方丈里。我们几个在外巡山的，逃得性命，赶来报知。"昙化听得，头顶上失了三魂，脚底下走了六魄，忙叫回兵。山上李应、朱仝见他阵脚动了，知道万庆寺已破，统兵追下，喊道："秃贼休走！"紧紧追来。昙化无心恋战，到三岔路口，那队皂旗金兵不顾和尚，从东去了。昙化一发势孤，只得奔前。将到寺前，只听一声炮响，松林里转出裴宣、樊瑞、杜兴、蔡庆四筹好汉，一字摆开，喝道："快留下驴头！"昙化并不回言，轮禅杖就打。后面李应、朱仝已是追到，昙化心慌，拖了禅杖冲去。裴宣等让他过去，只把这些僧兵真如砍瓜一般，尽行杀死。昙化将到寺门，呼延钰、徐晟双马飞出，昙化前后不能抵敌，被徐晟一枪刺着右肋，跌下马来。众喽啰拿来绑了。

李应到殿上，一同坐下。呼延灼说："密室内藏着许多尼姑、妇女，并搜出荤酒等物。”押过昙化来，问道：“你既出了家，当慈悲清净才是，怎么贪淫好杀，苦苦与我们作对！这万庆寺是胡太后香火院，受列朝供养，是大宋的土地，本地的人民。金兵南来，胜败未分，你争先去投顺，引兵来攻山寨，是何道理？又暗藏妇女，恣啖酒肉，你也受用得够了，莫说我们容你不得，就是低眉菩萨，也要像金刚一般努目了！”昙化道：“不必多讲，只求速死。”杨林立起，拿刀要砍。李应道：“佛家弟子，不可加之刀刃，有个妙法送他西归。”喝令喽啰把寺中所有之物，尽数搬运上山，放出尼姑、妇女，教他各自认路回家。发放已毕，把昙化绑在殿柱上，然后放起火来。可笑昙化不修佛法，自恃豪强，作下许多恶业，今日只落得这般结果。昔有名贤作诗叹道：

世间何物最堪憎？蠹国殃民莫若僧。
梁武舍身朝见灭，汉明作俑祸旋兴。
低眉菩萨慈悲少，努目金刚忿恚增。
更有一般堪恶处，奸淫阴毒罪难胜。

却说众头领俱在寺门外立马观看，只见霎时间透上万道红光，焰腾腾火趁风威，如金蛇闪掣，眼见得那昙化荼毗了。李应等马上加鞭，同回山寨，椎牛饷士，大排筵宴庆贺。

正在欢畅之际，忽小喽啰报道：“有一戴院长要见。”李应忙叫请进。戴宗走到，众头领皆下阶相迎，见过礼，就请上坐。动问起居。戴宗道：“小弟已在岳庙里出家，百念皆灰。谁知枢密府奏加原职，再三勉强下山，军前效用，往来传递文书，受尽辛苦；及至回京辞别还山，童贯又苦苦相留，说已题授本官提点，候下敕命。不料王黼又开边衅，纳了平州守将张瑴，金人来责败盟，郭药师做了向导，分道南侵，直渡黄河，把东京围住。那朝臣主和主战，纷争不已。幸得兵部侍郎李纲力陈守御，檄河北、河东、关、陕勤王之兵。老种经略相公和姚古、耿南仲之师已屯城下了，差我赍诏各处催促，因此先到大名府。谁道太守刘豫心怀不轨，投顺金朝，粘没喝许他立为中国之主，哄得他倾心吐胆、向着金朝，不惟不肯发兵，反把各处诏书都焚毁了，还要把我解到金营。亏我走得快，走脱了。只是失了诏旨，回京不得，思量到沧州投奔柴大官人。谁知数日前，因浪子宰相李邦彦力主和议，与粘没喝讲定，许割三镇与他，再要一百万金子、五百万银子犒师，先在京城内搜括巨室富商财物，不够十分之一，就差使臣到各州县搜括，若有藏匿不献者，全家处斩。这个旨意传到沧州，那沧州太守高源，是高廉的兄弟，因日前宋公明破了高唐州，害他满门良贱，正是柴大官人对头。高源本是要与高廉报仇，凑着奉旨的大题目，就要他三千两金子、一万两银子。因为措处不来，高源把他拿到州里，三日一比，连家眷通监禁了。乱世横行，太祖皇帝的誓书也不作准了。我到牢中去看他，托我致嘱众弟兄救取性命，故特到此。"李应道："柴大官人义气最重，征方腊回来，虽久未会面，书信却常是往来。既然有难，岂可不救！烦众兄弟莫辞劳苦，明日到沧州去走一遭。"当日尽欢而散。

次日，李应点一千兵，同呼延灼、杨林、呼延钰、戴宗、徐晟下山，往沧州进发，留朱仝、樊瑞等守寨，嘱咐道："倘金兵来与昙化复仇，只宜坚守，不可出战。缓急之间，自有戴院长往来通信。"戴宗道："前日高廉有妖法，宋公明使我去请公孙先生，受尽跋涉。今高源若作妖法，喜得公孙先生现在，不劳再请了。"李应道："烦院长作起神行法，先到沧州通信与柴大官人，叫他安心守耐，我等兵马在路还有几日方到。"戴宗依允，作法先去了。

却说那高源是狡诈之徒，极有恶才，手段最辣；也晓得饮马川好汉是柴进旧相识，恐怕来攻城，先把城垣修筑，栅木坚牢，城里城外编着保甲法，盘诘奸细；城门出入，尽用小票照验，甚是严紧。探得饮马川果然有人马到来，便拽起吊桥，把城门闸定，传令统制团练等官，领兵各守汛地；又点民兵登城，堆垛石块、灰瓶等物，昼夜提防。

却说李应等兵马到了城下，戴宗来见道："城内水泄不通，并不容人出入，进去不得。"李应周围看了一遭，道："城池虽小，却是坚固，急切难攻。且远远围住，再作算计。"却说高源全身披挂，亲自巡察，分付官兵："不许出战，只是坚壁清野，待这干贼寇粮尽力弛，方可追他。"李应等一连三日，无计可施。

那高源坐下州衙，传进两院节级牢子，分付道："柴进这厮惯会结连山寇，谋为不轨。向年使黑旋风李逵打死殷直阁，我那大太爷也把他监禁在牢里，只是下手不早，反被他通着梁山泊贼寇引兵到来，攻破高唐州，以致全家受害。今是奉圣旨搜括金银，并非我公报私仇，他又约饮马川余党来侵犯，这是背逆朝廷，罪在不赦了。我想那些贼寇不过徇旧日情面，故来搭救，若将柴进弄死，把尸首抛出城外，他们见柴进死了，难道真有什么生死交情？自然败兴而回。我然后用计擒他。你们今夜便可下手，天明立等回话。"节级牢子领了钧旨下厅。

却说那两院节级姓吉，名孚，为人仁恕，虽在公门，肯行方便。心里沉吟道："那柴大官人是个金枝玉叶，仗义疏财，真是好男子。州官将奉旨为名，明是要报私仇。今夜要害他性命，如何下得！眼见天下大乱，这州官的冰山也将次倒了。何不救了他，却是一桩的老大阴骘！"以口问心，算计定了，就稳住小牢子，说道："相公钧旨，要下手柴进，且未可行事。他身边有的是银子，待我再去哄些出来与你们用度，直待五鼓，方可下手。"众牢子尽皆欢喜。

吉孚到牢里对柴进道："大官人，你知喜信么？"柴进道："我在牢里，知什么喜信？"吉孚道："饮马川贵相识已领兵到城下，攻打三日了。"柴进听见，喜动颜色，便问道："胜负若何？"吉孚道："州里相公到有主意，只是高垒深沟的紧守，并不出战。"柴进道："若是这等，攻打也无益。"吉孚道："还有一个喜信，不好说得。"柴进只道有甚解救，急问："怎么不好说得？"吉孚道："方才领相公钧旨，道上年大太爷时留你性命，不早下手，致被梁山泊兵来攻破，杀害全家，吩咐牢子叫今夜把你做弄死了，抛尸城外，饮马川兵马自然退去。"柴进听了，吓得魂飞魄散，一字也说不出，泪如泉涌。吉孚道："哭也无益。你身边有银子，拿些出来，我与你调度。"柴进道："还有一百多两，尽数送你。我死之后，烦你保全我的家眷罢，我在九泉，也得瞑目。"吉孚道："奉旨搜括金银，若隐藏不纳，全家处斩，那里保全得来！若是我有了银子，也保全不得自己。"柴进道："不消说了，只累你买口棺木盛殓我罢。"就取出一大包银子递过。吉孚道："这不难。"接了银子，竟出监门，到使臣房里。

那些小牢子都坐着等，吉孚把二十两分给众人，又将二两置办三牲福物，说道："祭了青面圣者，吃了散福酒，然后动手。"众牢子得了银子,俱喜攒攒去分了。到三更时分,将牲醴香纸祭赛青面圣者。吉孚唤柴进道:“你也来拜拜,要圣者引出,免得魂沉狱底。”柴进道:“死在顷刻,拜之何益!”只不动身,眼睁睁看吉孚同众牢子尽意的吃。吉孚拿一分福物,一壶酒,对柴进道:“你也受用些,做个饱鬼。不是我不救你,奈上命差遣,概不由己。你叫我买棺木盛贮,太爷叫明日把尸首抛出城外,贵相识不忍,自然好结果你的,不必挂心。”柴进见吉孚这等说,冤苦填塞,如万箭攒心,那里还吃得下,连哭也哭不出了,如死人一般,呆呆等着。吉孚侧耳听谯楼已打四鼓,提铃喝号,巡视狱官已过,对小牢子道:“此时好下手了。”喝道:“剥下衣服,扁扎起来!”众牢子七手八脚,拿麻绳的,取套索的。正要套上脖项,吉孚道:“且慢,晚上又领相公钧旨,道临动手时,可再到衙内,还有什么言语分付。你们且看守在这里,不可睡着,待我去禀覆一声就来。”提灯笼出监门而去。柴进此时到无别念,惟打点尝这上路滋味。

不一时,吉孚叫开狱门。柴进听得,魂已轻轻飞举半空。只见吉孚手内执着一根火签,急急走来,说道:“这相公好不鹘突帐!又要带柴进到内衙去,另有发落。你们且伺候着,恐怕也要叫进内衙。把狱门锁好,还有许多重犯,当小心看守。”叫解开绑缚,穿上衣服,提了灯笼,牵了柴进,竟出狱门。不进内衙,反走到府门口,叫守门的开门,说道:“奉相公钧旨,押这犯人到一去处安放。”守门人役见是两院节级,囚犯是他执掌,不去诘问,由他出了府门。从大街上走,将近一条小巷,见火把照耀得通红,一二十个兵丁都是弓上弦刀出鞘的,马上坐着一个将官。吉孚看时,却是孙统制城上巡察过来。孙统制喝道:“什么人此时还夜行!拿下锁了,带回衙去!”吉孚不慌不忙跪下禀道:“小的是本州两院节级吉孚。奉太爷火签,捕得一名奸细,押到死囚牢里去。现有火签在此。”孙统制见有火签,又是节级,分付道:“去罢。”吉孚和柴进反慢慢的走,见孙统制去得远了,方急进小巷。

又转过两个湾,到一人家门首,吉孚轻轻把门弹了一声,就有人开门出来,放吉孚、柴进走进,重把门拴好了。引到后半间房里,点着灯火。吉孚把柴进项上锁索子解下,说道:“大官人,此时恭喜了。”柴进不知所以,不好回答。吉孚道:“我敬你是个好汉子,故设法救你。

恐怕小牢子作梗，故把银子稳住他们，领你到这个所在。这个人是郓城县里出身，叫做唐牛儿，向做托盘卖糟姜过活的，常常得宋公明周济。宋公明杀了阎婆惜，虔婆骗到县前买棺木，扭住叫喊起来；唐牛儿向前解救，宋公明便走脱了。他顶替罪名，刺配出来，罪虽满了，没有盘费，回去不得，数年前流泊到这里。我见他有义气，常看顾他，做些小营运。我要救你，无处安顿，到这里先与他说知等候。”柴进听了，如死去还魂的一般，扑地便拜道：“再生之德，实难补报！”吉孚扶起道：“还有商量。我如今也出身不得了，幸无妻小，没有牵挂。但你的家眷还在监里，怎的救解？你写起封书来与唐牛儿掷到城下，叫他们且把兵马退去，这里少不得开门放樵采，却使勇士扮做百姓，杂进城内，然后再引兵来攻打，有了内应，方可破得。”柴进大喜道：“我的恩哥，你怎不先通知我一声，免得这般吓破肝胆！”吉孚道：“若先说了，你心上不慌，就做不出这悲苦脸来。那些牢子久惯成精，看出破绽，岂不误了大事！我所以无半个字的口松，扁扎起来，到万分危急，方好脱身。大街幸遇孙统制，还好掩饰，若州官自来巡察，我两个性命休矣！”唐牛儿烫出一大壶热酒，一只熟鸡。柴进道：“监里教我吃酒，如何咽得下！这回要吃了。”吃罢，手颤颤的修了封书付与唐牛儿，二人因辛苦了一夜，且在炕上暂息不题。

且说高源天明就坐早衙，唤吉孚将柴进尸首呈验。小牢子禀道：“昨夜四更扁扎了，正要动手，吉孚称相公还要带进内衙回话，带出监门去了。”高源大怒，唤守门人役喝道：“为何放了柴进出去？”门役禀道：“四更时分，见吉孚手持火签，说相公叫带这犯人到一处去。小的因内犯是他掌管，又有火签，故此放出了门。”高源道：“眼见得这厮卖放了。现今城门四闭，不怕他飞上天去！”把牢子门役各加重责，唤该司速传晓谕各坊铺小甲沿门搜捕，若擒得者，官给赏钱一千贯；窝匿者，按军法斩首。霎时间，满城传遍，沸腾起来。沿门逐户，庵观寺院，三瓦两舍，废廨东厕，翻转地皮。搜检已遍，那里有些影响？

再说唐牛儿上城守垛，乘旁人眼空，把石块包了这封书抛下，亲看见一个好汉拾去了。轮次回家吃饭，大开了门，盛一碗小米粥堆一箸盐菜在上面，戤着门棂上吃，对着邻舍道：“连日闭了城门，出去营运不得，身边一文钱也没有，剩得这些小米，胡乱熬碗粥吃。再过两日，就要饿死了。若拿得柴进时，领一千贯赏钱，尽够发迹哩！”巷口邻舍道：“唐大官，你上城时，本坊小甲到这巷里搜寻，见你屋子锁着，众邻舍道：‘敢是反锁在这屋里？’小甲也笑道：‘这丢丢小房子藏隐不得，谅他也没有这胆！’”唐牛儿道：“列位不放心，请进来看看，省得日后败露出来，连累各家。”一个道：“我是说笑话，你便认起真来。”一个道：“便进去看看，嗔道瞧了他嫂子不成！”真个探头一望，见后半间黑洞洞，一个破炕上面有几件破衣服，又堆着些乱柴草，笑道：“炕上窝藏的是‘柴’，却没有‘进’。我家里柴毛也没有！我的大嫂老大怨怅。若是再关两日板凳儿就要晦气了。你一身一口，倒有得堆着哩！”正说间，听得巷口人说道：“好了，贼兵都退了。”正是烽烟暂息人安枕，金鼓重鸣血满城。不知毕竟如何结果，且听下回分解。

第二十二回 破沧州义友重逢 困汴京奸臣远窜

却说吉孚用计救出柴进，使唐牛儿上城抛下书札。杨林拾得，与众头领看了，商议道："柴进虽然出狱，家眷尚然监禁。他又不能出城，当依他计策，退兵到枫树坡埋伏，候有了内应，再来攻打。"遂传令回兵，旌旗倒卷，戈戟横肩，拔营尽去。守城军士见敌兵尽退，报与太守。高源道："柴进城中缉捕不着，想是又有奸细吊下城去。他的家眷还在，尽行诛戮，亦可泄愤。"又见在城百姓纷纷来禀："城门闭久，薪水俱绝，乞老爷军令开城，暂放樵采。"太守只得下令开门，只许巳、午、未三个时辰。出入的人严加盘诘。

却说杨林、戴宗扮做送公文的承差，呼延钰、徐晟妆做小学生模样，使人挑着书包，小喽啰挑几担柴草，暗藏军器火药混进城来。原来唐牛儿住的一条小巷，贴近城门，屋后便是城墙，左边是段空地，右边一家锁了门，往乡间去了，并无紧邻，便于隐藏，都是书札中注明的。戴宗等四人赶进城，一溜到唐牛儿家里暗屋中，与柴进、吉孚见过。小喽啰的柴草，唐牛儿只说买的，也挑进屋里，只等兵马到来。

至二更左侧，忽听得炮声连响，守城的军飞报到州衙。高源亲自上马巡察，又拨民夫上城，唐牛儿与邻舍俱去守垛，戴宗、杨林也跟上去。到四鼓之时，守城的民夫都神思困倦。戴宗取出一条白绢号带竖起，城下望见，将竹梯倚着，喽啰鱼贯而上。守垛的喊叫，杨林拔刀就砍。呼延钰、徐晟就到城门边杀散守门的，大开了门，放下吊桥。李应、呼延灼领兵拥入，一连放了几把火，照彻通红，城中鼎沸。高源闻得西门失守，同孙统制领兵来拒战。李应、呼延灼劈面遇着，更不打话，李应把高源一枪挑于马下。孙统制拍马便走。呼延灼赶上，一鞭打死。那些兵各自逃命。柴进、吉孚也出来与李应、呼延灼相见，致谢不尽。一同到州衙里，把高源家口杀得罄尽。柴进、吉孚引杨林进牢，小牢子早皆躲开了。吉孚把一应罪囚，尽皆释放。柴进自去领出家眷，对杨林道："若无这个接引，我已冤沉狱底矣！"一行人坐在州堂上。呼延钰、徐晟、戴宗皆到，李应传令救灭了火，不许秋毫扰犯百姓，将高源衙内资财并仓库钱粮俱装载回寨。唐牛儿对柴进说："取些银米分给巷内邻舍。"尽皆感谢。一个道："前日我们取笑，果然藏在里面。唐大官真个好大胆！"

天已大明，遂收兵出城，原行到枫树坡，安营造饭。柴进自去把家财也载上山。一路上闻得东京十分危困。李应道："我们都是大宋子民，自祖宗至今，恩养一百六十年，君父有难，也该去探个真消息。欲烦戴院长去走一遭，再得一个同去便好。"转过杨林道："小弟愿往。"李应大喜，多取银两与杨林藏了。打过中伙，柴进自同家眷、吉孚、唐牛儿随李应等到饮马川不题。

且说戴宗、杨林作起神行法，不消几日，将到东京，尚隔十里多路，人民俱已逃散，满目荒凉。天色已晚，并无宿店，官道旁有座清虚观。戴宗道："我们进城不得，且借观中安寓。你明日进去探听消息。"取下甲马，两个走进玉皇殿上，静悄悄不见一人，烟消烛灭。寻到厨房内，只见一个瘸脚道人坐在那里打睡。杨林问道："恁般一座大道院，怎么只有你一人在此？"道人仰起头来道："客官，你难道不知金兵把京城围住，杀人抢掠，居民尽皆逃散。我这清虚观在大路上，兵马不时往来，那里搅扰得过！房头师父都躲避去了，我是残疾人，没有去处，只得在此。死生大数，听他罢了！"戴宗道："我两个要进城探望亲戚，天晚去不及，要借你观中一宿。有米一发借些煮饭。明早送香金与你。"道人道："在此留宿却不妨，晚间只要自己即溜些。米却没有。"杨林道："可有买处么？"道人道："有了银子，只怕近村人家还有。我是病的，脚上又生个大疖子，走不动。你出了观门前，东首转过大树林，有座石桥，过桥旁有人家。"杨林道："有瓦罐子借一个，看有酒也沽些来。"道人掂手掂脚，到里边提出一个没嘴的大瓦罐。杨林接了，依道人说的路径走去，果是出了林子有座石桥。立在桥上,看那一带清溪潺流不绝,靠着山冈,松竹深密。有十余家人家,都是草房,门前几树垂杨,一阵慈鸦在柳梢上呀呀的噪,溪光映着晚霞,半天红紫。下得桥来,人家有锁着的,有紧闭的,通不见有个人影。到村尽处,一带土墙,竹扉虚掩。杨林挨身进去,庭内花竹纷披,草堂上垂着湘帘,紫泥垩壁,香几上小炉内袅出柏子清烟,上面挂一副丹青,纸窗木榻,别有一种清况。杨林立住了脚,咳嗽一声。里面走出一个双丫髻的小厮,问道:“做什么的?”杨林道:“过往客人,在清虚观借宿,要买些米做饭,你家可有得卖么?”小厮道:“东人不在,做不得主。”杨林只得走出,到门边呆呆立着,想道:“那里去买?今夜只索耽饥了。”

正要转身,只见西首弄里走个人来,巾帻短袍,丝鞋净袜,手里拿一张弩弓,背后小厮跟着,折一枝野花,并提一对斑鸠。那人把杨林一看,说道:“亏你寻到这里!”杨林见了那人,不胜之喜,两个纳头便拜。你道此人是谁?原来是浪子燕青。便邀杨林进去。杨林道:“还有戴院长在清虚观。”燕青道:“兄长接了同来,我在此等。”杨林忙走到观里。戴宗道:“怎去了许久,可买得米?”杨林道:“不消买了,有个弟兄在此,请你同去。”还了道人瓦罐,叫声聒噪,背了包裹,同走出观。戴宗问:“是那个?”杨林道:“到那里便知。”

二人走进草堂,燕青已点上灯火等候。戴宗见了大喜。相见后,各叙阔踪。燕青道:“没处买米,想是饥乏了。先拿些东西吃了再讲。”小厮捧出菜蔬野味,一大盘鹿脯,斟了好酒,吃了一回。戴宗、杨林把从前事迹说过:“李应要我两个探听东京消息。若不借宿清虚观,到村中买米,一世也会不着!”燕青道:“小弟从征方腊回来,苦劝我东人隐逸。明知有鸟尽弓藏之祸,东人欲享富贵,坚执不从。我只得将书柬别了宋公明,潜身远害。东人有个姑娘的儿子,冒姓了卢,称为卢二员外,在京城里开个店铺,日前与我相好,故此来投奔他。因我好那清闲,他这里有个庄子,我就住下,打些鸟鹊,植些花木,逍遥自在,魂梦俱安。前年闻得宋公明和东人被奸臣所害,我东人葬在庐州,我到坟前哭奠,又到楚州墓上奠了宋公明,回来就不出门。目今京城里面,消息甚是不好。金兵扎营在驼牟冈。皇帝又是个柔软的，拜李邦彦为相，力主和议。那兵部侍郎李纲是个文武全才，忠贞为国的大臣，反不听任。却割了三镇，搜刮富室金银犒师。百姓愁苦不可胜言！卢二员外被拷不过死了。旨意行到外边州郡，若不献纳，全家斩首。前日正闻得柴大官人也遭此事，监在沧州牢里。如今得众弟兄救出，这是极好的事了。京城光景，虽有老种经略相公、姚平仲等勤王之师齐集城下，那误国之臣，只要议和，不许出战，眼见得大事已去。城内城外水泄不通，二位兄长如何进去得？不如住在我庄上，听个消息。若京城破了，此处我也安身不得，要别寻去处了。”杨林道：“小乙哥，众兄弟都重聚会了，何不也上山寨？”燕青道：“且看。”自此，戴宗、杨林只住在燕青庄上不题。

且说钦宗皇帝五更早朝，文武百官皆列班次。钦宗道：“金兵攻打各门甚急，诸卿何以御之？”宰相李邦彦奏道：“金朝兴十万大兵，攻破河北、河东，其势方张，莫能相抗。今四面合围，三军丧胆，若与之战，如泰山压卵。请圣上暂幸襄阳，以避其锋。俟天下勤王之师，以图再举。”班部中闪出一员大臣，绯袍象简，乃是兵部侍郎李纲，叩首诤谏曰：“不可。道君皇帝挈社稷以授陛下，京师百万生灵，奈何委而弃之？且天下城池，岂有如京师这般坚固的！今日之计，当整饬军马，固结民心，待勤王之师。若出都城，金人健马来追，何以待之？”钦宗道：“当今谁可为将以退敌兵？”李纲道：“朝廷高爵厚禄崇养大臣，原为有事之用。如种师道、姚古、宗泽等，皆老将知兵，拜为大将，悉以外事付之。京城里面遣大臣弹压，随机应变，凭城固守。待金兵粮尽力疲，然后出战，必获全胜。如此，则宗社可安，皇图永固矣！”钦宗道：“种师道可即拜为大将，授以兵柄。城内防御，无过于卿。”即除尚书右丞，兼亲征行营使，东京留守。李纲谢恩而出，整顿守城之策。李邦彦、白时中又奏道：“李纲书生之见，不可听从。种师道年迈八旬，岂可为将？今军心离散，势已崩溃，万一都城失守，岂有圣躬竟作孤注？昔太王迁于岐州，兴周家八百年之基业。断无舍万全胜策，蹈此险着！”钦宗听了，颜色陡变道：“几为李纲所误！”仓卒降御榻道：“朕不能再留了！”命禁兵擐甲，帝驾乘舆并六宫妃嫔将出宫门。李纲闻知，趋到驾前恸哭死邀道：“陛下已许臣留，今复成行，何也？六军父母妻子皆在都城，愿以死守。万一中道散归，陛下谁为护卫？昔日唐明皇闻潼关失守，仓皇幸蜀，宗庙朝廷毁于安禄山。陛下奈何蹈其覆辙？试呼禁卒遍问还是愿守宗社？愿从行幸？”钦宗传旨询问，禁兵皆说：“愿以死守！”钦宗感悟，遂止不行。禁卫六军拜伏，皆呼万岁。

时有太学生，姓陈，名东，是个忠贞之士，学贯古今，道师孔孟，遇事慷慨激烈，不避权贵，见钦宗止辇不出，遂率诸生俯伏奏道：“太祖皇帝，天纵圣神，削平祸乱，打成四百座军州；太宗以下，列圣相承，深仁厚泽，培养元气。故天降祥瑞，五谷丰登，人民乐业，遂成一百五十余年至治。自王安石首变旧章，纷更新法，天下为之凋敝，百姓至今切齿。太上皇帝任用群小，不理国事，渐至土崩瓦解。蔡京父子为宰相二十余年，妒贤嫉能，贪婪无厌，误国欺君；高俅、童贯皆一介小人，攀附蔡京，致身显爵，朋党弄权；王黼、杨戬扰乱朝纲，擅开边衅；梁师成结怨于北，朱勔贻祸于南。此数贼者，同流合污，败坏国政。陛下新登宝位，宜信任贤良，远斥奸佞，庶使宗社危而复安。请亟发玉音，将此数贼即加显戮，使万民吐气，六军欢心，则金人不战自退矣！”钦宗道：“朕在东宫，深知此数人坏事，但是太上皇帝宠任大臣，朕初即位，未可骤改其政，以伤太上之心。今可将此数人暂行贬斥远方，俟金兵退后，再加诛戮。”遂传旨到开封府提问。陈东谢恩而退。

却说那开封府尹姓聂，名昌，为人鲠直，亦素嫉此辈。当下奉了圣旨，即刻差使臣将蔡京、蔡攸、高俅、童贯、王黼、杨戬、梁师成等并家属俱已拿到，细加勘闻。蔡京等见时势已易，权不在手，无可营谋，各俯首伏罪。聂昌逐款逐事勘对明白，遵真按拟，皆发远恶军州安置。家属俱发配充军，田产资财籍没入官，充为军饷。具狱奏闻，钦宗依拟。即日押出都门，不许停留，京师百姓无不踊跃称快。

尚书右丞李纲请府尹聂昌到来，商议道：“那六贼酿祸已深，得陈东敷奏，圣上俞允，敕批贵府，充军籍没，安置蛮烟，人心虽快，犹未足尽其辜。圣上因初登天位，恐伤犯太上，故不肯加戮。况本朝亦无诛斩大臣之例。贵府若佥解出京，我这里有一勇士，名唤王铁杖，此人力可扛鼎，胆气粗豪，遣他去把六贼刺死，与天下伸冤。倘圣上知道，我自去密奏,必不妨事。况这班奸党,不知屈害多少忠良,即以其人之道,还治其人之身,极是快心之事。”聂昌道:“李大人之论正与下官暗合。就去行事。”李纲唤出王铁杖来,叩见聂昌。看那王铁杖:

七尺以上身材,三旬之内年纪。两臂如镔铁之坚,筋络结成紫块;双眼比铜铃之大,瞳神暴露赤丝。腰悬利刃,惯能黑夜除奸;胸蕴机谋,偏要众中刺佞。若非易水悲歌客,定是吴门任侠流。

府尹见了王铁杖这般雄猛,说道:“此人的是可用。”遂作别而去。到了府堂,签押文书,把各家人眷另行发遣。蔡京、蔡攸、高俅、童贯作一起,押赴儋州。王黼、杨戬、梁师成作一起,押赴播州。连夜赶出都门,不许迟延一刻。那押差官不敢迟慢,火速催逼起身。

那蔡京毕竟是老奸巨猾,与高俅、童贯商量道:“我等作尽威福,直是一人之下,万人之上。只道万年富贵,传之子孙,谁知仓卒变起。道君皇帝传位太子,我等便失了势。朝廷别用一班人物,那新进书生,下手必毒。虽蒙圣恩安置远方,可以苟延性命,但万里之遥,前途难保无事。先要结识那押解的官,悄悄出城,不要去落驿馆,随路借赁民房。挨到那里,再看机会,以图生还。二位以为何如?”高俅道:“老太师所见甚明。平日只瞒圣上,恣意而行,未免结怨于人。今已失势,决宜谨慎。”童贯道:“从来没有小心错了的,况暗地害人,原是我们长做过的,今日轮到自己身上,岂可不见机而作?”蔡京就与押差官殷勤款洽,厚送礼物,求他保护,差官允诺。连夜出京,从小路而去不题。

那王黼、杨戬、梁师成原用旧日规模,随着家人,多携行李,一路馆驿宿歇,毫不准备;又不加礼于押差官,意气自若,夸口道:“朝廷还有用我们的日子,待金兵退了,道君皇帝复辟,大行诛戮,那些后生小子,还不知我们手段哩!”行至雍邱驿,嗔驿丞不来迎接,王黼大怒道:“我是极品贵臣,虽遭贬谪,还是节度副使,你这厮怎的不远接?”驿丞道:“兵马充斥,供应皆缺,凡有官员来往,先发勘合,方好准备伺候。今蓦地里到来,焉知是贵官不是贵官?这等威势,只好前日使,如今用不着了!”竟自走了出去。

王黼自想，原说不通，只得罢了。叫家人自备夜膳，与梁师成、杨戬同饮。押差官见不请他，也含怒意，教官丁看守，自去别房安歇。王黼饮至半酣，说道："我三人曾做掀天揭地事业，不料一旦失了权柄，受这小人欺慢。少不得再寻头路，别图富贵，岂可郁郁到那烟瘴地方，埋头缩颈的过日子？"杨戬道："时乎时乎不再来！道君皇帝传了宝位便是闲人，诏旨一些也传不通了，何况我等！只索达命安时罢了。"梁师成道："不是这般讲，天下事尚有可为，难道我们就是这样罢了？王老先生必有一个大主意，不要把自家的气先馁了。"王黼笑道："实不瞒二位先生说，我已使小儿王朝恩到金营与元帅粘没喝说了，道不日攻破汴京，掳二帝北去，立异姓之人为中国之主。"捻着白须笑吟吟的道："安知我三人不在议立之中？不消几日，便有好音。"杨戬、梁师成听了，喜动颜色，称赞道："王老先生真有旋乾转坤手段！若然事成，我二人当尽心辅佐。"王黼道："富贵共之，不必多言，恐有泄漏。"于是开怀畅饮，大醉归寝。

却说王铁杖领了开封府尹之命，扮作差官，跨口腰刀，又藏鹘翎匕首，一路踪迹而来，寻那蔡京一起，并不见影。那王黼三人晓得落了雍邱驿。黄昏时分，先已飞入驿垣，闪在照壁后，窥见王黼、杨戬、梁师成共饮。王黼所谈的心事，句句听得明白，吐着舌头道："这贼如此无礼，怪不得尚书和府尹要杀他！"思量就要动手，恐怕人多未睡，惊动走了。耐至夜深，三人俱已大醉熟睡，家人等亦自安息；才去轻轻抉开了门，闪入房中，把残灯剔起，明白着好下手。见王黼等三人各自在张床上，齁声如雷。在衣褶底下取出匕首，将大指捺定，向王黼咽喉一刺，又复一搅，血如泉涌，真够直挺挺地，并无声响。又向杨戬、梁师成两个，亦用此法。不消一杯茶时，三个穷凶极恶的奸臣，轻轻送入地狱了。那匕首毫无血污，王铁杖纳入鞘中；又拔出腰刀，将三人首级割下。身边有一皮囊，将首级纳入囊中，收了口线，把腰刀也入了鞘。背了皮囊，原从驿后墙上跳出，真是"会者不忙"，不费一毫气力。昔贤有诗叹云：

开国承家远小人，殃民陷主亦亡身。
千年遗臭污青史，玉带绯袍化野磷。

不说王铁杖背了皮囊去回府尹的话，且说押差官五更起来，催趱行程，那些家人装束行李在牲口上，请三位老爷起身，再唤不应。只得推开房门，把火照见，只见三个无头的尸首，直僵僵挺在血泊里，吓得魂魄俱丧。押差官走来验视，晓得被仇家所杀，只得自回京城申报。家人买下棺木，将没头的尸骸入殓，寄放郊外，候旨发落。正是：阳间幸少狐群辈，地府新添狞恶魂。不知后事如何，且听下回分解。

第二十三回　丧三军将材离火宅　演六甲儿戏陷神京

却说王铁杖到雍邱驿里，将匕首刺杀了王黼、杨戬、梁师成，把三颗头割下，纳入革囊，回到开封府覆了府尹，将首级呈验。府尹大喜道："这三个奸贼也有今日，可与天下后世吐气！只是可惜放过了蔡京、高俅、童贯。"王铁杖道："从京城暗暗尾去，只见王黼这一起，那蔡京等并无踪迹，不知打那一路去了。"府尹道："不打紧。且等他到了儋州，慢慢的处置他。"重赏王铁杖，教去回复李尚书，把这三个首级沉于汴水之中。不在话下。

那押差官也来申报。李纲在睿思殿朝见。钦宗道："王黼等朕宽宥他，谁知在雍丘驿被仇家所杀，也算做申了刑章。这不必题起。只是金兵不退，朕日夜忧心，卿有何策可以拒之？"李纲道："现今种师道、姚平仲勤王之师已集城下，陛下可即召见，筑坛拜将，总统六军，则金兵不日可平矣。"钦宗开安上门，命李纲延入。时种师道年高，天下称为"老种"。钦宗一见甚喜道："今日之事，卿意如何？"种师道朝见毕，奏道："金人不知兵，岂有孤军深入而能善其归乎？"钦宗道："业已讲和了。"师道对曰："臣以军旅之事事陛下，余非所敢知也。昔日澶渊之役，真宗皇帝独奋乾纲，寇准劝御驾亲征，六军望见御盖，皆呼万岁，踊跃感奋，敌人畏惧，故能成其和好，得以百年宁谧。今金人逞无厌之求，要割三镇，搜括金银犒物。三镇为汴京之捍蔽，若割以与之，则汴京势孤，无险可守。犒师之费，虽竭天下之力尚不能足。廷臣不知立国之本，但从和议，被金人所欺，将见财穷地削，国运随之。金人自称有兵十万，今臣与姚平仲勤王之师共三十万，城中弓弩手尚有七万，以数倍之众，岂不能相拒？待其力尽渡河，遣兵追蹑，邀其辎重，夺还子女，使彼畏惧，则再不敢南侵矣！”钦宗大喜道：“朕知卿老成练达，深晓兵机。”即拜同知宣抚使，统四方勤王兵，以姚平仲为都统制。种师道、李纲同出朝门，料理军事，克日交战不题。

却说李邦彦见钦宗信任老种，慌忙奏道：“种师道年已衰迈，况且有病，如风中之烛，岂堪为大将？金兵攻围甚急，倘一战而败，陛下求为匹夫而不可得，何有于三镇？何有于金银等物？莫若力主和议，则国家有泰山之安、磐石之固矣！”钦宗心中惶惑，复以张邦昌为计议使，奉康王构往金营为质求成。张邦昌、康王乘筏渡濠，自午至夜分，始达金营。斡离不道：“和议已成，何得违誓用兵？”张邦昌恐惧，涕泣对道：“用兵乃李纲、姚平仲耳，非朝廷意也。”康王屹立，颜色自若，略不为动。斡离不甚是重他，命康王还，更以肃王枢为质。

李邦彦又奏：“乞罢李纲，以谢金人。”钦宗从之。太学生陈东率都民数万人上书言：“李纲奋不顾身，任天下之重，所谓社稷之臣也。李邦彦、张邦昌等庸谬忌嫉，不恤国计，所谓社稷之贼也。恐李纲成功，乘间阻挠，正堕金人之计。乞复纲而斥邦彦等。”李邦彦尚不知人情汹汹，摆着头踏，传呼入朝。陈东直至其前，大骂道：“你这伴食庸流，窃取大位，主和议而害忠臣。不杀误国之贼，何以谢天下！”上前一把揪住，毁裂衣冠，挥拳乱打。百姓挝破登闻鼓，喧声动地。殿帅王宗濋极力救解道：“诸生且退，待我奏闻。”启奏钦宗道：“人心汹汹，乞亟复李纲，以免生变。”钦宗遂命内侍朱拱去宣李纲，复为尚书右丞，充京城四面防御使。内侍朱拱躯体肥胖，行步甚迟，百姓大怒道：“你这阉狗，一向专权用事，蒙蔽圣聪！今着你宣召李纲，故意迟慢，违背圣旨！”众人一齐动手，把个朱拱顷刻脔割了，并杀内侍十余人。诏趣种师道入城弹压。师道乘舆而至。众褰帘看道：“果是我相公也！”师道一挥，众人声喏而散。

当下李纲与种师道、姚平仲商议进兵。师道曰：“敌势方张，不可侥幸。待我舍弟师中到来，他有关兵二万，皆是貔貅之士，方可并力成功。”李纲唯唯。平仲道：“汴京危困已久，君父焦劳，士民倒悬。今有胜兵三十万，可以一战，何必要等师中来？若逗留不至，恐失天下之望。”师道不听。姚平仲忿然回营，召将校计议道：“种师道真是老悖无能！身为都将，手握重兵，不肯速战，必要等师中到来。此不过功名欲出于一门耳！我姚氏世为山西大将，何弱于种家！我独驱麾下二万精兵去驼牟冈，自破金营，生擒斡离不，奉肃王而还，岂不成震世之功，羞杀那老悖！"众将校皆踊跃愿战，姚平仲大喜。遂挑选精兵二万，兵器锋利，盔甲鲜明，待明日黄昏进发，部署已定。谁料麾下有一裨将犯了军令，姚平仲喝令斩首，众将请饶，免了罪，打一百棍，正怀恨在心，闻知去劫金营，暗想道："何不去通报金营？不惟泄了这恨，抑且富贵可图。"遂偷出到金营，报与斡离不。已作准备。

姚平仲至初更时分，人衔枚，马摘铃，领二万雄兵到驼牟冈来。听得金营内鼓打三更，并无动静，排开鹿角，大喊杀入，是个空寨。姚平仲大惊，知是中计，连忙退兵。只闻号炮连声，四面八方的杀来。姚平仲虽然英勇，怎当十万大兵攒杀拢来。奋起神威，杀条血路，出得金围。回头看时，二万雄兵尽皆陷没，只剩得一人一骑，仰天长叹道："皇天不佑大宋，何使我不能成功也！"泣数行下，寻思道："主上懦弱，李邦彦等力主和议，独有李纲一人忠心为国，极劝交战。今全军覆没，有何面目去见那班奸党？种师道持重，也嗔我恃勇轻进了。虽然后会可图，大丈夫岂受他人之辱！不如自刎！"遂抽出佩刀。又寻思道："人生富贵功名如水上浮沤，纵使成得功来，也不免兔死狗烹，鸟尽弓藏，所以范蠡作五湖之游，张良访赤松之迹。父母妻子，亦不过爱欲牵缠，与自己有何关系？不如寻仙访道，作世外之游，是英雄退步的本色。"把念头放下，顿觉遍体清凉。脱了血污的袍甲，除下兜鍪，把兵器掷于道旁，又寻思道："到何处去隐逸方好？"猛然想着道："从关、陕、秦、陇入蜀，那里有峨眉青城之胜，必然神仙窟宅。那时求师修炼便了。"看官，那姚平仲是熙河宣抚使姚古之子，世为将种，身长八尺，奕奕紫髯，有万夫不当之勇，胸怀慨爽，爱惜士卒，是一员名将。那乘着的青骡，矫健如龙，浑身青毛，无一点杂色，日行八百里，是一神骏。姚平仲道："青骡！青骡！我思量与你共立功名，以垂不朽，谁知不偶，弃职归山，永作世外闲人，你也免受奔驰矢石之苦。我今与你如骨肉一般，汝可努力！"遂加鞭前进，昼夜兼行，那青骡也会意，四蹄腾空，如流星掣电相似。

早已到了青城山，长松古涧之旁，解下鞍辔，放青骡去啮草饮水。姚平仲见那峰峦奇秀，涧壑幽泉，心中甚喜，伸一伸腰道："这身躯今日才是我的了！若在富贵场中，不是鼎镬，便是斧锁。要甚分茅胙土！要甚荫子封妻！不如餐霞吸露，养汞调铅，才是英雄退步也！"正在自言自语的说，只见山冈上走下一个道人来，头绾双丫髻，坦开大肚子，敲着渔鼓简，唱来道：

"咄，咄，咄，茫茫天地如墨黑。休，休，休，世人尽到乌江头。忍，忍，忍，弄尽聪明反作蠢。来，来，来，战场白骨生青苔。"

姚平仲看那道人生得清奇，唱得透彻，想道："必是神仙了。"道人道："你为着蛮触上一丢儿功名，陷害了二万人的性命，这罪业却也不小！"姚平仲吃了一惊，拜伏在地。道人笑道："幸你见机得早，事迹与我同类，特来度你。我乃大汉钟离权是也。你虽有根基，还须行九九之法，方可得成仙道。你随我来。"姚平仲起身，那青骡似认得路一般，在前先走。道人与平仲逾山度岭而去。

后至孝宗年间，吴郡范成大为剑南采访使，已过五十七年，在青城山遇着姚平仲，紫髯过腹，两目炯炯如电，长啸一声，声如裂帛，响振山谷，跨着青骡，在层峦叠嶂之上如飞而去，盖真得道者。陆放翁有古风一篇纪其异云：

造物困豪杰，意将使有为。功名未足言，或作出世资。姚公勇冠军，百战起西陲。天方覆中原，殆非一木支。脱身五十年，世人识公谁。但惊山泽间，有此熊豹姿。我亦志方外，白头未逢师。年来幸废放，倘遂与世辞。从公游五岳，稽首餐灵芝。金骨换绿髓，欻然松杪飞。

闲话休题。再说斡离不获了全胜，反遣使臣王汭来责败盟用兵之故。钦宗不胜战栗，心中甚悔，命吴棁复去求成。斡离不不准和议，攻城甚急。李邦彦从中又加谗谤，因罢李纲、种师道兵权。时有参知政事孙傅奏道："臣遇异人，姓郭，名京，善演六甲遁法，谈笑之间，可退金兵。"钦宗便教宣来。

原来郭京在建康哄王朝恩，取花恭人、秦恭人、花逢春监在东楼，被乐和用计救去，一场扫兴。归到东京，原在林真人门下。林灵素死后，无所归着，因王朝恩一脉，去趋附王黼。王黼又贬削，去别寻荐主，得入孙傅之门。孙参政是个诚朴的人，被郭京一片浮词说得天花乱坠，信为实然，遂去保奏，奉旨宣召，同进内廷。郭京朝拜毕。钦宗道："孙参政奏卿有六甲神术，可退金兵，不知果否？"郭京道："臣从幼好道，修炼于西蜀鸣鹤山中，得汉天师张道陵所藏秘诀，遂能役鬼驱神，移山倒海，五行遁法。纵有十万敌兵，只消作法一昼夜，彼即尽皆伏倒，欲诛则诛之。但恐伤上帝好生之德，只令其纳款输心，抱头鼠窜而去，终世不敢再来侵犯矣。臣祖父以来，世沐皇恩，亲见陛下睿思不宁，故与参议政事孙傅言之。今蒙圣上宣召，敢不竭尽犬马之劳？使金人降伏，社稷复安，臣之至愿也！"钦宗大喜道："太祖列宗有灵，降此奇人以佑社稷。凡有应用之物，卿可开列，敕该衙门备办。"郭京道："命有司择一空阔之处，筑一座天坛，三层共高七丈二尺，摆列九宫八卦、天地风雷、五行旗帜、华盖幢幡。选民间十六岁以上十八岁以下相貌端妍的童男童女，捧剑执炉，司香秉烛，共二十四名。甲士选七千七百七人，不论军民杂役，只要午甲相合的。并牲醴彩缎什物。演法七昼夜，然后出师，金兵自然退服。"钦宗准奏，即命孙傅监督料理。各部钱粮，并许调用。孙傅、郭京领旨出来，即择艮岳中高爽之地，依法筑台，置备应用之物。郭京出了晓谕，招集年命相合的人，旬日之间，俱已齐备。钦宗御驾到坛焚香祝天，祈求保国。看郭京披发仗剑、步罡踏斗、书符噀水毕，圣驾还宫。郭京每日演法三次，支用金帛，俱乾没入囊。其童男童女，晚间随侍，多被玷污。那郭京原是贪淫小人，前日见了秦恭人、花公子不胜垂涎，岂有端妍妙龄的男女，奉圣旨听他调度，还肯放过之理？只是朝廷合当倾败，信此邪法，思量去退劲敌，真是贻笑后世。

却说斡离不望见城中起这座高台，香烟缭绕，绛节飘摇，不解其故，使细作打探，却是郭京演法。斡离不大笑道："这宋官儿这等孩子气！两军对垒，不去挑兵选将，却行邪术，真是死活不知的！我所忌者李纲、种师道二人，如今俱已罢职，任他百万天兵，我何畏哉！"遂催兵昼夜攻打。满朝文武，尽皆寒心。钦宗深信七日后决能破敌，在宫中且自饮酒作乐，反不以社稷为事。郭京演法七日，毫无应验，谈笑自若，说道："非至危至急，吾师不出。"

时大雨雪，旬日不霁，万民愁叹。金兵却分四翼攻通津门，钦宗差内侍催郭京出兵。郭京先已收拾金资，藏在身边，安排走路。却叫守御官兵尽皆下城，不许窥探，大开通津门，领年甲相符的七千多人出战。金兵一拥而来。郭京见势头不好，连忙逃走去了。金兵将那七千余人，如风卷残云杀得一个罄尽，死尸填满护龙河。金兵乘势鼓噪登城，无人敢敌，遂把汴京陷了。这分明是"开门揖盗"，难怪别人。钦宗闻之，恸哭道："悔不用种师道之言，以至如此！"何栗、范琼欲率民兵巷战。斡离不宣言："自古有南必有北，不可无也。今日所议，须道君与少帝亲到营中面商和议，割地退兵。"钦宗道："上皇惊忧成疾，不能出城，如必要往，朕当自去。"遂奉表请降。士庶太学生等迎谒。钦宗掩面大哭道："宰相误我父子！"观者无不流涕。

钦宗至金营，斡离不留住不放，索黄金一千万锭，白金二千万锭，彩帛二千万匹，割河北、河东三镇，逼帝易服。侍郎李若水抱持而哭，斡离不令曳出仆地。旁边有人劝道："事无不可为，今日顺从，明日就富贵了。"若水叹道："天无二日，我岂有二主哉！"骂不绝口。金兵大怒，以刀断颈裂舌而死。斡离不道："辽国之亡，死义者十数；南朝唯李侍郎一人！"斡离不下令逼道君皇帝、太上皇后、康王之母韦妃、夫人邢氏、诸妃、诸王、公主、驸马都尉及六宫有位号者，皆至金营。独元祐皇后以废居私第得免。凡法驾卤簿、冠服、礼器法物、大乐教坊、八宝九鼎、圭璧、浑天仪、铜人、刻漏古器、秘阁三馆书、天下州府图籍及官吏、内人、内侍、伎艺、工匠、倡优、府库积蓄，都被金人掳去，京城为之一空。又遣吴并、莫俦入城，集百官议立异姓为主，众莫敢出声。王时雍探知金人之意，以张邦昌姓名入议状。太常寺簿张浚、开封士曹赵鼎、司门员外郎胡寅，不肯署名，逃入太学。余皆唯唯。金人遂立张邦昌为楚帝，朝见百官，署职加称"权"字。是日风霾，日晕、无光，百官惨沮，邦昌亦变色。王时雍劝邦昌坐紫宸垂拱殿。吕好问道："相公认真要立为楚帝呢，还是暂塞金人之意徐作良图？"张邦昌道："说什么话！我身为大臣，不能匡救国难，今为金朝所立，勉强应命，岂有自立之意！"吕好问道："中国人民共沐大宋恩泽，无日不思其德,特畏金朝兵威,暂时顺从。若金兵一去,就不能保如今日了。只看康王为大元帅征兵于外,元祐皇后垂帘于内,此殆天意欲中兴宋祚,相公亟宜改图。且宫省故吏,岂可一旦居正殿!宜寓宿直殿庐,毋令卫士护卫,相公行文书,不可称圣旨。为今之计,当迎元祐孟太后,请康王早正大位,庶可转祸为福。天命人心,皆归康王,相公先遣人推戴,则功在社稷。若贪居大位,迟疑不发,他人声罪致讨,悔之晚矣!"于是张邦昌乃遣谢克家至济州迎请康王还都。

且说康王在金营逃回,追兵赶来,黑夜之中躲在树林里。忽见一匹白马腾嘶,康王连忙跨上,加了两鞭,那马咆哮飞走。到得天明,离金营已远,那马便立住不肯走。康王仔细一看,乃是崔府君庙中的泥马。至今传说"泥马渡康王",可见真命天子百灵自然呵护的。康王不胜奇异,下了马,东西瞻顾,不知投何处去好。只见旌旗闪动,金鼓齐鸣,尘头起处,一彪人马到来。康王只道金兵追到,心惊胆战道:"这番性命休矣!"近前一看,乃是东京留守宗泽,领一万人马来勤王。见了康王,大喜。拜毕,说道:"天幸留得殿下,中兴有日!"即请到济州州衙暂作行殿,招集四方豪杰。旬日间,张俊、苗傅、杨沂中、田师中、梁扬祖等一班战将,皆归麾下,兵势大振。当日集各将商议进兵。闻得二帝俱留金营,东京已破,张邦昌立为楚帝,康王大恸。宗泽等劝道:"大王当枕戈尝胆,即日兴师,克复京城,以救君父之难,哭之无益。"忽报谢克家赍元祐孟太后手诏迎接还都。康王收泪接诏,率众将开读。诏云:

> 大宋历年二百,人不知兵,传序九君,世无失德。虽举族有北辕之衅,而敷天同左袒之心。乃眷贤王,越居旧服。汉家之厄十世,宜光武之中兴;献公之子九人,唯重耳之尚在。兹乃天意,夫岂人谋!亟嗣统绪,以永皇图。

开读诏书已毕,诸将皆劝进。宗泽道:"南京乃太祖兴王之地,为四路之中,漕运尤便,请幸之以图大事。"康王遂决意趋归德,改为应天府,命筑坛于府门之左。五月庚寅朔,康王登坛受命,恸哭遥谢二帝,尊钦宗为孝慈渊圣皇帝,生母韦氏为宣和皇后,遥立夫人邢氏为皇后,其下文武百官升拜有差,为建炎元年,是为高宗。

不说南京即位之事。再说金兵屯在驼牟冈，斡离不因金帛未足，必要勒完。户部尚书梅执礼道："天子蒙尘，臣民皆愿致死，虽肝胆不计，于金银何有！实是比屋枵空，无以应命！"斡离不大怒，将梅执礼枭首示众，仍着监禁各饷户家属责限比完。士民无不陨涕。

却说那戴宗、杨林在燕青庄上，闻知汴京已破，二帝俱留金营，嗟叹不已。戴宗道："大事已去，我同杨林回到饮马川去覆李应。"燕青道："且再留两日，更有商量。我想京城已陷，河北、河东皆割与金朝，此间亦不能久住，我欲更寻去向。只是还有一段心事要完，待做了，方送二位还寨。"戴宗道："有何心事？就去做来。"燕青笑而不言。正是：亡国孤臣空饮恨，读残青史暗销魂。不知燕青说出什么心事来，且听下回分解。

第二十四回　献青子草野全忠　赎难人石交仗义

却说金人羁留二帝，并后妃宗室，尽驱归北，因追索金银缎匹未完，屯扎在驼牟冈。其时四野萧条，万民涂炭。戴宗、杨林要回饮马川去覆李应。燕青道："我有件心事未完，再消停两日。"问他又不肯说。次早对杨林道："今日我同兄长到一处去完心事。戴院长且住在这里。"燕青扮做通事模样，拿出一个藤丝织就紫漆小盒儿，口上封固了，不知什么东西在里面，要杨林捧着，从北而去。约有十五里多路，只见一座山冈下，平坡之上，扎着一个大营，排着千余顶皮帐，数万金兵屯驻。杨林道："怎么走到这个所在来？"燕青道："你只不要开口，只顾随我走。"到得营边，杨林举目一看，但见：

刀枪密密，戈戟重重。皂雕旗，闪万片乌云；黄皮帐，映千山紫雾。如山马粪，大堤上消尽无数莺花；遍地人头，汴渠中流出有声膏血。悲笳吹起，惨动鬼神；呐喊声齐，振摇山岳。石人见了也生愁，铁汉到来多丧胆。

杨林是个杀人不眨眼的魔头，见了不觉毛发直竖，身子寒抖不定。燕青神色自若，向着守营门的兵丁打了一回话。那番官叫小校执枝令箭，引他两个进去。转过几个大营盘，中央一座帐房，内有二三百雄兵把守，摆列明晃晃刀枪。只见太上教主道君皇帝头戴一顶黑纱软翅唐巾，身穿暗绿团花九龙环绕的袍子，系一条伽南香嵌就碧玉带，著着一双挽云镶锦早朝鞋，一片红毡铺着，坐在上面，眉头不展，面带忧容。燕青走进帐房，端端正正朝上拜了三拜，叩三个头，跪着奏道："草野微臣燕青，向蒙万岁赦免罪犯，天高地厚之德，粉身难报！一向流落江湖，今闻北狩，冒死一觐龙颜。"道君皇帝一时想不起，问："卿现居何职？"燕青道："臣是草野布衣。当年在梁山泊宋江部下，元宵佳节，万岁幸李师师家，臣得供奉，昧死陈情，蒙赐御笔，赦本身之罪，龙劄现存。"遂向身边锦袋中取出一副恩诏，墨迹犹香，双手呈上。道君皇帝看了，猛然想着道："原来卿是宋江部下。可惜宋江忠义之士，多建功劳，朕一时不明，为奸臣蒙蔽，致令沉郁而亡。朕甚悼惜！若得还宫，说与当今皇帝知道，重加褒封立庙，子孙世袭显爵。"燕青谢恩，唤杨林捧过盒盘，又奏道："微臣仰觐圣颜，无可表敬。谨献上青子百枚、黄柑十颗，取苦尽甘来的佳谶，少展一点芹曝之意。"齐眉举上。上皇身边止有一个老内监，接来启了封盖。道君皇帝便取一枚青子纳在口中，说道："连日朕心绪不宁，口内甚苦，得此佳品，可以解烦。"叹口气道："朝内文武官僚，世受国恩，拖金曳紫，一朝变起，尽皆保惜性命，眷恋妻子，谁肯来这里省视！不料卿这般忠义！可见天下贤才杰士，原不在近臣勋戚中。朕失于简用，以致如此。远来安慰，实感朕心。"命内监取过笔砚，将手内一柄金镶玉靶白纨扇儿，吊着一枚海南香雕螭龙小坠，放在红毡之上，写一首诗道：

笳鼓声中藉毳茵，普天仅见一忠臣。

若然青子能回味，大赉黄柑庆万春。

写罢，落个款道："教主道君皇帝御书。"就赐与燕青道："与卿便面。"燕青伏地谢恩。上皇又唤内监："分一半青子黄柑，你拿去赐与当今皇帝，说是一个草野忠臣燕青所献的。"内监领旨而去。燕青还要俄延，当不得执令旗的小校连次催促，止不住泪落满腮。上皇亦掩面而泣，又降玉音道："和议已成，蒙金朝大元帅许放我父子回朝，那时宣卿特授清职。"燕青复拜了四拜，随小校而出。守营官见燕青手内纨扇上有字迹，恐传递机密事情，细细盘问。燕青解与他听，方才放出。

两个取路回来。离金营已远，杨林伸着舌头道："吓死人！早知这个所在，也不同你来了。亏你有这胆量！"燕青道："遇着要紧所在，再变不得脸色，越要安舒，方免疑惑。我已完了这件心事了。当初宋公明望着招安，我到李师师家，却好御驾到来，我乘机唱曲，乞了这道恩诏，实是感激圣德。可怜被奸臣所误，国破身羁，我心中不忍，故冒险来朝见一面，以尽一点微衷。他还想着回朝，这是金人哄他的说话,恐永世不能再见了!”杨林道:“天下多说是个昏君,今日看他聪明得紧,怎么把锦绣江山弄坏了!”燕青道:“从来亡国之君,多是极伶俐的,只为高居九重,朝欢暮乐,那知民间疾苦! 又被奸臣弄权,说道四海升平,万方宁静,一概水旱灾荒、盗贼生发皆不上闻,或有忠臣谏诤,反说他谤毁朝廷,诛流贬责。一朝变起,再无忠直之臣与他分忧出力,所以土崩瓦解,不可挽回。”杨林道:“我们平日在山寨里常骂他无道,今日见这般景象,连我也要落下眼泪来!”

两个说着,走不上五里路,只听得一片哭声。一队兵押着男男女女二三百的难民,都是蓬头垢面,衣衫褴褛,号啕的哭来。走得慢的,那兵丁拿藤条劈脚便打。燕青、杨林闪在一边,让他们走过。内中有个中年妇人,携着一个青春女子,见了燕青,一把扯住,哭道:“小乙哥,你救我母子则个!”那拿藤条的又举棍要打道:“还不快走!”那母子哀求道:“要纳银子时,遇着亲人,也要通个信设处!”又哭道:“小乙哥,二员外比责不过,已身故了。还要八百两银子,才可足数。如今家资荡尽,女流之辈,那里得来! 开封府不顾死活,把我母子二人和一班未完的解到金营追比。听得说,若三日不完,要带到大名府老营里去。再若不清,拿去作奴婢驱使,少年有姿色的卖为娼妓,这怎么做得! 你是至诚君子,若救得我母子二人性命,必不忘恩!”燕青满口应承道:“二安人不必忧心,我明早必来回赎。二员外身亡我知道的,只因京城围住,进来不得。今见了二安人和小姐这般惨状,如何不动念!”二安人又千叮万嘱,洒泪而去。

燕青又挑着愁担子,回到庄上,与戴宗说知:朝见道君皇帝,进献黄柑青子,蒙圣恩赐这柄白纨扇,上面写题一首诗。戴宗接过看道:“写得这般好字,却救不得身陷国亡。说也可怜!”杨林道:“院长,你不见金营中这般威势! 我见了胆寒起来,亏小乙哥不动声色。”燕青道:“这个心事也算完了。只是卢二安人和小姐解到金营,还要八百两银子才好回赎。莫说我受东人这般抬举,二安人是他至亲瓜葛,该当搭救报恩。杨林哥,你见的那般惨状,铁石人也要慈悲! 我在山寨里分给的,并从征赏劳的财物,自从到东京,都把来周济了贫人,留下不多,思量做些正经事,今日去回赎二安人和小姐,极是正经事了。

难道是守钱虏吝惜财物坐视不救不成？但不知有这许多也没有，待我取出来看。若凑得来，又完了我身上一件心事。”走进房里，倾囊倒箧，尽数取出来，称估一番，正符其数，欢天喜地的道：“我应便应承了，唯恐不足。如今恰好有此数，这是天从人愿了。”叫小厮把报晓的公鸡宰了，取着弩箭，同戴宗、杨林到冈子边树林里道：“我前日要上梁山泊请兵救卢员外，身边没有盘缠，刚剩一枝弩箭，见一只喜鹊飞来，我对天买卦：若射得这个鹊着，卢员外性命还有救。一箭射去，正中喜鹊尾上。我今日兑足银子，要去赎回安人、小姐，这枯枝上一群的慈鸦，若赎得回，也要射一只下来。”一眼觑定，叫声：“如意子，不要误我！”飕的射去，倒跌下两个来。原来弩箭锋利，慈鸦并栖，射透一只，伤着那只翼翅，也坠下来。燕青不胜之喜，说道：“本意要中一只，却是连中，正应他母子二人。”正说着，见个兔儿扑速的跑来，见了人往草中一钻。杨林便随手抓住，同那慈鸦拿回来整治起，吃得欢畅。

次早，仍同杨林把银子打作两包背了，从旧路到驼牟冈来，寻着看守收饷银的头目说：“是开封府解来卢俊德的家属妇女两口莫氏、卢氏助饷缺额银八百两，今来交纳回赎。”那头目把饷簿查阅，果有这妇女两口，尚少八百两。唤出莫氏、卢氏当面认过，把天平兑足银子，给了征收印票。二安人见燕青来纳银子，已收过了，心中欢喜，思量同燕青走出。头目喝住道：“往那里走？在开封府交纳，只要此数目；既解到营中，还要三百两常例。若去大名府，就要六百两了。”燕青目瞪口呆，半晌开口不得，寻思道：“已尽数收拾，那里再讨得来？”二安人两泪交颐，只要寻死。燕青道：“也罢，限我五日内来补纳常例。”头目道：“若不拔营，十日也限你；若拔起营来，一刻也限不得，兑足六百两，到大名府即刻便放。”燕青见那人是东京声口，妆做金兵模样，便道：“三百两银子也是小事，只一时不凑手。上下也同是本京人，略放些情面。”头目道：“钱粮干系，一毫也通不得情。若是不舍得，连这八百两也拿了去，只怕这两口妇女到大名府要受苦哩！”杨林在旁，心头火发，两眼睁起，恨不得一刀就砍了他。燕青知道拗不过，安慰二安人道：“正额不缺，现有印票在此，五日内决寻这三百两常例来。若到大名府，只索加上三百两，必来相赎。不可心焦。”又取出五两零碎银子，递与二安人道：“这银子放在身边，恐怕还要小使用，买些食用。”二安人哭谢，可怜又被他牵了进去。

杨林走出营门，说道：“可奈这厮本是东京人，却妆出这般腔子来勒措人！那里看得过！”燕青道：“莫说这些小人，多有朝廷大臣，一掇转身子就变了心肠。只因人心不好，所以天降祸乱，正好有得杀戮哩！这不必提起，只是那里去寻这三百两银子？”杨林道：“不难。叫戴院长作起神行法，去山寨里取了来就是。”燕青道：“我也是这般想，故要他限五日。只恐怕来不及。”两个有兴而来，没兴而返，一步懒一步，走回对戴宗道：“极刁恶的是中国人！搜括金银，本要和议，今京师已陷，二帝宫嫔俱留住营中，眼见得和议不成了，便可饶了那些助饷的百姓，偏要献勤解到金营，敲脂吸髓，竭尽无余。正数不少，也就罢了，又加出什么常例，睁起双眼，不留一些情。你说气得过气不过！我想，救人须救彻，这里再无摆布，要烦院长去饮马川，说我一时仗义，要救安人、小姐，尚少三百两常例，求弟兄们完全这桩事。不知五日内可往回得么？”戴宗道：“空身转回也来不及，带着银子，作不得神行法，须用牲口驮着，五日决不能够。”燕青道：“若移营到大名府，又增出三百两，一发鼎致众弟兄挪借六百两，敢恳院长作速竟送到大名府城外，我同杨哥在那里等候。”戴宗依允，到五更自去不题。

燕青、杨林到午后又去驼牟冈看拔营也未，只见净荡荡地，昨夜就去了。道君皇帝和钦宗、六宫妃嫔、文武官僚，并助饷百姓、抢掳来的子女、玉帛，一齐都带去了。那营盘空地上，无非杀戮的死尸、牛马撒的尿，臭秽不可当。燕青不胜感叹。有诗为证：

艺祖开基惠泽存，金瓯无缺锦乾坤。
青衣行酒重遭辱，野老江头声自吞。

燕青道：“大营已拔，在此无益。我和你到城中去看看，明日起身到大名也未迟。”杨林道：“使得，看乱后的光景怎么样。”两个迤逦行去，从宣化门进城。只见万户萧条，行人稀少，市肆不开，风景凄惨。那龙楼凤阙依然高插云霄，只是早朝时分鸣钟伐鼓，九重之上百官朝拜的不是姓赵的皇帝了。燕青不胜伤感。转过两条街，到卢二员外门首，见房子已被火焚，一片瓦砾之场。邻人大半逃散，又增一番悲切。杨林道:“肚子已饥,没处买东西吃。天色将晚,出城回去罢。”

二人走不上百来步,见个人衣襟内包了二三升米走来。燕青认得是二员外家小主管卢成,叫住问道:“这房子几时烧的?”那卢成见了,大哭道:“小乙哥,二员外死得好苦!安人和小姐又被解到金营去。小的去寻访,管营门的不肯放进,杳无音信。闻得拔营到大名府去,也是死数。房子是破城时放火烧的,家伙荡尽。我在后巷里赁间房子住,手内苦无一个钱,饥馁不过,把件衣服换得这三升米。”正说间,天忽然下起一阵骤雨来。卢成道:“到小人家里躲过这雨。”燕青、杨林急走到后巷。

卢成推开门,是一间破房子,掇一条折脚的板凳坐下。燕青道:“安人、小姐解到金营,尚缺正数八百两银子,我已兑足,现有印票在此。只是还要六百两常例,到大名府回赎,使人挪借去了。我明日就赶到大名府去赎领回来。”卢成道:“难得小乙哥这般仗义!若论我只好伤心,要寻一贯钱也设处不出。”燕青见雨又不止,天色昏黑,出城不得,取出二钱银子递与卢成道:“你去买些酒,且过了夜,我们明早出城。你既在此艰难,可跟我到大名去回赎安人、小姐。”卢成道:“小人也巴不得要见安人一面。恁地最好。”到邻舍家借了酒壶,不逾时买了酒,提一块熟羊肉回来,烫酒煮饭同吃了。没有铺陈,睡不得,同杨林就坐在板凳上打盹,巴到天明。卢成并无家业,一同出城。到庄上,燕青把细软衣服装做两担,家中两个小厮,唤大的随去挑行李,那小些的是本村人,把家内什物并山园产业,俱着他父母来居住看管。

他四个都换了服色,杨林提把朴刀,燕青跨口腰刀,挂了弩箭,卢成和大小厮各挑一担行李。在路行了几日,恰遇霪霖不止,道路泥泞,甚是难走,又多土寇乘机劫夺。燕青道:“这般泥泞天气,男子尚然难行,不知二安人和小姐怎也受苦哩!本等纳了正数就该放回,又增出常例。都是人心不好,天运逢着劫数,自然生出许多魔难来,把人性命细细消磨!”

一日天晴,正是五月间,甚是暄热。燕青、杨林空身走还好,卢成与小厮挑着重担子,赶不上,常差一二里路。有座小冈子,燕青、杨林先走上,也觉喘急,坐在松树下等他两个来,半日不见到。燕青、杨林重复下冈，只见卢成空着身子如飞赶来，见了燕青道："不好了！小厮被剪径的害了，我只得丢下担子，才走得脱！"燕青吃一惊，问道："在那里害了？"卢成道："东首庙边。他在前面走，不防闪出两个人，把他一棍打倒。我慌了，撇下担子走来报知。"燕青、杨林同到庙边，果见一小厮头破脑裂，死于地下。燕青道："可怜！这小厮随我几年，倒也乖觉，却被人暗算死了。怎地抓出那毛贼与他报仇！"叫卢成在庙背后掘一深坑，把他埋了，免得暴露。杨林与卢成把死尸抬到庙后，择一块平坦之处放下。卢成道："又没有锄头，怎生好掘？"杨林将朴刀把泥土掘起，约有三四尺深，将尸放下，把泥土盖上，又寻两块石头压在上面，恐有野兽来侵犯。不多时，埋好了。燕青道："衣服盘缠都没了，怎处？"杨林道："我身边还有几两银子。"燕青道："既如此，快去赶宿头。"

正要到庙前大路上，只见尘头起处，金鼓齐鸣，有一起过路客商，如飞的走，说道："不好了！金朝大兵在此经过，沿路杀人，到那里躲避方好！"燕青、杨林也退了转来，隐身在树木深密处，偷瞧那金兵一队队的来，络绎不绝，旌旗拥蔽，戈戟森严，一队步兵一队骑兵间杂而来，尘沙蹴起，半天昏黑。燕青道："这十来万大兵，明日也过不完。这里不可久住，万一被他看见，性命难保。且去寻条小路，抄出大名也好。"遂取小路进去。

不上四五里，有个小村庄，挑出酒帘。杨林道："且买些酒吃，就好问路。"走进店中，叫酒保打角酒来："有什么过口？"酒保道："大兵荒乱，宰不得牛，只有盐煮豆子。"把三只大碗，一盘煮豆，吃了一回。燕青问道："这里可有小路转到大名府么？"酒保道："有条山路，比大路近一百多里，只是崎岖险峻，不好行走。再走五里，便是金鸡岭，下岭是野狐铺，到大名只有一日路程了。"燕青道："如此，快去。今日赶到野狐铺安歇。"杨林算还酒钱，出门便走。果有五里远近，见那金鸡岭却也险恶。三个都立住脚，忽听得雷鸣的响，不知什么声音。有分教：狭路相逢天网密，军中难辨故人欢。此去野狐铺有何事故，且听下回分解。

第二十五回　折王进小乙逞雄谈　救关胜大名施巧计

却说燕青挑行李的小厮被剪径的闷棍打死，杨林、卢成将他埋在庙背后。正值金兵经过，前去不得，酒保指引，走出小路。到金鸡岭下，忽听得如雷声轰激的一般，原来是一道瀑布飞泉，从高峰顶上冲到石潭内，放溜下去；那碎石阻住，水势激怒，故这般作响。二人无心观看，往前走去。将要上岭，只见大坟茔内两个人厮打，听得一个道："你这没人伦禽兽！怎么把嫂子占了，今日又要独吞这两担行李！"那个也骂道："没廉耻！什么嫂子！白欺占的！自然公用。这两担行李是我动手的，理该多些！"杨林听得道："这两个说得诧异。"卢成仔细一看，便道："那个脸上有刀疤的，就是打死小厮的。"杨林挺朴刀赶去，大喝道："你这两个毛贼！打死我小厮，在这里分赃不明，吃我一朴刀！"那两个见了，放了手便走。一个走得远的却先倒地，杨林把这个砍中，头颅跌在一边，那先倒的是燕青放弩箭射中心窝，口吐鲜血而死。

那坟茔前面有座祠堂，杨林推门进去，见行李俱已打开，一个村妆妇人闪在背后。杨林扯出，妇人跪下说道："奴不是那两个贼人的妻子，是城内乡宦人家看守坟茔的。丈夫名唤井大。因这旷僻去处并没有邻舍，那两个是弟兄，叫做郎富、郎贵，不知是那里人，黑夜赶来，把我丈夫杀死，轮占了我。这郎贵常要与哥子厮并，今日为这两担行李是他抢来的，他要多分，故此相闹。"燕青道："乡村妇人，不知节义，责备不得许多，饶你。起来，我且问你，被他欺占几时了？还有宗族可回去么？"妇人道："他两个来不上一个月。但去剪径时，便把我锁在屋里。我有个哥哥在城里，因兵荒马乱，好几时不曾来。若无人拘管，自会去寻。”燕青见日色向西，问道：“过这金鸡岭到野狐铺有多少路？”妇人道：“差不多七八十里。那岭上虎狼极多，晚了上去不得。”燕青对杨林道：“真是晚了，去不得。且到酒店宿了，明日过岭罢。”妇人道：“多亏官人们杀了那贼，与我丈夫报仇。我这里害怕，也住不得，明早去寻哥哥。官人们，就在这里宿了罢。这两个是猎户出身，有腌腊野味在此，可作嗄饭，不消到酒店里去。”燕青笑道：“我们也不是好人，你要仔细。”妇人道：“看来官人们是斯文君子，不比这两个贼头贼脑的。”燕青道：“他把我小厮打死了，抢这两担行李来。因大路上金兵经过，我们抄出小路，不想恰好遇见他两个。却偿了小厮的命，可见天理昭彰。”叫卢成把两个死尸拖过。燕青、杨林去玩那瀑布泉，多时回来。妇人整备了两瓶烧刀子，几品獐、兔、野鸡之类。大家吃饱了，把草柴铺在祠堂内，将被窝打开，睡了一夜。天明妇人又整顿早饭，吃过，杨林道：“今日我要挑这行李了。”妇人拜谢过自去。

燕青三人上了金鸡岭，远望大路上金兵还未过完。看了一回，急急下岭，到野狐铺已是申牌时分。杨林一看，说道：“前日来时，闹嚷嚷是个大市井。想经着兵火，一家店房也没有了，今夜到那里安歇？”只见市内结一个营寨，有五六百人把守，见杨林、燕青是金朝服色，一队兵赶来，鹰拿燕抢的来捉。杨林便要动手，燕青摇头道：“不可。去见将官，自有分辨。”三个被扯至中军，见一员老将坐在上面。燕青看时：

> 头戴金扎额蓝缎包巾，身穿龙吞肩绿绸战袄。腰系九连环挺带，脚踏三接云鞝鞋。苍白须髯，还赛黄忠老将；渥丹颜色，常同伍相忠心。

那老将军升帐，两边摆列刀斧手，甚是威严。中军官禀道：“拿得三个奸细在此，听候发落。”老将喝问道：“这等大胆，敢来做奸细！”燕青道：“不是奸细，是被难的良民。”那老将大怒，案上一拍道：“若是金朝人倒还可恕，说是百姓，其实难容！推出辕门斩讫报来！”刀斧手便来扯拽。燕青全无惧色，说道：“我们是不怕死的，要杀便杀！只是你说得不明白，怎么百姓倒容不得？”老将笑道：“金兵是他本国人，自然要遵他制度。若是大宋的百姓，受列圣惠养之恩，不思报效，一见金兵,便争先投顺,改换服色,反去挟制乡民,你说该杀不该杀?”燕青也笑道:“老将军但知其一,不知其二。朝廷设兵以卫民,若敌国犯境,忠良将士当捍御疆场,使百姓安堵,才是道理。那骄兵惰帅,平日受了大俸大禄,畏敌如虎,不敢一矢相加,以致京都失陷,二帝蒙尘。建旄拥纛的元戎先已倒戈归顺。比如老将军算有忠心,犹能建立宋朝旗号,然仅逍遥河上,逗留不进,坐视君父之难,只算得以五十步笑百步。这几个细民如何拗得过! 老将军见了难民,还该矜恤,反要加刑,岂不是责人则明,恕己则昏了!”老将见说得有理,没有半个字回答,便道:“且慢。我且问你,是那里人氏? 到何处去? 姓甚名谁?”燕青道:“本贯东京。要到大名赎回被掳的亲戚。行不改名,坐不改姓,梁山泊上浪子燕青的便是。已受招安,为朝廷征讨方腊,建立功勋过的。”老将又问道:“可晓得梁山泊上有个史进么?”燕青道:“九纹龙史进,是天罡星数,同聚大义,从征方腊,没于王事了。”老将便唤小校:“去请凌将军来认一认看。”

不多时,一个将官走到,见了燕青,急叫道:“小乙哥,为何在此?”老将连忙下来施礼道:“久仰大名! 适才冒犯,望乞恕罪!”燕青即便回礼,又与那个将官相见,便是轰天雷凌振。凌振也与杨林作揖。老将问:“这位是谁?”凌振道:“也是结义弟兄,锦豹子杨林。”老将便请燕青、杨林上坐。凌振问向来踪迹。燕青把多年隐逸,前日在驼牟冈朝见道君皇帝,进献青子黄柑,御赐白纨扇,今日要到大名去赎回卢二安人的话说了,又道:“方才与老将军辨难,甚是得罪!”老将道:“足下英才明辨,果不虚传。又能忠君为友,一发可敬了! 老夫便是九纹龙史进的师父,东京八十万禁军教头王进。为高俅怀先父旧恨,思量报仇,因此逃到老种经略相公处,屡立战功,授兵马指挥使。勤王到京,圣上命梁方平领二万兵,点我们指挥使十员守御黄河渡口。不意汪豹献了隘口,金兵渡河,抵敌不住,尽皆损兵折将。老夫剩得五六百兵,正在进退两难,权屯在此,相机而动。凌将军原在梁太监中军管火药局,梁太监败还,故留在此。”燕青道:“这里无险阻可守,是四冲之地,金兵大队不日到此,还该移营方可。”王进谢道:“承教。”命设宴相待。二人夜间与凌振同帐安歇,各诉心事。次早燕青、杨林要去,王进有依依不忍舍之情,知留不住,只得洒泪而别。

卢成挑了行李,次晚到了大名府。戴宗已先在店中等候,说:“李应差军汉押送银子在此,一路上带了银子,不好走得紧,说道往大名赎家口的,倒无人敢动。众头领致意,事务若完,请到寨中相会。”燕青致谢,当晚店中歇宿。次早,燕青道:“我同院长、杨哥先去城中一探,好拿银子进去。”叫卢成看守行李。戴宗道:“我连日辛苦,在此将息,不进城罢。”燕青、杨林自去不题。

却说斡离不大兵不到大名,竟回北去,只把助饷的人犯发与大将挞懒收管、征足,有三万兵守着大名府。太守姓刘,名豫,是个狡猾之徒,见宋运已衰,金朝兴旺,率先归顺,钻刺营谋。金朝见他能干,就把河北地方交付与他,立他为齐帝。看官,你说金朝百战得的地方,为什么把河南与张邦昌为楚帝?河北与刘豫为齐帝?有个缘故:宋朝已历二百年,深仁厚泽,惠养百姓,人心思汉,未易慑服。康王即位之后,两河豪杰,往往有响应的,故把虚名笼络他两个,要他捍卫边疆,使他自相攻击,到后来好收渔人之利。这是极巧的计策。这张、刘二贼,睡在鼓里,被他愚弄,全然不知。那刘豫就妄自尊大,兴造宫殿,建设百官,立皇后、太子,这般做作起来。

内中只有那大刀关胜,原是大名府正兵马总管,心中不忿,纳还官诰,乞归乡里。刘豫骇然道:“孤家应天顺人,称霸一方,尊居河北,正要授你征南大元帅,扫平宋孽,何故乞归?”关胜道:“末将先人扶立汉鼎,流芳万古。某虽谫劣,亦不敢污了清白一身,改事二姓。”刘豫厉色道:“你既怀忠义,何故上梁山泊落草为寇?”关胜道:“一时误陷,终受招安,已为朝廷建功立业。台相受本朝宠命,出典大郡,自该固守封疆,如颜常山建立义旗,兴复唐室。怎遽自称尊,贻讥后世?孟太后颁诏,康王承统,即位济州,河南、淮北尽归麾下,兵势大振。张邦昌亦受金命册为楚帝,宗留守统兵恢复,张邦昌已被诛了。前车之鉴,请自三思。”刘豫大怒道:“这厮大逆不道,指斥孤家!”唤武士牵出通衢斩首,号令:“如有违阻朝令者,以此为例!”关胜道:“自甘一死,九原可见太祖列宗之灵,不似你这逆天悖理,遗臭万代!”武士即将关胜捆绑,押出朝门。当下刘豫大怒,伪立丞相、枢密一同启禀:“关胜虽是不识天时，出言狂妄，但是河北一员上将，有万夫不当之勇，目今用人之际，斩此似为可惜。请主上暂息雷霆，把他监候，待臣等慢慢将好言劝慰，自然畏威感德，以为后用。汉高封雍齿，群臣息沙中之语，至今称为豁达大度。愿主上俯允。”刘豫沉吟道：“既是卿等保奏，暂且监禁东司，再行定夺。”传奉官领命而去。

却说燕青、杨林进城，要问到金营去。只见市曹内金鼓齐鸣，一簇刀斧手绑一人在法场上。燕青、杨林挨身一看，惊骇道：“这是关胜，正忘了他是大名府正兵马总管，为何绑在法场？”甲兵围住，不好问得，暗自叫苦。监斩官挥动红旗，刽子手要关胜跪下，好用刀。关胜不肯，怒骂道：“我一片忠贞，不料为逆贼所害，死去定为厉鬼杀贼！生为大宋之臣，当面南受刑，怎么肯向北而跪！”监斩官与刽子手都敬他是个忠臣，又为平日情面，不甚催迫。看的人尽皆下泪。俄延间传奉官飞马到来，叫：“刀下留人！奉殿下令旨，发在东司监候。”连忙松了绑，甲士拥护去了。

燕青、杨林也跟到东司，已收进去，把门封闭了，又不得进去，故意问守门的道：“方才法场放转收监的是什么人？”守门的道：“难道你不认得？这是蒲东解梁关爷爷之后，为河北正兵马总管，为人忠勇，百姓都感戴的。”又低低道：“刘太守归顺金朝，册封齐帝，关总管正言规谏，激怒了刘太守，故要斩他。幸有人保奏，监在东司。正是天翻地覆，好人难做！”燕青道：“原来如此。”慢慢走开，对杨林道：“若是方才杀了，便是没法。今已监候，必须弄个计较，救他出来方好。”杨林道：“除非去山寨里引兵来方可救得。”燕青道：“挞懒有三万大兵在此，攻城不得，且看机会再处。”取路到金营前，见贴晓示：“助饷人等，限三日纳足放回，过期不准取赎。”燕青道：“既有晓示，不必进去问，明日带银子来便是。耽延了半日，且去吃杯酒着。”

走到一个大酒楼上。那上首座头，先有一个金营的官、两个承局打扮的在那里饮酒，附耳低言说了一回，那官在腰袋里摸出一尺多长一条木夹，上面烙着许多字迹，与那两个看了，顺手插入腰袋里。一个斟一大碗酒，捧与那官只顾吃。燕青、杨林坐在对面座头上，酒保搬上酒馔，燕青、杨林也吃了一会。那承局打扮的生得鲜目疏眉，身材瘦小，三十左右年纪，把眼瞧着燕青，开口问道："足下莫非是东京雍邱门外开绒线铺的米小舍么？"燕青是乖觉人，含糊应道："便是舍亲。足下也有些面熟，一时想不起。"那人道："在下是殿帅府前过东牛皮巷内第三家，姓柳，在开封府勾当。有一敝友，为些小事，在齐王府中要救出来，用无数周折，弄得方才这个木夹，请那位爷去提人。"燕青道："要这木夹何用？"那人道："金朝的法度，不用文书，凡钱粮、兵马、要紧人犯全凭这木夹照验，即刻发行，再无隐弊。"燕青道："倒也简便，不要费纸劄繁文。"那官酒饮多了，踉踉跄跄，立起便走。这两个人还要留他，也随下楼。燕青看见这木夹落在楼板上，连忙拾起，藏在身边。原来那官插入腰袋，落了个空，外面有皮套子，所以不听见响声，吃得醉了，就走下楼。燕青拾了木夹，扯杨林急走下楼，到柜边取一大块银子丢在柜上道："明日来算。"抄小路如飞走出了城。杨林不解其意，说道："要这东西何用？这般慌促！"燕青笑道："自有用他处，明日便见。"到店内对戴宗道："刘豫立为齐帝，关胜正在他标下做正兵马总管，忠言谏诤，激怒了刘豫，绑出法场处斩。我们却好撞见，无计可救，幸有人保奏，监候东司了。"戴宗道："我们不知便罢了，既然监在东司，去探望一番，也见昔日交情。"燕青道："探也无益。有个机会，不知做得来做不来。且赎回二安人母子再处。"

次早叫卢成背了银子，再和杨林到金营，寻见在驼牟冈收银子的头目，与他说明，将印票验过，就补上六百两银子，一毫也不少。燕青道："如今也没得说了。"头目道："你这人到也能干。凡饷户先发印票的，在这里回赎。若不讨得印票，又要营内领一木夹，到齐王府内照验，才好领回。只这木夹又要费一二百银子，还把礼物酬谢掌管的官。有这许多周折，所以这班饷户，虽父母妻子，只好弃下了。"燕青道："那木夹只好讨助饷的人，别样事情还可用得着么？"头目道："金朝全凭这个木夹信验，随你钱粮兵马、机密军务，就是绑在法场上要杀的重犯，见那木夹立刻便放。"燕青听了，心中暗喜。当下头目收清银子，就领出莫氏、卢氏交还。

二安人见了燕青，悲喜交集，感激不尽。燕青雇两乘车子，同杨林送到店中，央主人家媳妇烧香汤沐浴，买几件新衣服与母子二人换过。二安人又谢道："小乙哥，你真是天下第一个好人！我母子性命得以重生，无恩可报。二员外在日，几番要招你为婿，你百样推辞。我母子无路可归，如今毕竟把这女儿婚配你，终身倚靠你了。"小姐见说，满面娇羞，低头走了进去。燕青道："若是这样说，我小乙无私也有心了。不要说东人昔日情分，只说安人遭这般患难，我心里如何忍得。自家有些积蓄，尽数拿出来不够，又央这两位兄长挪借将来，方得完美。今留下卢成在此伏事，权且安顿，慢慢选一东床，孝养安人终身便了。"戴宗、杨林道："小乙哥，你忒杀古怪。二安人自然要知恩报恩，但不是今日讲的。成就美事，都在我两个身上。"二安人又谢了进去。

戴宗道："明早起程且到山寨。这兵戈扰乱之时，且把内眷们安顿在那里再处。"燕青道："自然如此。再消停一日，待救出关胜一同去。"笑嘻嘻摸出木夹来道："天假其便，有这东西可以救得了！"戴宗接来一看，花斑斑烙成许多异样篆文，说道："这是什么物件？要他何用？"燕青说："酒楼上一个官儿掉下，我拾得了。恐怕来寻，不及会钞，丢银子在柜上，连忙出城。今日营中又讨了实信，明日好依计而行。那姓柳的无端告诉我，也是关胜命当有救。只是他们没有了木夹，不知怎地哩。这也顾他不得。"杨林道："你真是天巧星，有这许多机变。"大家欢喜安歇。

次日燕青妆做金营里官，戴宗、杨林扮做承局，一同进城。又打探得刘豫虽然册立，每有大小事务，俱要禀过挞懒，方才取行，设立通事府，彼此承发。燕青同戴宗、杨林到通事府，昂然直入，一口金话，甚是合式。叙了来意，把木夹验过，通事府官不敢怠慢，立刻启禀刘豫说："挞懒元帅闻知关胜骁勇，不肯受职，监候东司，要提到军前重用。若再违逆，处以极刑。有一员官，两个承局，将木夹照验，在此守提。"刘豫不敢不遵，即传令旨到东司，取出关胜，交付过去。不逾时，关胜到了。燕青又打了话，对关胜说许多言语，关胜全然不懂，口里要问出来，燕青又喝了一声。通事官道："挞懒元帅要请将军到营中重加任用，特差这位爷来提。"关胜道："某世代忠良，不事二姓，若贪爵禄，不激怒刘豫了。此去拚得一死而已！"通事官道："也要通融，不可任性。”燕青假做发怒，扯了就走。关胜寻思道：“这分明是戴宗、杨林、燕青。他三个俱不愿为官，怎么反顺了金朝？可见立志不坚。就是顺了金朝也罢，怎见了我并没有一些情义？又可可是他三个来提，这也奇得紧！”只得随他走去。谁知却不进金营，竟出城门。到客店中，戴宗、燕青、杨林扑地便拜，关胜回礼不迭，还未解其意，心内狐疑。正是：从空伸出拿云手，提起天罗地网人。不知后事如何，且听下回分解。

第二十六回　逢天巧荒殿延英　发地雷寺基歼贼

却说燕青扮做金营的官，将木夹照验，救出关胜，店中相见毕。戴宗道："关将军，若无小乙哥这偷天妙手，你不免于虎口了！"关胜道："小可义不受污，已拚一死。不知三位为何在这里？怎地得救拔出来？"燕青将驼牟冈朝见道君皇帝，路遇卢二安人，要银子赎回的事说了："那日同杨林进城，见法场上绑着兄长，无计可施。后来发监东司，我们也跟到那里，进来探望不得。因到酒楼上吃酒，偶遇一个军官醉了，掉下木夹，我就拾了，假扮做挞懒差官来提。也是天幸，不致弄破。"关胜感谢道："真是患难弟兄！再生之德，没世不忘！方才见小乙哥假扮时，一毫情谊也没有，心中老大不然。谁知暗藏机彀。小乙哥，你真是忠义两全，古今罕有的！只是此身如今何处安顿？"杨林道："不妨。李应等在饮马川聚义，明早可一同去。只不曾问得，可有宝眷在城中么？"关胜道："并无儿女，只有一个拙荆。知我监候，寄信来要寻自尽。我身幸脱，如今只恐怕顾他不来。"燕青道："不是这样讲。尊嫂贞烈，通为着长兄，岂有不顾之理？你写出居址地名，我明日再进城迎来便是。"关胜道："这是极好。但城门上不许放妇女出城，我的家眷一发不肯。倘败露出来，不是当顽。"燕青指着木夹道："现放他在此，怕怎的？"关胜道："这样事只好弄一番，此去必然识破，如何做得？"燕青道："那木夹是真的，不过人是假扮。东京人多少投在金营，这有何妨。只说挞懒元帅重用将军，即命领兵南征，送家眷完聚。刘豫那里去查考？那木夹这般贵重，难道用得一遭就丢了？包你无事。"关胜听从。

燕青明日起来，又同戴宗、杨林到通事府打话，重取木夹验过。

通事官又启刘豫道:“关胜到金营,不敢违逆,挞懒大喜,授了征南将军,领兵三千镇守彰德府。原差昨日这个官,把木夹照验,来取家小一同赴任,并要城门挂号送出。”刘豫道:“我量这厮有多大胆量,自然顺从。若不是这等威行,他还要倔强哩! 就挂号送出城去。”通事官给了挂号牌,燕青接着,问到关胜家里。

却说关恭人闻得金营提了人去,唤家丁打听不出,未知生死何如,正在烦恼,只见门上报道:“有一员官、两个承局,要见恭人有话说。”关恭人只得出来。燕青不开口,杨林道:“这位爷是挞懒元帅差来的。关将军已归顺金朝,授征南将军之职,镇守彰德府,领兵扎在城外。请恭人收拾家资,一同赴任,故此来请。”恭人虽在梁山泊住过,然内外隔绝,不曾认得,心内思量:“算来未必肯投顺金朝,据这般说又不得不信。”即到里边把家资细软结束了,还有四个家丁、两个养娘,后槽牵出马匹。恭人上了马,家丁背着包裹,一同到城门边。杨林将挂号牌与守门官丁看了,燕青又打话,不知说些什么,官丁连忙放出。

到了店中,关胜大喜。燕青道:“幸不辱命。长兄,如今不可久停,今夜便可同戴院长作起神行法先到山寨。长兄这般仪表,又在本地为官已久,人都认得,倘有差池,再难措手。我等明日雇了车子,也就起程。”关胜与恭人说知:“通是旧日弟兄用的计策。我今夜先去了,你同卢安人一起来。”关胜、戴宗作别而去。燕青到次早雇了几乘车,关恭人、卢二安人、小姐和养娘都坐了车子,把行李也放在里面。那马匹与杨林轮换骑着。重谢了店主人,一行人取路进发。

走了一日,到野狐铺,王进的营寨已不见了,杀死的尸骸满地。燕青道:“想是王进的寨破了。”天色将晚,并无一家人烟。只得又赶一二十里,忽然雷雨大作,路途又黑又滑,寸步难行。望见松林里有一点灯光,勉强捱到,却是一座寺院。到佛殿上,空荡荡地。请内眷下了车子,把马牵在殿后。杨林走进禅堂,有一盏孤灯挂在壁上,故此射出光来,提了便走。禅床上有人哼着道:“老僧患病睡在这里,那个提了灯去?”杨林不应,走到殿上,唤卢成和家丁去香积厨烧壶热水来,且吃干粮着。不多时热水烧到,取出炊饼肉羓子,大家分吃了些。

燕青道:“这佛殿上不稳便。”唤养娘伏事安人们在东廊下权住安息,车夫、家丁等到西廊打盹。辛苦了一日,都睡去了。燕青、杨林在殿上闲话。

少顷,雨过天晴,推出一轮明月,分外皎洁。看玩多时,困倦起来,也思量去略睡睡儿。忽听得外面脚步响,恐怕是歹人,闪到廊下,取器械防备。在窗棂内张看,只见两个军官,跟十来个大汉,都有腰刀弓箭,到佛殿上站住,对着月色浩叹道:“有何面目去见老种经略相公!燕青原说四冲之地,劝我移营,悔不听他,为贼徒所败,把一世英名都丧了!幸无家累,不如自尽以报朝廷!”那一个劝道:“从千军万马中拼出性命来,岂可不明不白死在这里!困倦极了,且将息一晚,明日再处。”燕青、杨林走出叫道:“老将军不可短见!燕青在此。”王进不胜惊喜道:“怎地又得相逢?足下真有先见之明。我正要移营,被那刘猊小贼子去高鸡泊招降贼首张信、毕丰回来,有五千人马,将我营紧紧围定,我同凌将军拚命杀得出来,标兵尽皆覆没,无路可归了!”燕青道:“康王已即位南京,号召四方豪杰。宗泽留守东京,恢复两河。我有旧弟兄屯聚饮马川,且到那里消停几日,整旅南还,去投宗留守,以佐中兴,有何不可?”又对凌振说:“救了关胜,先和戴宗到山寨里去了。”凌振道:“你干的事出人意料之外,其实可敬!”杨林取剩下的炊饼肉羓与他们点饥,直谈到五更。叫起家丁、车夫,坐了内眷,让马与王进骑了,取路前往。

行了半日,并无村店,尽皆饥馁。后面尘头起处,一簇兵马到来,却是刘猊的游兵,有三百多匹马,都是轻弓短箭,飞风赶来。燕青忙叫把车子推入树林躲避。那先到的见了,叫道:“那知事的汉子,快把车上妇女献来,陪我们吃酒!”王进等大怒,各掣腰刀抵住。马上为头的笑道:“你这等四五个人,怎经得动手!”燕青早放一枝弩箭,射中那为首的面上,翻身落马。杨林又砍着一个马胯,也撷下来,被王进一刀,斩为两段。那三百兵马一齐裹拢来。正在危急之际,忽有一队人马冲来,一个将官舞着双鞭杀入,把那游兵杀得落花流水,四散逃走了。燕青看时,却是呼延灼、樊瑞、戴宗。燕青大喜,下马相见。戴宗道:“李大哥惟恐路上难走,叫我们领三百兵来迎接。恰好在此相遇。

幸喜不曾伤损。”呼延灼见了王进，道：“王将军，你怎地也在此？”王进道：“呼将军，你同汪豹守杨刘村，怎放金兵渡河，以致各营俱败。我领残兵扎在野狐铺，又被刘猊所破。昨夜在古寺中会着燕大哥，同行到此。”呼延灼道：“我被汪豹所陷，几乎性命不保。有众弟兄在饮马川，只得暂住。”又与燕青、凌振各叙契阔之情。叫安了营，打中伙。那游兵杀死三十多人，收得十来个马匹，同坐了到山寨。李应等出来迎接，聚义厅一齐见礼，送王进上坐，其余次第坐下，各叙仰慕之意。燕青打发车夫回去。关恭人、二安人、小姐自到后寨，李应娘子接陪，不在话下。

李应做庆贺筵席。关胜感激燕青不尽，席间着实称扬赞叹。呼延灼道：“平日只晓得他巧慧，见机而作，不想有这副忠肝义胆，妙计入神！我等只晓得上前厮杀，那里及得来！”众头领各各赞叹。一连畅饮了三日酒。却说那游兵伤了三十余人，去报刘猊，说被饮马川贼人所杀。请兵去追不题。

且说那日东京这姓柳的同金营官吃酒，失了木夹，忙到酒楼上寻，那里得见。原来木夹照验了就要缴进，当日失了，那个官打了一百鞭，两个承局都发充军。酒店里也费了好些银子。齐王通事府查号，又多出两号木夹来，方知关胜走了。又有人见他上饮马川。刘豫大怒，正要发兵征剿，又报伤了游兵，即刻遣刘猊到挞懒处请兵，备说饮马川强人肆横，不可不除。挞懒道：“闻知是梁山泊余党，多有智勇的人在里面，我还要招他。”差大将秃鲁领皂雕旗一千去先抚后剿。刘猊领命而行。毕丰道：“小将前日在龙角冈被他所破，哥子昙化又遭他害，火烧了万庆寺，此仇钉入骨髓，愿与张信为先锋，领本部五千兵去扫平山寨。”刘猊道：“你两个先发，我同秃鲁随后。只是要相机而行，挞懒元帅还要招他。”毕丰领诺，即同张信浩浩荡荡杀到饮马川，恨不得踏平山寨，泄恨报仇。

且说众头领在寨中饮酒，小喽啰报上山来说：“毕丰与昙化报仇，同高鸡泊张信领五千人马到了，随后刘猊领秃鲁皂雕旗助战，头领可速准备。”李应与众头领商议何以御敌。朱武道：“那高鸡泊是隋唐时李密、程咬金屯聚的所在。闻得张信骁勇，又有金兵相助，不可轻敌。

我这里先到山边立了寨棚，设四队游兵往来接应。王进、关胜、呼延灼、李应为正兵拒战；朱武、樊瑞、呼延钰、徐晟为游兵接应；戴宗、燕青往来传递。”分派已定，刚立得营寨，张信、毕丰已到。

两阵对圆，三通鼓罢，张信、毕丰双马并出，手执兵器，大叫：“贼寇快来纳命！”李应、呼延灼、王进、关胜齐齐出马。毕丰又骂道：“梁山泊狂魂！杀我亲兄，今领天兵到此，快下马受缚！”李应喝道：“无知小寇，敢肆胡言！那秃驴奸淫万状，自合天诛！你是我手里败将，半夜跳墙逃走得命罢了，又来寻死！”毕丰大怒，把捍刀砍来。李应挺铁钢枪接住。斗了二十合，不分胜败。张信忍不住，拍马持三尖两刃刀助阵，关胜把青龙偃月刀接战，四匹马儿转灯儿相杀。李应卖个破绽，拖枪便走；毕丰不舍，拍马赶来。李应带着枪，暗掣飞刀，中了毕丰左臂，负痛回马，李应又追来。张信见毕丰败阵，也要回马。关胜架住，不能脱身。凌振在山顶见了，放起连声号炮。呼延钰、徐晟、朱武、樊瑞四路里杀来。张信、毕丰首尾不能救应，急退兵时，自相践踏，早伤了一千多兵。退到万庆寺火场上，却好刘猊、秃鲁已到。毕丰说兵败之事。刘猊道：“我曾分付不可造次，你恃勇轻进，以致挫了锐气。且扎营在这里。挞懒元帅有令，原教先抚后剿，可差一员裨将去唤来投降。”

却说众头领得胜回寨，商议道：“毕丰虽然败去，刘猊必然就到，不可便上山去。”正说间，探事的报来说：“齐太子差官在此。”李应道：“此来为何？”朱武道：“必然来下说词。且看来意，随口依允，不可便发怒。”原来这裨将是蓟州营卒，抢病关索杨雄花红缎匹，被拚命三郎石秀打倒的踢杀羊张保。金兵到蓟州，这厮纠集亡命，乘机劫夺，投顺刘豫，署为裨将。当下刘猊教他来作说客。

张保气昂昂走进，李应与他相见道：“足下此来有何见谕？”张保道：“奉齐太子令旨，请将军去高擢爵位。”李应道：“我等是宋朝臣子，借饮马川暂歇，与齐国并无干涉，何故说授爵授位？”张保道：“大金应天顺人，建立齐国，河北地方并属所辖，这饮马川亦在境内。将军恁般英雄，宜及时建立功名。今上不着天，下不依地，恐非长策。”李应道：“且请足下暂留，待我与众弟兄商议定了，方好回复。”便送上山着人看守。

李应集众头领计议。王进、关胜、呼延灼、朱仝一齐说道："我等受朝廷官职，不幸兵败，得遇众好汉在此，同心协力，先攻破大名府，剿灭刘豫，恢复河北，虽身膏草野，亦所不辞！"朱武道："各位将军虽是忠心激发，但刘豫之势方张，又有挞懒三万大兵镇守大名，岂能破得？如今先把刘猊、毕丰杀他片甲不留，守住山寨，候宗留守消息，然后进兵。"燕青道："攻固不可，守亦甚难。我等兵卒不过三千，终日征战，必至疲敝。倘挞懒自领兵来，断然支持不定。如今款住张保，刘猊定然发怒，自引兵来。请各兄如此如此，必获全胜。然后收拾回南，去投宗留守，共佐中兴，此为上策。"众头领皆喜，依计而行。

果然刘猊在万庆寺守了三日，不见张保回报，焦躁道："这伙贼寇恁般可恶！"唤毕丰、张信为先锋，自与秃鲁为中军，杀到饮马川来。只见战场净荡荡地，并无一人，寨门紧闭，随你叫骂搦战，只不见出来。

到第三日，天色未明，一声炮响，摆成阵势，众好汉立马阵前。刘猊出阵，头带紫金冠，高拴两条雉尾，身穿黄金锁子甲，骑匹五花骏马，手执方天画戟，高叫道："你这草寇真不达理！我奉元帅挞懒之命，好意差官唤汝等来降，以免一死，怎羁留来使，尚自执迷！"又见关胜在对阵，大怒道："你这匹夫！自夸有忠义之心，怎假传木夹，又逃来做贼！"关胜道："乳臭小儿，辄敢大言！你父子受朝廷厚恩，不思报效，反悖逆称尊！我今拿你碎尸万段，先正典刑！"举青龙刀砍来。刘猊将画戟相迎，不上三合，气力不加，勒马便回。张信、毕丰双马并出，李应、呼延灼一同接住，战了三十多合。毕丰终是左臂未痊，被呼延灼一鞭打着肩窝，翻身落马。张信撇了李应来救毕丰，燕青在旗门影里看得亲切，一弩弓射中胸膛，也攧下马来。关胜、朱仝两把刀一同砍下，不防两把刀自相磕撞，激得火光迸出。张信、毕丰都逃回本阵。呼延钰、徐晟大喊杀入。秃鲁见不是头，领了皂雕旗先走。众好汉一齐赶杀。刘猊弃甲丢盔而走，杀得尸横遍野，血流成渠，又折了二千多兵，退到万庆寺喘息方定。刘猊道："不灭这班草寇，誓不回去！差人去讨救兵来。若容留在此，倒是心腹大患。"传令将士谨守，防备劫寨不题。

却说众好汉到黄昏时分，结束起来。李应叫带过张保，叱道："你这厮好大胆，敢来做说客，今晚借你这颗头祭旗！"叫军士枭了首级。吃过晚饭，一齐起马。到万庆寺，已是三更天气，万籁无声，月光惨淡。万庆寺虽然烧了，四围墙垣不倒，如城子一般。左边靠一座山冈，右边通着大路。刘猊也怕劫寨，前后俱排木栅拒马。望到里面，打十来个火堆，那皂雕旗张了皮帐在中间睡，其余兵将尽不卸甲，蹲身打盹。更鼓分明，提铃巡哨，却也严紧。李应分拨呼延灼、王进截住后门，朱仝、徐晟、呼延钰守在右边，自同关胜、樊瑞抵住前面，只候公孙胜作法。听得狂风忽起，飞砂走石，一声号炮，那一带松涛如千军万马驰骤。刘猊、张信、毕丰一齐惊醒，虽有准备，当不得这一日征战，力倦神疲，立得起身，见寺前寺后火把通红。那秃鲁与皂雕旗先自乱窜，要夺路而出。前后多是强弓硬弩，兵马如林，都被射转。正没理会处，那寺基平地上天崩地裂，一片霹雳之声从底下发起，火光万道，飞到半天，打得人马尽成齑粉。张信推倒右边墙垣，蔽翼刘猊奔出，恰遇呼延灼，一鞭正中张信脑袋，跌下马来，踏成肉泥。毕丰和秃鲁冲到前门，关胜一刀，秃鲁闪过，毕丰慌忙转身，李应一枪挑于马下，樊瑞加上一刀，也衬了马足。皂雕旗尽皆烧死，单走秃鲁、刘猊两个。焦头烂额的兵不上四五十人，抱头鼠窜而去。这计是燕青用的：拘留张保，激怒刘猊，来攻山寨，三日不出战，使杨林、蔡庆、杜兴、凌振去万庆寺地下埋伏地雷，待他败阵，不尽情追赶，让他重复扎营寺基。公孙胜在山顶祭起风来，凌振引着药线，天雷与地雷同发，四面有兵围住，教他那里走！自然一堆儿死在里面。有诗为证：

丞相南征汉鼎分，渡泸五月涨蛮云。
火攻一样同奇妙，浪子能烧藤甲军。

李应等大获全胜，回到寨中。燕青道："虽然杀得刘猊只轮不返，他必然去请挞懒大兵到来。众寡不敌，恐有失着。不若乘此大胜之后，拔寨南还，去投宗留守，共建功业，完我弟兄们一生心事。"众头领尽皆大喜，即拨呼延灼、杨林、樊瑞、呼延钰、徐晟为前队；李应、公孙胜、朱武、柴进、燕青、杜兴为中军，保护家眷、辎重；关胜、王进、朱仝、裴宣、蔡庆、凌振为断后；戴宗往来报信。共有三千多兵，五百匹马，二百乘车子装载粮饷，放火烧了寨栅，即日起程。一路关津见兵威整肃，不敢阻挡。迤逦行到黄河渡口，见一个大营，刀枪密密。此是金、宋交界之处，金朝设兵防守。河水滔滔，并无船只可渡。李应等也扎下寨栅，算计渡河。正是：茫茫河水英雄泪，冉冉征云战气悲。不知怎地过河，且听下回分解。

第二十七回 渡黄河叛臣显戮 赠鸩酒奸党凶终

却说李应等众好汉弃了饮马川，整旅南行，来到黄河渡口。此是南北交界之处，北岸边金朝扎下一个营寨，有大将乌禄与前日放过金兵的叛臣汪豹镇守。李应也安了营，商议道："乌禄、汪豹领五千兵在此，又无船只可渡，必须破了他，方好过去。"呼延灼、王进道："那汪豹贼子输诚卖国，使二帝蒙尘，汴京失陷，是个罪魁。今日遇着，恨不生食其肉！我二人就去打寨！"李应道："汪豹不打紧，有乌禄在彼，不可轻敌，须要小心。我自领兵接应。"呼延灼、王进领五百兵前进。

却说乌禄正在军中商议道："那饮马川草寇弃了巢穴，逃回南去，我这里不捉去大元帅处请功，等到几时！"汪豹道："归师莫掩，穷寇勿追。他孤军到这里，利在速战；我这里深沟高垒，不与交锋，过几时他必然粮尽力疲。如今速发文书去挞元帅处，再请兵来首尾夹攻，自可一鼓而擒也。"乌禄依言，传令守住寨门，不许出战。就差夜不收二名赍文书去请兵。不题。

却说王进、呼延灼前队到了，那寨门紧闭，排满鹿角蒺藜，甚是坚固，难以攻打。等得李应引众好汉一同到来，随你百般搦战，只不出来，无计可施，只得回营。燕青道："他有五千兵不来出战，不是怕我们，必然有计。待我师老粮尽，去请大兵来夹攻。我这孤军没有救应，如何是好？可差探事的四处巡缉，若有去请兵的拿来，自有计策。"李应就差蔡庆、杜兴领喽啰去巡哨。不上半日，拿到乌禄的夜不收二名，搜出请兵文书。李应叫拿去砍了，呼延灼却有些认得，叫转来问是那里人。那夜不收大叫道："呼将军！小的就是将军部下。前日汪豹献了隘口，没奈何归顺了。"呼延灼道："那乌禄怎不出战，紧守寨门?”夜不收道:“乌禄就要出战,是汪豹阻住,教请兵来夹攻。”燕青好言安慰道:“你两个若肯归顺,不唯不杀,还有重赏。”夜不收跪着垂泪道:“小的是东京人,有父母妻子在家,被汪豹留住,回去不得。将军肯饶性命,赴汤蹈火亦所不辞!”燕青叫取酒食压惊,留住营中,对李应道:“大名府往返也须五日,到第六日,我有一计可破乌禄。只是也要谨守,晚间防他来劫寨。”

到第六日,燕青摸出木夹来道:“如今又要用这东西了。前日破了皂雕旗,剥得衣帽在此,唤杨林、樊瑞、杜兴、蔡庆打扮做家丁,我原妆金营将官,教了夜不收言语,我们先去。这里选四员大将,领一千兵攻打,他自然出战,我在里面放起火来,方可破他。”燕青就同了夜不收到乌禄营中。夜不收先禀道:“挞元帅不肯发兵,原批带回,差一位爷在这里。”燕青上前与乌禄行了礼,把木夹照验,打话说道:“挞元帅说,这里有五千兵马,难道几个草寇剿不得,又要请兵?”乌禄道:“咱原要出战,被汪豹阻挡。”燕青道:“元帅又说汪豹是南朝人,不肯出战,恐有贰心。若再推阻,竟以军法从事,斩首号令。”汪豹在旁,眼睁睁看他两个说话,因懂不出语言,无可分辨。忽报到寨前有四员大将,耀武扬威在那里大骂。乌禄唤取披挂来,绰枪上马,开营出战。汪豹谏道:“大兵未到,不可出战。”乌禄大怒叱道:“无能小辈,听了你几乎坏事!你不肯出战,先斩你首级!”汪豹没奈何,也只得持刀同出。

两阵对圆,呼延灼见了汪豹,怒从心起,舞双鞭竟打过来。汪豹把刀接住,斗了十来合。乌禄见汪豹力怯,自挺枪出马,关胜敌住,也斗上三十合。凌振放起号炮,燕青、樊瑞在寨里放起火来,杨林、杜兴拔刀乱杀。乌禄见寨中火起,拨转马头,回到寨边,杨林、杜兴、蔡庆、燕青、樊瑞一齐杀出,乌禄拍马落荒逃去。汪豹心慌,也思量要走,呼延灼赶上,一鞭打下马来,喽啰绑缚了。那乌禄的兵死的死,逃的逃,尽皆星散,无人拦阻。只是黄河浊浪滔天,无船可渡。夜不收禀道:“汊里暗藏三百只大船,可以渡得。”李应大喜,遂拔寨到船边,把家眷、辎重装载在船,然后把兵马一同渡过。

顷刻到了南岸,黎阳城中也有宋兵把守,却是王进旧日标下,接进城中。王进闻得老种经略相公一月之前身故,不胜凄切。李应取三百两银子赏了两个夜不收,教他回去。燕青道:“偶然拾得这木夹,干了三件大功劳。”呼延灼道:“若无兄弟你这副大胆,会讲各处乡谈,也做不来。”叫带过汪豹来,呼延灼骂道:“你这逆贼!朝廷差我们十员将官来守黄河渡口,杨刘村是第一个紧要去处,你怎么背国私降,引金兵过河,断送了宋朝二百年社稷山河,使两朝龙驾没陷沙漠,害了数百万生灵!你思量贪图官爵,荫子封妻,怎想也有今日!我为朝廷正典,为天下伸冤!”命立一旗竿,在百步之外,把汪豹吊上去,唤军士乱箭射死。下面设酒庆贺。不消半刻,汪豹身上箭如猬毛,放下来把肉割碎喂狗。众头领尽皆欢畅。

次日,李应仍将兵马拨为三队,往河南进发。李应道:“烦戴院长先去东京探个消息,好去投宗留守,我们只在中牟县等信。”戴宗领命去了。一路无话,行了几日,到了中牟县,人民俱已逃散,只剩一个空城。李应道:“且屯在城里,候戴院长回来,再定行止。”遂进城扎下。其时兵戈之后,四野萧条,荆榛满地,行人稀少,豺虎成群。等了两三日,不见戴宗回来。燕青、杨林、呼延钰、徐晟带十数个兵,弹弓弩箭,去野外打鸟雀顽耍。

到日色平西,带了些野味回来,见大路上两乘车子,坐着四个人,都是方巾便服,后面马上坐着一个军官,背着敕命,有两三担行李,脚夫挑着,逶迤行来。燕青见了,寻思道:“那车子上坐的两个人有些面善,一时想不起。马上军官背着敕命,想是流贬的官儿。”也不放在心上。不上半里之遥,又见十名军汉,都带腰刀弓箭,提着朴刀走来,为头的见了燕青,叫道:“小乙哥,你怎的在这里?”燕青看时,却是东京城内卢二员外的邻舍,叫做叶茂,是开封府内的马头军。燕青也叫道:“叶大哥,到那里去?”叶茂道:“晦气!要走八千多里路哩!”燕青道:“怎走这远路?是何勾当?”叶茂远远指着前面车子道:“总为这几个害人精!你道这车子上坐的四个是什么人?说出来神惊鬼怕!”燕青道:“又来取笑。那四个人方才我见满脸的晦气色,怎恁他了得,端的什么人?”叶茂笑道:“便是写谨具帖子送宋朝天下与金国的那班大臣。”燕青吃了一惊,问道:“敢是蔡京、高俅、童贯么?这年纪少些的又是那个？这几个人汴京未破时早已流贬，为甚今日还在这里？”叶茂道：“那便是蔡京儿子学士蔡攸。你不晓得，汴京未破时，太学生陈东劾奏六贼误国殃民，奉旨尽皆谪贬，分两起押解，一起是王黼、杨戬、梁师成，到雍邱驿被冤家刺杀了，已是清帐；那一起是这四个，毕竟蔡京阴猾，见金兵攻打汴京危急，贿买了押差官，宽纵了，隐匿乡村，在那里观望，又要投顺金朝做官。兵戈扰乱，没处查考，康王正位之后，李纲做了宰相，严查起来，儋州知会从不见到。有仇家首报，捱缉出来，把前番押差官问罪，又差我本官押解，点我们护送。因杞县那一带有土贼，不好走，故此在这里绕转来。”燕青道：“前面到何处安歇？”叶茂道：“打点到中牟县城里去。闻有兵马屯扎，且再行去看。”燕青道：“县里的兵马是我的相好弟兄，宿歇不妨。久不会面，寻杯酒儿叙叙旧情。”两个一头说，一头走。到了城边，叶茂赶到押差官马前说道：“前边并无宿店，中牟县内虽有兵马，却有相识在内，可以安歇。”押差官便叫进去寻一所空房住下。

杨林、呼延钰、徐晟虽见燕青与叶茂说话，因离得远，不曾听见说什么。燕青走回与众人说道：“偶然遇着四位大贵人，须摆个盛席待他。”李应道：“又是什么大贵人？”燕青笑道：“这四位贵人平日有恩惠在我们面上，今狭路相逢，不可怠慢。”便将蔡京父子、高俅、童贯四人责贬儋州，从此经过的话说了：“我已请到城内了。”众人一齐道：“真是难得相逢！每人赏他一刀便了，摆甚筵席！”燕青道：“若是一刀有甚趣味？须要慢慢消遣他。如此如此才妙。”众人依言。

燕青遂同杨林、樊瑞、蔡庆、杜兴到押差官寓所，见蔡京等四人立着闲谈。燕青拱手道：“李将军闻得蔡太师、学士、高太尉、童枢密在此，旅邸萧条，特备小酌，遣某等来迎请。”蔡京等愕然道：“那位李将军，承这盛情？我等羁旅之人，不便过扰，辞了罢。”叶茂见燕青来请，便对押差官道：“这个便是小的邻舍。李将军想是他相识。”燕青道：“敝友极是世情的，就屈台驾同往。”押差官道：“李将军敢和太师有旧交？是何官职？”燕青道：“正是极蒙太师、枢密抬举的，一去便知。”蔡京寻思道：“想是门生故吏。世态炎凉，还有这等存厚道的人！”押差官撺掇，遂一同起身。燕青使杜兴先去通报。李应把队伍摆列得十分严肃,都是弓上弦,刀出鞘,衙厅上灯烛辉煌,摆设盛席,众好汉结束齐整,立在两边。见蔡京等到了,动起军中鼓乐来。李应降阶相迎,逊至厅上,逐位分宾主见了礼,即送蔡京等四人和押差官上坐。蔡攸因父亲在上,谦避东边第一位。众好汉依次两旁坐定。

酒过三巡,食供两套,蔡京、高俅举目观看,却不认得,忍不住开言道:"某等放废之人,何劳盛举。只是素未识荆,好生不安。"李应笑道:"太师是一人之下,万人之上,四海具瞻的。虽是向日屡沐恩波,但不得一觐龙光。高太尉、童枢密是会过两三次的,难道便忘了?"又饮了多时,李应道:"太祖皇帝一条杆棒打成四百军州,挣得万里江山,传之列圣。道君皇帝初登宝位,即拜太师为首相,燮理阴阳,掌军国重事,怎么一旦汴京失守,二帝蒙尘,两河尽皆陷没,万姓俱受灾殃,是谁之过?"蔡京等听了,踧踖不安,想道:"请我们吃酒,怎说出这大帽子话来?"面面相睹,无言可答,起身告别。李应道:"虽然简亵,贱名还未通得,怎好就去?"唤取大杯斟上酒,亲捧至蔡京面前,说道:"太师休得惊慌。某非别人,乃是梁山泊义士宋江部下扑天雕李应便是。承太师、枢密见爱,收押济州狱中,幸得救出,在饮马川屯聚,杀败金兵,今领士卒去投宗留守,以佐中兴。不意今日相逢,请奉一杯。"高俅、童贯、蔡攸俱各送上。

蔡京等惊得魂飞魄散,推辞不饮,只要起身。李应笑道:"且请宽坐,我等弟兄都要奉敬一杯。"只见王进立起身来,把白须一张,喝道:"高俅!我非是梁山泊上之人,乃是八十万禁军教头王进!你本无赖小人,学使枪棒,却要与我先父较量,被一棒打翻,不归咎自己本事低微,反要挟仇报怨,害我性命。幸投老种经略相公处,升授兵马指挥使。今日相逢,你可还认得我么?"高俅顿口无言。

又见小旋风柴进出位来道:"高俅!我是大周柴世宗嫡派子孙,住在沧州横海郡,小旋风柴进便是。先朝赐有丹书铁券,安居乐业。你使族弟高廉做高唐知州,那殷天锡恃了姐夫的势,要占花园,把我叔父柴皇城呕死;黑旋风李逵路见不平,把殷太岁打死,高廉将我监禁在狱,幸得宋公明救上山寨。受了招安,破方腊时,曾建大功。我辞了官爵,归隐沧州。你又使高源为沧州太守,借着奉旨搜括金银,公报私仇，要杀我全家。通倚了你的势！如此横行，怎生忍得！”高俅亦无言可对。

裴宣执着双股剑，走到筵前道：“这是旧事，不必提起了。军中无以为乐，待我舞剑以助一醉。”掣出双剑，左盘右转，如两条红光缭绕映带，寒光闪闪，冷气飕飕。众人尽皆喝采。舞罢，弹着剑作歌道：

皇天降祸兮，地裂天崩。二帝远狩兮，凛凛寒冰。奸臣播弄兮，四海离心。今夕殄灭兮，浩气一伸！

蔡京四人听得此歌，面如土色。燕青道：“舞剑不如相扑。高太尉，你可记得统兵到梁山泊战败之后，被浪里白条捉上山来，宋公明设席相待，酒后我和你相扑取乐？今日夜长无事，再和你交交手看。”樊瑞道：“童贯！你听信赵良嗣、郭京说公孙胜会使妖法，差兵马去二仙山捉拿，与公孙胜什么相干，通是我混世魔王樊瑞干的！教你今夜认得，那右边第二位，头戴星冠，身披鹤氅的，这是公孙先生！”押差官道：“列位也讲得够了。夜深酒多，即此告别。这四位是朝廷犯官，小可押解，亦不可造次。”樊瑞圆睁怪眼，倒竖虎须，喝道：“你这什么干鸟，也来讲话！我老爷们是天不怕地不怕的。这四个奸贼不要说把我一百单八个弟兄弄得五星四散，你只看那锦绣般江山都被他弄坏，遍天豺虎，满地尸骸，二百年相传的大宋瓦败冰消，是什么世界！今日仇人相见，分外眼睁！难道不容我们说几句话么！你这干鸟，若再开口，先砍你这颗狗头！”押差官吓得浑身冷汗，那里敢再开口。

李应教把筵席撤开，打扫洁净，摆设香案，焚起一炉香，率领众人望南拜了太祖武皇帝在天之灵，望北拜了二帝，就像启奏一般，齐声道：“臣李应等为国除奸，上报圣祖列宗，下消天下臣民积愤！”都行五拜三叩头礼。礼毕，抬过一张桌子，唤请出牌位来供在上面，却是宋公明、卢俊义、李逵、林冲、吴用、花荣六人的名号。点了香烛，众好汉一同拜了四拜，说道：“宋公明哥哥与众位英魂在上：今夜拿得蔡京、高俅、童贯、蔡攸四个奸贼在此，生前受他谋害，今日特为伸冤，望乞照鉴！”

蔡京、高俅、童贯、蔡攸尽皆跪下哀求道：“某等自知其罪，但奉圣旨去到儋州，甘受国法。望众好汉饶恕！”李应道：“我等一百八人，上应天星，同心协力，智勇俱备，受了招安，北伐大辽，南征方腊，为朝廷建立功业，一大半弟兄为着王事死于沙场；天子要加显职，屡次被你们遏住；除了散职，又容不得；把药酒鸩死宋江、卢俊义，使他们负屈含冤而死；又多方寻事，梁山泊余党尽皆甘结收管，因此激出事来。若留得宋公明、卢俊义在此，目今金兵犯界，差我们去拒敌，岂至封疆失守、宗社邱墟？今日忠臣良将俱已销亡，遂致半壁丧倾，万民涂炭，是谁之咎？你今日讨饶，当初你饶得我们过么？还有一说：蔡京若不受贿赂，梁中书也不寻十万贯金珠进献生辰纲，以致豪杰们道是不义之财，取之无碍，劫了去上梁山。高俅不纵侄儿强奸良家妇女，也不致把林武师逼上梁山泊。不因受了进润，批坏花石纲，杨统制也不上梁山泊。童贯不纳赵良嗣进言去夹攻辽国，金人无衅可乘，那见得国破家亡？今尔等不思主忧臣辱，主辱臣死，二帝六宫俱陷沙漠，天日难睹，还想觍颜求活！只是石勒说得好：'王衍诸人，要不可加以锋刃。'前日东京破了，有人在太庙里看见太祖誓碑：'大臣有罪，勿加刑戮。'载在第三条。我今凛遵祖训，也不加兵刃，只叫你们尝尝鸩酒滋味罢！"唤手下斟上四大碗。蔡京、高俅、童贯、蔡攸满眼流泪，颤笃笃的那里肯接。李应把手一挥，只听天崩地裂发了三声大炮，兵士齐声呐喊，如震山摇岳。这里两个伏事一个，扯着耳朵把鸩酒灌下。不消半刻，那蔡京等四人七窍流血，死于地下。众好汉拍手称快，互相庆贺。李应叫把尸骸拖出城外，任从鸟啄狼餐。有诗为证：

误国元凶骨化尘，英雄积闷始能伸。

平生不作皱眉事，世上应无切齿人。

却说那押差官见四人死了，惊呆半晌，说道："列位将军不差，只是教我怎生去复命？"李应道："不妨。只说是梁山泊好汉有冤报冤，处置死了。"唤取二十两银子，送与押差官道："免得你万里跋涉。"押差官谢了。燕青也取十两银子送与叶茂道："亏你通信，消了一口恶气。"叶茂道："卢二员外房子被焚，可怜安人母子解到金营，不知下落！"燕青道："我已赎回，现在这里。有劳记念。"卢成出来道："叶大叔，我同安人、小姐想不能还家，烦你把赁下的一间房子退了。有几件破家伙，前日借了你三钱银子没有还，准折了罢。"叶茂道："小事。"

遂同押差官去了。

倏忽之间,天色已明。却好戴宗回来,说道:“宗留守招纳豪杰,王善、李成都领部下归顺,将一片忠肝义胆,人人抚循,尽愿效力,兵势甚盛。一连三疏,请圣上还都,谁知被汪伯彦、黄潜善所遏,气愤填胸,因得重疾。临卒之时,不及家事,大呼‘过河’三声,呕血而死。将士尽皆流涕。朝廷差杜充来继任,阘弱无能,不恤将士,尽俱解体,重复散去了。又闻兀术四太子领十万大兵要到建康,杜充畏惧,金兵还未到,他先弃了河南,引兵退到淮西。百姓重番逃散,京城依旧一空了。”众头领听了,愕然道:“宗留守既亡,我等何所归着?况兀术南下,这个空城怎生住得?进退两难,如何是好?”戴宗道:“小弟在山东路上,遇着一个弟兄,说他那里甚好,不如暂去容身,再作道理。”有分教:梁山泊上起微波,忠义堂中瞻后劲。不知戴宗说到那里去,且听下回分解。

第二十八回　横冲营良马归故主　郓城店小盗识新英

却说李应兵马屯扎中牟县，戴宗回来说："宗留守身故，杜充弃了汴京，回到淮西，兀朮领兵将到建康。"众人一时进退两难。戴宗道："我会着穆春来打探东京消息，说阮小七、孙立等在登云山聚义，兵精粮足，十分兴旺，要我同去。我说众弟兄俱在中牟县，等我回复宗留守消息，过几日来相会。穆春先回去了。我想登云山僻在海隅，兀朮的兵不往那边经过，何不且去权时安顿。然后到建康，竟归朝廷，亦无不可。"众头领依允，遂仍旧分作三队，陆续进发，望山东道上来。戴宗沿途侦探。一日将近东昌府，天色已晚，只见戴宗飞也似走来说道："兀朮大兵将次已到，中军后队，作速回避！我去招前队转来！"又飞也似去了。李应急令兵马从小路进去十里多路，卧虎冈下扎住。

却说呼延灼领前队兵，凑着兀朮的前锋已到，大路上无处隐避，被大队人马一冲，四分五落，各自奔走。幸得黑夜，容易躲过。到天明查点，不见了呼延钰、徐晟及二百多名兵。到日中，后队俱到。呼延灼道："昨夜不曾打仗，必非杀害。他两个心机灵变，又有一身本事，决不妨事。"李应叫扎住寻觅。呼延灼道："这四冲之地怎生扎得？且上前去，他自会寻来。"遂拔营前去不题。

却说呼延钰、徐晟见兀朮兵来，跨马先走，黑暗里谁想混入金兵队中，不能脱身。那前锋将阿黑麻是兀朮标下第一员勇将，新立一营，号为"横冲营"，沿路掳掠二十以下、十五以上的小厮，要训练精熟，用为前队，取他少年胆壮，爬城打仗，不顾死活，横冲直撞的意思。已有五百多人，尚无头目，见呼延钰、徐晟状貌奇伟，带有兵器，问是那里人，什么姓名。呼延钰答道："我兄弟两个名唤张龙、张虎，是河北人。父亲张得功现在齐王殿下做正兵马总管。”阿黑麻道：“可会武艺么？”呼延钰道：“都晓得。”呼延钰舞动双鞭，徐晟将金枪轮使一回。阿黑麻大喜道：“我猜是将门之子，果然不差！”随取两扇木牌，烙了字，给与二人说道：“你可带着。署为横冲营小飞骑，五百名冲锋孩子通交与你管辖。凡有事务，总用木牌照验。须要尽心出力，还有升赏。不可逃走。若拿转来，立刻砍了。”呼延钰道：“我的父亲在齐国做官，是一家人，逃到那里去？”两个领了木牌，到了本营，一般有人服役磕头参谒。两人暗地商量，且暂时哄他，乘空便走。他两个乖觉，随口和顺，各营兵将尽喜欢他。又不时到阿黑麻面前出力献勤，阿黑麻待以心腹，赏赐衣帽、饮食，不消两日，习成一般的腔调了。

呼延钰对徐晟道：“既是做了小飞骑，该把本标的兵逐名点验，也是一桩好耍子的事。”徐晟笑道：“有理。做此官，行此礼。”遂设了公座，摆列砞匣笔砚，一同坐下，逐名唱过。点到一名宋安平，神清骨秀，是个文弱书生。呼延钰有些面善，问道：“你是那里人？可有父母，几时归营的？”宋安平垂着眼泪答道：“是郓城县管下宋家村人。父亲名唤宋清，同母亲在堂。”呼延钰道：“可晓武艺么？”宋安平道：“可怜幼读诗书，会科举到京，中第三甲进士，不曾补官。因汴京破了，要还家乡，途中被大兵拿住，僮仆失散，到这里将近十日了。”呼延钰晓得是宋公明侄儿，向徐晟丢个眼色，说道：“你既是读书人，升做记室，同我一处安歇。”点完，众孩子散去。呼延钰道：“你可认得我两个么？”宋安平道：“像是会过，一时想不起。”呼延钰道：“我是双鞭呼延灼之子，名唤呼延钰。他是金枪手徐宁之子，名唤徐晟。跟随父亲，与李应、关胜、燕青等伯叔从饮马川回南，遇着阿黑麻大兵一冲，乱军中裹了来。与你原是世弟兄，觑个空我们大家逃去，不可泄漏。”宋安平大喜道：“小弟文弱无能，全仗两兄挈带。”自此宋安平与呼延钰、徐晟做一处，每事商量。

一日同到马坊内闲耍，见有上千马匹，云锦一般。有一匹白马，龙睛凤臆，身躯高大，昂然直立。又有一匹黑马，四蹄却是雪白的，骨相与凡马不同。看官，你道这两匹马是何名色？原来那匹白马就是段景住在西番得来的“照夜玉狮子”，宋公明极其爱他，自己骑坐。那匹黑的便是呼延灼征梁山泊时御赐的“踢雪乌骓马”。这两匹马都是千里龙驹。当年招安到京,童贯晓得这两匹骏马,使人盗了去。宋江怕惹事,不敢声张。不知怎么又属了金朝。原来好马与人的寿数一般,精力强健,有几十年本事。这两匹马正在壮盛之时,良马比德君子,见了宋安平、呼延钰,似有故主之情,一时咆嘶不已。宋安平、呼延钰那里晓得,只是赞赏了几句,走了回来。时便有诗叹道:

马逢伯乐尽嘶风,故主情深鸣亦同。

不信试看飞赤兔,尚随关圣五云中。

却说兀朮兵马已到山东地面。那济州府是宣抚使张所镇守。那张宣抚谋勇兼备,兀朮忌他威名,不敢打济州过,要抄路到淮西,传令箭唤阿黑麻到大营议事去了。徐晟道:“趁阿黑麻不在,便好走脱。若拔起营来,便难为计了。”呼延钰道:“身边没有盘缠怎处?”徐晟道:“待我去问个信来再处。”因走到邻营,寻着一个管事的小头目,问他道:“我们要支些粮饷,却是怎生支法?”那头目道:“你将木牌去照验,随你要支多少也支得来。”徐晟大喜,随到管粮饷的营内,向那头目道:“将军传令箭来,叫明日带本营众孩子到大营里去点验,今日先要给些赏赐与他们,要支饷银一百两。”那头目是认得的,又喜欢他,并不疑惑,验了木牌,挂了号,就对给了一百两与他。徐晟拿回说与呼延钰,大喜说道:“盘缠便有了。只是我们的马不甚快,恐他们知道用健马追来,便不好了。况宋大哥没有马,怎么去得?”呼延钰道:“待我去马坊里,将前日赏鉴的那两匹马骗了来,再骗一匹与宋大哥骑就是了。”遂同到马坊,对管马的头目说道:“将军传令箭来,叫我们带本营册籍到大营里去查点,这宋安平是掌册籍的,也要同去。须选三匹好马骑去。”那管马头目见阿黑麻宠任这张龙、张虎,不敢阻当,说道:“小飞爷你自去选。”

呼延钰、徐晟便带出照夜玉狮子与踢雪乌骓,又拣了一匹五花骢,回到本营,搭上鞍辔,同跨上了。出了营,加上两鞭,疾如风雨的走去,顷刻便是四五十里。离营已远,呼延钰道:“幸喜已脱虎口。只从小路去。此去是宋朝地面,身上衣帽脱去了罢。”把帽子除下,丢在路旁,油光光露个总角儿。徐晟道:“我们三队兵马前夜失散,不知那里去了，没处访问，我们竟到登云山去罢。”宋安平道：“小弟承两兄不忘世谊，得脱此难，没世不忘！郓城县是济州管下的，想离此不远，且到舍下消停两日，再去未迟。”呼延钰道：“这也使得。”

又行了四五十里，见路旁有座酒店，挑出酒望子。徐晟道：“走了这半日，肚里饥了，且吃些东西再走。”跳下马，把马拴在门前柳树上，进店拣副座头坐下，叫打三角酒，有好嗄饭拿来。酒保捧出一盘胡羊肉，一只肥鸡，三十个肉包子，把酒斟上。三人又饥又渴，吃了一回，叫再打酒来。酒保道：“有一瓶香糯酒，只是浑些，不知用得么？”呼延钰道：“只要味酽，浑些不妨。”酒保烫出一镟热酒来。那酒不吃，万事全休。呼延钰三人那里晓得，才一到口，便头重脚轻，昏晕了去。酒保唤伙家先来牵马进去，喝采道：“这三匹好马就值二三百两银子了！”把三个身上搜寻，只徐晟腰边有一百两银子，便要扛进作坊里去。里边走出一人来，年纪不上三十，绰口髭须，鲜眼睛，瘦骨脸的，将他三人仔细一看，说道：“不要动手，像是有些来历的。花也未开足，不可害他性命。”

看官，你道这汉子是谁？原来便是帮武大捉奸，报信与武都头杀死潘金莲、西门庆的卖雪梨的郓哥。虽是小经纪，倒有一片热心，最是路见不平，惯要出头。因兵马扰乱，做不得生意，到这里投奔一个人。那个人姓江，名忠，原是梁山泊管粮料的小头目，为人诚实。宋江在日，托为心腹。招安时节，有了年纪，归农在家。后来道君皇帝晓得宋江、卢俊义屈死，又梦游梁山泊，因敕有司建庙在梁山泊，春秋祭祀。那江忠亦因兵乱，家里安身不得，就来住在祠内，不忘宋公明昔日之恩，添香供水，如香火秀才一般。招集几个闲汉，做些小勾当。郓哥也入了伙，依朱贵故事，在李家道口开座酒店，打听客商来往，进店吃酒的，有些油水，把蒙汗药弄翻了，取他财帛。

当下郓哥把解药救醒他三人。呼延钰先起来道：“有这样好酒，就睡了去！”徐晟、宋安平也醒了，擦着眼道：“吃不多就醉倒了！”郓哥在旁只是暗笑。呼延钰道：“兄弟，会了钞，我们好赶路。”徐晟去腰边摸银子，却没有了，呼延钰看柳树上系的三匹马也不见了。徐晟大怒，劈胸揪住酒保，喝道：“你这厮好大胆，怎偷我们银子，把马都牵过了！快拿出来，不要惹老爷性发！”轻轻一推，酒保跌去二三丈路。郓哥陪话道：“郎君息怒。银子与马通在这里，自然送还。只不敢拜问郎君上姓？要到那里去？”宋安平接口道：“我们是本县宋家村上，要回家去。”郓哥道：“宋家村有个铁扇子宋四员外，可是盛族么？”宋安平道：“便是家父。”郓哥道：“既如此，请进后面去。”

三个走到水亭上，推窗一看，只见烟波万顷，山光滴翠。徐晟道：“这好像蓼儿洼，我们幼时顽耍过的。”郓哥道：“有眼不识泰山，伙家甚是得罪！”搬上齐整酒肴，郓哥斟了敬上。呼延钰道：“你是何人？说明了好吃。”郓哥道：“小人一片好心，请坐了告禀。这里便是梁山泊。徽宗皇帝敕建靖忠庙，装塑各位义士尊容在内，一向无人看守。近来有个江忠，原是宋将军旧日小头目，因兵乱，乡间不安稳，到庙内侍奉香火，朝夕礼拜，酬报旧恩。有几个人生理失业，也存身在那里。小人便是郓城县里卖雪梨的郓哥。适间伙家不省得，其实酒里有些不那个。小人见三位郎君相貌非凡，故把解药救醒。银子在这里，一毫也不敢动。马在后槽喂料，不必记心。敢问二位郎君高姓？”呼延钰道：“你既是好人，说也不妨。我是呼将军之子呼延钰。这个兄弟是徐将军之子徐晟。”遂把东昌被掳，金营遇着宋安平，偷营出来的话讲了。郓哥道：“果是年少英雄。待报知江忠，迎接上山去瞻礼各位尊容，却不是好！”三个听了，就起身要去。郓哥道：“且宽饮几杯，待我射枝响箭去，那边自摇船过来相接。”徐晟道：“我记得山前有条大路，骑了马去，好不爽快，谁耐烦坐在船里！”

郓哥牵出马来，三人跨上，扬鞭而去。郓哥也便跟来，报与江忠知道，迎接到堂上。江忠纳头便拜，三个回礼不迭。看那江忠时，六旬以上，精神强旺。呼延钰道：“世态炎凉，转眼负恩，那里有你老人家这般忠厚？”江忠道：“小人年老无能，蒙各位将军向日抬举，今日在此朝夕顶礼，唯愿早登仙班。三位郎君这般俊伟，可见英雄有后。吾老眼昏花，也觉霎时亮了。”点起香烛，打鼓鸣钟。呼延钰三个恭身展拜。拜毕，看见殿宇嵯峨，金身焕彩，上面正位塑着宋公明，其余凡是没过的都有塑像，天罡在左，地煞在右，状貌俨然，威仪凛烈。怎见得？

绀殿凌云，珠帘映日。金炉内香霭氤氲，玉盏中甘泉澄澈。天地显罡煞之精，人境合英灵之美。义胆包天，忠心贯日。不贪财，不好色，尽是熙朝之民；同任侠，同使酒，皆吐浩然之气。有时撼岳摇山，不过替天行道。面虽异，精神常在；心则同，生死不移。八百里烟波，流不尽英雄血泪；百八人气谊，挽回住淑世颓风。江湖上名姓远闻，如雷灌耳；伏魔殿星辰出世，似水朝宗。绿林煞出一片忠诚，麟阁标来许多功业。殁者重归金阙，生的再扰红尘。须眉张动，犹然气吐虹霓；铁马惊嘶，尚欲踏平山岳。正是：不因妙手开生面，那识当年聚众英！

那呼延钰三人逐位瞻仰，宋安平、徐晟不觉潸然泪下。呼延钰道："果然装塑得好，昔日英雄如在！我们到此一番，也是难得。"取五两银子，叫郓哥置备福物，明日祭奠，尽一点孝思。又到山前山后各处游玩。呼延钰道："兄弟，你还记得那年夏天，叫小喽啰撑一只小船，同花叔叔的儿子去采荷花，你翻下水里去么？"徐晟道："我那时吃了几口水，又是几年了。"回到祠中，江忠摆设夜饭，吃了，在耳房中安歇。次日，郓哥买到诸色祭物，整理了，三个祭奠已毕。呼延钰道："我三人原是世谊弟兄，今日就在神前结为生死之交，何如？"宋安平大喜。问起年纪，宋安平居长，呼延钰第二，徐晟第三。焚起一炉好香，歃血为盟，先向神前展拜，三个又同四拜，自此遂为异姓骨肉。郓哥将祭物割开，叫江忠一同散福，开怀畅饮。江忠说："当初不曾建庙，我未来之先，闻得阮头领在此祭奠，遇着张通判来巡山，惹出事来。"

正说未完，忽见店内伙家飞也似赶来，报道："祸事到了！山下有伙人，为头的却是郓城县昔年做都头的赵能儿子，绰号百足虫，是个无赖。乘金兵扰乱，他纠集一班不成材的，假扮金兵，沿村掳掠，奸淫妇女，无所不为。他说父亲、叔子俱被梁山泊上杀了，如今要来报仇。把神像烧毁，将庙宇改做山寨，已从大路上来了！"呼延钰道："宋哥哥，你住在这里，我同徐兄弟去砍了那厮的头就来！"扎缚起衣服，把腰刀拔出鞘，同徐晟大踏步迎到大路上去。江忠拦住道："郎君不可造次！且看势头，恐众寡不敌。"徐晟道："我弟兄两个在饮马川和金兵打过大仗来,希罕这几个毛贼!"江忠、郓哥也拿把竹叶枪跟来。却好在山前撞着,那百足虫不知那里来的一匹黄马骑着,手内提把长柄斧子,吃得醉了,踉踉跄跄的撷来,后面有一百多人随着。呼延钰、徐晟抢到马前。百足虫见了道:"你两个小官要来跟我做门子的么?"呼延钰也不回答,把刀拦腰一截,早倒撞马下。徐晟枭了首级。排头儿砍去,又杀了四五个。那些人飞也似逃命去了。

剩下五六个妇女,一推儿跌倒。呼延钰道:"不要慌!你们想是抢来的,可各自回去。"有一个婆子倒在地上,如辘轴一般,再爬不起。郓哥见了道:"王干娘,那百足虫要抢你做押寨夫人!"伸手拽了起来。那婆子见是郓哥,竟道:"小猢狲,你来伤犯老娘!"内中又有个女子,云鬓蓬松,玉容憔悴,低低道:"奴是御营指挥使吕元吉之女,京城破时,父亲阵亡,奴同母亲南还,被金兵把母亲杀死,僮仆抢散,幸遇这妈妈搭救,权住他家。不想又遭这强人抢到这里。"呼延钰道:"原来是吕小姐。尊公与我爹爹同僚,天幸遇着!且同这妈妈到里边去。"一面打发这些妇女还家,又叫郓哥拖过尸首,同进庙里来。这妈妈是卖茶的王婆,与阎婆惜做媒,和张文远合口,最是性直。兵乱开不得茶坊,躲在乡间,见吕小姐宦门行径,收留在家,待他亲人来寻。不料被这百足虫抢来,他放心不下,一同随来。郓哥道:"王干娘,你一世做媒,今日有一头好亲事在这里,我也与你做媒。那江头目少个老伴,撮合了罢。"王婆道:"我才七十三岁,要嫁老公,还要后生些,那里要这老滞货!"江忠道:"我一世不娶老婆,也不要你这老咬虫!"取笑了一回。呼延钰叫王婆随吕小姐到西耳房,拿夜饭去吃。可怜吕小姐绣履走绽,罗袜沾泥,伤痛父母,只是泪下。王婆劝用了些夜饭,草草安寝。呼延钰三人又同江忠、郓哥吃酒。江忠道:"不料二位郎君如此便捷勇猛!"称赞不已。直至夜深方散。

次早起来,徐晟道:"东昌失散,又经多时了,恐伯父担忧。今日送大哥到宋家村,就好到登云山去了。只是吕小姐怎处?"呼延钰道:"救人须救彻。这山野去处怎生住得?况吕小姐容貌非凡,恐别生事端,且送到宋家村安顿,待他亲戚领回才是。"王婆道:"老身情愿伏事吕小姐去。"徐晟道:"恁地更好。"呼延钰对江忠道:"你年纪高大,相烦侍奉香火。可散了这伙人，也不要开酒店，安分为上。叫郓哥随我们去取五百两银子与你养老。自古道：'瓦罐不离井上破。'只留一二人相伴彀了。"江忠称谢。当下分些盘缠，叫这伙人散去。牵出马匹，呼延钰道："五花骢看来驯良。"让与吕小姐、王婆叠骑了，郓哥笼着慢慢的走。宋安平便骑了百足虫遗下那匹黄马，呼、徐两人亦上马，别了江忠，一同取路到宋家村，郓哥引路，不消问得。

梁山泊到宋家村不过百里之程，下午好到，三个在马上闲谈。宋安平道："天下大乱，我虽侥幸成了进士，也不思量做官了，只守着村庄，养赡父母，娱情书史，达天知命罢。两位贤弟这般英才，自然大用于世，他日名成功就，再图欢聚。"呼延钰道："我们如今且随大队暂且安身，遇着机会，干些功业。若时不可为，也就罢了，那里去插标卖首！今晚到了贵庄，安宿一夜，明早就要起行，恐怕他们寻觅。"宋安平道："不敢多留，略住两三日儿也不妨。"一路叙话，不觉到了村口。宋安平一望，只叫得苦。正是：鸡犬无声人迹断，桑麻砍尽火场余。正不知为甚缘故，且听下回分解。

第二十九回　还道村兵擒郭道士　紫髯伯义护美髯公

话说呼延钰、徐晟送宋安平还家，就寄顿吕小姐，兴纠纠并马同行。宋安平心内想道："幸遇得这两个弟兄，脱了患难，对父亲说知，款留他两日，聊尽寸心。"不料到村中，忽然庄院变成白地，父母不知下落，不胜凄苦。欲要访问，并无人烟。呼延钰道："自然遭了兵燹，家眷隐避在那里，不必惊惶。天色已晚，且到前村安歇了，再去寻访。"

出了宋家村，走不上三里，见一座神祠，扁额上写道"玄女行宫"。宋安平认得是还道村。这九天玄女庙是伯父宋公明梦授天书处，后来衣锦还乡，重塑金身，盖造得十分壮丽。募了几员道士住持，置买田产，作香火衣粮之费，故此就算是宋家香火。宋安平先下马，走进宫里，道士迎接施礼。呼延钰、徐晟也下马进去，叫王婆扶下吕小姐，寻一间闲房安下。宋安平便问："我村中为甚烧毁？宅眷避在何处？"道士道："三日之前，郓城知县同团练官领二三百士兵，围住贵村，烧掠一空，把四员外和安人俱捉了去。闻说与团练有甚仇隙，监在牢里了。"宋安平听知，大哭起来。呼延钰道："哥哥且慢悲伤。明早到县间打听的确，再作商量。"道士安排素酒相待。各人有事在心，都睡不着，就在殿上琉璃灯下叙谈到五鼓。呼延钰道："郓哥，你是本处人，路径熟，烦你到县间打探个实信。"取十两银子与他，恐有甚使用。郓哥急急去了。宋安平只是哭，呼延钰、徐晟劝慰，吃些早饭。

等到日色平西，郓哥回来道："那团练叫做曾世雄，是曾头市曾朝奉之孙，曾涂之子。当年老将军攻破曾头市，把他全家杀了，那曾世雄乱军中逃出，长成起来，投了金朝，谋做郓城县团练。这新任知县姓郭，闻说是东京道士出身，极是狡猾。他二人商通了，领土兵来烧抢。拿着四员外、安人，曾世雄便要杀害。那郭知县要诈三千银子，故此监在牢里。小人到城门边，着实盘诘，亏有人认得，才放进去。到监口里，用了些银子，方得见四员外；将郎君近事备细说了，四员外叫作速来救。小人将银子与节级使用，员外自不吃亏。”呼延钰道：“除非到登云山领大队人马来打破城池，方可救得。我同徐兄弟便去。吕小姐路途不便，且权住着。哥哥，你同郓哥在此，我们上登云山有十来日往返，不可心焦。再要郓哥进监去回覆一声，教他耐心。”吩咐王婆好生陪侍吕小姐，取五两银子与道士做盘缠。宋安平哭道：“烦兄弟作速便来，不可耽误。”呼延钰道：“不须多嘱。”两个飞身上马，望登州大路进发。

走不上二十里，只见戴宗坐在邮亭上。呼延钰、徐晟跳下马相见。戴宗道：“你两个在那里多时？叫我寻得好苦！又因朱仝去领家眷，也不见到；杨林同来寻访，他行得慢，我坐在这里等他。”呼延钰将东昌为金兵所掳，发在横冲营做小飞骑，救了宋安平逃出，李家道口被酒保药翻，郓哥救醒，上梁山泊祭奠，遇百足虫来报仇，我们杀了他，夺转吕小姐，送宋安平回家，又被曾世雄烧劫，拿宋清监禁，郭知县要三千银子的话说了。戴宗道：“当夜失散，你父亲说不妨得，就拔营到济州。那里是宣抚使张所镇守，兀术忌他威名，不敢取城，从淮南而去。众头领去投张宣抚，极蒙优礼，屯在城下二十多天。正要奏闻加封官职，谁道康王听信黄潜善、汪伯彦力主和议，斥罢李纲，张宣抚安置道州，那济州被牛都监献与金朝，使阿黑麻守住。众头领无计奈何，只得原要到登云山，还不曾去，离此不上一程。二位何不且到大营，与众头领商量，来救宋清。只是朱仝去领家眷，十余日不到，未知何故。”正说间，杨林到了。

一同回到营中，拜见各位，说知前事。呼延灼大喜，众头领无不啧啧称羡。李应道：“宋清有难，不可不救。量此荒城，何须大队？就拨前营兵关胜、燕青、樊瑞、杨林、戴宗领去救取。我等竟在登云山会便了。”呼延灼道：“我的贱眷托闻焕章带到汝宁，我如今便同两个孩儿到汝宁去接取就回。”呼延钰道：“孩儿与宋安平定盟，许他就去，若到汝宁，便是失信了。爹爹自到登云山，我同兄弟去救宋清，就去接母亲，如何？”呼延灼喜道：“我儿，与朋友交谊，正该如此！”遂同众头领往登云山寨不题。

却说关胜领兵到东溪村，只差得二十里便到郓城县。燕青道：“且屯住在这里。那郓城兵微将寡，必然无备，到夜间，一鼓可下。”就扎住在晁盖的庄基上，埋锅造饭。三更时分，到城下。那时离乱之后，城外居民逃亡走散，并无一家。燕青叫喽啰拆人家的破屋梁柱，扎成四五条梯子，靠在城边，兵丁鱼贯而上。杨林、樊瑞也爬上去，到城头上，并无人防守。走下来，城门边虽有几个土兵，都在睡梦里。杨林、樊瑞砍了两个，捉住一个引路，斩开城门。关胜等一涌而入，竟到县衙。杨林、呼延钰、徐晟往牢里去救宋清，樊瑞、燕青便入内衙。那知县就是郭京，为演六甲兵陷了东京，却改换衣妆，去投顺金朝，随兀朮大兵南下。牛都监把济州府归降，那些属县都设官理事，郭京就谋授郓城知县。到任不上半个月，设法诈害百姓，婪取财帛。当下睡在床上，忽见火把通红，一伙人打进。忙爬起身来，正穿衣服，被樊瑞赶到，将火一照，叫道：“原来是这个贼道！”喝：“把麻索绑了，待我慢慢里问他！”押出县衙，喽啰把银子细软一并拿出，还未有家眷，只得两个小后生伴当，都杀了。

却说杨林、呼延钰、徐晟打开狱门，先将节级牢子杀尽，把罪人放出，单不见宋清夫妇。到县衙对关胜道：“牢里并没有宋清。”燕青道：“只问这县官便知。”关胜喝问：“宋清在那里？”郭京道：“宋清与曾世雄有仇，监在牢里。昨日济州阿黑麻行文来说，横冲营内册籍上有一名宋安平，是郓城县人，父名宋清，前日同张龙、张虎走了，着落郓城县要这宋安平。我审问宋清，那宋安平果是他儿子，因差曾世雄把他解到济州去了。”燕青道：“既然带到济州，且到还道村与宋安平说知再处。”遂押了郭京，起马到还道村。

却说宋安平眼巴巴在那里悬望，听得马嘶人语，慌忙赶出来，见呼延钰飞马先到，心中大喜，叫道：“兄弟，你来得这样快！”呼延钰下马说道：“有几位伯叔在此。”关胜叫把兵马扎在村外，同燕青等进玄女宫来。宋安平上前，逐位施礼致谢。关胜道：“郓城县打破，知县已拿在此。只是令尊、令堂是曾世雄昨日解到济州去了。说你在金营同什么张龙、张虎逃走了，那册籍上注你是郓城县人，父名宋清，故此解到济州究问。那张龙、张虎是那里人？”徐晟笑道：“这两个人远不在千里，近只在目前，只我与呼大哥便是。”宋安平初时见兵马到了，甚是欢喜，见说又解往济州，满眼流泪，半个字也说不出。燕青道：“且慢烦恼，没有做不来的事。先烦戴院长、杨林、郓哥去济州打听一番，那济州是个府城，不比得草县，况有阿黑麻大兵镇守，攻打不得，只好寻一条计策救出来。”戴宗、杨林、郓哥便起身先去。

杨林到路上道：“我还问朱仝消息，不知他家在那里？”郓哥道：“敢就是日前县间做都头的么？”杨林道：“正是他。”郓哥道：“这样是顺路，在村口经过，叫做锦香村，进去不上半里路。”戴宗道：“且慢些作神行法，且去锦香村问声看。”走不上五里，有座凉亭，郓哥道：“这里进去便是。”三个人走入村里，见个牧童坐牛背上，在那里放草。郓哥问道：“朱都头住在那里？”牧童用手指道：“转过弯，那大竹林里便是。他不在家。做官两三年，才回得，又不知到那里去了。”三个走到竹林边，见两扇篱门紧紧闭着，把门敲了两下，有个养娘开门出来，问是做什么的。三个竟进草堂，说道：“我们来寻朱爷。是相好弟兄。”朱恭人听得，走到照壁后，使养娘问道：“是那一位？”杨林道：“是戴宗、杨林。”朱恭人便出来相见。戴宗道：“众弟兄同上登云山，朱大哥回来接嫂嫂，好几天不见到，故此来问。”朱恭人道：“有劳二位叔叔远来。我家相公到得家里，因有雷叔叔的母亲一向同住在我家，他有个侄儿住在济州，定要接了去，闻得不甚好看待他。我家相公念昔日情分，特到济州去看他了。几时不见回来，甚是耽心！家里只有个养娘，小厮又小，不好去寻。叔叔远来，请坐便饭。”戴宗道：“我们正要到济州，就到那里去寻。只不知那侄儿姓什么？住在那里？”朱恭人道：“我只晓得叫做钱歪嘴，不知他的名字。说住在府前永丰巷内。”小厮搬出酒饭。朱恭人道：“二位若见了我家相公，叫他作速回来。”戴宗道：“这个自然。”朱恭人进去。三个吃了饭，作谢了，竟往济州不题。

原来朱仝到济州又有个缘故。那朱仝最有义气，与雷横同做都头，因雷横心地褊狭，家道贫寒，常是情谅他。雷横打死白秀英时，官府差朱仝解往济州，在路上放了他，叫他同母亲连夜上梁山泊，却自去顶罪。此是第一节好处。如今世上人，随你至亲骨肉，若为了些事，都冷眼相看，不来下石，就算做好的了，谁肯如此舍身相救？后来雷横从征方腊阵亡了，凡军中给赏的金帛，朱仝都把与他母亲收去。因他无人膳养，就接在家里同居。那朱恭人与他如婆媳一般，甚是和顺。及朱仝升授保定府都统制，因程途遥远，故不带家眷，自去到任。

那雷横母亲有个侄儿钱歪嘴，是个没良心的，晓得姑娘手里有些东西，要骗他家去。初时那婆婆也不肯，当不过钱歪嘴花言巧语，百般孝顺；朱恭人见是他自己侄儿，又不好十分固留得。雷婆婆到了他家里。原来那钱歪嘴天都不怕的，只怕浑家巫氏，一见了骨头都酥麻，动弹不得。那巫氏是个泼悍浪妇，挟制老公，又好做一班半点的事。钱歪嘴管他不得。夫妇商量定了，接那雷婆婆到家，初时还好，及把手内东西哄完了，就换转面皮，捉鸡骂狗，要雷婆婆做用，不是烧饭，就叫他抱孩子，凌辱得不像模样。雷婆婆没奈何，只得忍气吞声。巫氏有相识来，又嫌他碍眼，终日聒噪。前日朱仝回家，问起雷婆婆，恭人说："他侄儿接去，闻得凌辱难过。"朱仝心中不忍，说道："我在保定府被金兵追杀，幸得呼延灼救解。如今山东、河南都属了金朝，这里容身不得，众弟兄一齐上登云山，你收拾了，我到济州接了雷婆婆来一同去。我与雷横相交半世，他的母亲就是我的母亲一般。钱歪嘴不是好人，在他家没有结果。我去便来。"遂到济州。钱歪嘴迎着道："恭喜统制回来了！还不曾奉贺，反蒙光顾。"朱仝道："雷婆婆在此，特来探望。"雷婆婆见朱仝回家，不胜欢喜，出来相见，因钱歪嘴在旁，不好说什么。朱仝道："这里恐不稳便，原到我家去罢。"钱歪嘴道："我的姑娘怎好累着统制？"唤浑家整理酒肴相待："我去再买件果品来。"原来他见朱仝来时，便有了心，想道："兀朮四太子有告示：凡有南朝官员隐藏不出，有人首告，官给赏钱一千贯。眼见得这个朱仝是保定府都统制，去告了他，领这一千贯赏钱，尽够发迹哩！"故此假说买果品，出了门，忙到阿黑麻处呈报："有保定府都统制朱仝，原是梁山泊受招安的，现在小的家里，恐怕连累，特来呈首。"阿黑麻差一队兵，钱歪嘴做眼去拿。

却说朱仝正与雷婆婆叙话，忽见一队兵拥进来，将铁索锁了朱仝就走。朱仝不知来历，挣扎不得，带进济州府堂。阿黑麻喝问："你是保定府的官，怎隐藏在家？"朱仝道："卑职委是保定府都统制。刚是昨日到家，并非隐藏。"阿黑麻道："既是昨日到家，且放在马坊里，待取了诰敕来，自有定夺。"众兵拥到马坊，有一个人在那里调药，却是紫髯伯皇甫端，见了朱仝，吃惊道："兄长为何到此？"朱仝道："原来是皇甫先生！正是不知为甚。我昨日回家，因雷横的母亲在他侄儿钱歪嘴家里，故来探望。被钱歪嘴出首，阿黑麻发禁在这里，不知作何发放。"皇甫端道："不妨。兀术四太子出晓谕：凡有宋朝官员，要缴诰敕，量才擢用；若藏匿不出，按以军法；有人首告者，官给赏钱一千贯。是这个缘故。"朱仝道："你为何在这里？"皇甫端道："小弟因汴京破了，被金兵拿住，晓得我会医马，留住在兀术大营里不放。因这里有几匹马浣了鼻，请来到这里的。还有一段事故：宋公明那匹照夜玉狮子与呼延灼御赐的踢雪乌骓，前日征辽时，都被人偷了去献与童贯，不知怎地归了金朝。有宋清的儿子宋安平，掳到营里，与什么张龙、张虎并一匹五花骢都骑了逃去。如今捉住宋清夫妇，问他要宋安平、张龙、张虎和这三匹马，昨日发下来，也拴在里面。你且进去会他一会。"

朱仝同皇甫端走进，就在马坊边一间小屋，是皇甫端安歇的所在，只见宋清夫妇攒了眉头坐着。朱仝相见了，各诉愁苦。宋清道："亏得遇着皇甫先生，得这所在安身！外面鏖槽得紧。"朱仝见无人在旁，细说前日上饮马川，会着众人，要到登云山，因念雷婆婆来接，被钱歪嘴首告，遭在网内。皇甫端道："他们只要银子。我这里有条好门路：这阿黑麻太太却是斡离不之女，极有权势，阿黑麻甚是惧内，言无不听；那管马的头目是跟着太太陪嫁来的，太太面前说得话，如今拼着用些银子，二位都没事了。"朱仝道："我在任上，金兵杀来，只走得一个光身子，家里并无积蓄。除非和众弟兄借凑。只是那得有人通信？"皇甫端道："待我与头目说，有人来寻，不要拦阻，自然可通。日逐饮膳，我自供给。且请宽心。"朱仝、宋清耐着心儿住下不题。

且说戴宗三人到济州，先到钱歪嘴家里访问朱仝。叫了一声，布帘后走出个婆婆来，问道："寻那个的？"杨林道："朱统制在这里钱家？要会句话。"婆婆道："被金营捉去了。"戴宗问："为什么事？"婆婆回头望着里面，两泪交流，说不出话来。只见布帘内一个妇人，露着半身，满面搽了腻粉，嚷道："我家没甚朱统制！这老厌物有许多兜搭，回他去便了！"戴宗见不是头，和杨林、郓哥转身走出，说道："那婆婆泪下，这妇人声口不好，不知又为甚的？"三个各处走一遭，没有音耗。正打点到酒馆内吃酒，只见皇甫端在前面走，一个小厮背了药笼跟着。戴宗叫道："皇先生！"皇甫端见了戴宗、杨林道："两位来得正好！"拉了戴宗的手，走进马坊说道："教你和两个人相见。"走入小屋里，朱仝、宋清都在，相见了。戴宗道："众兄弟放心不下，叫我来打听。"朱仝见郓哥，问道："你为何也在此？"郓哥道："宋家郎君要我来。"轻轻对宋清道："前晚攻破郓城县，却不见四员外，闻道解上济州，不知却在这里。"朱仝便把记念雷横母亲，要接他同去，被钱歪嘴出首，因此拘在这里的话说了。杨林道："那年老的婆婆便是雷横的母亲了，怪道流泪不止。那乔样的妇人是个雌声浪气的。"朱仝道："这便是钱歪嘴的妻子。因这泼妇凌辱雷婆婆，我故不忍，走去探望，谁知惹出这祸来。"皇甫端道："我与管马的头目讲过，去太太处通了关节。朱大哥须用二千两银子。宋员外要一千五百两银子，偿了马价，便可释放。只忧没人通信，今院长、杨哥来到，便可凑措起来。"杨林道："若要银子就不打紧。"皇甫端道："阿黑麻，兀术差去打战船，明日就起身了，作速为妙。"戴宗道："往返也须五日。"皇甫端道："待我再去讲限个日子来。"去了好一会，回来说道："已讲定了，限八日为期。银子官太太自收，人发牛都监释放。还要谢头目一百两，并些零星使用。先着曾世雄押四安人回去，也是明日起身。安人在这里不便，这是我的见识。"朱仝、朱清称谢道："患难中多亏弟兄们救解！"戴宗道："既如此，我同郓哥先去。杨哥，你在此再看下落。"朱仝道："恁地更好。院长须先到我家回覆拙荆一声。"戴宗道："晓得。我们来时先见过尊嫂的。"与郓哥出了城，作起神行法。

不消数刻，到朱仝家，回覆了朱恭人。随到还道村，关胜、燕青问是如何。戴宗将朱仝为探雷横母亲，被他侄儿钱歪嘴首报，禁在马坊，遇着皇甫端，因见宋清同在那里，通了太太的关节，要三千五百两银子，限八日释放，留杨林在那里再看下落，明日阿黑麻启行，看造战船，曾世雄先押宋安人来取银子，细细说了。关胜道："郭京衙内取来的不上二千两，还少一半，须院长到登云山拿来，才可足数。不知八日可往还么？"燕青笑道："若阿黑麻不在济州，曾世雄先押宋安人来，银子一毫也不须用得。我自有一条妙计，朱仝、宋清即日可到，又能报仇。"正是：计就月中擒玉兔，谋成日里捉金乌。不知燕青说出什么计来，且听下回分解。

第三十回 聚登云两寨朝宗 同泛海群雄辟地

却说戴宗来说："朱仝、宋清共要三千五百两银子才肯释放，曾世雄先押宋安人来取银子，阿黑麻已差打战船去了。"燕青道："既然如此，不必用银子。候曾世雄到来，只须如此如此，朱仝、宋清自得回来。"叫关胜把村外兵马四围埋伏开了。

下午时分，果然曾世雄领五十名兵，尽是金营衣甲，押了宋安人，竟进玄女宫来。关胜等众人都避过了，只留宋安平在内。曾世雄见了，问道："你是宋安平么？阿元帅要在你身上寻张龙、张虎并三匹千里马。"宋安平道："张龙、张虎、三匹马都在，少刻就到。待我见了母亲，就兑银子。"曾世雄叫押进宋安人来。宋安平见了，母子抱头大哭。曾世雄催促银子。宋安平收泪，唤拿出银子来。樊瑞、燕青、呼延钰、徐晟四个将银捧出，放在桌子上。曾世雄看了，道："还不够。"宋安平道："这是二千两，还少一千五百两。"指着呼延钰、徐晟道："这两位便是张龙、张虎，要他二人补足。"呼延钰道："银子停一会就有，待我央个人来，且担待一担待。"唤请郭知县出来。只见两个人搀着郭京走出。曾世雄道："怎生相公先在此间？"郭京回答不得。只听得宫外一声炮响，却是关胜领兵围住。呼延钰、徐晟把曾世雄拿住，叫兵丁将麻索绑了。樊瑞、燕青叫把郭京也绑了。燕青道："那随曾世雄来的兵丁，不干他们事，尽驱到东廊下去，把门锁了。"关胜唤刀斧手押过曾世雄来，喝道："你这恶种，怎生又在此害人！"曾世雄道："只求饶命。放我去送朱仝、宋清到来。"关胜道："他自会来，不劳你送！"樊瑞道："郭京！你在虎峪寨将妖法骗赵良嗣，妒贤嫉能，要与我赌赛，法力不济，自己输了，怎又耸踊童贯差兵到二仙山捉公孙胜？他自在山中修真养性,有什么相干?我是混世魔王樊瑞,不是公孙胜,你今日牢认着,这还是小事。你又没有真法力,怎大胆去哄钦宗皇帝,演六甲神兵,以致陷了汴京,害二帝蒙尘,万民涂炭!又去投顺金朝,公然做了郓城知县,捉宋清监禁,要三千银子;到任未久,便百般诈害百姓!桌上的银子就是你的赃物,今日叫你看我手段!”说罢,带出庙门。徐晟、呼延钰也把曾世雄洗剥了,拖出来,一同枭了首级。燕青道:“二孽已除,戴院长先去通知宋清、朱仝,打点走路。关大哥可领五百兵在济州城外埋伏,恐有追兵,便行拒敌。”戴宗先去,关胜也领兵去了。燕青到东廊对那些金兵说道:“你们脱下衣帽,借我一用,明日放回。”叫给酒食与他们吃,众兵只得脱下。燕青选五十名喽啰穿戴了,叫樊瑞扮做曾世雄,叫郓哥同余兵看守东廊,不可放走一个。就同呼延钰、徐晟取路到济州。

直到掌灯时候,城门将闭之时,走到门边,对管门的道:“曾团练奉元帅之令,到还道村取银子回来。”管城门的见是本营的官兵,坦然放进。众人竟到马坊。朱仝、宋清已得戴宗报知,专心等候。皇甫端还不知就里,见燕青众人走到,正要开言,樊瑞一把扯了便走。朱仝、宋清一哄而出。管马的头目来拦阻时,徐晟一拳挥去,打落两个门牙,满口鲜血,倒在一边。众人出了大街。朱仝道:“你们先走,我去领了雷婆婆来。那钱歪嘴不杀他,如何消得这口气!”遂往永丰巷去,杨林跟来。

到了门首,钱歪嘴正和巫氏在里面吃酒。只听得钱歪嘴道:“朱仝已吊在马坊里了。我今日去请赏钱,凑着阿元帅去打战船,有十来日方回,这几日正等钱用哩!”巫氏道:“你请了赏钱来,我要做两套衣服,到大悲寺里还血盆经心愿。那雷婆子那里有闲饭养他,撵他出去,随他街坊讨乞罢!”朱仝听了大怒,一脚把门踢开道:“我送赏钱与你哩!”钱歪嘴见是朱仝,吃了一惊,要走时,早被朱仝一刀砍着,连头也歪在肩上了。巫氏急走到布帘边,杨林扳转来,揪住鬏髻,把头砍下。雷婆婆还在锅边烫酒,朱仝拖了便走。到城门边,众人已砍翻看门的,把城门开了,一拥而出。

离城不上五里,后面喊声大震,牛都监领兵追来。樊瑞道:“你们先走,我与呼延钰、徐晟断后。"三个立马等候。牛都监大喝道:"这伙草贼,怎敢偷出禁城!快下马受缚!"樊瑞道:"你敢把驴头来送做程仪么?"牛都监将刀砍来,樊瑞把剑相迎。呼延钰、徐晟齐来助战,牛都监招架不住,拨马便转。不防后面伏兵齐起,关胜马到,将青龙偃月刀一劈,牛都监分为两段。众兵逃命四散了。关胜、樊瑞合兵一处,连夜赶路。

天明到了锦香村,朱仝邀众人进去。燕青道:"朱大哥,快些收拾,我等到还道村就来。"朱仝同雷婆婆进去,众人到还道村。宋安平见了父亲,不胜欢喜,父子齐来拜谢众人。关胜叫戴宗先到登云山报信,要那里发枝兵来接应,恐路上别有阻截。戴宗应诺去了。燕青将东廊锁着的金兵还了他衣服放回。皇甫端道:"我尚不知各位的计策,还只道真个拿银子来。我几时也就要脱身,谁耐烦与这干人混帐!"见了呼延钰、徐晟的马,看了一看道:"这两匹马,便是宋公明的照夜玉狮子与呼大哥的御赐踢雪乌骓。不要说众弟兄原归一处,这两匹马也归旧主了。"当下将两乘车子载了吕小姐、宋安人、王婆。宋安平又取三十两银子谢了道士。众人一同启行,到了锦香村,朱仝早已寻得车子,载了恭人与雷婆婆在那里等候。呼延钰叫拿五百两银子把与郓哥作谢。郓哥不肯要,说道:"小人到郓城、济州两次,这里安身不得了,愿随呼小将军去。"燕青道:"这个人倒也乖巧用得,便带了他去。"呼延钰道:"前日酒店里麻翻了我们,身边的那一包银子都用完了么?"郓哥道:"久已用完了。前日卖发山上众人还不够,及后进济州,各项使费仓卒中不好烦絮小将军,是小人有日前积下的几十两银子,打算讨一房妻小用的,都添上去了。"呼延钰道:"既如此,先与你一百两银子,作零碎使用。如今既随我去,将来在我身上还你一房妻小便了。只是许了江忠五百两,无人送去,失信于他却使不得。"燕青道:"不难。郭京的赃银多着在此,拿五百两,叫两名精细小头目送与他去便了。"郓哥又吩咐了小头目几句对江忠的说话,那小头目自去了。

一行人望着登州大道上来,夜住晓行。离登州不远,只见戴宗走来说道:"呼延灼、阮小七领兵来接了。"众人相见,都不胜欢喜。呼延灼对儿子道："原来闻先生因王善作乱，不曾到汝宁去，你母亲、妹子俱在登云山久了。"呼延钰大喜。不多时，到了寨边，栾廷玉、孙立接进聚义厅上。宋安人、朱恭人、吕小姐自有顾大嫂迎接引进，和李应娘子及各家宅眷相会，不在话下。外面众人拜见毕，各诉契阔之情。王进、闻焕章是客，和公孙胜上坐。东边是饮马川头领，西边是登云山头领，各依次序坐定。杀牛宰马，大排筵宴庆贺。除了王进、闻焕章、栾廷玉、扈成四个是新入伙的，其余公孙胜、关胜、呼延灼、李应、柴进、朱仝、戴宗、阮小七、燕青、朱武、黄信、孙立、樊瑞、裴宣、安道全、萧让、金大坚、皇甫端、孙新、顾大嫂、蒋敬、穆春、杨林、邹润、蔡庆、凌振、宋清、杜兴这二十八个，原是梁山泊天罡地煞，宋安平、呼延钰、徐晟为子侄之辈，共三十五筹豪杰，南北两寨的大雅会。

饮酒之间，李应道："宋公明受了招安之后，征方腊回来，众弟兄升任的升任，归农的归农，各自分散了。谁料生出许多事端，又聚会在一处，也是天数使然！"关胜道："我忠直抗谏，触了刘豫，已拼作法场之鬼，若无小乙哥施这妙计，焉能今日复同欢笑？"呼延灼道："小弟被汪豹卖放隘口，独力难支，还幸有这两个儿侄帮助，得脱大难，谁想今日重聚于此？"宋清道："金营里若无两位贤郎，我小儿文弱，毕竟填于沟壑了。"朱仝道："小弟亏得呼大哥乔梓相救，不死金兵之手。为雷横母亲，又遭横祸。大费众位许多心机，方得保全至此。"柴进道："小可不料又受了高家奸贼的亏，幸遇吉孚、唐牛儿一片热心救出，不然众位虽到，只好收殓我的尸骸了。"公孙胜道："贫道已离尘凡，安心泉石。谁想因樊家贤弟之事，偏要认错了，逼出来随着各位走，可见清福是难受的。"栾廷玉道："在下当初在祝家庄做教师，与梁山泊做对头，谁道众位恁地义气，如今是吴、越一家了。"安道全道："好笑！我与杜兴都因寄信两番惹出事来，只是有累了闻参谋，不安之甚。"杨林道："小乙哥朝见道君皇帝，及赎回卢二安人，三番用那木夹，干了好大功劳。今是智入济州城，真是心灵计巧，又有胆气，便是当年吴学究也让一筹。"阮小七道："若无我阮小七杀张干办引起头来，怎得大家重新会聚？众弟兄每位要吃三大碗！"众皆大笑，各诉心事毕，欢呼畅饮，一连开宴三日。

到第四日，栾廷玉、扈成差小头目到登州买珍奇之物来请众客。小头目来说道："阿黑麻看造战船，要泛洋转到淮扬，直进钱塘江，水陆夹攻临安。闻知济州杀了牛都监，郓城杀了曾世雄、郭京，连夜回去，要领二万大兵来扫平这登云山。不日就到了。"阮小七道："怕他鸟！待他来，杀得他罄尽，夺转东京，大家轮坐！"裴宣道："使不得。金朝势大，两河、山东尽属管辖，兵多将广，我们这里地窄兵稀，如何支持得定？"孙立道："我等宁可斩头沥血，死在一处，再不可散去，遭他毒手！"朱武道："康王新立，尽有中兴之望，不料原用汪伯彦、黄潜善一班奸佞之臣，以致宗留守气愤而亡，李纲、张所贬责不用，眼见容不得正人君子，朝廷无路可归了。这登云山无险阻可恃，又逼近登州，金兵不时往来，做老营不得，须算个长便之策方好。"安道全道："我倒想有一个好去处，上不怕天，下不怕地，地势峻险，又有天生的城垣，极大的濠沟，随你百万人马也安插得去。"众人急问："是那个所在？有这般妙处！"安道全道："是上年我奉圣旨差往高丽，医好国王回来，遇着飓风，翻了海舶，幸遇李俊救起，留在金鳌岛住了二十多天。那岛方圆有五百多里，石城坚固，五谷丰熟，人民富庶。李俊只有乐和、童威、童猛三人扶助，便成了这个基业，称为征东元帅。又有花荣的儿子花逢春，暹罗国招为驸马，亲戚往来，钱粮兵马支调得动。我等若去，岂不成一个大事业？强如在中国东奔西走，受尽腌臜的气！"扈成接口道："我前飘洋到日本、高丽、占城、琉球，那一国不曾走过？只有这暹罗国果然富庶，风土食物与中华无异。那金鳌岛是暹罗附庸，本国共有二十四岛，惟金鳌最盛。其实好不过！"众人听了，如梦方醒，尽皆喜跃。杨林道："好是好了，只是隔着大洋，必须大船方可过去，一时恐打造不及。"燕青道："不见方才小头目说，阿黑麻监打战船，定先有几十号在彼，我们去借了他的，极是快便。但不知城中虚实何如？"孙立道："登州虚实，我与栾大哥同做过统制的，只有老弱千余。那新调来的毛乾，懦弱无能，见我们的影儿也是怕的，不足为虑。"燕青道："再烦戴院长到登州探听的确，方可行事。"

戴宗去了一日，回来说道："果然兀术差阿黑麻到登州，用刘梦龙的兄弟刘梦蛟打五百号大海鳅船，已先造完一百号，在海岸边，一应帆樯舵碇俱备，篙工、舵师俱点齐在船上。阿黑麻闻济州有变，昨日回去请兵了。城中毫无准备。”李应、栾廷玉遂传号令：“军士有不愿去者，赍发盘缠，打发下山；愿去者，听点。”那送银子与江忠的小头目也回来了。除散去的还有三千多人，俱愿跟随。于是就拨关胜、杨林、朱仝、裴宣、呼延灼、孙新、王进、蔡庆围困登州四门；凌振在城外放炮；戴宗、燕青、呼延钰、徐晟往来策应；阮小七、蒋敬、穆春、樊瑞去抢船；李应、栾廷玉断后；其余并家眷辎重粮饷俱在中军。三更结束，四更造饭，五鼓启行。

不消半日已到了。一声炮响，围了登州。太守与毛乾急闭城门，点兵上垛把守。关胜等把四门困住，凌振施放号炮，轰天震地。太守与毛乾慌做一团，那里敢开门迎敌。阮小七等领兵抢到海岸边，大呼道：“船上人一个不许动脚，伏倒者免死！”那舵工、水手一齐跪着。阮小七等跳上船，蒋敬、穆春等唤齐船上众人，将好言抚慰，分付一番，众人尽皆悦服愿听。须臾，中军到了，把家眷辎重下船，将士、马匹、粮草分派在各船上，招转围城兵马，安顿好了。李应、栾廷玉截住岸口，喝水手扯满风帆，起了碇，然后下船。又放了三个大炮，大吹大擂，发了三声喊，竟开了洋。那太守与毛乾吓得目瞪口呆，兵马去了大半日，方敢开门。刘梦蛟失去一百号海鳅船，叫苦不迭，只得静听处分。

却说一百号海鳅船装载了三千多兵、五百多匹马、许多粮饷辎重、各家宅眷，并三十五员好汉，还是宽绰的。出了大洋，四望茫茫，水天一色，正遇日暖风和，波光如练。各船上好汉饮酒取乐。扈成认得海道，叫向东南而去。舵师定了指南针，昼夜兼行。五六日光景，忽然转了风，黑夜之中，星月无光，大洋里下不得碇，只好随风驶去。

到得天明，掌针的水手叫道：“不好了！这里是日本国萨摩州。那岸上的倭丁专要劫掠客商，快些收舵！”谁知落在套里，一时掉不出。那萨摩州倭丁见有大船落套，忙放三五百只小船，尽执长刀挠钩，来劫货物。扈成叫各船上头领，都拿器械立在船头，提防厮杀。那倭丁的小船团团里拢来，东张西望，思量上船。众头领尽把长枪抵开。当不得小船多，七手八脚，不顾性命的钻来。近船的虽是砍翻几个，只是不肯退。燕青叫凌振放炮。凌振架起大炮，点上药线，震天的响了一声。那炮药多力猛，若沿一里半里，无不立为齑粉，只因近了，反打不着，都望远处冲去。倭丁全然不怕。众头领无可奈何，只好敌住，相持了半日。燕青道："大炮打不着，做起喷筒来，将竹篙截断，装上火药铁砂，只有三尺多长圆木，塞了筒口。"不一时，造了一二百个，叫众兵一齐点火，直喷过去，溅着皮肉皆烂，打伤了好些，方才害怕，都退到套口，一字儿守住。

倭丁倒也狡猾，将生牛皮蒙在船头上，喷筒就打不进，只是不放出套。李应道："陆地可以施展，这水面上不可用力。这些倭丁又不顾性命，怎么处？"唤水手："问他可有通事，叫一个来。"水手叫着。倭丁放一个小船拢来。那船上一人摇手道："不可放火药！"说道："小的是通事。这萨摩州上都是穷倭，不过要讨些赏赐。"李应道："我们是征东大元帅的兵，要到金鳌岛去的。他们要求赏赐，不过一二船到来，怎用这许多？"通事道："倭丁贪婪无厌，只要东西，不要性命，不怕杀，只怕打。若见客商货物，竟抢了去。因爷们有准备，便只是讨赏。"李应道："还是要银子，要布帛？共有多少人？要多少赏赐？"通事道："银子这里贱，专要绸缎布帛。倭丁约有一千多人。随爷赏些罢了，那里敢计较多寡！"李应道："你是那里人与他做通事？"答道："小的漳州人。泛洋到这里，翻了船，回去不得，没奈何混帐。"李应叫取五百匹绸缎、五百匹棉布赏倭丁，又是四匹绸缎、四匹棉布赏了通事。小船拨过去。通事叩谢道："此去转西北，两日路程便是金鳌岛了。"通事搬到绸布散与倭丁，稍有不均，便厮杀起来。放开套口，大船得出，向西北而去。

公孙胜道："世人贪名图利，至死不休。你看那些倭丁，不过为一匹布帛，把性命相搏，所以贫道把世情看得淡了。不要说倭丁，就是众弟兄们为争一口闲气，直走到这等所在来，着甚来由？"闻焕章道："总是劳苦世界，再没得把你安逸。便是天也无一刻之停，人只要临机应变，不落圈套便好了。"燕青道："那蔡京，高俅等这班奸臣，使心用计，排挤正人，不顾把宋朝的天下弄坏，也只想长享富贵，谁知一旦事坏，落在我们手里。中牟县这般施行，悔也晚了！"阮小七道："你们还是斯文做法，若遇了我，把他碎尸万段，那有这般闲工夫。”安道全道：“若是一刀，倒便宜了他，是这样做作方才有趣。这个算计必是小乙哥定下的。”燕青微笑了一笑。因众头领派在各船上，日长无事，闲谈消遣。

行了两日，水手指着一座山道：“那隐隐青翠的便是暹罗国界了。”无两三个时辰，已到山下。水手仔细一看道：“这是清水澳，可以泊船。到金鳌岛还有三百里，须明早方好去得。这里不比大洋，多有山脚沙礁，要看水路，昏黑了不便行。”遂排帮泊了。众头领在各船上十余日，波涛汹涌，颠播不定，未免眼花头晕。听说只有三百里，尽皆欢喜，聚到一个船上，一同吃酒。这清水澳便是李俊初来驻劄的所在，后来夺了金鳌岛，就命瘦脸熊狄成领三百兵在此驻守。

却说李应因要吃酒，说道：“这般苍茫大海，没有得鲜鱼吃，这澳上像有人家，去买些来做醒酒汤便好。”唤水手拢岸。水手道：“有沙洲碍住，大船拢不得岸，还差二里多路，若有小船才可渡去。”阮小七道：“待我脱了衣服泅水过去，寻几尾鲤鱼来。”李应道：“不可。又不知那澳上民情土俗，万一惹出事来，岂可因这口腹去扰百姓？明日到了金鳌岛，自然有得吃。你不知宋公明在浔阳楼饮酒，要鲜鱼做汤，黑旋风强出头去取，被张顺泅得臭死么？”众人皆笑起来。

却说狄成见有百来个大海鳅船泊在洲上，都插旌旗，正不知那里来的，要掉只小船去问。只因这一问，有分教：风云齐奋会英豪，铁马交征成霸业。不知狄成怎生去问，且听下回分解。

第三十一回 国主游春逢羽客 共涛谋逆遇番僧

却说李应、栾廷玉的兵马战船到了清水澳，就该狄成接住，送到金鳌岛，与李俊相会便了。只是还有些缘故：前面这十数卷书，只为中原多事，众好汉无地容身，弃了登云山，夺海鳅船开洋，盼得到清水澳，已经无数曲折；那暹罗国内变故，奈因笔墨不闲，只好丢在一边，如今要叙出了。

却说那暹罗国王马赛真，虽是守成之主，秉性却过于仁柔，缺少才略。国内又并无忠臣良将。自从招了花逢春为驸马，少年英勇，又得李俊在金鳌岛犄角声援，故此外邦不敢侵犯，二十四岛也还循例朝贡，虽有些不到处，马赛真一味优容。连年五谷丰登，人民乐业，百物皆贱，盗贼不生，甚是安静快乐。每年到清明节近，花香柳媚之时，倾城百姓，都到郭外踏青，就行扫墓，挈榼携壶，男女任情游赏，醉饱而归，算是一年乐事。这个风俗，天下皆然，虽是海外之邦，不过言语不同，衣服有异，那喜怒哀乐的人情，原是一样的。

一日，国主在宫中与国母、玉芝公主、花驸马宴饮，见天气熙和，百花开放，国主道："寡人蒙祖宗世泽，得为暹罗国之主，虽是海邦，却也富贵非常。前日唯虑外邦窥伺，国内少忠良之臣，应敌无智勇之将，二十四岛叛伏不常，甚是忧心。天幸得招驸马，成就了玉芝孩儿百年大事。驸马又且英才练达，孝敬备至，甚惬我心。又有李大将军虎踞在金鳌岛，将勇兵强，不惟二十四岛尽皆慑伏，就是占城、日本诸国都有畏惮，不敢侵凌，真是天祐本邦，可以高枕无忧。寡人闻知倾城士女都去踏青扫墓，以展孝思，兼寻乐事。祖陵频年只是遣官致祭，今年要自去设奠，兼到丹霞山游玩。"因看着花逢春道："卿意何如?”花逢春道:“展墓,国之大典。孔子说:‘吾不与祭,如不祭。’若龙驾自去,足见恪诚。古有巡幸之礼,丹霞山近有郊甸,亦无不可。”国主大喜,说道:“卿可同国母、公主也去赏玩一遭。”即传令旨,钦天监择日,礼部备祭仪。钦天监奏准三月初三日为上巳,临流祓禊,又是黄道吉日,正宜出巡。

到是日,礼部准备祭仪祝文,羽林军整理半朝銮驾,兵马司洁净街道,各色齐备。国主、国母、公主、世子俱乘玉辇,花驸马骑紫骝马,丞相共涛与文武各官侍驾。先是兵马司警跸所过地方,辰时启行。是日天气晴朗,惠风和畅,旌旗夹道,花柳纷披。国主在玉辇上见一座江山如锦绣团簇,万民乐业,百物蕃庶,心中欢悦,想道:“亏祖功宗德,挣下基业,使我安享,真是难得!只是世子尚幼,恐百年之后,不能无虑。幸有花驸马勋戚贵臣可以辅佐。”一路看着想着。只见侍臣奏道:“已到万寿山。”国主看道:“几年不来,林木一发畅茂,洵是兴隆之地,自然百世永固!”那座万寿山果然灵秀。怎见得?

山峦环绕,水声迤逶。地脉千里结来,砂气万重环结。龙飞凤舞,一齐朝拱茔前;象伏狮蹲,几处分排墓侧。乔木参天,上罩祥雪瑞霭;瑞芝满地,下滋白石清泉。美玉砌成甬道,良金筑就灵台。驯兽伏藏,珍禽翔舞。真是:万年佳域,荫出帝子王孙;千古名区,永镇雄封海甸。

国主、国母、公主、世子、驸马先进了享殿,候礼部人役摆设齐整,然后赞拜行礼。三奠已毕,礼官读了祝文,焚化币帛,忽结起一团火,飞上九霄,须臾落下来,不端不正,恰恰落在国主肩上,内监慌忙拂下,那衮龙袍上已烧了一个大窟窿。国主甚是不悦,就连忙脱下,另换了一件穿上,再到享殿设宴,将胙肉分给从官、卫士、内监、宫娥。传旨启驾,到丹霞山。

那丹霞山乃暹罗国的镇山,方圆数十里,天生奇秀,幽泉古洞,深邃莫测。有几座琳宫梵宇,多有高人隐逸。三春时候,游玩的不绝。当日圣驾亲到,那游山仕女纷纷散去。国主传下令旨:“与民同乐,不必回避。”从官、卫士俱远远摆开,国主、国母、公主、世子、驸马都是步行,内监将日月掌扇遮了日色,宫娥簇拥着,各处玩赏。有一道瀑布泉，如白虹一般，从高峰上冲下石潭，喷起雪浪，如珍珠乱洒，流出石潭，甃成长渠，环回旋转，可作流觞曲水。国主教张了锦幄，铺翠裀绣褥，席地坐下。国母与世子并公主、驸马沿流而坐。国主坐下，叫取羊脂玉的玉杯插了羽翎，斟满了酒，从上流放下，流到那位面前，宫娥就取来跪着奉上。吃了一回，玉芝公主命宫娥采各色花片，也从上流撒下，如锦浪飘漾。那珍禽幽鸟，在山岩中、绿树上和鸣睍睆。国主大悦，卷起龙袖，向清泉盥手漱齿，应了上巳祓禊故事，又到玲珑古洞边闲步。

那绿茸茸芳草上，只见个道士头戴蒲冠，身穿鹤氅，相貌清雅，精神炯照，双膝趺坐在一个棕团上。见国主、国母到来，动也不动。内监喝道："圣驾到来，还不站起！"道士慢慢起身，打个问讯道："贫道稽首了。"国主见那道士相貌不凡，举止从容自在，便问道："从那处来？是甚姓名？"道士道："普天游行，随地趺坐，说不得从何处来。胞胎浑沌，四大皆空，没甚姓名。"国主道："出家有何好处？"道士道："出家也无甚么好处。只是在家受不得那爱欲牵缠，生老病死，世态炎凉，人情险恶；更有饥寒迫切，富贵腥膻，官刑杀戮，户役差徭，因此出了家。"国主道："既出了家，可真有长生不老的真诀么？点石为金的妙法么？"道士道："有生必有死，三教圣人，俱所不免。能有几个长生的？若说点石为金，便是贪夫妄想，离大道已远，不是神仙的材料了。"国主道："从古及今都说有神仙，可以白日飞升，神游八极，据你说来，尽是虚妄的了？"道士道："虚妄也不全是虚妄。度世金丹，原是有的，但须进一步方知一步的境界，上一层方有一层的神通，岂是门外汉容易得到的？就如殿下，如今享受王位，锦衣玉食，自谓快乐无比，岂知扰扰茫茫，暗受无边的苦恼，不如随我出了家，倒还讨得个收成结果。"国主道："你既说不能长生，出家又有何益？你既说有度世金丹，我如今拨一所道院与你居住，就与我炼合金丹。如果有些效验，那时再作商议。"道士道："修道要发勇猛心方可入道，况祸患之来，朝不及夕，那里等得你慢慢商量？金丹也非一时可炼。况我大地游行，遇缘随喜，那里能长远住在这里？就是你辅弼之人，倘有心怀不善的，你却如何得知？祸发起来，我须救你不得。"共涛听说此话，大怒，启奏道："此是妖妄之徒，我主是一国之尊，怎么被他欺诳？可令卫士拿下，该管衙门问罪。"道士笑道："我有何罪？只怕你要问罪哩！"国主道："他是方外之士，不听便罢，何必问罪。"道士起身说道："我有四句偈语，国主可牢记着：

　　洚水为灾，长年不永。

　　他日重来，唯有荒冢。"

说罢，把拂子一拂，说道："贫道去了。"急步下山，霎时不见。国主猜疑不定，神情恍惚。花逢春道："江湖之士，都是幻术，不可深信。况死生有命，富贵在天，循理而行，自然吉庆。请登辇还宫。"国母也劝道："神仙变幻，容或有之。只这道士出言无伦，岂可听信？堂堂一国之主，岂有无故忽然出家之理？四境平安，五谷登稔，有甚灾祸，明系妄言，不必以此介意。"国主遂传旨还宫。百官、卫士、内监、宫娥簇拥还朝。各官散去。

国主心中只是不怿，说道："那币帛焚时，结成火团，刚落在我身上，烧残衮服，已是不祥；又遇着这道士，踪迹莫测。他说道'洚水为灾'，难道我国在濒海之处，敢是海啸起来，飘没了国土？更道'长年不永'，想是应在我身上了。后面说'他日重来，唯有荒冢'，想是我天命已尽了。"玉芝公主道："父王何必忧心，这道士将大话骗人，那有实验？"国母、花驸马又百般劝慰，设宴释闷，只得暂且丢开。

次日坐朝，有白石岛申文到来，说："海边有一异兽，如豺狼相似，头生独角，遍体赤毛，行走如飞，掠人而食。猎户收捕他不得。一日雷雨大作，天上飞下一条黑蟒，金鳞闪烁有光，与这异兽相斗。黑蟒将异兽蟠住，张开血盆的口咬杀了，黑蟒腾空而去。那异兽死在沙滩上，居民恨他吃人，各拿利刃割下肉来，其白如玉，煮熟来，味甚甘美。"国主见了，愈加忧疑，回宫说道："白石岛又有这异兽食人！"国母道："终被天降黑蟒咬杀，能除其害，只要防备外国有变。"国主依言，颁示谨防外邦侵犯不题。

却说那丞相共涛久蓄异志，自从随驾展墓回来，心内想道："暹罗国这个王座我久想夺他，前日忌那吞珪勇猛，不敢轻发。吞珪死后，不料招了花逢春为驸马，虽是少年，倒有才干。又有那李俊在金鳌岛犄角声势，越发不敢动手。昨日到万寿山展墓，火烧了国主龙袍，那道士叫他出家，又说祸患之来，朝不及夕，想是气数绝了。不要说一座江山这等富贵，只那玉芝公主千娇百媚，若得近他，就死也甘心！怎么样先去了李俊、花逢春，那国主如摧枯拉朽之易，玉芝公主怕不属了我！青霓、白石、钓鱼三岛的岛长，都是我的心腹，若教他起兵夹攻李俊，自然可破。那花逢春须寻个勇士刺杀了他，方可行事。"千思万想，思量篡弑，不在话下。看官们听着：大凡一代开基创业之君，天必生一般奇材异能之人扶助；就是那草寇扰乱江山，权奸图谋篡弑，也必定有几个凶魔恶煞做了羽翼，方才哄得起来，这是自然之理数也。

却说那共涛起了恶念，日夜算计。一日朝罢回来，看见一个头陀，身长八尺，面如锅底，头上青螺结顶，两个獠牙露出嘴外，剃了黄须，如刺猬的矗起，耳上挂一对金环，遍身黑毛，胸前盖膻的更长数寸；穿一件烈火袈裟，项上挂一串人顶骨的数珠，赤了一双脚，口中喊道：

"天也翻来地也翻，顿教平地起波澜。有人会得其中意，要上西天亦不难。南无宝幢如来，南无宝胜如来，南无多宝如来！"

原来那妖僧名唤萨头陀，能使两把戒刀，专要杀人放火，又有妖法，能呼风唤雨，役鬼驱神。到暹罗国已数日了，每日摇着铃铎，在国中六街三市摇摇摆摆，各处走到。共涛见了他这般形相，好生诧异，想道："这个异僧必有异术，何不试他一试？且不论别的，若能刺杀李俊、花逢春，也就是一桩极妙之事了！"随唤从役："请这师父到府中吃斋。"共涛先走。

萨头陀问知是丞相，随后便来见了共涛，打个问讯。共涛请他坐下，问道："老师是那国土人氏？到此何干？"萨头陀道："我是天竺国来的，各处云游。西洋各国多曾到过，专度有缘。今来你这国中，要收几个皈依弟子，传授佛法。"共涛道："老师有何佛法可以传度世人？"头陀道："贫僧得佛祖心传，天仙异授，有鬼神不测之机，旋转乾坤之诀，倒海移山，排兵布阵，又能抽添铅汞，采阴补阳。只要遇着有缘，随他要学那一件。"共涛听得大喜，说道："且请用过素斋，慢慢请教。”头陀道：“我不用素斋，只要羊羔烧酒。”共涛便叫取羊羔烧酒来。头陀一顿吃上十来斤烧酒，一只羊羔尚未餍足。吃过酒饭，共涛道：“且请老师到后苑权住，待明日请教。”到了苑中，萨头陀道：“承檀越这般相待，贫僧有个敬意在此。”遂向身边取出一个小葫芦，倾出一丸药来，托在掌内道：“檀越，这药非同小可，采先天之精气，炼日月之光华，水火炉中升了九转，服下之时，那一点纯阳从涌泉穴直透泥丸宫，填满脑髓，巩固元神，能使玉女消魂，金童返本。今夜先一试着，才晓得出家人再无诳语。”共涛欣然接受了。萨头陀自在后苑静室中安歇。

次日，共涛到静室中，见萨头陀坐在蒲团上，低垂双目，做运气功夫。共涛不敢惊动，候了三炷香，见萨头陀做完功夫，方才倒身下拜说道：“吾师真圣人也！此药果有妙处。不唯弟子荷戴洪恩，即贱妾们亦感激不尽！”萨头陀道：“还有抽添铅汞、调养炉鼎之诀，须得唇红面白、无疾病的壮健妇女做了鼎器，然后面授秘诀，自能返老还童，寿与天齐了。”共涛迷了心志，铺设一间密室，不施帐幔，下垫裀褥，选十名蛮女，脱得精赤，凭头陀受用过了，方才自试。从此昼夜不辍，一同取乐。

那头陀五荤三厌，没有一样忌的。共涛尽情供养，房帷之术，已极其奥，已成了莫逆相知。又要他演布阵排兵、驱神役鬼之法。萨头陀道一发不难。就在后苑中空阔之处，到三更人静，萨头陀焚下一炉香，点了一对绛烛，仗着宝剑，噀了法水，口中念念有词。只见东边闪出一队人马，都是金盔金甲，排成阵势；西边也闪出一队人马，都是银盔银甲，排成阵势。只听得金鼓齐鸣，两边交战起来，喊杀连天。正在酣斗之时，忽有一员神将，身长丈余，三头六臂，手中尽拿器械，跟一群虎、豹、狮、象、毒蛇、鸷鸟咆哮跳跃，盘旋不已。共涛看得呆了，说道：“吾师收了法罢。”萨头陀把剑一指，喝声“歇”，两队人马并天神猛兽都不见了。共涛拜倒在地道：“弟子何幸，得遇圣僧！有一心愿，敢求大力，不知吾师肯相助否？”萨头陀道：“任你有天大疑难之事，我也能帮助得来。是什么事，不妨直对我说。”共涛起来道：“这暹罗国为海外富庶之邦，可称福地。弟子久思据位称尊。国主马赛真柔懦无能，权柄尽属于我，觑为囊中之物，唾手可得。谁知宋朝遣一征东元帅李俊来占了金鳌岛，我同大将吞珪去恢复，谁料大败，吞珪堕死海中。李俊兴兵来围住，本国无可抵敌，国主只得求和，把个玉芝公主招花逢春为驸马，两边息战讲和。那玉芝公主有沉鱼落雁之容，闭月羞花之貌，可惜与了中华蛮子。花逢春十分了得，李俊又虎视眈眈，弟子有计难施。前日国主到万寿山展墓，焚化币帛，飞起火来，将国主龙袍烧了，眼见气运将绝。只是李俊、花逢春强横，下不得手。今遇着圣僧，有此通天彻地之术，怎么使我正了暹罗国王之位，取那玉芝公主做了贵妃，方遂平生之愿！随圣僧要怎么样，弟子无不顺从。”萨头陀道：“一些也不难。我看你仪容可为一国之主，但不知你的眷属福分何如，若是无福，也是枉然。”共涛道：“少不得阖门尽要皈依的，就唤出来拜见。”共涛唤传云板：“请夫人、公子、小姐出来瞻礼圣僧。”

不逾时，都到静室。夫人圆面肥躯，五个儿子各样怪头怪脸，只有小姐倒生得有几分姿色。一个个合掌礼拜。萨头陀一眼看定小姐，说道：“夫人这般福相，仅可为一国之母。公子尽皆平常，你不过是一代人物。那小姐倒是贵相，定招一个好驸马，辅助你的。”共涛教夫人等进去，说道：“儿孙自有儿孙福，我只要自己享用。倘得玉芝公主为了贵妃，后面生出一个好的来，也不可知。子因母贵，就立最小的为太子便了。只是我要做出大事，那李俊、花逢春必然不得安静，怎生先去了他二人方好？”萨头陀道：“我有个魇魇法：结下一个法坛，画了八卦，中间太极圈儿用一木人，长六寸三分，取本人年甲安在木人腹内，把七只绣花针将木人的七窍钉住了，每日清晨烧一道符，晚上奠一分羹饭，再持秘咒。若是平人，七日必死；若是福厚贵重之人，亦只要三七也必要死。”共涛道：“如此甚妙，即求设法。”萨头陀道：“你共要魇几个人？”共涛道：“第一个国主马赛真，第二个是驸马花逢春，第三个是征东元帅李俊。这三个魇死了，唯我独尊，再无顾忌了。”萨头陀道：“那三个人的年甲可晓得么？”共涛道：“马赛真的千秋节，每年表贺的，不消说得。花逢春见他立疏保母，年甲也知道。只这李俊在金鳌岛，只会得一次，不晓得他。”萨头陀道：“那李俊必要先除。若国主、驸马死后，你正了王位，倘他兴兵问罪，便费手脚。可使精细人到金鳌岛去打探出来，方好行事。”共涛道：“所论极是，就遣人前去。那木人必要预先雕成，法坛筑就，等探知年甲，即刻动手。弟子实是耐不得了。况人生在世，如白驹过隙，及时行乐，已为晚矣。”萨头陀道：“你有了采补之术，必与彭老同寿，后福无穷，如今正是日头初出哩！”共涛道：“虽是如此，以速为贵。”

一面筑法坛、雕木人，凡应用之物，无不悉具。正要差人去打探李俊年甲，谁知无巧不成语，那李俊的年甲不消差人探听得，自然知道。正是：痴人说梦为真事，恶贯将盈有报施。不知李俊年甲如何晓得，且听下回分解。

第三十二回　庆生辰龙舟观竞渡　篡宝位绮席进霞丹

却说共涛要差精细人到金鳌岛探听李俊年甲，求萨头陀行那魇魔之法。却好闻得端阳这日是李俊四十生辰，花驸马要去贺寿。共涛闻得这个消息，不胜之喜，对萨头陀道："天从人愿，想是他三人合死。那李俊的生辰是端阳之日，不消打探了。"法坛木人先已现成，就将马国主、花逢春、李俊三人的年甲各藏木人腹内。萨头陀烧符念咒，如法的做起来，不在话下。

却说端阳节正是李俊四十整寿，花逢春与高青、倪云各各打点寿礼，又商议道："生辰虽还隔着几日，但这海上惟恐风汛不常，倘到那两日恰遇风色不顺，怎么去得？岂不误了寿期？况多时不会，早些去盘桓两日也好。"高青、倪云道："李大哥的寿诞不可不去。国中安宁无事，留两员裨将在此护卫，我们趁早也就同去。明日是二十八日，就启行罢。"马国主差一员穿宫太监，备下蟒袍、玉带、金珠异宝、寿糕、果品各色礼物，同花驸马去庆贺。到了金鳌岛，李俊接见。花驸马呈上礼帖道："国主自要来与伯父上寿，因朝事繁冗，特差内监恭贺千秋之庆。"李俊道："犬马之齿，何足为重？烦劳国主这般厚意，何以克当？"备了酒肴款待来使，另与他三人饮酒，问了回国中近事。连日饮酒谈心不题。

到了端阳正日，大厅上结彩悬球，甬道上张了锦幄，堂上陈设香花、灯烛、神位、糕桃，动起鼓乐。李俊穿了锦袍玉带，上了香，先拜天地神位。乐和、费保、高青、倪云、狄成、童威、童猛、花逢春、内监一同拜贺，进上寿酒，李俊回敬致谢。是日大赏三军，将筵宴设在大海船上，同出海口，共饮蒲酒。先已装下十个龙舟，军士都穿号衣，分为五色,每船二十四人划桨,往来如飞。天气晴明,微风不动,海波如练。居民都撑了小船,男妇老幼尽来观看。海外之人,那晓得竞渡故事,无不惊喜。龙舟上筛锣击鼓,四围棹转,将许多鹅鸭丢在海中。那龙舟争先来抢,涌起雪浪,流珠喷沫,真是奇观。那李俊等在大船上,传杯换盏,猜枚行令,开怀畅饮,至日昃方散。有诗为证:

玉切苍蒲榴映红,中天节气散薰风。

豪华事业开佳宴,可改名为混海龙。

话说李俊饮罢寿筵,观了竞渡,到夜回岛,要留花逢春再住两日。乐和道:"驸马隔远不能常会,今既到此,多住几日,极是好的。但国中虽然无事,那共涛却是个奸险之徒,其心不测,见驸马与高、倪两将不在,万一生出事来,国主孤立在彼,又且仁厚,恐难制伏,还是速去的好。"李俊依言,修了回启,把礼物谢了太监。花逢春原同高青、倪云拜谢而去不题。

却说共涛、萨头陀晓得了李俊年甲,就选十恶大败受死日,施符设咒起来。两日之后,国主得病起来,共涛心中暗喜。花逢春、李俊安然无事。看官要见,邪不胜正。当日唐高宗时节,西域进贡一僧,能咒人立死,举朝敬信如神,却有个太史令傅奕奏道:"妖僧邪术害不得正人,叫他咒臣,看会死么?"高宗即唤番僧咒那傅奕,咒语念了多遍,傅奕端然无恙,那番僧反自七窍流血而死。今日马赛真虽然衰迈无光,却毕竟是一国之主,故邪神只好略略侵犯。那李俊、花逢春都是英气勃勃的人,且有后福,邪神那里敢近他?那萨头陀尽力施为,七日已满,国主的病反好了,只是七岁的世子无疾而夭。国主、国母大恸,厚加殡殓。

共涛对萨头陀道:"吾师的法术已算半验了,只是他三人不死,却如何计较?"萨头陀道:"我原说过的,庶人一七必死。那国主、将军、驸马是厚福的人,必须三七,若咒至七七,就是帝释天王也要招殃,再躲不过了。"共涛道:"日子多了,恐怕他们得知消息,反为不美。我如今又想一计,趁目下花逢春到金鳌岛与李俊庆寿,高、倪二将也随去了,端阳这日我设一席,请驾到我家来赏节。他若肯来,我就席间将鸩酒进上,鸩死了他,随即登了宝位,据住城中;吾师统兵拒住外面,再议后事;他若不来,别作计较。”萨头陀道:“他若来时,不必用鸩酒,我有一宗丸药,人吃了必死。只说是不老金丹,你进上与他,吃了登时了帐。你正位之后,若虑他们来争夺,我有结义的三个弟兄,唤做革鹏、革雕、革鹍,都有万夫不当之勇,原是占城国人,今在黄茅岛屯聚,手下有五千苗兵,惯经征战。我写书去招他来,灭了李俊与花逢春,恢复了金鳌岛,你这宝位便是万年永固的了。”共涛大喜。

次日进朝启奏道:“臣见龙体违和,日夕焦劳,又闻世子暴殇,中心哀悼,今幸龙体万安。明日端阳佳节,恳乞銮驾幸臣草舍,设一菲席,与主上释闷。兼有一西域圣僧,有长生不老之丹,服之延龄千岁,以尽微臣一点芹曝之心。”国主准奏道:“君臣一体,不可过于丰盛。明日早临便了。”共涛谢恩而出。国主退朝说道:“丞相见世子夭殇,寡人悲切,明日端阳,要请我释闷。”国母道:“恐非好意,不可便去。况圣躬新愈,不宜过劳,只消在宫中设宴,庆赏蒲节。”国主道:“咫尺之间,何有过劳?我在宫中思念世子,触处生悲,借此暂开怀抱,亦无不可。”玉芝公主谏道:“孩儿闻得共涛久已专权怙势,擅作威福,有不臣之意。他今日无端请幸其第,决非好意。就是要去,也等驸马回来。”国主道:“我儿不须过虑。丞相世受国恩,难道起甚歹念不成?”公主道:“父王不记万寿山火烧龙袍,丹霞洞道士的偈语么?传旨辞了罢。”国主道:“火烧龙袍已应在世子身上,还有甚么不祥?我已许了他,自古道王言如丝,岂可翻覆?”坚执要去。国母、公主百般谏阻不住。公主道:“父王主意既定,可选三百羽林军,令两员裨将带刀侍卫,以防不测。”国主道:“这个使得。”

次早共涛又来启请,国主命排銮驾,两员裨将带三百羽林军护驾,四员内相随行。到了丞相府,共涛在门前俯伏迎接。到得厅上,摆设得十分齐整,锦屏围绕,彩帐高悬,说不尽山珍海错,玉碗金杯;堂下笙簧并奏,执壶上馔的人皆是锦衣花帽。共涛躬身再拜,安送了席。桌面上都是金银器皿,狮糖树果,一百二十龙盘肴馔。国主就赐丞相侧席相陪。三百羽林军列在府门外,两员裨将全身披挂,各持宝剑立在国主左右。凡进酒馔,锦衣花帽之人擎在头上,跪着,内相下阶接来送上。

酒进三巡，食供两套，又唤一班女乐，歌的歌，舞的舞，称觞进酒。国主道："寡人凉德，得丞相佐理朝政，可谓社稷之臣。今日君臣宴乐，千秋盛典。"共涛离席启道："主上洪福齐天，春秋正富，世子虽然不幸，自有麟趾之祥。臣有一女，年已及笄，德容俱备，欲纳后宫，以备洒扫，伏望采纳。"国主道："丞相之女岂可为媵妾？另选国中俊秀以充后宫。"共涛道："微臣谫劣无似，叨蒙恩泽，进为宰相，臣之弱女得侍寝殿，已为万幸。就令臣女拜谒。"叫传云板："请小姐出来见驾。"国主止挡不住。

不一时，梅香侍女簇拥小姐出来。只见粉雕玉琢，兰麝芬芳，宫妆艳服，环佩声和，花枝招展，绣带飘摇，端端正正，朝上拜了四拜，国主传旨平身。小姐又取大玉觥斟上琥珀酒，再拜上寿。国主满心欢喜，说道："既承丞相盛意，寡人不敢固辞。明日行聘，纳为贵妃，卿可进太师国丈。"共涛命小姐谢恩。小姐如新莺娇啭的道："千岁，千岁，千千岁！"然后轻移莲步而退，国主大喜。

共涛道："臣有一圣僧，欲来朝见，未得令旨，不敢擅便。"国主道："寡人正忘了，正为要见圣僧，求长生妙药，可速宣进。"那萨头陀从后堂走出，满身璎珞，烈火袈裟，朝上跳舞而拜。国主起身回礼，赐坐，就与共涛共席。国主道："圣僧是何国土？到了几时？"萨头陀道："贫僧是西天竺国达摩祖师第三十八代嗣孙，得相传衣钵，专修禅定；兼遇蓬莱仙长，传授鼎炉之术，可以降龙驯虎，役鬼驱神。在灵鹫山中炼就九转灵丹，名曰延龄固本种子紫金丸，有厚福者，方得服饵。贫僧在海岛望气，见上邦祥光霭霭，瑞气重重，故航海而来。刚到三日，不敢过来朝见，因寓在丞相府中。今得恭觐天颜，实是尧舜之君，该饵那紫金丸，寿延千岁，连举十子。"就向腰边葫芦内倾出一丸药，如龙眼大小，隐隐有宝色金光，双手进上。国主接了道："承圣僧见惠，自然灵验。当在丹霞山建一座大寺，请圣僧安禅理性。此药几时可服？"萨头陀道："此药纯阳炼就，服饵亦须阳日阳时。今日端阳。"看着日色道："恰好午时，正当服下。"取下玉碗，斟满琥珀酒，把牙箸调匀呈上。可怜马赛真思量延年种子，轻信狂言，把药酒一口吞下，说道："怎的这药味戟着咽喉？"萨头陀道："岂不闻良药苦口利于病？"不消半刻，国主叫肚疼不止。那药性发作起来，翻天覆地的难过，霎时七窍流血而死。裨将急掣宝剑来砍头陀，那头陀卸去袈裟，藏有两把戒刀，就在筵前拼命。无一二合，两员裨将都被杀死。内相到门外叫羽林军进来，萨头陀口中念念有词，只见无数鬼兵从空而下，羽林军见了，心惊胆颤，各自逃命。

内监赶着人乱走出，到宫报知国主身亡。国母、公主哭倒在地，死而复苏。花恭人、秦恭人都来哭做一团。花恭人道："这奸贼弑了国主，必来乱宫，如之奈何？"国母道："我拼一死，从国主于地下！"公主道："速着人到金鳌岛报知驸马与李大将军，领兵报仇。"国母就遣内监去了。

不说宫中之事。再说共涛见国主已死，大喜道："国主已亡，事可大定。"将尸骸抬去郊外埋葬了，一面出榜晓谕："国主暴薨，有遗旨传位丞相权主国政。文武百官，明日都要早朝。如违令者，全家诛戮。"又同萨头陀领了心腹家将入宫，心内想道："一不做，二不休，就去抢那玉芝来受用，拼得与花逢春做对头！"又想道："闻花逢春有一姑娘，年少寡居，姿容绝世，与玉芝公主立为东西两宫，平生之愿足矣。"萨头陀也暗想道："我与共涛干了这桩大事，要他女儿配我，料想不敢违拗。待革家兄弟到了，把兵威压他，怕道权柄不尽归于我？他若不识起倒，要断送他性命也不难！"两人各怀歹意。

到了宫前，见宫门紧闭，正要唤武士打开，只见天昏地暗，一股赤气罩住，共涛与萨头陀尽皆晕倒，进去不得。那文武官僚、合城百姓尽皆不伏，口出怨言，要与国主复仇，汹汹不已。共涛道："蒙吾师法力，国主已亡，只是民心不伏，李俊、花逢春必起兵来争，如之奈何？"萨头陀道："不妨。革家的兵不日就到了，必要大加杀戮，使人害怕。明日且正了大位，然后去征金鳌岛，剿绝了李俊、花逢春，其余不足虑了。"共涛拜谢道："全恃吾师始终其事，富贵共享。"萨头陀道："富贵我也不放在心上，待事定之后，我亦有一桩心事要你了愿。"共涛道："吾师有甚心愿，无有不依。"当日且回相府，与萨头陀饮宴庆喜。

次日五更便去登殿，只有几个卑官小职在殿前伺候，那些大僚一个也不来。共涛大怒，正与萨头陀商议要处置那些官员，忽报革家兵到了。萨头陀自去迎进。那革鹏、革雕、革鹍，都是膀阔身长，碧眼黄须，力敌万人。带二百个战船，五千苗兵，腕挂长刀，身穿藤甲，披发跣足，如天魔一般。那革鹏弟兄与共涛相见，萨头陀就叫苗兵去捉为头的臣僚，共有一百多人，先断手足，后枭首级，悬挂通衢。百姓都要归顺，一家不伏，九家同斩。那些百姓有多少力量，只得顺从。海口各门尽是革家把守，敢有一人交头接耳，就拿来杀了。人人害怕，不敢开口。

次日五更，鸣钟伐鼓，共涛戴了冲天冠，服了赭黄袍，升金銮殿宝座，刚把屁股放下，又是一晕。内侍慌忙扶住。那些不曾杀的官为着性命，尽来朝贺。共涛封萨头陀为护世大国师，兼行丞相事。革鹏三人俱为大将军，执掌兵权。其余官僚俱复旧职。立夫人为正宫，儿子为世子，女为公主。坐朝已毕，大设筵宴，一同畅饮。共涛道："寡人蒙国师、大将军扶助，得登大位，真是心满意足。只是宫中进去不得，如之奈何?"萨头陀道："不要性急，待破了金鳌岛再处。"饮至夜分，送歌儿舞女与萨头陀、革鹏等取乐。那些苗兵奸淫抢掳，肆行无忌，可怜万民涂毒，敢怒而不敢言，含泪吞声而已。

却说国母、公主、花恭人在宫中，恐怕共涛来犯，却不见到。有内相奏道："共涛与萨头陀昨日来到宫门，忽然天昏地黑，赤气罩住，两个逆贼立时晕倒，故不敢进来。有黄茅岛革鹏兄弟领苗兵五千在城中扰乱，杀了臣民百数，号令通衢，今早升殿自立了。"国母大恸道："不料祖宗遗业，一旦付与贼人，此恨怎消!"玉芝公主道："驸马自然即时就到，且安立父王灵座，朝夕设奠。赤气罩住，想有天神护佑。此贼不久灭亡，母亲请自节哀。"国母止得收泪，安立灵座，日夜哭临，实是惨伤。

是夜三更，国母哭得昏倦，朦胧睡去，只见国主改了道妆，说道："我不听良言，误遭毒手，今随丹霞师父出了家，倒也逍遥自在。李大将军与驸马决能殄灭贼党。宫中有金甲神人守住，贼臣不敢进来，你母子且自宽心。我去也!"国母一把扯住，被国主一推，忽然惊醒。唤起公主，诉说梦中之事。公主道："既是父王托梦，母亲宽心。"自此闭上宫门，耐心守候不题。

再说花逢春从金鳌岛同高青、倪云回来，未到暹罗城，还隔三十里，见海面上一只小船飞也似来；舱内坐一太监，见了花驸马的船，就傍拢来；过了船，对花驸马大哭道："国主端阳那日，幸共涛府中，被一萨头陀毒死，共涛自立为王。国母、公主差我请驸马回去。"花逢春听知，哭得昏晕。高青道："事已至此，哭之何益？商量怎的去复仇。"花逢春道："且到国中去一看，不知国母、母亲、公主何如？"倪云道："不可。那厮篡了位，必有心腹把住城门，我等贺寿而来，又不带兵，此去恐遭毒手。不如重到金鳌岛，与李大哥商议，然后进兵。"内监道："萨头陀招引黄茅岛革鹏兄弟三人，领苗兵五千，处处守定，那里去得？况萨头陀善行妖法，差遣鬼兵，十分了得，共涛那日要进宫门，被赤气罩住，即时晕倒，宫中幸得无事。不如听倪将军之言，回到金鳌岛再处。"花逢春无奈，只得回船。偏生遇了斗风，白浪滔天，扯不得篷，只好泊在沙洲上。

花逢春心中焦躁，只是哭泣。高青、倪云劝慰道："革鹏有五千苗兵，萨头陀又会妖法，须算个万全，方好破得。如今正要尽心竭力平定祸乱，岂可先哭坏身子？"花逢春道："前日万寿山展墓，偏偏的火烧了国主龙袍，已是不祥；又丹霞山那个道士说出四句偈子，分明是运绝的话，我已晓得不好了。那共涛久蓄异心，乐叔叔一向说要提防他，不料果然下此毒手。前日不到金鳌岛庆寿，他还忌惮，不敢动手。我若在那里，也决不放国主去赴宴了。"高青道："他约同了黄茅岛苗兵，羽翼已成，我们只有五百兵，那里敌得过？幸喜到金鳌岛留着了身子，可以报仇雪恨；若在国中，也被他所算了。"天色已晚，风势愈狂，花逢春一夜不曾合眼。到天明，风息开船。

到金鳌岛，李俊、乐和见花逢春等重复来到，吃了一惊，忙问来意。花逢春哭诉："国主被共涛所弑，篡了皇位。萨头陀勾引黄茅岛革鹏兄弟三人，有苗兵五千守住，进城不得，故来与伯叔商议进兵复仇。"乐和道："我刻刻防这贼子，几番要开除他，恐怕国主起疑，故此容忍。岂知果然有此变乱。如今不消说了，大将军即点兵进剿。"高青道："他有苗兵五千，萨头陀善使妖法，我这里现兵不满三千，又要留下守岛，万一失手，如何结局？"李俊道："那马国主将赤心相待，今日被害，必要与他报仇。况花公子为他驸马，恩养备至，就如父母之仇，不共戴天，那里论得强弱？”当下点一千兵，三十号战船，都是白旗白号，留高青、倪云守金鳌岛，自与乐和、费保、童威、童猛、花逢春杀奔暹罗城来。

到得半路，忽然一声响亮，把中军帅字旗吹折，军士尽皆骇异。李俊道：“帅字旗折，不是好兆，将士俱宜小心。”乐和道：“那苗兵慓悍，萨头陀又多妖术，革鹏兄弟闻得勇猛，我们不可轻敌。把兵分作三队，每队十号战船，大哥与我为中军，费保、花逢春为前队，童威、童猛为后队，且去看他虚实，切不可轻易交锋，必要首尾相应，庶无败局。”分拨已定，将近暹罗，见两只巡哨的船，每船各有三十苗兵，飞也似赶来。花逢春在前队看见了，取出铁胎弓，搭上狼牙箭，一箭射去，正中苗兵心窝，翻斤斗跌下海去，那船就拨船头回去。这里三队一齐追去，只见海上有一百多船，结个水寨，刀枪如雪的插满。李俊叫：“不可上前。在山脚下停泊。”乐和道：“看那水寨结得如式，苗兵雄悍，只宜智取，不可力敌。且摇旗擂鼓，诱那萨头陀并革鹏等来，委实强弱何如。”叫放号炮，呐喊摇旗，声张威势。

却说共涛闻金鳌岛兵到，请萨头陀商议：“李俊、花逢春到来，何以御之？”萨头陀道：“有革家兄弟三人在海口，怕他则甚！他们自来送死，省得去攻金鳌。我有一个奇计，教他个个身亡，不留片甲。”正是：恶魔巧布弥天计，义士几倾一炬中。不知萨头陀用甚计策，且听下回分解。

第三十三回 头陀役鬼烧海舶 李俊誓志守孤城

却说共涛问萨头陀退兵之计。萨头陀道:“大王休忧。李俊、花逢春必要斩草除根,然后可享宝位。我正要去攻金鳌岛,他既自来,岂可放他回去?我到水寨中,自有妙计。”遂别了共涛,到水寨与革鹏说道:“只消如此如此。”革鹏依计,紧闭水寨,再不出战,紧紧守定不题。

却说李俊到暹罗城下,见革鹏的水寨布得严整,城外并无一只船影,静悄悄的,不见动静,心中焦急,要去攻打。乐和道:“我只道苗兵轻佻,必来挑战,谁知他紧闭寨栅,偃旗息鼓,必有计策,切不可躁急。”花逢春道:“国主被弑,城池已失,宫中不知怎的?若旷日持久,此仇何时可报?待小侄拼命杀去,倘破水寨,实为天幸;若然不济,以身殉之,也尽了一点的心。”乐和道:“事有经权,必须谋定而后战。知己知彼,方得万全。若一蹉跎,我等孤军亦难撑立。你就尽一点孤忠,上有寡母,下有娇妻,倚托何人?不可使匹夫之勇,懊悔无及。”花逢春只得住了。一连守了五六日,只不见出战。乐和猛省着道:“不好了!中了他反客为主之计!”李俊道:“何为反客为主?”乐和道:“他的兵多我们几倍,必不是怕我不出战,他把我们羁绊在这里,必然使一枝去破金鳌岛,巢穴一失,不战自乱。快些收兵回去!”李俊道:“言之有理。不可不防!”急令起碇。

行不得一百里海程,到了明珠峡口。怎地叫做明珠峡?这是暹罗国的水口,茫茫大洋之中,生起两个山来,蜿蜒如龙,两头相接,只隔一里水面,中流有一小山,圆净如珠,草木不生,水势驶急,这个所在,往往要坏船只。那山顶上,左边建一座龙王庙,右边有七层小石塔，镇压水怪，开锁水门。所以暹罗国人物富庶。李俊三队的船行至峡口，见有二三十个战船，苗兵把住峡口，船头上立一员苗将，却是革鹍，喝道："中了俺国师之计！你那金鳌岛早已打破，还要思想到那里去？快快投降，饶你一死！"李俊大怒，挺枪便刺，革鹍把大斧接住，在船头上交锋。花逢春正要挺枪助战，只见舱中走出萨头陀来，口中念念有词。忽然烟雾漫空，见千百个鬼兵，也有天上落来的，也有海底钻出来的，飞蝗般攒拢来。费保、童威、童猛各执器械相持。只见又来了一个鬼王，身长丈余，头上生一个独角，浑身精赤，系一条虎皮裙子，双手拿两个火葫芦，焰腾腾火星飞在篷桅上。一霎时烧起，三队的船，风逼做一块，连排烧去，黑烟布满，开不得眼。李俊大叫道："天亡我也！"正在万分危急之际，巽地上一声霹雳，大雨如注，把火浇灭，鬼王、鬼兵都不见了。李俊、费保等拼命杀出峡口，已烧坏了二十多个船，兵卒杀死的、跳下海的，约有三四百多人，幸喜各将领无伤。

连夜赶到金鳌岛，果然隘口战船密布，尽是苗兵。革鹏正与高青、倪云交战，胜败未分。李俊、费保飞跳上岸助战，革鹏抵不住四员勇将，跳下了船。花逢春弯弓搭箭射去，正中革鹏左臂，弃了手中刀跌去。不防革鹍、萨头陀随后追来。童威、童猛、乐和丢了船，领兵到隘口寨中。李俊对高、倪二将道："几乎不能相见！在明珠峡被萨头陀使鬼兵烧了海船，幸得雷雨大作，救了性命。他的兵几时到的？"高青道："到了两日。我与倪兄弟商量，恐隘口有失，结寨在此，战了两日，不见输赢。"李俊道："乐兄弟原料是反客为主之计，不道果然。如今怎地好？不要说去攻暹罗城报仇雪恨，只这金鳌岛恐难保全。若是兵对兵，将对将，还好支持，只那萨头陀的妖法，怎么了得？前日宋公明打高唐州，被高濂妖法损兵折将，败了两阵，亏公孙胜来，方才破得。如今隔着大洋，那里去请得？"乐和道："妖法只可使一时，若全用此术，就不灵验了。况邪不胜正，我等为报暹罗国主之仇，诛戮奸党，难道上天不佑？那明珠峡的火尽够烧死，忽得雷雨来救，就可见天意了。要立定主意，协力固守，慢慢寻出计较来，再不可性急。闻得妖术怕的狗血污秽之物，须准备着，待他再来，破他便是。"李俊遂唤军士取狗血、人尿、蒜汁，做了喷筒，交战之时乱泼过去，自然可破。算计定了，坚守寨栅不题。

却说萨头陀果然十分狡猾，他定下的计策，使革雕守住暹罗水寨；革鹍把住明珠峡口，弄妖法使独火鬼王烧死他；革鹏领兵攻打金鳌岛，以为算无遗策。谁知雷雨救灭，不能成功，便随后赶来，与革雕、革鹍一同领兵围住，说道："那金鳌岛进了隘口，又有三个湾，才到得城边。那李俊害怕，不敢出战，必要诱他出来，方好夺那隘口。"日日在船上与苗将饮酒，队伍不整，兵无纪律。又去澳里抢掳良家妇女，不论姿色，单取少年气血满足的，青天白日就在船上采战，并不忌人眼目。自己厌了，赏与苗兵。那些妇女出于无奈，经不得蹂躏，多有致死的，就抛在海中。李俊见了，怒气填胸，叫道："贼秃这般无礼！恶毒已极！岂可使平民受害，快去剪除！"乐和道："此是诱敌之计，不宜妄动。"李俊道："大丈夫生在天地之间，兴废自有定数，那里当面忍得！"便要领兵出战。乐和道："既是耐不得，且待夜间。他被酒色所迷，必然酣睡。可遣童威、童猛、高青、倪云四将分领十个船，带五百兵埋伏在荻苇之中，大将军可同花公子竟去劫寨。若使妖法，可将喷筒洒去。我与费保守寨，庶几可以成功。"

部署已定，到三更时分，童威等先去埋伏了。李俊、花逢春结束停当，领了一千兵、十个大船，奋勇杀去。那萨头陀虽然贪酒恋色，夜里再不睡的，听得声响，不慌不忙，让李俊杀入，作起妖法。星月满天，忽然暗如墨漆。李俊、花逢春并不见一只船、一个苗兵，喷筒也无放处。童威等听见喊杀之声，只道与苗兵相杀，围合拢来。李俊又认做苗兵，自相攻击。海面起一阵飓风，李俊忙叫收舵到岸。那革鹏、革鹍已先到隘口，放火烧了寨栅。费保、乐和抵敌不住，退到城边。李俊、花逢春上得岸时，革鹏、革鹍挡住厮杀。混战到天明，萨头陀遣一队兽兵，却是虎、豹、豺、狼，张牙舞爪而来，跳搏伤人。李俊慌了，叫放喷筒，那兵士大半已竟上岸，喷筒都在船内。李俊、花逢春也只得退到城边，兵士折了大半，隘口被他夺去，童威等四将不知下落。李俊大哭道："不听贤弟良言，致有此败！如今兵微将寡，怎生是好？"乐和道："胜败兵家之常，不可挫了锐气。幸这石城坚固，决然攻打不进。且誓死守定，再作区处。"李俊依言，和花逢春、费保、乐和日夜在城楼搬运擂木、石块、灰瓶、铁汁等物，并力守定。

萨头陀、革鹏、革鹍在城下耀武扬威。幸得这石城光荡荡的爬不上，实坯坯的掘不进。但当不起妖法，或一阵火腾天撒地的烧来，或一阵烟漫天遍地的扑来。夜间鬼哭神号，百般作怪，胆也吓破了。却但是有形迹等东西高过城头的，这里便放喷筒。所以萨头陀不敢使鬼神猛兽等法。乐和道："这些妖法不过如此，不要怕他。这里决然攻不进，只是山后有一处稍觉平坦，恐怕爬上，须要守备，我领一队兵去看。花贤侄可到白云峰上瞭望海面上，可有四将踪迹。"原来这金鳌岛只有前面这座城门，四围俱是高山峻岭，古木修篁，无路可上。居民都在里面耕佃，东西南北俱是大洋。内有一座白云峰，高插云汉，登眺远见三百里，天气清朗，暹罗城也就在面前。那后山为因当年起了一条蛟，洪水冲坏了，有二三丈缺陷之处，可以爬得上去。

唤兵士抬石头填塞，只听得山岭下隐隐有人话响。乐和同兵士伏在树丛里，取一门大炮摆好，点着火绳伺候。果有二三百苗兵，腰边跨了长刀，扳藤附葛的爬上来。将到半岭，乐和觑得分明，将炮门药线点上，轰天一响，苗兵打为齑粉。打不着的都跌死岭下。又唤兵卒将石块雨点打下，苗兵剩不得几个回去。乐和就叫这队兵装上大火炮把守，回来说道："惭愧！若迟去一刻，被他爬上了。大炮打死二三百苗兵，叫兵守定，再无内顾之忧了。"李俊道："贤弟真有先见之明，料事多中。不然就失事了。"花逢春也回来说道："到白云峰四远瞭望，海面上并无迹影。"李俊道："这四个弟兄多分不好了！"乐和道："那有四个俱坏之理？当夜兵败，想到清水澳去了。"李俊等四人依旧坚守不题。

却说童威等四将被萨头陀等妖法冲散，一时进隘口不得，到天明会合，已折了一百名兵、两个战船。倪云道："岸口都是苗兵，回去不得。不知他们何如？"童猛道："隘口被苗兵所夺，李大哥等必然固守石城。"高青道："我等飘泊无依，且到清水澳，狄成那边有三百名兵，带了来和他厮杀。"童威道："不怕将勇兵强，惟这萨头陀妖法，虽有千兵万马也抵当不住。我想起来：革鹏、革鹍和萨头陀都在这里，那暹罗国内只有革雕一人，必然空虚，我们去袭破了他，这里必然解围。"

众人齐道:“此计甚妙!”就扬帆而去。

不消一两日,到了暹罗城下,只有十来个战船,一二百苗兵看守,革雕也不在船上。童威等将船贴近,一齐跳过去,奋勇砍杀,剩不上三五十个上岸逃命。童威等大喊追去,抢到城门边,革雕领一枝苗兵冲杀出来,四将抵住,战不上十余合,革雕力怯,拨转马头便走。高青赶上,一枪刺着左臂,几乎坠下。苗兵救护进城去了。童威率兵攻打。共涛见有兵到,革雕败阵进城,心内慌张,说道:“国师去攻金鳌岛,不见回音,反有兵来攻城,此是何故?”革雕道:“那来的兵不是李俊、花逢春,另是四员将官。这里兵留不多,方才又伤二百多名,可传令拨民夫上城。待我差人到金鳌岛打听,掣兵来保护城池。”共涛依言,令兵马司拨百姓上城守垛。革雕自引苗兵巡察。那些百姓都恨入骨髓,巴不得立时打破,只是畏惧革雕号令,勉强上城。

童威等带不上三四百兵,城大兵少,围困不得,只好四门守住,急切难破。高青道:“百姓上城,可见城内无兵,若得里应外合,方可破得。待我到半夜里爬进去。”先去周围一看,见西北角守城的百姓内,有一个是驸马府前住的,叫做和合儿,是个闲汉,平日厮熟,四目相视,打个暗号。回来与童威商议道:“那西北角上守城百姓,是驸马府前和合儿,方才打个暗号了,到夜间我便爬上去。若可动手,便放起火来,你们奋力杀入。成败利钝,在此一举。”三个说道:“若得如此,万分之美。只是要小心。”

高青卸了盔甲,换了紧身衣服,身边藏了暗器,一齐到西北角,城上灯火明亮。和合儿先悄悄对守垛的百姓说道:“共涛弑逆无道,萨头陀苗兵奸淫抢掳,百姓受其荼毒。今高将军来打城,我已约定了,少时放上,杀了奸臣恶秃,与万民伸冤。不可泄漏!只要防革雕巡察过来。”通甲的人尽是怀恨的,大家点头会意。高青在下面咳嗽一声,和合儿抛下索子。高青缚在身上,两手扯定索子,和合儿同百姓用力吊上去。刚跨上垛口,解下索子,巧巧革雕、共涛巡察到来。高青妆做百姓,朝外立着。革雕见这甲里神情有异,望到下面有一簇人马,说道:“恐有奸细。国主可去巡视各门,待我扎在此间。”高青动也不敢动,直到天明换班,同和合儿下城,说道:“你有这片忠心,事成之后，必然重赏。恰恰那革雕到来，一时动手不得。我已换了衣服，黑暗里无人认得，且到宫中朝见国母，再作商量。”遂到宫门。有两个太监在宫门首，认得高青的，惊问道：“高将军怎地进得城来？”高青道：“烦引我见了国母再说。”太监叫开宫门。

高青进到宫中拜见过。国母道：“共涛弑逆，神人共愤。我日夜望李大将军、花驸马来报仇。闻得兵败，我要自尽，公主劝住，再看消息。高将军，你几时进城的？金鳌岛胜负若何？”高青道：“末将与驸马贺寿回来，闻知国主被弑，只缘不带得兵，只得重到金鳌岛同李大将军领兵到来，中了他反客为主之计。明珠峡被萨头陀遣鬼放火，篷樯尽焚，幸得天降大雨，救了性命。到金鳌岛，又为妖法所败。现今围住，未知近日如何。末将与倪云、童威、童猛是夜冲散了，思量暹罗国必然空虚，故引兵来，奈因兵少，破不得城。有个和合儿是驸马府前百姓，有一片忠心，将索吊末将上城。正要鱼贯而上，谁想共涛、革雕亲自巡察，觉道有异，就屯住到天明，动不得手，故来朝见国母，以慰悬望。”国母泣道：“萨头陀如此强横，李大将军屡遭败衄，眼见得报仇无日了！”高青道：“末将已入城，令内监传谕旧臣，再令和合儿纠结义民，以为内应，此城不日可破。城若破了，萨头陀回救时，李大将军、花驸马追来，内外夹攻，国仇指日可雪。末将到外边恐露圭角，愿且留宫中，再作计较。”国母依言，命内监去传谕群臣，和合儿纠结义旅，不在话下。

再说李应、栾廷玉等海鳅船到了清水澳，阮小七要上岸买鲜鱼做醒酒汤，被李应挡住。那守清水澳的将官却是瘦脸熊狄成，闻暹罗国主马赛真被奸臣共涛所弑，金鳌岛又为萨头陀妖法所败，围困得紧，要领兵救助，只因三百个兵，恐寡不敌众，心内彷徨。当下见沙洲边停泊百多号大海鳅船，刀枪密布，旌旗闪动，惊疑不定，想道：“敢是萨头陀破了金鳌岛，又领兵来取清水澳了？却怎生不上岸来？”望见衣冠济楚，人物轩昂，不是苗兵模样。只得棹个小船，带四个兵丁，到海鳅船边问是那里来的。却好正在李应船边。

燕青看见狄成是宋朝将官装束，答道：“我等是大宋官兵，要到金鳌岛寻访李大将军的。”狄成道：“将军与他甚么相知？寻他何干？”燕青道："我等俱是旧日共事相好弟兄，闻他在海外，特来扶助他的。"狄成道："那李大将军可是混江龙李俊？列位是梁山泊上好汉么？"燕青道："正是。尊驾可通大名。"狄成爬上大船，纳头便拜道："天幸有救了！"李应、燕青连忙扶起，问是何故。狄成道："小可是与李大哥太湖小结义的瘦脸熊狄成。李大哥自出海洋，在这清水澳驻扎，杀了沙龙，占了金鳌岛。花知寨的公子花逢春，暹罗国王马赛真招做驸马，亲眷往来，金鳌岛十分兴旺。岂料马赛真被奸相共涛所弑，篡了王位，招一番僧，名唤萨头陀，善行妖法，又有革鹏兄弟三人领苗兵五千扶助共涛。李大哥连折三阵。如今金鳌岛围困甚急，万望列位念昔日之谊，到金鳌岛解围。"李应道："既是李大哥有难，自当速救。我如今同几位先去，其余弟兄保护家眷在这里，待得胜之后，就来相接。"狄成大喜，即为向导，连夜扬帆。主将是李应，那同去的是栾廷玉、王进、关胜、呼延灼、公孙胜、燕青、扈成、呼延钰、徐晟、凌振。放炮望西南进发。

却说萨头陀围住金鳌岛，攻打不下，只见革雕差人来说道："高青等围住暹罗城，要回兵救应。"革鹏道："暹罗根本之地，不可不救。且收兵回去，将那里兵杀退，再来攻打此处。"萨头陀道："金鳌岛破在旦夕，若释之而去，日后又费气力。那攻暹罗的不过几队游兵，都城坚固，万分无事。破了金鳌岛，那边的自然剿灭了。"遂唤苗兵造了云梯飞楼，推到城边，如猿猴攀附而上。李俊、费保、花逢春掣定短刀，见爬到城垛边的，便持刀砍下。苗兵只是不怕，鱼贯而上，越杀越多。李俊道："如今支撑不定了，待我自刎，免得受辱！"乐和道："就是入城，还要巷战，岂可如此！"花逢春见革鹏、萨头陀在城下指挥苗兵蚁附而上，花逢春弯起弓来，一箭射中萨头陀腿上，望后便倒。革鹏扶救。城下苗兵齐呐一声喊，那梯上的苗兵在半梯上回头观看，费保将一铁钩，用尽勇力，将云梯钩去，一声响亮，云梯断了，苗兵都被跌下去。城上乱把石块、灰瓶雨点打下，又伤了好些，方才不敢爬城。萨头陀虽然中箭，却不伤命，到船中用丹药调治。

只听得海外一个大炮如天崩地坼的一连响了百余响，苗兵报道："不好了！海上有四五十号大海船，刀枪布满，将到岸边。"萨头陀不顾疼痛,走起来,叫革鹏、革鹍领苗兵退出。李俊在城楼上看见苗兵尽去,又听得海外炮响,心中疑惑。乐和道:“我们开门出去看是何故。”遂一同下城。开了门,各持兵器,撑一个船到隘口。萨头陀苗兵的船尽摆在大洋东边,西边海上有四五十号大船,都是中华将士,盔甲鲜明,刀枪如雪,飞风般赶来。李俊等也便出了隘口,望见大船上有一先生仗剑立在船头上。细看却像是公孙胜。看看近来,见拿双鞭的像是呼延灼。李俊想道:“他们怎得到此?”那大船上李应见了李俊、乐和,大叫道:“李大哥,我等来解围了!”正是:中华将士从天降,小岛妖魔逐浪消。毕竟后事如何,且听下回分解。

第三十四回 大复仇二凶授首 议嗣统众杰归心

却说萨头陀、革鹏、革鹛围困金鳌岛甚急，苗兵布满云梯飞楼，爬上城来。李俊看看支持不定，忽听得海上炮声，苗兵纷纷退出。李俊、乐和、花逢春、费保也开门赶出。那大船上李应招手叫唤。李俊大喜，一齐上船，且草草叙礼，说道："梦里也不想众位到来！且请把苗兵破了，再诉别来心曲。"李应传令，将战船摆开，擂鼓摇旗索战。萨头陀也整顿船只，革鹏居左，革鹛居右，两军呐喊。凌振架起子母炮放去，轰天一响，早把两个船打得粉碎，苗兵皆死海中。萨头陀口中念念有词，一阵鬼兵，都骑虎豹从空飞下，竟奔前来。公孙胜掣出松纹古定剑一指，喝声："疾！"有两员天将，神威四射，俱执降魔杵，把鬼兵打散。李应、王进挥兵赶杀。栾廷玉挺枪，关胜舞动青龙刀，径奔革鹛船上；呼延灼举起双鞭，扈成挥三尖两刃刀，奔革鹏船上；革鹏、革鹛抵住厮杀。燕青叫军士放火鸦火箭，那革鹏船上霎时都烧起来，烟焰涨天。苗兵无处躲避，跳下海去。这里军士将炮石打去，沉于海底。萨头陀见破了妖法，战船被烧，夺路走脱。革鹏、革鹛也待要走，被栾廷玉一枪刺中革鹛臂上，急忙躲避，关胜大喝一声，将革鹛砍为两段。革鹏见兄弟杀死，急令收舵逃脱。那些苗兵烧杀大半，剩得焦头烂额的不上三五百人。

李俊见大获全胜，收兵到岸，请众好汉进城。到了府中，倒身下拜致谢。众人同拜，扶起了，分宾主坐下。王进、栾廷玉、扈成三个，李俊不认得，动问方知，躬身道："久慕三位将军大名，今日幸得相会！"花逢春又逐位拜谢。李应道："且喜花知寨有这般一个好令郎！"呼延钰、徐晟是在梁山泊同伴顽耍的，隔别多年，俱各长成，还有些认得，三个都不胜之喜。李俊大排筵宴，请各位坐席。大家谦逊了一回。王进、公孙胜、栾廷玉、关胜、呼延灼在上面，其余依次坐定。李俊、花逢春、乐和起身向各位俱敬了三大杯。

李俊相诉道："小弟诈称疯症，辞别了宋公明，同童威兄弟寻太湖中结义的费保等四人，住居消夏湾，打鱼饮酒，图些快活。为路见不平，伤触了丁廉访、吕太守，被他设计监在常州，幸得乐兄弟、花公子来救出。晚间就梦宋公明使黄巾力士来请，跨了黑蟒，到梁山泊。宋公明说：'后半段事业在你身上。'赠我四句诗，我还记得。"遂将诗念出与众人听了。

"醒来想道：我原是水军头领，必须原到水里去。同众人出了海口，抢童贯两只海船，到了清水澳屯扎。那金鳌岛沙龙贪淫暴虐，杀了他，夺了这金鳌岛暂住。暹罗国使丞相共涛、大将吞珪来争，我们把吞珪杀了，就领兵到暹罗。那国主马赛真是汉伏波将军马援之后，为人极是宽厚，见攻打甚急，遣使求和，情愿把玉芝公主招花逢春为驸马，因此罢兵。这金鳌岛富庶，可以安身。

"今年端午这日，是小弟四十岁贱降，花驸马来庆寿，不料这丞相共涛奸险专权，是宋朝蔡京一流人物，久蓄异谋，思篡国位。乘花驸马不在，用西番僧萨头陀的计策，一旦祸起萧墙，马赛真被弑。我同花驸马兴兵问罪，中了他反客为主之计。我们回兵到明珠峡，被萨头陀使鬼兵放火，几乎烧杀。感得神明相佑，大雨灭火，逃得残生。贼兵追来，围住金鳌岛，又被他诱敌，大折一阵。那童威、童猛、高青、倪云四人不知死生下落。苗兵将云梯飞楼爬上，万分危急，思量自尽，免得受辱。不想列位从天而降，解此患难，真莫大之恩也！"

李应道："小可不愿为官，回到独龙冈作田舍翁，因主管杜兴替孙大哥寄书与乐兄弟，惹出祸来，刺配彰德。他在彰德与裴宣、杨林杀了冯彪的儿子，牵累到我身上，监在济州。我越狱杀了冯彪，上饮马川屯聚。其中奇奇怪怪，惹出多少事来，众弟兄俱得聚会。那童贯用赵良嗣之计，通金灭辽，又与金朝挑衅，把东京失陷了。道君皇帝传位太子，俱被金兵捉去。刘豫僭称齐帝，关大哥直言抗谏，绑出法场，小乙哥妙计救脱。"

指王进道："那王老将军并呼大哥、朱都头俱兵败来归。河北地方通是刘豫所管，我们又杀败了刘猊，收兵回南，要投宗留守。谁知东京陷后，康王即位南京，改元建炎，又用汪潜善、黄伯彦为相，力主和议，宗留守气愤而亡。我等无所归着，只得且上登云山。那登云山原是邹润啸聚之所，阮小七哥杀了张干办，与孙新、顾大嫂同上了山。"指栾廷玉道："栾将军为登州统制。"指扈成道："是他令高徒说入了寨。我们到得登云山，为救朱都头与宋四哥，闹了济州，金将阿黑麻要攻山寨。因兀术在登州打造海鳅船，去夹攻临安。安道全说金鳌岛有李大哥在那里，故借了他一百号船，方才到得这里。"李俊道："安道全从高丽回来，翻了船，我捞救得，如今在那里？"李应道："众弟兄会合，曲折甚多，一时说不尽。安道全和众人并家眷、辎重、粮饷、兵马，还有六十号船，在清水澳哩。"李俊道："既如此，快着人接来。"

花逢春道："苗兵虽然败去，国母与家母在宫中，不知怎地？再求诸位伯叔去复仇雪耻，先父在九泉也是感德的！"哭拜在地。李应、栾廷玉道："花公子，你有这等孝思，我们即刻就去。"李俊道："连日劳顿，今日且尽欢痛饮，明早启行罢。"摆出筵宴，各谈衷曲，开怀畅饮。关胜、呼延灼等见这金鳌岛山势险阻，石城坚固，地方富庶，人物整齐，尽皆欢喜。次日李俊命费保守岛，狄成到清水澳接取各位，就放了号炮开船不题。

却说萨头陀、革鹏领残兵回到暹罗城下，见童威、童猛的兵攻打暹罗城，对革鹏道："垂成之功，败于一旦。你三弟被杀，他们必然追来。这里又有兵在此，未可交锋。你竟到日本国去借兵，那国王皈依我的，久想暹罗繁盛，要来吞并。我进去保守城池，待你借的兵到，会合青霓、白石、钓鱼三岛人马，如此如此。必要杀尽暹罗国人，不留一个，方遂我的心愿了。"革鹏依言去了。

童威等见萨头陀领残兵回到城边，人多烧坏，猜道战败回来的。欲要拦截，怕他妖法利害。高青虽在城内，又不知音耗，只得让他叫开城门进去。

共涛见了萨头陀，回说道："寡人全仗国师做主，今战败而回。童威、倪云把我围住，怎么是好？"萨头陀笑道："我有鬼神来扶助，那怕他天蓬元帅来也不打紧！只要完我那桩心事，便好享福。”共涛道：“寡人举国听着国师，便是要寡人的心肝煮汤吃也都使得，只要剿除金鳌岛兵将。”萨头陀道：“前日马赛真被李俊兵围住了，那国主招花逢春为驸马，方得息兵。你那女孩儿也招我为婿，我就施手段。若是不肯，我腾云去了。那时定你的罪，不干我事。”共涛呆了半晌，说道：“国师且退了兵，得胜回来，就招国师为驸马。”萨头陀道：“佛法不打诳语，今夜便要成亲的。做了翁婿至戚，自然尽心。”共涛还痴心信他果有神术，答应了，唤女儿妆束，与萨头陀结亲。那萨头陀箭疮未愈，瘸着脚，搂共涛女儿进房去了。

却说高青在宫中，内相商定妥去，纠结了臣僚百姓，歃血定盟，正要举事，见萨头陀回来，不知何故。又闻金鳌岛李俊、花逢春都到来。高青禀知国母，写一道懿旨，叫和合儿从城上掷下，今夜里应外合，三更为期，不可迟误。童威军士拾得，呈与李俊。关胜、呼延灼等都屯住城下。李俊已知高青在城内，又见国母的懿旨，传令三更看城内火起，尽要上城。果然到夜半，西北角上火光冲天而起。花逢春、徐晟、呼延钰正在此处，他三人当先，带领军士蚁附而上，斩开城门，放兵将一拥而入。花逢春引路，先到丞相府，前后围住。共涛无计，正去悬梁，被花逢春捉住，尽把家属四十余口锁缚定了，发兵马司监禁。却不见萨头陀。且急忙到宫中，天色已明。国母、花恭人、秦恭人、玉芝公主都在，花逢春哭拜倒地，四人一齐恸哭。国母收泪道：“幸得相见。共涛、萨头陀拿获了么？”花逢春道：“共涛并家属四十余口俱发兵马司监禁。萨头陀尚未拿着。”国母道：“驸马且去料理外边之事。但萨头陀必要缉获方好。”花逢春应诺出宫，到东门去接李俊等进城，路上遇见革雕，接住苦战。花逢春一戟把革雕刺杀，枭了首级。传令各城门守定，挨门搜缉萨头陀不题。

却说李俊把兵分屯各门，同众将入城，将丞相府改做元帅府，与众人权且住下。使花逢春入宫致意候安。萧妃叫请大将军相见面谢。次日，花逢春引了李俊进朝，萧妃先已在殿上西边垂帘，请李俊在东边。萧妃在帘内说道：“逆臣悖乱，国主晏驾，蒙大将军与各位将军大力，幸得雪恨。老身有一拜，权为致谢。”李俊一面同拜，一面说道："凶人肆恶，下官奋不顾身前来讨罪，只因兵力寡弱，又遭妖法，几陷于危。幸赖中国诸位将军到来，方才克捷。收复稽迟，致国母受惊，望乞恕罪。怎敢当国母如此隆礼。"拜罢起来。萧妃令花逢春在东边设坐，请李俊坐下献茶。萧妃亦在帘内坐了，说道："逆臣既获，望大将军作速处分，以慰国主在天之灵。萨头陀党逆首凶，敢烦严加缉获。高将军先入城来，具见忠贞，大将军可加重赏。"李俊道："国仇初复，政务繁多，都是军国大事，望国母懿旨分付花驸马次第施行，不宜耽缓。"萧妃道："未亡人女流之辈，有甚见识？驸马年幼，亦恐未谙。大将军大材大智，一切应行事宜，悉听径行裁处，不必下问未亡人了。大将军请回府治事，老身即此告退。驸马可送大将军回府。"说罢，退入后殿去了。

花逢春送李俊到府中，李俊道："既承国母委托，谊不容辞，只得要擅专了。且请乐兄弟与燕兄弟来商议，倘有不合处，贤侄可说来改正。"花逢春道："说那里话！伯父何必太谦，但请主张，小侄拱听指挥便了。"李俊叫请众位来。少顷，乐和、燕青等都到坐下。李俊把适来的话告诉了，说道："如今二位贤弟且与我分派起来。"燕青道："萨头陀是个首犯，莫要被他走了。如今且分遣兵将分头查缉。一面先犒赏现在官兵；一面查点仓廒府库；一面叙连日两处功劳，论功升赏。然后再议别事。"乐和道："此论最是。"李俊依言，叫写告示："各门张挂，挨缉萨头陀，不得放走。敢烦公孙先生一行。"就拨扈成、呼延钰、倪云带领四十名兵士，同去沿门搜查萨头陀踪迹。那二事明日举行。

公孙胜等去了第三日，清水澳诸人到了。李俊将昨日查出一所大宅，是共涛原要拨与萨头陀住的，将来拨与众位有家眷的同住。卢二安人与小姐和吕小姐、雷婆婆就在大宅，劈出数间与朱仝、燕青同住。其余众位且同在元帅府权住，再慢慢寻宅子安顿。后来国主发丧之后，花、秦二恭人把卢二安人与小姐、吕小姐接进宫去同住，此是后事，表过不题。

却说李俊传令，军士编了队伍，各营安插；粮饷收进官仓；马匹放在教场；船只令童威、童猛职掌，结水寨在海口；官僚论功升赏；百姓散给币帛；和合儿除授宫门使；火烧的民房发银命工匠修造，处置井井有条。大排筵宴，犒赏三军，元帅府设庆功筵宴，请众位齐到，依次坐定。李俊、花逢春起身把盏。李俊道："上托神天照鉴，宋公明哥哥英灵护佑，众弟兄今日复聚，真为难得之事！今有四大喜庆：暹罗国遭篡弑之祸，国祚已失，金鳌岛又有累卵之危，今幸复仇擒丑，此一大喜庆也；王老将军、栾统制、闻参谋、扈二哥本非旧盟，今得同心合胆，重结新契，此二大喜庆也；梁山泊一百八人死亡过半，即那存者散于四方，复得巧相遇合，向日太湖小结义四个弟兄，海外之事，甚得扶持，三大喜庆也；花逢春、宋安平、呼延钰、徐晟这四位贤侄，少年英隽，皆是伟器，有光前人，四大喜庆也。请众位尽欢达旦。"众人皆齐声道："敢不如命！"花逢春唤蛮女歌舞侑酒，众人大醉而散。

次日，乐和道："那萨头陀拿不着，恐为后患，必要设法搜捕，务在擒获方好。"李俊道："今日不敢烦公孙先生，只央樊贤弟同去搜捕便是。"乐和道："待我再同去缉访。"遂同原拨三人，又加燕青、徐晟，带着兵士，携了酒盒，各处查访，又当游玩。一连访了二日，沿街逐巷，唤地方人等查问，杳无踪迹。众人心中焦躁，想道："莫非真会腾云走了？"到第三日，又查了许多地方。日中后，到了一处，有座镇海寺，庄严壮丽，寺内有七层宝塔，高插云霄。乐和等到殿上随喜，住持献茶。燕青就问萨头陀踪迹。住持说："并不得知。"众人走到塔边，因走得倦了，命从人铺下酒盒，七人席地而坐，欢呼畅饮。

却说萨头陀在共涛府中，那夜听得宋兵围了府第，就带了共涛女儿走出。原来萨头陀虽会妖法，却不会腾云。见宋兵已是进府，就使个障眼法，同共涛女儿逃出府外，闻得各门俱有兵将把守，没处躲避。思量镇海寺地方幽僻，塔上可以权藏，就奔到寺中。知道塔门是封锁的，从第二层塔窗里钻进去，直到顶上一层躲着。那时已是夜深，寺中人都睡熟，所以无人晓得他。每日使法摄些酒肉来吃。还想要等革鹏借得兵来，里应外合，去杀宋兵。这日吃得大醉睡着。原来这寺是国王敕建的，塔内有金银铸就的佛像、罗汉、炉台等物，一切人等不许上塔，塔门长是封锁着的，所以住持并不得知。

却说共涛女儿虽是跟着他，心中却十分怨恨，想道："我爹爹好好一个丞相，富贵也不小了，却被这贼秃撺掇，行了逆天之事。如今害得家破人亡，我在这里又被他这般狼藉，就使逃得脱，也不是终身之计，怎生离了他便好？”心内便是这等想，却没有计较。这日正在那里暗泣，忽闻得塔下人声喧嚷，就悄悄在塔窗里朝下一望，见一起人在那里饮酒，旁边立着许多军士，衣冠都不是本国人，就知是宋朝人，心中想道：“这分明是宋家兵将，不如趁这贼秃睡熟，招引这些人来，把他拿去，只当与爹爹报仇，我就死也死在明白处。”主意定了，只是怎得他们上来？忽见那两把戒刀在旁边放着，想：“有了。我如今把这刀撇下去，他们见了，自然知道上来。”又恐撇下去声响惊醒了他，就脱下裙子，将戒刀连鞘包了，从塔窗里撇了下来。

却说燕青等正在饮酒，忽见塔上撇下一包物件，叫人拾起看时，却是两把戒刀。乐和道：“这戒刀便是那贼头陀的。必然是躲在塔上。只是这刀如何得下来？必是天败贼人！”众人望上看时，只是有个女子在塔窗里招手。乐和道：“不消说了。如今急急上塔去擒捉，莫要又被他走了。我与樊大哥、徐贤侄同上塔去，你们各掣器械，在塔下围绕等候。”就一齐起身，唤军士将槌斧打开大锁，带四名军士奔上塔来。

到了塔上，萨头陀惊醒，才跳起来，早被徐晟一刀砍断右臂。军士齐上按住，就把带来的秽物从头浇下，然后将绳索绑了，牵拽下塔。把女子也带了下来，问知是共涛之女，就叫也锁起来。共涛女儿将前情哭诉与众人知道。燕青道：“既如此，且不要难为他，回去见大将军再作处置。”一般人离了寺中，回到元帅府。见了李俊，把前事细说一遍。李俊、花逢春大喜道：“快把铁锁穿了萨头陀琵琶骨，恐他遁去。然后发下，同共涛禁在水牢内，伺候施行。那女子另行监禁看守。”

李俊叫花逢春禀知国母，与国主开丧殡葬。就叫裴宣定了仪制，萧让撰了祭文，燕青、乐和总理丧事，置造桐棺梓椁。掘起国主尸骸，面色如生，毫不腐烂。将香汤沐浴，换了冕服，含珠纳贝，入殓已毕。北门外结起厂殿停丧，选二十八员道士，请公孙胜主坛，建三昼夜醮事，追荐升天，到万寿山王陵上安葬。花逢春齐衰重服，暹罗国文武官员俱穿孝服。李俊设祭，王进、李应等先行吊礼，国母与玉芝公主都在柩旁。李俊吩咐打扫法场，命杨林、杜兴引兵排列，一枝花蔡庆做监斩官。其时百姓何止有数万人，都执香旁观。李俊叫把共涛女儿取来，一同正法。呼延钰来对乐和道："乞叔叔禀知元帅，暂留此女，小侄别有话禀。"乐和微笑，来对李俊说了。李俊也笑道："既如此，且不要取来，就叫先将共涛家属次第斩了。"刀斧手带共涛、萨头陀上了木桩，每人一百二十刀柳叶剐，又剖腹剜心，献到马国主灵前，再行进奠。国母、公主、花逢春大哭，拜了，启灵柩，原摆半朝銮驾，开路人引导。一路施张布幄，香花灯烛，百官士民成群步送，约有万人。到了万寿山，闻焕章点神主，柴进祀后土。安葬已毕，都回国中。

次日，萧妃传懿旨，请李大将军相会，又叫请中国诸位将军一同到来，一面宣本国文武百官俱要齐集。萧妃浑身缟素，坐在上面，本国各官先朝拜了。萧妃道："国主晏驾，又无世子，国不可一日无君，如今该是何人嗣位？众卿可有个主见么？"原来本国大僚都是前日被共涛杀了，这现在的都是些小官，没人敢做主意。大家推逊了一会，齐奏道："臣等愚昧，又且官卑职小，并无主见，悉听国母裁处。"国母吩咐且退，都在殿下伺候。

众官退出，萧妃叫内侍把传国玺捧出，摆在当中龙案上，然后仍在西首垂帘。请李俊等上殿。李俊与众人商议道："我们人多，一齐上殿不便，只请两三位同我进去，何如？"众人道："说得最是。我们原无甚话可说，何必都进去？"遂让出燕青、乐和、王进三人同李俊进去，别人都在午门外坐下等候。四人入得殿来，萧妃早叫花逢春迎着，说道："国母说，丧服在身，不便行礼。只请坐下，有话商议。"东边早设了四座，四人叫花逢春告过罪，依次坐下。萧妃在帘内说道："马氏自祖宗开基，已传数世，不幸遭篡弑之祸。世子早殇，并无宗支。今已讨贼正典，但国位不可久虚，今请列位公议一位嗣统为王，但使马氏血食不致斩绝，实为万幸。"李俊道："国为马氏之国，本姓既绝，花逢春有半子之谊，理合承祀宗祧，何必别议？"花逢春泣谢道："不肖自先严早背，母子孤茕，又无亲族，堕奸人之计，若无乐和叔，我母子不知死于何地。又得大将军挈来海外，神威定远，本国畏惧求和，得联秦晋，安享富贵，已荷大恩。国主被弑，复仗先君世谊，报仇雪恨。自此当奉国母、寡母，同公主庐墓三年，以尽半子之谊。请大将军早践国位，免得邻邦窥伺，反侧生心。不必多议。”三人同声道：“花驸马之言实出衷心，大将军创业不易，事有经权，何必推逊？”李俊道：“小可本是浔阳江上一个渔户，随宋公明受了招安之后，自知愚直，不堪世用，故辞官职，隐逸太湖。偶遇变故，出洋借住金鳌，已为过分。讨暹罗之难，全是众位之力，岂敢贪天之功，遂尔僭妄！花驸马既然谦光，众位中请才德兼全、堪为民主者嗣当此位，使某复借金鳌岛容身，于愿足矣！”

原来花恭人此时亦在帘内，便接说道：“先夫为重友谊而亡，撇下孤儿、寡妇，并无依托。幸蒙诸位伯叔保全教诲，得有今日。小儿年幼无知，岂堪大任？纵国母有爱护之心，妾当谏阻。请大将军慨允，以慰臣民之望。”燕青是伶俐人，忖道：“李俊开创此处，人望所归，自然是他为主，他人岂可觊越？”就大声说道：“凡人一饮一啄，莫非前定，况为一国之主乎！大将军，你先机龙遁，谁知富贵逼人。宋公明托梦，明明说后半段事业在你身上，今日已符其言。花逢春母子甚是贤达，大将军不必固辞。”国母道：“燕将军之言极为有理，就此定议。只消择日登位便了。只是我母女作何安顿，亦烦一议。”燕青道：“国母不须多虑。虽是大将军嗣了位，万事要请国母懿旨方可施行。我辈弟兄都是赤胆忠心，不作忘恩负义之辈。”

李俊道：“承国母慈谕，众位推戴，我李俊也不敢妄自居尊，凡兵马、粮饷、庶务，请众弟兄各主其事，禀奉国母垂帘听政，何如？”燕青道：“这个使不得。家有主，国有王，必要一人统理，方得国治家和。比如梁山泊当日是白衣秀士王伦创立的，因他心地褊窄，妒贤嫉能，林冲火并了他，奉晁天王为主。那时宋公明也受约束，不敢专主。后来晁天王去世，宋公明继为主帅，那个不禀遵军令？一寨之中，尚且纪纲法度不可紊乱，况暹罗是个大国？出号施令，朝聘礼仪，送往迎来，兵机粮饷，讼狱刑名，文明礼乐，庶务繁剧，非同小可，岂容政出多门、十羊九牧？且垂帘听政，是不得已之事。国无长君，不足弹压臣僚，故权时出此。试看吕太后、武则天多遗讥后世。今暹罗统系已绝，大将军，你又不是暹罗国旧时将相，只因花驸马面上，算做亲戚，岂如世受国恩之人一般？天下者，天下人之天下，非一人之天下。贤明继世，多有杰起。尧、舜之时，不传于子，而传于贤。大将军即宜听受。”王进道：“大议已定，允合天理人心。大将军虽谦，也辞不得来。我们出去商议大礼便是。”李俊道：“既然如此，我也不好再辞。国母、公主与花驸马母子，原居宫内，我仍住在元帅府，权且署事便了。”四人辞了国母与花恭人出来，一齐上马回府。正是：霸基已定多谦让，国位初登战伐兴。不知后来如何，且听下回分解。

第三十五回　日本国兴兵构衅　青霓岛煽乱歼师

却说李俊与众人回到府中，燕青、王进把说来的话向众人重宣一遍。众人都道："今日之事，正是天命有归。至公无私，人心允服的，何必多议。"李俊道："虽然如此，叫我骤居王位，实是不敢。原以征东大将军摄行国事，众弟兄分派职事，各人掌管，互相扶助，称呼仍是弟兄，不可虚套，使我不安。"燕青等先议定了仪注，命钦天监选了黄道吉日，先使人传谕暹罗旧日各官。

到了这日，礼仪备齐。五更时分，李俊与中国众人同到金銮殿丹墀下。羽林军摆定，殿上灯烛辉煌。萧妃命花逢春请大将军上殿。李俊戴金幞头，穿绛红蟒袍，进入殿中。关胜等都是宋朝冠带，在殿外月台上伺候。国母命内侍送出玺绶符节，李俊接了，供在龙案上。鸿胪官鸣赞喝礼。李俊先拜了天地，就转略上，西向而立。王进以下挨次上殿，俱各朝上四拜，大将军也回四拜。拜毕，众人退出殿外。花逢春、宋安平、呼延钰、徐晟北向四拜，大将军回答半礼，因通家子侄，受了两拜，然后升座，坐了正位。鸿胪传喝序班，暹罗国旧日臣僚排了班，俱北向四拜，大将军受了。四个子侄侍立两边。然后宣读敕命，都是日前会议的。众人静听：

小旋风柴进为吏部侍郎，摄暹罗国丞相事。

入云龙公孙胜为国师。

扑天雕李应为户部侍郎，掌管出入钱粮。

圣手书生萧让为礼部侍郎，兼理诰敕表章文移等事。

浪子燕青为兵部侍郎，兼赞画一应机密。

铁叫子乐和为刑部侍郎，参知政事。

神算子蒋敬为工部侍郎。

王进、栾廷玉为左右枢密使，总核兵马。

神机军师朱武为军师。

混世魔王樊瑞为驱邪秉教真人。

大刀关胜为中军都督。

病尉迟孙立为左军都督。

双鞭呼延灼为右军都督。

美髯公朱仝为前军都督。

镇三山黄信为后军都督。

扈成为都知兵马使。

活阎罗阮小七为水兵都总管。

铁面孔目裴宣为监察御史。

神行太保戴宗为通政使，兼观风行人司。

独角龙邹润为京城观察使。

小遮拦穆春为屯田使。

鬼脸儿杜兴为盐铁使。

锦豹子杨林为巡绰五城兵马使。

闻焕章为国子监祭酒，总理学校。

花逢春为驸马都尉。

宋安平为翰林学士。

呼延钰、徐晟为左右亲军指挥使。

铁扇子宋清为光禄寺卿。

轰天雷凌振为火药局总管。

神医安道全为太医院院使。

玉臂匠金大坚为尚玺，掌理印信符节等事。

出洞蛟童威、翻江蜃童猛为水军左右正总管。

赤须龙费保、太湖蛟高青为防御使，镇守金鳌岛。

卷毛虎倪云、瘦脸熊狄成为镇遏使，镇守清水澳。

小尉迟孙新为上林苑卿，兼提督馆驿事。

母大虫顾大嫂为一品武毅夫人，防护六宫，兼提调上林苑事。

紫髯伯皇甫端为太仆寺卿。

一枝花蔡庆为锦衣卫使。

当下宣唱已毕，就命礼部铸给印信，命萧让、宋安平分撰诰敕，以便颁行。暹罗旧日臣僚，俱各升一级，另有赏赐。百姓钱粮给复一年，大赦境内。诸事已毕。鸿胪官唱喝退班。暹罗各官与羽林军先退，然后摆国王仪仗前导，李俊坐了龙辇，众弟兄、驸马跟随，仍回元帅府，大排筵宴，众人欢饮，军士各有犒赏，不题。

消夏湾头久息机，岂知鹏翮复高飞。

英雄自古无凭准，脱却蓑衣换衮衣。

次日，燕青与柴进商议，禀过李俊，差戴宗到二十四岛传谕。戴宗去了。

却说革鹏自金鳌岛战败回来，萨头陀叫他日本国去借兵，因风汛不顺，耽搁了好几个日子，方才到得日本。那日本国在大海岛中，绵亘数千里，管辖十二州，多出金银珍异之物，其人虽好诗书古玩，却贪诈好杀，又名倭国。十二州共有十万雄兵，虎踞海外。那倭王鸷戾不仁，黩货无厌。高丽国与他附近，常过去抢夺。每羡暹罗繁富之国，要来吞并，只是无隙可乘。这日报有革鹏来借兵，着进来见。那倭王坐在锦裀绣褥之上，足有五尺多高；四个倭女，姿容绝美，侍立左右；下面有一百倭丁，各执长刀，摆在两旁。革鹏跳舞而拜。倭王问道："你是那里人？借兵何用？"革鹏道："本是占城人，有五千兵占住黄茅岛。那暹罗王马赛真死后，丞相共涛嗣位，有宋朝征东大元帅李俊兴兵来夺。国师萨头陀差人求救，我同兄弟革雕、革鹍领兵去救援。不料兄弟革鹍兵败被杀，只得收兵回国。又被宋兵围困，兵微将寡，恐守不住，萨国师差我到贵国来借兵。若灭了李俊，共涛情愿比做藩臣，年年进贡，岁岁来朝。"倭王道："我海外之邦，岂容中国人占夺！既是这般说，我差关白领一万兵随你去，必要灭那李俊。"原来"关白"是日本大将的官号，取每事都要关白他的意思，不是姓名。那关白身长八尺，勇力过人，领倭王令旨，点萨摩、大隅二州之兵，共是一万，战船三百号，祭旗开洋。革鹏谢了，辞过国王，驾小船先回暹罗国来，打探消息。已知共涛、萨头陀与兄弟革雕俱已被杀，李俊做了国王。因知青霓岛岛长铁罗汉与共涛原是一党，就到岛中来会他。

却说戴宗到青霓岛来传谕。那铁罗汉素日犷悍自恣，不遵约束，欺马赛真柔懦，不来朝贡，反与共涛结连，表里为奸，欺凌各岛。当日见传到晓谕，心中大怒，假意应承，候戴宗去了，想道："我这暹罗国自居海外，马赛真既死，共涛丞相自该践位，怎么中国人来占得？"实是气愤不过！差人去接白石岛屠崆、钓鱼岛佘漏天来一同商量举事。

不一日，屠崆、佘漏天到了。铁罗汉道："我暹罗国二十四岛，惟有四岛最强。那里来这李俊，称为什么征东大元帅，把沙龙杀了，占了金鳌岛。当时就要出兵与他报仇，那马赛真无能的废物，反与求和，招花逢春为驸马。共涛丞相用萨头陀为国师，去了马赛真，前日有书来，许我三人并合二十四岛，永作邻邦。不知怎么被李俊坏了，公然做暹罗国主，又来传谕，要去朝贡。我们无拘无束惯的，低头服小，如何气得过！特请二位来商量，我们起兵夺转暹罗国，你二人意下何如？"屠崆、佘漏天道："岛长之言极是。我二人心中甚是不服，但兵力单弱，只恐敌他不过。若岛长起兵，我二人决听约束。"铁罗汉大喜，置酒相待。

忽见报来："黄茅岛革鹏要见。"铁罗汉连忙迎入，相见坐下。革鹏道："我两个兄弟都被李俊所害，故此到日本国去借兵复仇，倭王已差关白领兵一万来了，不日就到。你们是共涛丞相心腹之交，怎么不思量与他雪恨？"铁罗汉道："正与钓鱼、白石二岛长来商议起兵，正愁众寡不敌，若得共事，又有日本兵来，一发妙了。"革鹏道："但有一事要讲过：共涛丞相与萨国师既死，日本兵来灭了李俊，暹罗自然归并日本，那金鳌岛是我要驻扎的。"铁罗汉道："共涛丞相原许我三人分这二十四岛，今岛长要驻扎金鳌，把那二十四岛作四股均分罢了。"革鹏道："一言为定。你三岛准备器械、船只，克日取齐，不可迟误。"当下歃血定盟，只候日本兵到，不题。

却说李大将军和群臣料理国事。行人戴宗回来说："青霓、白石、钓鱼三岛不服，要兴兵复仇。"朱武道："那三岛是本国附庸，他若不服，煽动起来，我新兴之国，不能安靖。门庭之寇，不可不征，必要遣将点兵，即去剿灭。”大将军依言。正要发兵，只见水军都督童威到来，说道：“革鹏到日本国借兵，倭王遣关白领倭丁一万，战船三百号，已到青霓岛，来取暹罗。革鹏又结连三岛，一齐煽动，兵船不日就到，国主须作速准备。”李俊听了大惊道：“我这里现兵不满五千，如何抵敌？”朱武道：“将在谋而不在勇，兵贵精而不贵多。先到海口结一水寨挡住，不可使他登陆。再差四枝兵远远埋伏，设计破他。”李俊道：“烦军师即速调遣。”朱武就拨关胜、呼延灼、栾廷玉、李应为大将，樊瑞、杨林、孙新、穆春为副将，领兵二千，战船一百号，扎了水寨；阮小七、童威、童猛、朱仝、黄信、孙立、扈成、邹润分四路埋伏；自与李俊、公孙胜、燕青、呼延钰、徐晟、凌振为中军，扎一旱寨在城边；留王进、花逢春守城；又遣人传谕到金鳌岛、清水澳，谨守地方。分拨已定。

刚到城外安立寨栅，只见海面上乌云的拥来，都是三岛、日本的兵船，在五里路外也结了水寨，不出交战。朱武看了道：“倭情最是奸诈，况且兵多。传令水寨，日夜防守，未可冲阵。”关胜等见传到号令，只是谨守，一连四五日，两军并不交锋。到三更时候，舵师叫道：“船上发漏了。”忙把灰麻等物塞住。不一时，各船上俱是海水滚进，有半舱的水，修塞不住，船要沉下去。关胜叫快拢岸，都到旱寨里。大将军道：“战船尽是坚牢的，怎的都发漏？”只得也扎一寨，相望对守。

原来是关白的计策，一万倭丁有五百名黑鬼在内。那黑鬼可以昼夜在水中，饥馁时就捕鱼虾生食。关白叫去凿穿船底，海水滚进，使他扎不得水寨。这是梁山泊上水军头领的长技，反被他着了道儿。

到次日，报来：“关白、革鹏领倭丁北海上岸，把城围了。”这暹罗国四面虽然都是大洋，只有南面离海，是三里陆路，其余三面也有百里的，也有数十里的。那关白使黑鬼凿穿了海船，逼他上岸，水寨中只留铁罗汉、屠崆、佘漏天领三岛的兵看守，自同革鹏来围城。李俊见报，说道：“城中空虚，须要进去保守。”留关胜等八将守定旱寨，这是紧要去处，防他水寨里的兵来攻打。遂同朱武等进城，各垛上点兵守住。众将各分汛地，将炮石、擂木堆起，一近城来，即便打下。那关白果然足智多谋，叫倭丁张了生牛皮，如幔帐的罩着里面，将城挖掘，又造起云梯飞楼爬上来。诸将日夜提防，应接不暇。

李俊着了忙，聚众将商议道："我等初立国土，席尚未暖，三岛煽乱，革鹏借得倭丁。闻说那关白诡计极多，倘一时失事，战船皆已凿漏，修整不及，那里过得海洋！死无葬身之地矣！"呼延钰道："倭丁到此，从不交锋，知他强弱何如？我们何不冲出去，与他打一仗看！若杀了关白，余不足虑矣！"大将军依言，就点王进、花逢春、徐晟、呼延钰领一千兵，自己骑了照夜玉狮子马，手提铁杆枪，开北门杀出。

那北门最是空阔，关白的营寨札在那边。关白见有兵出城，把倭丁摆开，唤革鹏带五百兵丁转到东门乘机攻入。革鹏领命去了。大将军领众将出城，关白骑一只白象，盘头结发，手执铁骨朵，冲杀过来。呼延钰提双鞭接住，战未三合，那倭丁舞着两把长刀，跳舞而来，一时抵敌不住。大将军望后便走，兵士乱窜，自相践踏，伤了好些。到得城边，飞马报来道："革鹏已攻破东门了。"大将军忙退入城，果是革鹏晓得城中无备，把飞楼架起，一拥而上。那东门汛地，是呼延钰、徐晟两个守的，都出城交战，无人守把，被他爬上数百。

燕青、蔡庆在西门，闻得革鹏上了城头，飞也似赶来，见革鹏和一二百兵丁乱砍守垛的兵，那飞楼上倭丁蚁附而上。蔡庆慌了，拔刀便砍，革鹏挺枪相持，蔡庆那里敌得住。燕青一弩箭射去，正中革鹏肩膀上，不是要害处，他也不顾，只是赶杀。蔡庆正在危急之际，却得花逢春、呼延钰、徐晟三骑马到来，花逢春一戟刺中革鹏咽喉，扑地便倒。呼延钰、徐晟把倭丁砍杀。凌振也赶到，架起大炮，对飞楼打去，倭丁尽打下去。蔡庆枭下革鹏首级。倭丁杀得罄尽，方才无事。李俊上城，唤把革鹏首级挑出号令，倭丁尸骸尽抛城下，去另添兵将把守。然后下城，到府中商议说道："险些儿坏了事！虽然斩了革鹏，关白只不肯退，如之奈何？"朱武道："船虽凿破，修整二三十号起来。差关胜等八将把青霓三岛的水营冲散，截了关白回路，然后破他。"

李俊传令。关胜等点阅修理船只，去冲水营。童威去逐号检阅，尚有二十余号未经凿破。关胜道："水面上交战，火器为先，请凌振出来方好破得。"使童威去请凌振，一面整顿。不多时，凌振带火器到了，等到二更去冲。

却说铁罗汉在水寨与屠崆、佘漏天商议道："李俊大败，革鹏破了东门，暹罗唾手可得，谁知革鹏被杀，我们三岛的兵终日守在此间，不能成功，今夜且安息了，明日去攻南门。”屠崆道：“岛长之言有理。我们尽醉一场，来早并力杀去。”取酒来尽量痛饮，兵卒亦皆赏犒，俱各大醉。正在睡梦里，忽听得号炮连声，爬得起来，各船一时火起。关胜等八将奋力杀入，铁罗汉、屠崆、佘漏天不敢交锋，各驾一只小船，分路逃回本岛。三百战船烧了一半，岛兵杀得罄尽。四路伏兵听见炮声，也合在一处，大获全胜而归，同入城中，启国主道：“水寨冲散，铁罗汉等已皆逃去，只剩得关白与倭丁了。”李俊等大喜。

那关白因革鹏被杀，倭兵攻城伤了许多，锐气已挫，又见岛兵新败，没了帮手，亦未敢就来攻城，只是紧紧围困。朱武与李俊等道：“关白勇悍，倭兵尚多，若久留城下，倘拼命来攻，当他不起。我闻倭丁极怕寒冷，一见了冰雪，如蛰虫一般，动也不敢动。只是这沿海地方，那得冰雪？”公孙胜道：“待贫道祈一天雪来，冻死了他。只怕罪孽！”李俊道：“倭兵犯顺，自取灭亡。若被他所破，不唯我等永无归路，那暹罗数百万生灵，都要受他荼毒。请先生便作起法来。”公孙胜就命在坎地上筑一坛，按了五方，选二十八人，手执幡幢，分立四方，作为二十八宿；又选十二人，作六丁六甲之神，一童子执炉，一童子捧剑。公孙胜登坛，披发仗剑，步罡礼斗，焚化符箓，一日作法三次。到第三日：

> 彤云叆叇，黑雾迷漫。吼地北风，吹散满林落叶。扑天柳絮，霎时堆起琼瑶。鸟群哀噪古枯枝，兽队怒嗥藏土穴。指枯皮裂，鬼哭神愁。寒威凛凛结冰澌，冷气萧萧连冻雨。却似雪窖牧羝持节日，蓝关倒马咏诗时。

那雪下了一昼夜，足有五尺多高。暹罗百姓自古不见这雪，尽皆骇异。那倭丁只怕冷，不怕热，从来没有寒衣。况是秋天到的，那里当得这般寒冷？缩做一团，冻死无数在雪里。关白想道：“敢是上天发怒，不容我在这里！下这什么东西？再过两日，尽要冻死了！”遂收兵回去。在雪中一步一跌的，到南门，见战船多被烧坏，还剩有几十个在海面上。叫黑鬼下海，推到岸边来。那黑鬼可以在水里过得几日的，只因雪天，海水都成薄冰，泅了去，如刀削肉一般，又冻死了好些。推得船来，关白同倭兵下船。谁知公孙胜先已料得，又祭起风来，一时间白浪掀天，海水沸腾，满船是水，寸步也行不得，只好守在岸边。三昼夜风定后，海水都成厚冰。关白和倭兵都结在冰里，如水晶人一般，直僵僵冻死了。

到次日，天和日霁，冰冻俱解。大将军命童威、童猛、樊瑞、杨林四将去看倭兵消息。四将到海岸边，见关白、倭兵皆枕藉而死，不留一个，收有数千把好倭刀。关白戴的帽子，皆是八宝嵌成，也取了。把尸骸抛入海中。战船还有百多号，并凿破的尽修整起来。那关白的白象到不死，就牵了来回报国主。各文武俱皆大喜。李俊道："多亏公孙先生，成此大功！从今枕席得安矣。那革鹏上东门，我战败而回，满料坏事了，不料复得安靖。虽是神天护佑，却亦是众弟兄之力。可设宴庆贺。"朱武道："外寇虽除，内患未净。那青霓三岛煽乱兴兵，若不剪除，二十四岛必然效尤，还须遣将问罪。"大将军道："兵卒守城辛苦，文武各官亦皆精神未定，再过几日出兵便了。"正是：创造丕基原不易，欲安乐土岂辞劳！不知后事如何，且听下回分解。

第三十六回　振国威胜算平三岛　建奇功异物贡暹方

却说关白倭兵尽皆冻死，后来倭王闻得，知道天命有归，再不敢来侵犯。只是青霓岛铁罗汉、白石岛屠崆、钓鱼岛佘漏天这三岛结党煽乱，恐其终久不靖，朱武劝国主出师征讨。李俊就命栾廷玉、扈成、童威领兵一千，战船二十号，征青霓岛；关胜、杨林、童猛领兵一千，战船二十号，去征白石岛；朱仝、黄信、穆春领兵一千，战船二十号，去征钓鱼岛。传下号令，各自整兵不题。

却说铁罗汉三人因破了水寨，各自逃回本岛，闻得革鹏被杀，关白倭兵尽皆冻死，铁罗汉心内踌躇道："我歃盟煽乱，不料溃败，李俊必兴兵要来。所有雄兵都杀死了，存者不过数百老弱，那里敌得过？再要到日本借兵，那倭王必不肯发。欲要逃去，又舍不得这好基业。又一时无处安身。若是投降，恐怕被他耻辱。"左右两难，又想道："且把岛中百姓强壮的都拿来，面上刺字，充了兵，也有一千多名。待他来时，与他抵敌，也未必便能奈何我！"一面准备不题。

却说那青霓岛无险阻可恃，只是平畴沃野，田地肥饶，广出五谷，各岛无米的都来贩籴，若是不肯卖，尽要饥馁了。况铁罗汉又生性强悍，力敌万人，好不好就要厮杀，所以各岛俱畏惧他。岛中有座铁罗山，出得好镔铁，打起刀来，锋利异常，再不肯轻易与人，所以他自号"铁罗汉"。山脚下有一石潭，看来澄清，其实有毒，这是铁汁浸润的，若误吞一口，即时肚疼，到一周时，溃腹烂肠而死。铁罗汉的法度，若有犯法的，也不加刑，只把这水一碗灌下，其人立死，岛人因此不敢犯法。

先说栾廷玉、扈成、童威到了青霓岛，见那并无城郭，都是沃野，村落中百姓人家正收割稻子上场。栾廷玉传令，不许动民间一草一木。领兵一直进去，到铁罗山下，见铁罗汉屯在山顶，四围俱用木栅拒住。栾廷玉见天色将晚，不知上山路径，且扎下寨栅，明日进兵。遂埋锅造饭，见石潭内的水清洁，就汲起煮饭。不吃万事全休，一吃下去，军士都叫肚疼。栾廷玉、扈成、童威还在饮酒，不曾用饭，所以不曾中毒。栾廷玉道："偶然肚疼，这是常有的，怎么一千人都疼起来？必然中毒！恐是这石潭里的水缘故。"急寻土人查问，果然这水吃不得的，到周时腹烂而死。栾廷玉心慌，即使童威到国中问安道全解法，速去速来。童威驾船飞也似去了。那些军士沉重起来，一个个弯着腰，攒眉叫苦，栾廷玉无可奈何。

次日早上，只听得鼓角齐鸣，铁罗汉率领蛮兵，各执长刀，泼风也似卷来。军士那里厮杀得？栾廷玉忙叫退军，自与扈成断后，走得迟的，已被杀了一百多人。铁罗汉看看赶近，栾廷玉假作败走，等他将次近身，回手奋力一枪，正刺着他左腿，扑地便倒，他那里众兵齐上，救回去了。栾廷玉、扈成回到船中，见军士尽皆要死，心焦得紧。到晌午，童威领五百生力军来，说道："安道全说，甘草汤可解，盒着一大盘药末，叫把清水调服。"军士各吃几大碗，吐出无数黑水，方才疼止，且在船中养病。

次日，栾廷玉、扈成引了生力军重来交战。这番铁罗汉不屯在山上了；一片平洋地上，铁罗汉把蛮兵摆开，在那里毒骂。栾廷玉大怒，挺点钢枪，领兵赶去。只听天崩地裂一声响，都跌下陷坑，两边伸出挠钩来捉人。栾廷玉拔出腰刀，斩断挠钩，踊身一跳，跳出陷坑。扈成、童威连忙收步，不致跌下。栾廷玉复挺枪刺去，铁罗汉将铜挝抵住，斗了十余合。扈成、童威大宽转赶到，挺枪助战，铁罗汉虽勇，终是左腿昨日着伤未愈，怎当得三条枪，败阵而走。栾廷玉紧紧追着，到一洞口，铁罗汉便钻入洞去。蛮兵钻不及的，砍杀了几个，其余四散逃走。有一个跌倒在地，栾廷玉正要砍下，那人大叫道："我不是蛮兵，是好百姓。"栾廷玉喝道："既是百姓，怎么助这逆贼？"答道："铁罗汉因兵少，拿我百姓脸上刺字充兵的。"栾廷玉道："且饶了他。今后遇脸上刺字的，不许杀害。且问你：这是甚么洞？深浅何如？里面是何光景?”百姓道:“此名乌龙洞。洞口甚窄,只可一人钻进,里面宽大,能容二三百人,昼夜点火。这洞是一块大石生成,打凿不开。铁罗汉把金银珍宝藏着,自有预备的干粮,将铁门闭上,任有千军万马,也攻不开。一应家眷,都在里面。”栾廷玉道:“可有后路?”百姓道:“并无后路。”栾廷玉道:“这便易处了。”唤军士取炭堆在铁门边,用火煽着,不消半日,铁门镕开了。只是不能进去。又唤将柴草烧着,用长叉推进。那洞里烟气灌满,火焰冲进,焦渴烦闷,怎生过得。外面只管把柴烧进,一昼夜光景,铁罗汉已镕成汁了。栾廷玉料他已死,拨兵守定洞口。

出榜安民,蛮兵俱准投降。革除了饮潭水酷政,百姓以后不消干这杯酒了,都来拜谢。到三日后,叫军士钻进,那死尸如墨炭一般,一个个抬了出来。把铁罗汉首级割下,放在木桶里。又问知仓廒,查数封贮,搜出金银十万余两,遣童威解去报捷。国主就命栾廷玉、扈成镇守不题。

再说朱仝、黄信、穆春到钓鱼岛。那岛对面两座小山,对着山腰里架一座石桥,通人往来,石桥上造一敌楼。佘漏天闻有兵到,先领蛮兵守在敌楼上,桥底下排了铁楞,进去不得。朱仝到了两日,佘漏天不来交战,若近桥边,敌楼上用竹弩打来。那竹弩利害,用石炮压住,机彀一发,打到三百步之外,一弩定伤十多个人,所以船近不得。朱仝焦躁,把船移到东边三里之遥,有路可登,同黄信、穆春上岸。走上冈子一看,有座天生石台,直靠在海外,如建康燕子矶一样,玲珑剔透,文采可观,遍生琪花瑶草,石壁上镌着六个大字,虽然风雨剥落,还认得出是“任公子钓鱼处”。朱仝道:“原来有此古迹,所以得名。”看那一带冈子,天然一座城垣。望见岛内田畴屋宇,鸡犬桑麻,甚是葱郁。一路随小冈走出,都是荔棘葛藤,纠结盘绕,甚是丛杂。穆春道:“铜墙铁壁也要设法开来,何况这些荔藤!朱提督,你且到前边拒住,我同黄提督领兵到山后,用刀斧慢慢开辟出来,从背后杀进,他一定守不住。”朱仝依计,先下船。分三百兵随黄信、穆春拣一幽僻之所,剪开薜荔,等到夜深,爬下山冈。

那佘漏天是一勇之夫,只管其前,不顾其后,况且兵少,分拨不开。黄信、穆春点了十数个火把，把民房烧起，火光冲天。佘漏天见了，急下敌楼，看那里失火。不防黄信走到，一刀砍为两段。蛮兵尽拜伏降顺，黄信叫一个也不杀。朱仝见里面火起，敌楼上又无人守护，就攻破上岸，进来搜出佘漏天家口，尽行诛戮。事已大定。那钓鱼岛不比青霓岛富盛，却是民风朴素，家给人足，倒是安乐之土。佘漏天为人刻薄，凌虐小民，百姓见灭了，无不欢喜。朱仝将金银之物并首级，命穆春解去报捷。出榜安抚居民，秋毫无犯。

百姓感激，抬一件东西来，送与两位提督。朱仝、黄信一看，原来是条大蛇，有十丈多长，三百多斤重，垂首丧气，似将死的一般。朱仝道："要这大蛇何用？"百姓禀道："此名'巴豕'，其肉甚美，食之益精延寿。那胆如鸭卵大小，价值百金，一应风疾，服之立愈，兼能消痰定喘，壮人筋骨。平时不易得的，勇健如飞，螫人立死。四季来朝任公子，预先张网，方可捕得。将药酒每日灌他，似醉一般；十日之外，毒气全无，然后将来或糟或腊，甘美异常。其胆将火逼干，贮在磁罐，自有别岛人来求买。马国主在日，佘漏天不肯贡献，惟共涛丞相送他一瓶。佘漏天每年责限收捕，百姓不知受了几多屈棒，也没有这样大的。老爷是中华福人，故有此异物出现。"朱仝呼主人割开，果然胆似鸭子，金光闪闪。依法逼干收贮，把肉煮起来，肥甘如熊掌，与黄信同尝了些，将去送与马国母与李大将军。安道全道："此蛇之胆，真与黄金同价，沉疴立起。前日疗高丽王的病，亦须此品。肉亦有益于人。"大将军便分给与众位。就命朱仝、黄信镇守钓鱼岛不题。

再说那白石岛境界更奇，天生成这石岛，雪也似白，光溜溜并不生草木，屏风峭壁，四面环绕，出入傍海。一个大洞，中央一片平地，方幅百里，地极肥饶。出一种香糯，如桐子大，取岛中金沙泉酿起酒来，香甜浓馥，容易上口，醉了三日方醒，又不坏人，名为"香雪春"。还有一件珍物，形如鹧鸪，在竹林中哺出来的，春时极肥，用米粉蒸熟，骨脆肉腴，名为"竹鸠"。此两种是白石岛进贡的方物。

那屠崆凶恶，比铁罗汉、佘漏天更加贪淫纵酒，岛中的人无不切齿的。屠崆闻有兵到，把洞门下了铁板，随你攻打，并不得开。岛中钱粮广有，无求于外，两三年也守得定。关胜、杨林、童猛领兵到了，并不见一人。洞门铁板闸定,那石壁从海底生起来,无陆路可登。那股海水流入洞里,船进方可登岸。石壁有三丈多高,像白玉碾成,没有痕迹可用手脚。将船周回摇转,看时多是一样。杨林道:"天生的石壁,那里破得!闻得栾廷玉用炭镕开乌龙洞铁门,我这里也用几万柴炭镕开。"童猛道:"洞是海底下环起的,把柴炭放在那里煽火?若在船上,船先烧了。"皆笑起来。杨林道:"到国中再请兵将来商议。"关胜道:"这里兵将尽足,只是无可用力。青霓、钓鱼皆已攻破,同发三枝兵,若我们破不得,有何面目去见大将军?"关胜坐卧不安。

只见有只小船从海面上远远荡来,兵卒把挠钩挽住,只有两个船家,一个坐舱的。关胜看那坐舱的,相貌古朴,年纪有五旬,不像外洋人,问道:"你是什么人,来做奸细?"那人道:"小的是扬州人,唤做方明,不是奸细。"关胜道:"到此何干?"方明道:"小人十年前合伙到此贸易,翻了船,伙计皆死,回去不得,流落在这里一个小澳里,地名黄沙洲,卖些草药度命。原有个女儿,年方八岁,乳名秀姑,因丧了母,无人看管,就带在身边,今年十六岁了,有些姿色。因这屠崆淫纵,闻知了,一月前被他抢去。小的彼时也跟了来,住了几日,屠崆便把女儿占了。谁知他那蛮婆极是利害,生性妒忌,岛中妇女不知坑陷多少。如今不知我的女儿死活存亡,故来探望。不晓得将军在此,有失回避。"关胜道:"那屠崆武艺何如?有多少蛮兵?钱粮支持得几时?"方明道:"那厮没甚本事。蛮兵不过四五百。只有钱粮充足,便十年不出来,也不打紧。马国主嗔他不贡香雪春,兴兵来征;他闭了洞口,奈何他不得。若见有兵,便缩了进去,所以唤做石乌龟。"关胜道:"因他借日本国兵来煽乱,我奉暹罗国王之令,差来征讨。只是攻打不开。你若要救女儿,可有甚么算计,使我进去?"方明想一想道:"将军差两个人进去,在里面做奸细,就可破了。"关胜道:"洞门紧闭,如何叫得开?"方明道:"将军把船移过,那洞边峭壁上有一小孔,如钱眼大,他把千里镜照看,见外面兵退,自然开洞。"关胜大喜道:"我着两个人同你进去,若成了功,将女儿还你!还要封你官职。"就赏以酒食,命杨林、童猛藏了暗器,随方明进去。就把战船移在侧边,果然不消半日,洞门开了。

杨林、童猛已在方明船里，摇进洞口，那守洞口的蛮兵认得方明，是小夫人的父亲，放船进去。那洞口只容一船，里面一条大溪，直贯上去，接那山水下来，清澈见底，多是五色石子。两岸田园屋舍，茂林修竹，竟是个桃源。沿溪行了五七里，方到屠崆的住所。高厅邃阁，极是齐整，门边有四五十蛮兵站着。方明向前通了来意，蛮兵摇手道："进去不得。"方明正要再问备细，只见屠崆气烘烘走出来，上路飞跑，后面一片喊声，蛮婆手执双刀，五六个蛮妇跟出来。杨林、童猛闪在一边。看那蛮婆怎生模样：

头结黄毛髻，珠翠铺匀；身穿毳红衫，绒绦束紧。眉浓眼大，搽腻粉如初放绣球花；喉破躯雄，展娇声似出林狮子吼。不是吃人罗刹女，定为缚鬼夜叉婆。

那蛮婆提着双刀，一头赶，一头骂，骂道："你这石乌龟，偏向那小妖精，做我老娘不着，今日一同杀了你！"屠崆只是飞跑，再不回头。蛮婆赶不着，喘吁吁的指着骂。蛮妇劝转，扪着胸脯进去了。杨林暗笑道："直得甚么！原来是个怕老婆的元帅！"方明再细问，蛮兵答道："为你这女儿，岛主宠爱他，另住在上面一所房子内。"指里边道："那个主儿不忿，终日厮闹。"方明问道："另住在那里？"蛮兵努嘴道："不上一里路。我引你去。"方明、杨林、童猛随蛮兵走去，有一小门楼进去，见屠崆变着脸坐在红毡上。方明向前施礼。屠崆也不起身，叫他坐下，问道："这两个是谁？"方明道："一般的亲眷。"屠崆也叫坐了，说道："你的女儿在这里安享富贵，你来瞧甚么？只吃那婆娘不良，要和我厮并，少不得杀了他，同你女儿快活。你不要回去了。"叫唤小夫人出来。杨林偷看时：

芙蓉为面柳为腰，人在扬州廿四桥。
何事飘零东海外，石龟深洞锁妖娆。

那秀姑见了父亲，道个万福，瞧那杨林、童猛，却不认得，也道万福。杨林、童猛起身回礼。屠崆扯秀姑坐在方明肩下。秀姑与方明说些家常话，不觉流泪。蛮女捧出两个蹄膀，一只熟鹅，大盘肉包子，斟上香雪酒。屠崆并不让客，把解手刀割那鹅肉，大碗酒只管吃。杨林、童猛闻得馨香，也便大吃。吃了多时，屠崆大醉，蛮女扶进去睡了。秀姑哭道:“蛮婆日日要来杀我,性命决然不保。今日得见父亲一面,死也甘心了!”方明附耳说道:“我儿不要忧心。这两位将军是暹罗国王差来的,今晚要开除他,你躲开些。”秀姑道:“他醉了,明日晌午方醒。卧房内只有几个蛮女,下手不妨。我且进去伏事他睡好。”再叫拿酒来,秀姑自进去了。蛮女又拿酒来,童猛道:“这酒果是好滋味,不要也醉了,耽误正事。”杨林道:“屠蛮到是直汉子,并不疑心。”童猛道:“见丈人引来,是内亲了,故此托胆。少停下手,只要蛮婆不知觉,便不妨事。”起来看了出入的路,又吃了一回。

候到三更,方明引童猛、杨林走进卧房,见秀姑对着孤灯而坐。那屠崆鼾声如雷,两眼开着。杨林、童猛拔出短刀,揭开锦被,按着脖颈。割下首级。两个蛮女都倚壁边而睡,童威也要动手,秀姑道:“不可。这是伏事我的。”杨林提了首级,叫秀姑出来,把卧房锁着。等到天明,对方明道:“你同女儿在此,不要走漏消息,我们去接关提督来杀那蛮婆。”放首级在船头内,叫水手摇船到洞口,唤拽起铁板,放我们回去。蛮兵放开闸板,杨林道:“我们还要转来,且开着。”

到战船边,关胜悬悬而望。杨林提了首级,跨上船来,说了一遍。关胜大喜,叫快把船放进。仍是这只船引路,进了洞口,后面的鱼贯而入。守门的兵不敢拦挡,遂直到里面。蛮婆并不知觉,关胜把兵围住。蛮婆披头散发,舞双刀而出;关胜执青龙刀劈去,蛮婆倒地,兵卒也把来割了首级。蛮兵尽来投服。关胜出榜安民,一面唤把屠崆夫妇尸骸掘地埋了,谢方明道:“全亏你得破此岛。待申过国主,重重赏你。”方明道:“将军与岛民除害,又救了小女,老汉何功之有?”关胜查点仓库,也有金银米谷珍异之物,香雪春堆满一屋,竹鸠还有醉的在那里,开了酒,与杨林、童猛、方明一同享用。大赏军士,申文开方明功绩,并解香雪春、竹鸠、屠崆首级去报捷。过两三日,回文转来,留关胜、杨林镇守,方明授守备职衔,一同协理。掣童猛回去。

童猛辞了关胜等,回到国中。李俊道:“兄弟们多有功绩了。那香雪春你们先吃几多?解来的送了十瓶到宫中去,余下的与众弟兄同吃,还不够。”阮小七道:“我一生尝得两番好酒滋味,这香雪春是一番了。前在梁山泊,太尉陈宗善来招降,龙凤担内装十瓶御酒,被我偷吃了六瓶，也还不如得这香雪春哩！”童猛道：“那岛果然生得奇特，真如白玉琢成。闸了铁板，再进去不得。幸遇方明跟了进去。那屠崆是酒色之徒。我与杨林认做小夫人亲戚，一同坐下，斟了香雪春来吃，我们不敢多吃，恐误正事。昨日回来，方与关胜、杨林吃得畅快。如今香稻新熟，已唤岛民酿来了。那屠崆先倒了运，被蛮婆赶杀，不敢回拳，可见怕老婆的不是好汉。”众人皆笑起来。

李俊道：“自从共涛篡位已来，有大半年征战，日夜操心。幸喜关白、革鹏就戮，三岛戡平，可以高枕无忧，且与众弟兄快乐过此残冬。”燕青道：“安不忘危，有国家的不比庶民，须要兢兢业业。若偷安纵逸，大则丧国，小则亡身。如道君皇帝用蔡京为相，奸党互结，上下蒙蔽，不亲政务，致陷了汴京，父子北狩。马赛真优柔不断，权归共涛，有篡弑之祸。大将军初开国基，务须励精图治，不宜自耽逸乐。目下有件震威柔远之事，可宜速行。”正是：家破必因浮荡子，国兴知有说言人。不知燕青说出什么事来，且听下回分解。

第三十七回　金鳌岛仙客题诗　牡蛎滩忠臣救驾

却说大将军李俊因征战多时，身心劳瘁，思量要与众弟兄快乐过冬。燕青抗言谏诤，说道："三岛虽平，二十四岛未尽慑伏，必要逐岛巡历，将好言抚慰，使他怀德畏威，不敢倡乱，方得宁靖。古人谓之一劳永逸。"大将军道："兄弟之言，甚是有理。"即命制造八方十二神将，二十八宿鲜明旗帜，水磨盔甲，锋利器械，建了朱幡黄幄，皂纛白旄，点柴进、燕青、朱武、乐和、呼延灼、李应、花逢春、呼延钰、徐晟、凌振等文武十员，军兵三千名，战船五十号，择了吉日出兵。十二对金鼓引导，发了三个号炮开洋。

先到青霓岛。栾廷玉、扈成出来迎接，李俊慰劳一番，把铁罗汉三人首级遣人传示东方五岛。那五岛俱来降伏，进贡方物。大将军重赐段匹花红，皆喜跃而去。栾廷玉请大将军并各位弟兄游铁罗山、乌龙洞。

宴饮一日，开船到钓鱼岛。朱仝、黄信出来迎接，将佘漏天首级传示西面五岛，亦来降贡，重赏而去。朱仝献上巴豕胆，留与安道全药笼中备用。也吃了一日酒，到钓鱼台游览而去。

开洋转北，到白石岛。关胜、杨林接入。大将军道："这岛果然奇巧，若无方明，怎生破得！"重赐方明。关胜设宴，用香雪春送上。大将军和众弟兄都吃得酩酊。北面五岛亦尽来纳款。

遂开船到金鳌岛。费保、高青相见。李大将军道："此岛是我们创业根基，山川秀丽，城垣坚固，作暹罗之屏翰。恐你两个兄弟料理不来，去传王进、阮小七来同守。王进老将知兵，住在国中，终是先辈，不好屈下。阮小七惯习水战。四人在此，我无南顾之忧矣！"登了城楼,叹道:“若无中国弟兄来,几被萨头陀所害,可谓徼倖!”费保请到厅上赴宴,南面五岛亦来纳款,抚劳而去。

费保、高青设宴款待,正在饮酒,只见一个道士羽衣竹冠,飘然而至。花逢春见了,即出席而拜。道士笑道:“驸马还认得贫道么?”大将军见他仙风道骨,请来上坐。道士并不推逊,一坐下就吃了十大瓯酒,只不用荤。大将军问及来历。花逢春道:“马国主到丹霞山游玩,这位先生见国主气色不利,叫随他出家,不日必有奇祸,留下四句偈,皆是不祥之语,虽已应验,只是解不出。”道士道:“有何难解!‘洚水为灾’,洚水者,洪水也。‘长年不永’,长年者,寿也,移洪字三点在寿字旁,不是共涛两字么!说他为灾。后面两句不消解得。”花逢春道:“若是国主当初随了先生出家,可免得这祸么?”道士道:“仙家可以转祸为福,自然可免。只是必然不肯之事。那老病贫苦身膺重罪的人,尚恋着浮生,岂能舍一国之尊脱屣而去?反是贫道饶舌了。”花逢春道:“那共涛安享富贵,何故行此悖逆自取灭亡?”道士道:“贪名贪利而不顾害,所以有此。凡人打扫一片心田,干干净净,虽做强盗的,后来必有好处。若存心奸险,妄想希图王侯将相,做了违天之事,必受显戮。这共涛与中国的蔡京、高俅一般品类,遗臭万年。”

李俊暗想道:“这道士真有意思,这句话打着我辈了。”接口道:“如我弟子,可随先生出得家么?”道士仔细一看道:“你身上担子还重,除是‘登’来,方可卸得。”大将军道:“甚么‘登’来?”道士道:“自有后验。”大将军道:“先生可留仙驭,与公孙先生同住修炼。”道士道:“公孙一清是我师侄,他前日祈雪祭风,太刻毒了。飞升之事,还隔一尘。”见照壁粉饰得洁白,叫借笔砚一用。花逢春捧过笔砚,道士卷起袍口,磨得墨浓,蘸得笔饱,在照壁上龙蛇飞动,挥下碗口大小的二十八字。众人一齐起身看道:

牡蛎滩边一艇横,夕阳西下待潮生。

与君不负登临约,直向金鳌背上行。

后面又有四个小字“徐神翁题”。众人不解其意。道士道:“明日有一大贵人到,自然晓得。”向花逢春道:“香雪春还要用几杯。”花逢春道:“香雪春乃白石岛所酿,不曾带来,远隔五百里路,怎处?”道士道:“借酒榼一用,贫道倒带得在此。”从人取到酒榼。道士把袖拂了一拂,开来斟上,果是香雪春,众人称异。道士又道:“有此美酝,不可无鲜花时果。”叫取大漆盘来,袖中摸出闽中枫亭驿中生的状元红荔枝,刚刚是新摘下的,堆满一盘;又向袖中擎出两朵洛阳开的姚黄魏紫牡丹花,晓露未晞,插在筵上,大笑道:“贫道穷家计,只此二物奉献。”剖开荔枝,先奉一个与大将军,香甘嫩白,入口而化;又剖开一个与燕青,说道:“比你驼牟冈进的青子何如?青子直待回味,怎如这荔枝入口便甜,不须要青子回味了。”逐个面前奉上一个,自取大碗吃上三碗香雪春,把手一招,空中飞下一只白鹤,在筵前清唳了数声。道士跨上鹤背,道:“贫道要到罗浮山看梅花,不得奉陪了。”腾空而去。众人齐道:“真是神仙下降,可惜公孙先生不曾一会。”当日尽欢而散。

次日,正打点开船回国,只见探事船来报说:“牡蛎滩上有宋朝皇帝,被金国大将阿黑麻赶来,围困甚急。”柴进、燕青道:“我等原以忠义为心,亲见中原陆沉,二帝蒙尘,只为越在草莽,不操兵权,无可奈何。今康王中兴,又一旦颠蹶,到了这里,岂可坐视不救!现有兵将,虽众寡不敌,然金兵长于骑射,不习水战,我们倘得一战成功,送圣驾回朝,真是千载奇功,名标青史,岂不美哉!”李俊奋然道:“我李俊一介细微,蒙弟兄相助,成此事业,若坐视君父之难而不救援,是豺狼也。虽肝脑涂地,亦所甘心,望众弟兄奋勇同心,共建大义!”朱武道:“谋定而后战。可分兵三队,到夜静之时,使他不测多寡,方能取胜。今日是箕水豹值日,晚间必有大风,可将十只空船装满芦柴,加上硝硫,乘他无备,好作火攻,可获万全。”正说间,王进、阮小七到了。李俊大喜,即拨呼延灼、呼延钰、徐晟为一队;王进、李应、阮小七为一队;自与柴进、朱武、燕青、费保、花逢春、凌振为中军。分拨已定,只等夜深进兵,不题。

却说高宗皇帝即位临安,信任黄潜善、汪伯彦、汤思退一班无谋宰相,专主和议,斥罢李纲、张所、傅亮忠良之臣,汴京复失,两淮不守,被兀朮长驱直入,攻破独松关,陷了临安,高宗遂去明州,下了海。阿黑麻领一万雄兵,直追至牡蛎滩,团团围定,以为唾手可取。只是船大滩浅,不能到岸,正要商量上岸之策。那高宗从驾的战士尽皆败没，惟有羽林军数百、文武内监十余员相随，御膳已缺，正在危急之时。

夜至三更，李俊统三队兵，先把火船推入金营。忽起大风，各船一齐火起。凌振又装大炮，震天打去。呼延灼等大喊杀入，逢着便砍。阿黑麻不知那里来的救兵，黑夜里又不知多少，各船火发，不能抵敌，只得先领一队奔出外洋。那金兵被杀死的，烧死的，跳在海内的，不计其数。阿黑麻领残兵，不敢回明州，望登、莱逃去。呼延钰、徐晟追上，拿得一个船、两员将官、三十名金兵，解到中营发落。高宗听得炮声不绝，火光冲天，心中惊怕，垂泪道："想是金兵登岸了，不如自尽，免得受辱！"侍臣奏道："这喊声敢有救兵到了，在那里交战，圣上且请耐心。"

到天明，李俊等登岸，向羽林军道："我等是救驾的。金兵已被杀败逃去，特来见驾，烦为引奏。"羽林军报知。高宗惊喜不已，传旨宣进。李俊等奏道："臣等甲胄在身，不能行礼。护驾来迟，有惊龙体，死罪，死罪！"高宗举目观看，都是相貌堂堂，威风凛凛，问道："卿等是何人，救朕大难？"李俊道："臣李俊等是梁山泊宋江部下。蒙道君太上皇帝三次招安，钦差征服辽国，剿灭方腊，恩授官职。蔡京、高俅、童贯等嫉功妒能，假传圣旨，颁赐药酒，鸩死宋江、卢俊义，又陷害臣等，故投海外暹罗国。那国王马赛真被奸臣共涛篡弑，国内无主，军民拥戴，臣权勾当暹罗国事。闻得陛下为阿黑麻所围，臣等奋不顾身，特来救驾。"高宗大喜，称赞道："朕久知宋江和卿等心怀忠义，为朝廷立功，一旦被奸臣所陷，渊圣皇帝已将奸党诛戮。今日朕又危难，蒙赖卿等相救，真是功垂竹帛，百世流芳。可开出姓名，待朕还朝，没于王事者厚加褒赠，现在的显擢官爵，胙土分茅。"李俊等谢恩。又奏道："闻御膳匮乏，请圣驾幸臣驻扎之所，整顿兵马，送圣驾还朝。"高宗传旨启行，文武内监护从下船。

顷刻到了金鳌岛，用十六人轿抬入公厅。李俊等换了朝服，嵩呼拜舞已毕，进上珍馔百盘。文武内监，另自管待。羽林军各犒酒米。高宗用罢御膳，笑道："朕已绝粮一日矣！今得饱，卿之德。"抬头见照壁上之诗，大惊道："此诗是何人几时题的？此间唤甚地名？"李俊道：

"此名金鳌岛。这首诗是昨日有一道士,自称徐神翁,忽然而来,题了这诗。臣等不解其意,他道:'明日有一大贵人到,自然晓得。'"高宗恍然道:"事有前定,信不诬也。朕在潜邸之时,遇一道士,口授这四句诗,说道:'他日自有应验。'不料隔了多年,来到此地,竟应验了。可见人生都是前定。原来这道士便是徐神翁。"问:"此仙翁何在?待朕再叩前程。"李俊把摄酒、献牡丹花、鲜荔枝诸事说了一遍,"后来招下一鹤,腾空而去。"高宗道:"那仙翁何不暂停一日,使朕再问此后休咎?"李俊道:"陛下已过大难,定然万寿无疆。今日是腊月二十八了,请圣驾暂幸暹罗国度岁,新正送行。"高宗点首道:"军旅倥偬,把岁序都忘了。承卿款留,且过元旦。"李俊先命花逢春、乐和归去,整备待驾。

高宗张了御盖,坐在大船上,见海气澄清,群山青翠,喜动龙颜。到了海口,乐和安排仪仗,结彩张幄,一路香花灯烛,鼓乐笙箫。李俊多人俱是步行,引至金銮殿。各官尽来朝见。退朝到偏殿,惟有李俊、公孙胜、燕青三个陪侍。高宗各问姓名。因问公孙胜道:"昨日徐神翁到来,先生曾相会否?可知他来历?"公孙胜道:"臣不曾到金鳌岛,无缘不能相遇。他是蓬莱散仙,与先师罗真人交往,正是师叔之辈。"高宗道:"朕已厌弃尘劳,待欲修仙,何如?"公孙胜道:"天子与庶民不同,临御海宇,使人民安生乐业,便是现在正果了,何必枯寂为事?太上道君极慕神仙之事,敬事林灵素,因五欲未除,宠任群小,致海内崩裂。况林灵素是小有法术之人,贪图富贵,造作谎言,欺蒙太上,广收门下,恣为不法,所以上天降祸。必若徐神翁辈超出世外,才是真仙。"高宗点头道是。

燕青俯伏奏道:"微臣燕青,曾于宣和二年上元之夜,在上厅行首李师师家,得觐太上道君皇帝,蒙赐御笔,赦臣万死。前年将北狩时,在驼牟冈,臣到营中朝见,进黄柑十个,青子一百枚,又蒙钦赐纨扇一柄,题有诗句,特呈御览。"高宗接过,讽诵数回,潸然泪下,道:"朕被金兵搜逼,不敢去送龙驾。卿有如此忠肝义胆,可谓国乱显忠臣矣!上皇手泽,卿可珍藏。"燕青叩头谢道:"微臣有刍荛之言,望陛下采纳。二帝蒙尘,中原陆沉,此千古创变也!陛下天与人归,继续大统,海内父老,皆拭目以望中兴。陛下当枕戈达旦,以报父兄之仇,不可听信庸人,狃于和议。和议之计,金人以此愚人,奈何我以自愚也!宗泽愤死,张所掣回,神京复失,两淮不守,致陛下为蹈险之行,幸天地祖宗之灵,得以万全。陛下还朝,宜远斥和议之臣,亟拔忠贞之士,则二圣可还,海宇可复。昧死陈情,伏望圣鉴。"高宗道:"卿忠义过人,识见卓荦,朕铭于心,一归朝即相张浚、赵鼎矣!"燕青拜谢而起。高宗进了晚膳安寝。

次早是元旦,五鼓摆设朝仪。李俊先同文武众官伺候,堆起火城,焚檀沉降速,香气氤氲,散于九霄。丹墀下羽林军排列御仗,伐鼓鸣钟。高宗望北拜了二帝,簇拥升殿。一时没有龙座,权坐了马国主遗下的暹罗密犀镶嵌龙文的白象牙床。李俊率文武拜舞称贺,暹罗国文武臣僚同耆民父老亦皆朝贺毕。马赛真元妃萧氏,凤冠霞帔,宫娥拥出来拜贺。高宗传旨平身。朝贺已毕,各官俱散。李俊就在金銮殿整设华筵,陈列宝玩,山珍海错,无不毕具。李俊亲捧金杯,再拜上寿。高宗赐坐陪宴,李俊、公孙胜、柴进、燕青四人谢恩就坐。殿下奏乐,蛮女起舞。高宗大悦,说道:"朕在临安,规模草创,朝贺赐宴,仅存大意。不意今日此地反有此盛典,可谓中外一家,君臣同庆矣。"李俊四人更番上寿,跪进香雪春。高宗道:"此酒味醇而美,大称朕怀。"李俊奏道:"此酒名为香雪春,白石岛所酿,饮多不醉,醉不伤神。陛下还朝,当赍进奉。"直宴至下午,尽欢而散。高宗道:"感卿等美意,欲要再留几日,恐臣民悬望,明日可送朕回朝。"李俊道:"臣已准备船只,择初三日是黄道出行吉日,决当送驾。"高宗退到偏殿,又与公孙胜叙谈导引之法,不觉至晚。

次早,呼延钰、徐晟所拿金朝两员将官,大将军发监察御史裴宣勒取口供,原来就是赵良嗣、王朝恩,投顺金朝,复为向导。裴宣将口供进呈,高宗看了大怒,就举御笔批道:"赵良嗣构成边衅,使二帝蒙尘;王朝恩权奸遗孽,追朕海上,大逆不道。先打八十御棍,扭解回京,凌迟处死。钦此!"裴宣领了圣旨,花逢春叫带进驸马府,说与母亲、姑娘知道:"王朝恩已带来廷杖了。"花恭人、秦恭人都立在堂后观看。乐和、樊瑞亦皆到来。裴宣唤带钦犯行杖,众军役鹰拿燕捉的捽在丹墀跪着。乐和道："王宣慰，你可认得尹文和、花公子么？怎的把宦家冰霜凛节命妇拿禁东楼，意欲何为？"王朝恩见了，满面羞惭，哀求道："不预本犯之事，通是郭京指使。望尹相公宽解！"乐和道："我原是梁山泊铁叫子乐和，今为暹罗国参知政事，不是什么尹相公。"樊瑞道："李大官人本是见我斗法赢了，款我静室，怎又听信郭京狂言，要拿去解送童贯！我土遁去了，又差兵捉公孙先生，与他有甚相干？我叫做混世魔王樊瑞。公孙先生现今与圣上谈道哩。那郭京投顺金朝，做郓城知县，被我拿到还道村杀了。你却如何顺了金朝，真该万死！"王朝恩道："事已至此，悔之无及，还求乐大人开恩。"乐和道："你待我原不薄。只是你父子世受国恩，不思尽忠，反作金朝向导，来追圣驾，二位这事大错了！也罢，叫取酒食来，二位且吃些，好熬刑责。这是先尽私情，后正国法。"军健便把黄袱绷起，高掇精臀，架着朱红棍子，吆喝一声，从半空打下，五棍一换，八十打了半日。赵良嗣、王朝恩打得皮开肉绽，死而复苏。裴宣喝令上肘带出。乐和道："今日才完得万柳庄一桩公案。"花、秦二恭人称快进去。裴宣去复圣旨，不题。

到初三日，李俊整顿了大海鳅船，差文臣四员，是柴进、燕青、乐和、萧让；武将四员，是呼延灼、李应、孙立、徐晟，点二千兵护驾，又设筵席送行。李俊跪进奏揭。高宗龙目一观，开道：

夜光珠四颗，猫儿眼十粒，

通天犀带一围，于阗玉带一围，

珊瑚树二枝(高三尺)，玛瑙盘一个(径二尺)，

伽南香几一座，西洋锦段十端，

巴豕胆一枚，龙香剂十匣，

竹鸠腊十瓶，香雪春百坛。

高宗道："怎又贡此珍奇之物？叨荷多矣。卿可即真主暹罗国事，朕当命大臣赍敕命而来，便宜行事。文武诸臣，卿可承制封拜。还有一事：那日本国倭王贪悖无厌，时常侵犯浙、闽、淮、扬等界，卿与高丽国王李俣，可共加防遏，毋使跳梁。"李俊奏道："三岛倡乱，革鹏借兵，倭王命大将关白领一万兵来围住暹罗城，幸得公孙胜祈雪祭

风,关白并倭兵尽皆僵冻而死,一个不还。倭王畏惧,再不敢来了。既承圣谕,当遣陪臣到高丽国与李俣会议,设法防御。"高宗命启驾。李俊率文武多官步送到海边,俯伏再拜。高宗道:"卿国中宁靖,一来觐朕。"李俊顿首泣谢道:"臣仰仗天威,镇摄遐方,当年年进贡,三年一朝。万望善保圣躬,以副四海臣民之望!"高宗下了船,柴进等八员皆辞大将军登舟,放了号炮开洋。海面上起一阵和风,下几点微雨,所谓"风伯清尘,雨师洒道"也。李俊等磬折立于海岸,直等望不见龙船,方乘马而返。众人齐道:"圣天子有万灵呵护,此去必然福祚延长。我等存心忠义,得此一番救驾,亦可少尽臣子之职矣!"正是:君臣同体鸿钧转,海岳澄清宇宙宁。不知后面还有何事,且听下回分解。

第三十八回　武行者僧房叙旧　宿太尉海国封王

话说大宋高宗皇帝被阿黑麻追至牡蛎滩，署暹罗国事李俊救驾，请高宗到国中，元旦受过朝贺，初二日审勘叛臣，初三日启驾。李俊点文武官八员，领兵二千，护送御驾还朝。海波不兴，风和日霁，一路无话。过了普陀莲花洋，到明州岸口，太监先去报知，明州官员尽来迎接。飞递到临安，满朝文武都到明州，请圣驾登岸，乘了玉辇，千乘万骑，拥卫过了钱塘江。到临安府御了皇极殿，群臣拜贺。诏改建炎四年为绍兴元年，大赦天下，百官覃恩升赏。柴进等把兵船泊在明州定关，只跟四十名家丁，随身行李，护驾过江。

次日，高宗宣柴进等进朝，命光禄寺赐宴，敕吏部照原册论功封职。柴进等谢恩而出，俟候敕命。自然要担搁几日，且在西湖上昭庆寺安寓。柴进道："我等前日从征方腊，在此一月有余，军务倥偬，无有闲暇，临安有许多景致不曾游玩得，今候敕命，空闲在此，正好各处游览。"昭庆寺僧人见是暹罗国使臣，那西廊下有几房开骨董铺的，正要买些暹罗密犀伽南洋锦等物，相见了，见尽是中华人物，叩问其故。柴进笑而不言。先斋戒沐浴，到天竺进香，都乘骏马，带二十名家丁。

到天竺礼了观音大士，白云房住持摆斋相待，叩谢香金，又写疏喜舍。僧人趋承引路，从下天竺转到灵隐寺，再到冷泉亭上。燕青道："这景致非凡，白乐天《冷泉亭赋》云'天下胜概，甲于余杭；余杭胜概，甲于灵隐'是也。"从寺背后上韬光庵，庵门首看见"楼观沧海日，门对浙江潮"一联，众人望东南指点道："此去暹罗国敢有万里之遥了。"

又到法相、龙井、虎跑随喜。天晚了，就宿僧房，身边有的是银子,随处布施,所以各处款待。僧道看银子面上,曲尽趋奉殷勤。到吴山顶上,立马观看,前江后湖,山川秀丽;遥望万松岭上,龙楼凤阙,缥缈参差,十分壮丽;俯瞰城中,六街三市,繁华无比。萧让指道:"钱塘江外,白茫茫的是海,亏这鳖子门一锁,成了门户,所以临安建都还可偏安。"乐和道:"我还有杞人之忧:看那西湖之水,钱塘门一带几与城平,倘用兵之时,湖中水满,引来灌城,恐怕不浸者三版?"李应道:"你这远虑,倒也不差。"柴进回头向北道:"可惜锦绣江山,只剩得东南半壁!家乡何处,祖宗坟墓远隔风烟。如今看起来,赵家的宗室,比柴家的子孙也差不多了。对此茫茫,只多得今日一番叹息!"燕青道:"譬如没有这东南半壁,伤心更当何如?"伤今吊古一番,到净慈寺里宿了。

次早,呼延灼说道:"武都头在六和塔出家,不知存殁若何,该去一探,就拜鲁智深骨塔。"大家同到江边,住持接进到禅堂里。武行者摊出脊梁,行童与他搔痒,见众人走来,吃了一惊,叫声"阿呀"!衣服不曾穿好,提了袖口,就与众人作揖,说道:"弟兄们怎得到此?梦里也想不到!"柴进悉把从前事迹说过:"今护送圣驾还朝,候领敕命,因此来望兄长。"武松大喜道:"我作废人,众弟兄又成这般大事业,可喜可敬!"柴进唤家丁捧过五百两香敬并土仪相送。武松道:"我衣食俱是常住供给,要这银子何用?既承盛意,留此修理六和塔,与弟兄们作福。"李应道:"这些兄长收了,明日到昭庆寺再舍五百两修塔。"住持听得,满心欢喜,连忙摆斋。孙立道:"兄长平日还是用斋用荤?"武松道:"心如死灰,口还活动,况且熬不得酒。常住纯素,我在房里便吃些。"唤行童道:"床头两坛好酒,烫起来。前日王府尹送的金腿、宁鲞,整理些来。只此二味款待,若寡素,想弟兄们也当不得。"大家笑了。

不一时,摆上酒肴,武行者殷勤相劝。萧让道:"兄长往日景阳冈打虎,血溅鸳鸯楼,英勇本事,都丢下了么?"武松道:"算不得英雄,不过一时粗莽。若在今日,猛虎避了他,张都监这干人还放他不过!"众人齐笑起来。武行者问道:"李俊做了暹罗国王,还是浔阳江上身段么?宋公明一生心事,被他完了,难得,难得!"呼延灼道:"兄长同我们到那里，老年兄弟，须得常在一处。若好清静，同公孙胜住静，一个和尚，一个道士，香火正要盛哩！”众人又笑起来。武松道：“在此惯了。鲁智深的宝塔，林冲的坟墓，都在这里，要陪伴他。我的塔院也寻在半边了。”呼延灼道：“我们也要去扫塔。”唤家丁取十两银子与住持，明日礼塔打斋。

住持进来问道：“可是上智下深那位大师的骨塔么？”呼延灼道：“正是。”住持领命去了。武松又问道：“旧日弟兄共是几个在那里？”燕青道：“还有三十二个，连李大哥太湖结义的四个，还有四个子侄，与王进，栾廷玉、闻焕章、扈成，总是四十四人。”武松道：“怎么他四个也入了伙？”燕青悉把前事说了。武松道：“事非偶然。子侄辈是那四个？”呼延灼指徐晟道：“这是金枪手徐宁的儿子，叫做徐晟，过继与我的；宋公明侄儿宋安平；花知寨令郎花逢春，做暹罗国驸马；并我小儿呼延钰。”武松道：“隔不多几年，又换一班人物。你们回去，想尽是暹罗国大官哩！”乐和道：“算不得官，不过混帐。”武松道：“也强如在梁山泊上做强盗。”众人尽皆大笑。吃得酩酊而寝。

次早，住持同十二众僧人焚香击磬，一齐礼了鲁智深骨塔，林冲墓上也祭了。众人在墓门松树下坐着，说起在中牟县杀高俅等一节，武松称快道：“杀得好！林教头的魂也是松爽的。”回到塔院，打过合山斋，拜别武松，依依难舍。住持跟来领银子。进了涌金门，浪里白跳张顺敕封金华将军，立庙在门内，又备祭浇奠。大家叹息道：“一般是浔阳江好汉，同上梁山做水军头领，死的死了，生的在暹罗国为王，可见人生都是命安排！”回到昭庆寓中，把五百银子与六和塔住持领去。

时值清明将近，天气晴和，柳垂花放，香车宝马，士女喧阗，画船箫鼓，鱼鸟依人，况又作了帝都，一发繁盛，真是十里红楼一窝风月。所以“山外青山楼外楼”这首诗，讥宋高宗忘父兄之大仇，偷安逸乐，不思量重到汴京恢复疆土，故云“直把杭州作汴州”也。

闲话丢过。再说柴进等到得昭庆，天色已晚，就在寓中吃夜饭。呼延灼、李应、孙立只顾饮酒，燕青扯了柴进、乐和说道：“我三个在湖上步步月去。”出了寺门，过了断桥，沿堤步去；正值望夜，明月如昼，湖上清丽，好一派夜景。原来临安风俗是怕月色的，游湖都在巳、午、未三时。此时初更天气，画船空冷，湖堤上悄无人迹，愈觉得景物清幽。柴进挽了燕青的手，又走了一段路，只见两三个人同一美人席地而坐，旁边安放竹炉茶具，小童蹲着扇火。听得那美人唱着苏学士“明月几时有，把酒问青天”那套“水调歌头”，真有留云遏月之声，娇滴滴字字圆转。月光照出瘦恹恹影儿，淡妆素服，分外可人。燕青近前一看，扯了柴进转身便走，道：“我们回去罢。”柴进道：“如此良夜，美人歌得甚好，何不再听听去。”燕青低低说道：“这便是李师师，怕他兜搭。”柴进道：“我看得不仔细，原来就是他。为何在这里？”燕青道：“岂不闻鹁鸽子旺边飞！”乐和笑道：“还好。若飞到北边去，怎处？”回到寓中，呼延灼与孙立猜枚，孙立输了一大碗，孙立不肯吃，呼延灼要扯耳朵灌他，正在喧嚷。柴进三人到来，说道：“小乙哥忒杀薄情！东京的李师师在二桥堤上唱得正好，小乙哥怕他兜搭，扯了回来。”萧让道：“只闻其名，我在东京许久，不曾厮会，明日同去访他。”燕青道：“这贱人沐了太上皇帝恩波，不思量收拾门头，还在这里寻欢买笑，睬他怎的？”柴进道：“多少巨族世家，受朝廷几多深恩厚泽，一遇变故，便改辕易辙，颂德称功，依然气昂昂为佐命之臣，何况这样烟花贱妇，却要他苦志守节，真是宋头巾！”燕青道：“恐怕不认得叶巡检了。”众人皆笑。又同吃了一回酒，方才安寝。

次日同在寺前闲立，有个人提了只花篮，贮满了杏花，见了燕青，声喏道：“小乙哥，你却在这里！李师娘好不记念你。他住在葛岭，你怎不去看他？”原来这个人叫做王小闲，专和妓家打哄的，是东京人，随李师师到临安的。柴进、萧让叫进，取十两银子与他说：“你去叫只大湖船，备两席酒，少停便来访师娘，接他湖中叙话。”王小闲接银子去了。柴进又打点明珠一串、通天犀簪一枝、伽南香盒一个、洋锦一端相送。呼延灼道：“我与孙大哥不去罢。”乐和道：“怎么不去？他专欢喜你两个骚胡子。”

少停，王小闲来请，燕青只得陪众人去。到葛岭边，背山面湖，是最胜去处。王小闲推开竹扉，一带雕栏，护着花卉。客位里摆设花梨木椅桌，湘帘高卷，香篆未消，挂一幅徽宗御笔画的白鹰，插一瓶垂丝海棠。檐前金钩上锁的绿衣鹦鹉唤道："客到，茶来。"屏风后一阵麝兰香，转出李师师来，不穿罗绮，白纻新衫，宫样妆束，年纪三旬以外，丰韵犹存。笑吟吟逐位见过，送了坐，对燕青道："兄弟多年不会，今日甚风吹得来？"见了柴进，叫道："叶，"乐和忍笑不住，李师师便缩了口。乐和道："师娘，这是柴大官人，当年假称叶巡检的。"李师师笑道："妾身是极老实的，竟认做叶官人了。"柴进唤取过礼物。李师师道："承众位赐降，已是生辉，怎敢当此厚贶？却之不恭。"命丫鬟收了，献出龙井雨前茶。李师师将织绢抹了碗上水渍，又逐位送来。送到徐晟，见这小伙儿生得俊伟，一眼睃他。徐晟又从不曾在女人手里接东西的，过于矜持，把茶泼翻在袍子上，徐晟满面通红。乐和笑道："贤侄，你见师娘送茶来就慌了，经不起这一杯！"李师师道："好傻话！"大家取笑。

王小闲到来道："湖船在西冷桥，爷们下船。"李师师又去更衣匀脸。

两个丫鬟抱了衣包文具，下了船。众人说说笑笑，燕青低着头再不开口，李师师余情不断，叫道："兄弟，我与你隔了多年，该情热些，怎地反觉得疏落了！难得相逢，到我家里宽住几日。妈妈没了，是我自作主张。"燕青道："有王事在身，只怕明日就要起程。"王小闲摆过酒来，都是珍奇异巧之物，香爇金猊，杯浮绿蚁。李师师软款温存，逐个周旋，在燕青面上分外多叫几声"兄弟"。饮至日落柳梢，月移花影，把船撑到湖心亭，万籁无声，碧天如洗。唤丫鬟取过玉箫，递与燕青道："兄弟，你吹箫，待我歌一曲请教列位。"燕青推音律久疏，乐和接过来，先和了调，李师师便唱柳耆卿"杨柳外晓风残月"这一套，果然飞鸟徘徊，游鱼翔泳，众人尽皆称赞。李师师道："当初宋义士的《满江红》我还记得。"柴进道："师娘昨晚在望湖亭歌的《水调歌头》堪为并美。"李师师道："偶然有两个俗客，胡乱打发他，不想污耳。"柴进道："同令弟燕青在那边窃听，恐劳师娘应酬，故到今日才来奉拜。"李师师道："失瞻了。"直饮至月落西山，晓钟渐发，方才罢宴。湖船拢了岸，送李师师到葛岭，又叮嘱燕青再来走走。众人作别归寓。呼延灼道："今日反害小乙哥呆坐了一日。”徐晟道：“那婆娘油滑得紧，把茶泼我一身。为甚么只管叫燕叔叔‘兄弟’?”众人大笑。

过了一日，敕命有了，差的是宿太尉赍诏。柴进等先去晋谒宿太尉，约定行期。又到六和塔院辞了武行者，留下一匹火浣布与他做袈裟，一串伽楠珍珠做个念头，洒泪而别。几个高兴的，再进城中，置买香扇纱罗缎儿玩好之物。燕青道：“国中惟少音乐，蛮声蛮气听不得。”用千金收了一部梨园小子弟。诸事俱完，就辞朝谢恩，请宿太尉渡江，到明州下船，扬帆开去。

风水欠顺，行了半个月，方到金鳌岛。先使人报知李俊，就同王进、阮小七、费保、高青、倪云、狄成去接诏。到了国中，城上早已搭起仙桥，悬球结彩，香花灯烛，抬龙亭，从仙桥上过去，供在金銮殿，设了香案。李俊率文武共四十四员，俯伏丹墀。宿太尉将诏书宣读：

奉天承运皇帝诏曰：鸿运当否塞之时，匡济赖英豪之用。朕以渺躬，缵嗣丕基，适遭强邻启衅，远狩播迁，糗粮既匮，矢石已空。咨尔李俊等，夙怀忠义，今竭股肱，统横海之戈船，败滔天之劲敌，龙舆回辙，凤历重颁，厥功伟矣，赏莫酬焉。考勋猷之原册，彰锡命之崇阶，尔宜奠主海邦，统御髦士，作东南之保障，为山海之屏藩，永业勿替，荣名长保。钦哉！谢恩。绍兴元年三月日。

李俊等嵩呼舞蹈，谢恩已毕。宿太尉遂将敕命咨由，分给文武。展开看时：

征东大元帅李俊，册立为暹罗国王，赐尚方剑，便宜行事，承制封拜，子孙世袭。赐黄金五百两，白金三千两，金印一颗，玉带一围，蟒段八表里，御酒三十瓶。

公孙胜秉一正教通真虚寂大国师。

柴进太子太保，礼部尚书，行暹罗国丞相事。

燕青太子少师，封文成侯，特赐文印一章，文曰“忠贞济美”，仙鹤补衣一袭。

乐和参知政事，兼管太常寺正卿事。

裴宣吏部尚书，兼都察院左都御史。

朱武军师中郎将，兼大理寺正卿。

萧让秘书学士，兼中书舍人。

闻焕章国子监祭酒。

金大坚尚宝寺正卿。

安道全太医院正卿。

皇甫端太仆寺正卿。

宋清光禄寺正卿。

戴宗通政司使。

宋安平翰林院学士。

樊瑞伏魔护国真人。

王进、关胜、呼延灼、李应、栾廷玉　五虎大将军，皆封列侯。李应兼户部尚书，栾廷玉兼兵部尚书。

朱仝、阮小七、黄信、扈成、孙立　兵马正总管，武烈将军，皆封伯爵。

花逢春暹罗国驸马都尉，兼骠骑将军。

呼延钰龙骧将军。

徐晟虎翼将军。

费保、高青、倪云、狄成、童威、童猛　水军正总管，武卫将军。

蒋敬度支盐铁使。

穆春工部侍郎。

杨林廉访使。

邹润留守司。

孙新宣尉使。

杜兴驿传道，俱兼兵马都统制，武毅将军。

蔡庆刑部侍郎，兼锦衣卫指挥使。

凌振火药局正总管。

顾大嫂六宫防御，一品夫人。

暹罗国故王马赛真元妃萧氏封王太妃，赐珠冠一顶，霞帔一袭。

暹罗国驸马都尉花逢春母赵氏封宣德太夫人。

梁山泊已故正将秦明妻花氏封贞节夫人。

梁山泊已故义士前楚州安抚使宋江，前庐州安抚使卢俊义，诰赠上柱国光禄大夫忠国公。

梁山泊已故正将吴用以下俱赠列侯。

梁山泊已故副将魏定国以下俱赠伯爵，仍建庙宇，有司春秋祭祀。

当下李俊与文武各官谢恩已毕，请过敕命，又拜谢宿太尉，设宴款待。李俊致谢道："前者梁山泊蒙太尉赍诏招安，得以立功报国，今又烦太尉远涉波涛，颁赐恩典，洪慈硕德，顶戴无既！"宿太尉道："义士们忠义立心，替天行道，真是人中豪杰！可惜宋公明许多功绩，反遭陷害，圣上深悯其忠，故加褒赠。列位能继其志，复加会聚。牡蛎滩救驾之功，非同小可！今册登王位，并受显官，名垂奕世了。"安道全、萧让、金大坚、闻焕章拜谢道："得蒙太尉救拔，致有今日，洪恩其实难报！"太尉道："凡人遭逢横祸，便当申救，使出泥涂。据他们逞一时之势，而今安在哉！"殿前动其鼓乐，李俊酬酒安席，送宿太尉上坐。金果银花，粉狮糖象，山珍海错，无不毕具。李俊下面相陪，两旁安设席面，四十二人一同安坐，笙簧迭奏，歌舞并陈。众人更番相劝，宿太尉十分欢喜，开怀尽醉，夜深而散。

明日太尉要还朝复命。李俊道："前日亲蒙圣谕，道日本凶暴不仁，每每侵犯海疆，令某与高丽王设法防御。请太尉暂留几日，差官到高丽约定方略，就烦太尉复旨。"便差戴宗、安道全赍了关文，到高丽约筹防倭之策。因安道全前日疗治高丽王有功，故遣与戴宗同行。这里择日登殿受贺，一切礼仪，不必细说。

却说安、戴二人往高丽国，往返二十余日，回来说道："高丽王奉有金叶表章并朝贡之仪，说防倭之计，已谨如约。那高丽王姓李，本国亦姓李，愿联宗谱，结为兄弟，唇齿相依，还要亲自来贺。"李俊大喜。安道全道："那高丽王感昔日疗病之功，又送我许多礼物。"李俊道："前日送与龙王了，今日是补的。"宿太尉道："不因昔日翻船，怎生出许多奇事！"太尉要行，李俊命萧让修了谢表并进贡之仪，又送宿太尉许多珍奇之物。李俊等送至海口,差杨林、穆春护送归朝,至明州而返。回来说:"闻有孟太后懿旨,临安城中照依东京建造大相国寺,已请武行者做国师,鲁智深一派法脉着实兴旺了。"正是:猛虎摄威为白泽,蟒蛇脱蜕化神龙。不知后事如何,且听下回分解。

第三十九回　丹霞宫三真修静业　金銮殿四美结良姻

话说太尉宿元景奉钦差到暹罗，册立李俊为国王，其余四十二人皆封显官，回朝复命，不在话下。

却说李俊送宿太尉起身之后，次日在元帅府升座，传唤各官俱到，相见坐定。李俊道："某本一介武夫，蒙众兄弟扶助，得权摄国事，今朝廷册立即真，可谓非分之福。但我才疏德薄，有失民望，还藉众位辅弼，匡救过失，庶不负朝廷封爵之重。众位的官爵，俱是朝廷论功颁授，非某有厚薄。自今以后，各供其职，务要全始全终，方不致贻国人之笑。"众皆称谢。遂与柴进、燕青、乐和商议应行诸事

一　原奉宋朝正朔，一切文移俱用绍兴年号；

一　祭告天地；

一　望祭境内山川；

一　文武各官有缺员的，在暹罗旧臣中拣选升擢补用；

一　筑天地、日月、山川、社稷等坛，按时祭祀；

一　建立祖庙，按时享祀；

一　颁布赦令，大赦国中；

一　拣选军士三百名为羽林军，命呼延钰、徐晟统领护驾；

一　命呼延灼、李应总统京营兵马，择城外平旷之地为演武场，教演士卒；

一　命童威、童猛总统水军，城外设立水寨，操演水战；

一　金鳌、青霓、钓鱼、白石四岛仍照原拨人等镇守，分统二十四岛，如方伯连帅之职；

一　清水澳仍照原拨倪云、狄成镇守；

一　修筑城垣，置备兵器，修造战船，伺候调用；

一　命裴宣、乐和商定律令，一切官员居民人等俱要遵行；

一　建立宣圣文庙，开设学校，春秋二祭，命闻祭酒为正，宋安平为副，选臣民俊秀子弟入监读书；

一　高丽、大小琉球、安南、占城等诸国，遣使臣聘闻；

一　于北门外造朝京楼三层，每年元旦，望北朝拜，并为远哨海面之用，拨兵守护；

一　建皇华驿馆，安顿天使及邻邦行人，考选译字通事舍人伺候；

一　祭享朝会、聘问嫁娶、礼仪衣冠制度，悉照宋朝，尽改暹罗蛮俗。

以上各条，命各该管官议定规格，次第举行。

李俊派拨布置已定，颁出晓示，众官谨遵令旨，各自分头办理，不题。

却说公孙胜因连年征战奔走，心下絮烦，今见国事粗定，众人奉拨办理各事，纷纭扰攘，不得安逸，因想自己要习静修真。因国中西门外丹霞山地方僻静，景物清幽，要想到那里去住。却说那座丹霞山峰峦叠秀，古木阴浓，方圆一百多里，一条阔涧，环绕山下，碧水澄清，文鱼游泳，山中多生仙鹿，并无虎狼蛇蝎。半山里有一梵宇，圮废已久，天生一座石峰，玲珑窈窕，如灵隐飞来峰一般，石色极其坚润洁白，产五色芝草，实是人间仙境，故徐神翁亦来游览。

公孙胜来见国主，启禀道："贫道征辽之后，即辞宋公明回到二仙山，奉养老母，随本师罗真人修炼，已离世网。不料事情牵累，又上饮马川。今得洪荫，蒙朝廷赐号加封，万分荣足了。光阴易过，道行未成。意欲栖止丹霞山中，少修静业，伏乞国主恩光。"国主道："国师有破萨头陀之功，剿关白之力，我们今日这般荣华，皆借道力。既要静摄，就在废寺之基建一道院，国师在内修真颐养，若国内有大事，到山中请教便了。"公孙胜喜谢。朱武、樊瑞同拜公孙先生为师，也要同去修行。

李俊即命樊瑞画界鸠材，点选百工，择日起工。不消几时，建起一大宫院，大殿上塑三清圣像，两廊下三十六天将，灵官守山门，北极圣帝镇后殿。又建宝阁三层，供文昌、武曲。丹房精室，水榭山亭，庄严华丽。请萧让摹仿米元章笔法，大书“丹霞宫”匾额。宝阁上临苏端明字帖，题曰“海天阁”。登眺海山，洋洋大观，一望千里。四围广种花竹，牧养仙禽寿鹿，充满其中。竟成了一座贝阙瑶宫，清虚洞府。公孙胜、朱武、樊瑞在内凝神栖息，又多收火工侍者、羽客行童，晨钟暮鼓，炼汞调铅，迥与尘世相隔了。左边建一旌忠祠，塑宋公明、卢俊义天罡地煞七十四位神像，俨然如生；右边建一报德祠，供旧国主马赛真元身，各拨祭祀田二顷，守祠人役朝夕供养，此是后话，丢过不题。

却说赦令颁下，裴宣、蔡庆来启禀道：“共涛之女奉命软禁看守，今已遇赦，应作何发落，专候令旨定夺。”李俊随唤呼延钰到来，说道：“共涛之女原是贤侄禀请留下，今可收去，权作侧室罢。”呼延钰道：“小侄那里要他，只因当日在李家道口，被药酒麻翻，是郓哥救醒，后又将家资帮贴使用，彼时原许下他一房妻小，不料来到海外，不能提起。那共涛之女，不肯随父党逆，招引我等擒获萨头陀，律上原有自首免罪一款，况引获萨头陀，只算有功无罪，故请留下，意欲赏与郓哥为妻，践当日之信，不知可否，伏候上裁。”李俊道：“贤侄之言甚是有理。既如此，你就领去赏他为妻罢。”呼延钰谢了领去不题。

却说燕青闻知此事，忽然想起一件大事。就来见国主道：“鸿业已创，大纲悉举，细目毕张，可谓具足。只有一件大事未曾讲起，甚为缺典。”国主惊问道：“还有什么大事？贤弟，你可即时指教。”燕青道：“岂不闻经传云：‘阴阳和而后雨泽降，夫妇和而后家道成。’男正位乎外，女正位乎内。阴阳之道，不可偏废；夫妇之伦，不可乖离。万物各有配偶，昆虫尚有雌雄。今堂堂大国，岂可孤立于外？而宫壶无人，不惟失乾坤奠位之理，而且嗣育有斩绝之讥。不孝有三，无后为大。国主可亟下令：凡文武官僚军民人等，有女德容俱备者，选为元妃。麟趾兆祥，以嗣世系，万不可缓！”李俊笑道：“贤弟，你言虽则有理，只是迂腐些。我才德菲薄，初念不想有这地步，只因事到其间，推辞不得，只得权居此位。俟过几时，要同公孙先生学道，就在众弟兄中推出一位可压人望的,继主国政便了。尧、舜大圣人,富有四海,尚且不传于子,而传于贤,何况区区海外小邦!必欲付之子孙,非我意也。”燕青道:“不贪大位,欲授贤能,唯大圣人在上古之世方可行得。如今世道人心非比古昔,若要如此,反启争端了。况五伦不可偏废,夫妇为五伦之首,尤为切要。西洋有女国,是纯阴之气所钟,不生男子,望井而孕。我这暹罗不用女子,殆是纯阳之气所钟,可改号‘鳏国’了。”国主大笑。正叙论间,柴进、裴宣同到,问及国主为何大笑。燕青把劝主纳妃之话说了。裴宣道:“此国家大事,不必多辞,我等自去会议便是。”

遂同到丞相府,柴进传各官俱到,说知:“燕青劝国主选妃,国主不允,我等如今要便宜行事,请众位来商量,却是怎生选法。”安道全道:“数有前定,事非偶然。我前日高丽回来,翻了船,蒙国主救起,留在金鳌岛,诊他太素脉,原说极贵,有南面之尊,今果应验了。后来逃难在闻祭酒庄上,令爱小姐有病,我也诊过太素脉,是女中最贵之相,兼且天姿秀丽,德性幽娴,宜为一国之母。但不知闻祭酒心下何如?”闻焕章道:“我本是一个穷教授,仰借国主洪庇,得膺清职,每思报恩无地。今承众位采择,岂敢推辞?只恐蓬门陋质,难以相副。但前年小女病时,梦玉女传言,此女大贵,莫字庸流。已向安先生说过,想是数有先定了。”众皆大喜。

柴进、燕青、裴宣、安道全、乐和一同禀见道:“祭酒闻焕章之女,姿容德性,堪可为妃。祭酒愿纳,众议佥同,请就纳采成婚。”国主道:“不可。我年过四旬,闻小姐正在妙龄,宜配英俊之士。况又在弟兄之中,岂可悖理而行!”柴进道:“姻缘之事,不可勉强,赤绳一系,自然联合。刘先主入赘孙夫人,年已五十,吴国太见了道:‘龙章凤质,真我婿也!’王侯选配,那里论年字相当!国主正在强仕之年,闻小姐待年二十有四,所差不远,必得其名,必得其寿,琴瑟钟鼓,正为未艾。闻祭酒原非梁山泊聚义之人,何为悖理!弟辈要玉成了。”国主被强不过,只得依允。柴进道:“燕少师、乐参政总裁其事,萧秘书撰聘启,李户部整备金珠币帛,穆工部料理一应修宫铺床事宜,安太医执斧柯,择吉行聘完婚便了。”各人自去料理行事。

到了吉日,国中大小臣僚与二十四岛将帅俱来庆贺,礼仪之盛,自不必说。祭酒亲送小姐,丞相以下尽皆陪从。筵宴已毕,宫娥、内侍拥入洞房。国主见闻小姐姿貌端妍,骨相丰厚,不胜之喜。可怜厮杀半生,历年辛苦,从不知温柔乡这种滋味,锦被香浓,绣帏春暖,真是天上风光,人间少有。有诗为证:

秦女吹箫引凤凰,蛟龙云雨岂寻常。

梦回还想渔家乐,今夜桃源在玉床。

当下国主就留闻祭酒同居,称为国丈。大排筵宴,与众弟兄欢饮,其余文武官僚军士,另有宴赏,不题。

却说呼延灼来见闻国丈道:"恭喜令爱正位母仪,万分之美。小弟有一事,特来相烦:小女长成,意欲招徐晟为婿,一来是故人之子,兼他青年有志,特烦作伐。"闻焕章道:"老将军不忘故旧,择婿得人,敝门下自然喜从。"呼延灼道:"还有一事:小儿亦未有婚,前日在梁山泊杀了百足虫夺回的吕小姐,原是同僚吕元吉之女,怜他孤茕闺秀,今在宫中,欲聘为媳,以完儿女之事。"闻焕章道:"吕小姐被难,若非令郎,必污强暴之手。若聘为媳,正得其宜。只是吕小姐不好自主,必须禀知国母,方可成此美事。容当奉覆。"呼延灼别去。闻焕章即请徐晟到来,相见了。闻焕章道:"有桩喜事,贤契可晓得么?"徐晟道:"门生有何喜事?并不知道。"闻焕章道:"呼将军有女贤淑,欲招为婿,特此通知。"徐晟道:"蒙继父教育之恩,又将闺玉见许,岂敢拒却!只求老师作主。"闻焕章道:"总在他家,礼仪不消备得。你打点做新郎便了。呼将军还有一事,要我去禀国母,娶吕小姐为媳。我不知当日情由,同你去更好。"徐晟道:"呼大哥夺转吕小姐时,便有眷恋之意,亦是天缘。门生陪去。"

两个到宫门,内监引进。闻焕章、徐晟后宫拜见。萧妃命坐赐茶,问其来意。闻焕章道:"有事启上:呼延灼之女,愿赘徐晟为婿;其子呼延钰未曾婚配,吕小姐在梁山上被土寇所掠,是呼延钰救了,意欲聘为媳妇,因其现在宫中,故倩臣启禀。"萧妃道:"吕小姐系宦门之女,德容并美,可配呼延钰。他无父母,我已养为继女,明日陪下妆奁,我亲自送去便了。"徐晟道:"若得国母作主,又枉鸾辀,呼延钰父子感恩不尽矣!”拜辞而出。即到呼延灼家里,闻焕章举手道:“二喜俱谐。令坦感激不尽。吕小姐,国母已认为女,陪下妆奁,亲送成婚。”呼延灼大喜,款住闻焕章饮酒。徐晟悄悄与呼延钰说道:“大哥,你与花驸马做连襟了。”呼延钰暗喜。

次日,呼延灼去求萧让作礼书聘启,完儿女姻事。萧让沉吟了一会道:“男大当婚,女大当嫁,理之当然。兄长之举,真为两全其美。小弟有女,年已长成,颇好文墨,难于择婿。我见宋安平儒雅,意欲招他为婿,敢烦兄长作伐。”呼延灼道:“郎才女貌,正是一对。小弟就去作合,必然喜允。”

却说宋清闻得呼、徐二家联姻,因与宋安平讲:“你年已弱冠,必须寻一头亲事方好。只是在海外,无有书礼之家,却怎么处?”宋安平道:“孩儿年纪又不大,书中有女颜如玉,爹爹不必挂怀。”正说间,门上人报道:“呼将军到。”宋清父子迎进,揖罢坐下。呼延灼道:“特来与令郎作伐。萧中秘有女,知书达礼,仪容窈窕,若配令郎,金屋玉堂,正是佳儿佳妇。”宋清道:“方才与小儿说起,必须书礼之家。若萧中秘,正是门当户对。既承盛意,又鼎重长兄,自然要仰附了。”呼延灼别去。即回复萧让:“宋清父子乐从。”

只见内监传萧妃懿旨:“请李国主、柴丞相、裴吏部、戴通政、燕少师并二位有事商议,他们都在朝门了。”呼延灼、萧让即刻上马到宫门,果然俱在,同进后宫。李俊先与萧妃见礼,各位都拜见过,依次坐下。国母笑道:“燕少师,你是聪明人,今日老身请列位来,有何事理?”燕青道:“卑末不知睿虑,敢请明示。”萧妃道:“各家姻事俱已联合,只有卢小姐在宫中,是少师身上的事,为何再不题起?”燕青道:“国母与二安人作主,选配众公卿子弟便是。”萧妃道:“他母子二人偏不要众公卿子弟,遵卢二员外治命,要你为婿。说当年拴在金营,亏你竭力周旋,得有今日,故对我说,定要知恩报恩。戴通政,闻你在大名府时节,就有一句相订,你是原媒,须为完美其事。”戴宗道:“果是在大名府二安人就要招燕青为婿,因他彼时推托,卑末说:‘倥偬之际,未便结姻,日后在我身上成就。’今蒙国母为主,自然没得说了。”燕青道:“卑末向受东人之恩,二安人有难,自然该周旋的;若如此说,不惟有碍东人，是当初便有私意了。”萧妃道：“据他说，小姐是冒姓为卢，与东人何碍！迟至今日，老身作主，有甚私意！请国主与众公卿在此，使少师推托不得。小姐虽有二安人，已拜我为母，妆奁俱备，一同吕小姐送嫁。”燕青再要开言，国主急止住道：“贤弟不必多言。你忠义两全，又承国母慈旨，何用多讲！你前日劝我纳妃，何等正论！若再不允，是‘责人则明，恕己则昏’了。”燕青顿口无言，只得允谢。萧妃道：“至吉日，燕少师、呼延钰、宋安平、徐晟一同在金銮殿上结亲，老身好同观花烛。一般礼仪，国主可敕有司速备。”对花驸马道：“你又多两个姨夫了。”李俊等辞出。燕青一向同居元帅府，今就拨附近甲第一所，器皿俱备，以待成婚居住，不题。

却说到了吉期，有司在殿上结彩铺锦，香案龙花，乐部傧相，绣幄珠帘，整饬得极其华丽。先一日，萧妃迎呼小姐、萧小姐进宫，馈送珠翠香粉助妆。次日吉时，萧妃穿戴钦赐的珠冠霞帔。只见闻焕章、呼延灼、戴宗前导，燕青、宋安平、呼延钰、徐晟都是大红袍、乌纱帽，上插两朵金花，披红骑马，到金銮殿上立定。一派笙箫细乐。先是国母、二安人、公主出来，国母南面而坐。序班鸣赞喝礼。一簇宫娥拥出四位天仙，凤冠霞帔，先拜了天地，捉对儿夫妻交拜，转身同拜国母。国母回了半礼。宫娥捧出金樽果盒，每人敬了三杯酒。羽林军摆队，鼓乐喧天。四位新人乘轿，四位新郎骑马，迎归府第。国母排銮驾送吕小姐、呼小姐，二安人送卢小姐，花驸马送萧小姐，分头到了各人府第，俱有筵宴。看官从不见四对仙郎玉女在金銮殿上结亲恁般富贵，真是古今希有！有诗为证：

　　高卷金钩玉漏长，西宫夜静百花香。
　　今宵雨露都滋遍，四朵新红褪海棠。

金鳌等四岛皆使人来庆贺，各家回谢，不题。

却说四对新人三朝庙见过了，到第四日，燕青与宋安平、呼延钰、徐晟各自率领夫人来朝见谢恩。国主令旨：“四位夫人免见。”他四人拜谢过国主，就留在外面叙话。四位夫人进内里去朝见闻妃，闻妃大喜，就在宫中排宴留饮。因与萧小姐多时不见，分外绸缪。大家欢乐了一日，四人辞回。闻妃各有馈赐，不题。

却说萧妃又请李国主、柴丞相、燕少师、裴吏部、闻国丈，都到，见礼毕，萧妃开言道："前日变故，赖李国主与文武之力，得复大仇，已无憾了。李国主受朝廷册立为暹罗国王，凡境内之事，皆从李国主令旨了，老身岂可还在宫中，李国主反居元帅府？今日老身即出宫与公主同居，请李国主进宫，方成体统。"国主要辞。众人一齐道："国母真是女中尧、舜，事事达礼，竟从懿旨便了。"拜谢而出。国母收拾到驸马府，国主择吉入宫，事权归一，太平无事。

一日燕青又启禀道："还有一事未完，可发令旨施行。"国主道："还有何事？"燕青道："男女之欲，谁人无之？我等兄弟们少年时都负气使酒，习学枪棒，把女色不放在心上，又为官司逼迫，上了梁山，后来征讨四方，无暇及此。今蒙国主洪庇，建立国都，同享富贵，除了柴进、关胜、李应、朱仝、费保、萧让、金大坚、宋清、孙立、孙新、蔡庆、呼延灼等都有宅眷，其余尽是孤身。不要说衾寒枕冷，无人侍奉，后来绝了嗣息，祖宗血食也就斩断了，岂不可怜！趁他们年纪正壮，还可生育，将来长成时，又可扶助世子；不然吾辈亡过，朝无勋戚，非我族类，其心必异，依旧属之他人了，岂不可惜！众位公卿未有室家的，见我等各完配偶，心中未必不起念头。以己之心，度人之心，宜妙选名门，使各谐淑偶，以慰众心，以固邦本。"柴进、裴宣道："少师之言，正合儒者'推己及物'之道。"国主道："贤弟之论极是，当速议施行。只是那里寻出许多做夫人的来？"燕青道："我还有一个大道理。"正是：英雄自古多情事，富贵安能不起奢。不知燕青有甚道理，且听下回分解。

第四十回 荐故观灯同宴乐 赋诗演戏大团圆

却说燕青要国主推恩与众功臣完娶，便道："我们创业开基，国中旧日臣僚虽各供原职，精神到底未必十分融贯，莫若遍选名门望族，与中土来的文武各官，或量品级尊卑，或论年纪大小，一边求婚，一边择婿，务使门当户对，两相情愿，彼此一家，阴阳合德，自此再无隔碍，必然感恩尽力，子嗣蕃衍，可继宗祧，后来又好辅翼嗣君，真所谓一举而三善备也。就是军士中无妻小的，不妨与暹罗国民家互相婚配，将见兵民相安，主客相忘，人怀土著之思，军无逃伍之虑，所谓人伦始于夫妇，王化起于闺门。周家八百年太平之基，全在'内无怨女，外无旷夫'八个字中做出。当今要务，莫急于此。"国主道："贤弟既能定国安邦，又晓人情物理，实为可敬。就烦四位一行。"燕青道："细微之事，何必丞相、吏部！只消同乐参政去。倒要顾大嫂来照察。"国主道："何以必要用他？"燕青道："我两个是大臣，怎好仔细端详那些女子？倘有暗疾，何从而知？必须顾大嫂来详察，庶几遴选务得真材。"国主道："更说得有理。你们就是这般去料理罢。"

燕青、乐和出了晓谕。国中望族，家家愿得中华人物为婿。顾大嫂从中选择了数十家，造成年貌册籍，大家商议选配议定。国主每位赐聘金三百两，彩缎二十端，其钗镮衣服各人另自制送。只有公孙胜、朱武、戴宗、樊瑞闻了晓谕，先来见国主道："贫道等厌弃尘劳，皈依清静，既已修真，不应有室，伏祈原谅，心铭隆恩罢了。"国主不好十分相强，只得允辞。其余文武功臣，各人自去配合八字，娶亲的男家选不将吉日，入赘的女家看纳婿良辰。一国之中，大半是新郎新妇，真觉气象融和，君臣同鱼水之欢，男女有及时之乐，选遍天下，再没有这样快活世界了！

却说国中一个通事官的女儿许配了狄成，因清水澳隔远，不敢轻离汛地，自备船只送去。那白石岛关胜原有家眷，国主差人传杨林、高青回国完婚。高青欣然领命，杨林只管沉吟。关胜道："这是国主美意，体悉人情，贤弟为何迟疑？"杨林道："前日攻这白石岛，若无方明，不能成功。他的女儿虽被屠崆所辱，颇生得秀淑，方明几番要将女儿随我，我恐怕涉私，坚拒了他。今若另娶，辜负方明这片真心；不去又违国主的美意，故此事在两难。"关胜道："这个不难。待我申文替你出辞婚表便是。"就唤方明到来，说道："你有破白石岛之功，还要升擢。女儿可与杨将军做夫人，一同镇守。"方明道："久有此心，只因杨将军坚辞，故此不敢。今承将军台旨，即刻送来。"关胜置酒与杨林结亲，申文回了国中，不题。

却说花逢春来禀国主道："小侄蒙乐叔叔大恩，未曾报得，当初乐婶婶亡后，至今尚无夫人，晓得乐叔叔性格极雅致的，未必要娶这里人。公主身旁有一宫娥，原是潮州人，名吴采仙，姿容艳丽，德性端庄，公主待他如姐妹一般，年已二旬，意欲送与乐叔叔做夫人。又有当日杀了沙龙得来的两个蛮女，久在母亲处伏侍，亦是广东人，一并送与乐叔叔作妾，特来禀知伯父。"国主道："乐参政自从昆陵救我出狱，平定金鳌岛，结好暹罗国，多是他的大功。今一例相待，甚觉歉然。只是一时聘不出中国夫人，贤侄有此一举，可谓以德报德了。必要燕少师作合方妙。"就传燕青来说知此意。燕青道："此是美事，待我去与他说知。驸马，你竟送到孙立府中便了。"

燕青去会孙立、乐和，茶罢闲谈。燕青道："那杨林倒会使乖，娶方明的女儿，是扬州瘦马出身，好不在行！只是与屠崆浇残。"乐和道："情之所钟，也不妨得。"燕青攒着眉说道："国主又要我临安走一遭。"乐和道："为着何事？"燕青道："国主专为参政的大功未曾酬得，一例施行，心上不安，要我去京中聘一位千金小姐送作夫人，又要两个小星作陪嫁，只得要去。"乐和认着真道："岂有此理！有人侍奉枕席已为过分，怎劳少师远涉！国主平日如骨肉一般，怎么正了位就客套起来，待我自去辞谢！"孙立道："这不是军国大事，论起来何苦万里航海。”燕青道：“既然参政力辞，有一位现成夫人与两个美妾就送来了。”乐和道：“少师又来取笑，夫人那有现成的？”正说间，只见花驸马引一乘大轿，又是两乘小轿，四个宫娥随着，后面抬千金嫁妆，大吹细乐，一行人到来。孙立、乐和见了愕然。花逢春道：“乐叔叔大恩未曾报得。公主身旁有一宫娥，名吴采仙，是潮州人，德容俱备。那两个女子亦是广东人，颇有几分姿色。国主特托燕少师致意送来，权作夫人与侧室，以表一点微忱。”孙立道：“方才少师说要到临安聘娶，万分使不得。若驸马盛意，乐舅就可拜领了。”燕青笑道：“我说是现成的。请夫人出轿。”吴采仙出轿，果然风姿绝世，那两个女子也下了轿。孙立请夫人接进去，就设酒款待燕青、花逢春。酒散之后，孙立料理花烛，与乐和结亲，分明韩夫人遇着于佑，乐不可言。

次日，孙立、乐和来谢国主并驸马。燕青、裴宣、柴进俱在殿上。称谢过了，国主道：“我还有几个人不曾赏得。”即传令旨唤熊胜、许义、唐牛儿、吉孚、和合儿、郓哥、花信、方明等到。方明在白石岛，不能即至。熊胜等俱来叩头。国主道：“熊胜有破龙角寨之功，许义有招降韭山门之力，吉孚、唐牛儿救出柴丞相，郓哥有救三位贤侄与还道村之功，和合儿内应破共涛，方明有攻白石岛之绩，花信三世忠勤，并为可嘉，各俱量授统制之职。”郓哥已有了共涛之女为妻，花信年老辞了续弦，其余六人，就在前日选出人家内，又选六家送熊胜等去招赘成婚。郓哥令随呼延钰，唐牛儿、吉孚拨在丞相府效用，花信做驸马府总管，方明自在白石岛，熊胜监守城门，许义领船巡海。发放已毕，各各谢恩而出。正是微功必录，恩泽遍普，无不称功颂德，感激欢呼。那时丹霞宫已经告竣，公孙胜等三人住在那里了。朝京楼亦已造完，造得高有三层，雕栏画栋，甚是壮丽。皇华馆驿也俱完备。前日颁行各款，渐次就绪，把一个海外蛮邦，化作声名文物之国了。

一日，忽有报来：“高丽国王亲来聘问，已在青霓岛相近。”国主即差童威、童猛先去远接，再差孙新、蔡庆、宋清、杜兴到海岸伺候。过了一日，那边官员先赍高丽纸大红全帖，上面写道：“宗弟俣顿首拜。”这里探事官报道到了。国主唤排銮驾，同丞相柴进、少师燕青、参政乐和、吏部裴宣到皇华馆迎入。那高丽国王李俣，只带两员大臣，四员内监，五百名羽林军护驾。相见之时，各叙景仰之意。高丽王道："僻处海隅，蕞尔小国，久企老宗兄天纵之资，统理大邦，特视龙光，祇领清诲。"国主答道："樗栎之材，承乏小国，屡欲恭诣阙庭，反蒙先顾，何以克当！"两位国王并辇而行。到金銮殿上，叙过礼，柴进等一同拜谒。高丽王连忙回礼道："各位俱是伊吕之材，大名如雷灌耳，宗兄得此良佐，自然光被四海。若某小邦，并无济时之才，深惧陨越。"国主道："上国是箕子开基，文明礼乐，自汉唐以来，世多硕辅，弟这里这几人都是昔日盟友，相助分理，以匡不逮，怎敢望贵国世臣！"叙过话，光禄寺排设筵宴，水陆毕陈，笙簧迭奏。饮酒中间，高丽王道："小邦始号朝鲜，颇以礼义自持，为大宋东藩。倭王自恃其强，常来侵犯。前承使臣颁令，约共提防。奈弟齿衰迈，又且善病，已传位小儿，恐他愚弱不能料理。宗兄威行海外，文武忠良，成救驾之功，建不世之业，欲结为兄弟，为唇齿之邦，想蒙宗兄不弃。"国主道："前日三岛倡乱，革鹏借兵，倭王遣关白将万人来攻，已见只轮不返。若二国结连，如左右手，倭国击东，则弟从西救，击西则兄必从东应，自然不敢再肆荼毒。若得俯纳，为弟叨荷实多！"高丽王大喜。当夕酒散。次晨焚起一炉好香，高丽国王李俁、暹罗国王李俊共拜天地，然后交拜。高丽国王年长为兄，暹罗王为弟。两国大臣，各相交拜。对天设誓道："李俁、李俊忝为同姓，二国相邻，结为兄弟。尽忠天朝，抚牧万姓，若有外侮，并力捍御，倘生内乱，亟为剿除，吉凶顾问，灾丰庆恤。自盟之后，永以为好，若有背违，天必厌之。"自此之后，兄弟称呼。

高丽王道："前日蒙道君皇帝差御医安道全疗愈我病，再生之德，未曾酬报。昨奉使到敝邦，为国事倥偬，不及请教，今欲再求诊视，不知在否？"李国主道："安道全原是梁山泊聚义的，因钦差治长兄的病，回到金鳌岛，遇飓风翻了船，小弟救出，送到东京，被卢师越所谮，蔡京欲置重典，幸宿太尉救解，逃到登云山，得保性命。闻得宿太尉说，那卢师越投顺金朝，认错了病，被斡离不所杀。安道全这口气泄了。如今现在这里。"传令旨宣了安道全来到，拜见高丽王，致谢前日厚贶。高丽王道："承先生神术，重得延生，只是贱体尚弱，欲再求良方。"安道全凝神定虑，诊了高丽王太素脉，禀道："殿下精神虽弱，脉气甚清，定享遐龄，兼有神仙之分，当斟酌一方呈上。”高丽王道：“寡人已传位世子，庶务一应不理，正欲息虑修真，闻得吾弟处有一公孙先生，欲求一见，可得瞻礼否？”国主道：“公孙先生在丹霞宫修道，小弟正要去候见他，可以同往。”高丽王大喜，二主并马而行，柴进、安道全随后。

到了丹霞山，高丽王见山景清幽，不胜欣羡道：“敝邦只有浊浪顽山，那里得此仙景！”公孙胜闻知，同朱武、樊瑞出来迎接。到大殿上，先拜了三清。公孙胜等要下拜，高丽王道：“正欲投在门下，岂敢当此！”行了稽首礼，接到秋涛轩献茶。各处游玩，又登海天阁，见万顷银涛，千山削翠，心旷神怡。公孙胜备出素酒款待，国主道：“欲与先生计议，建一坛罗天大醮，报答神明，追荐宋公明等并阵亡将士，不识几时好起坛场？”公孙胜命朱武择了第三日良辰启醮。国主道：“敢屈王兄大驾宽住几日，与观胜会，何如？”高丽国王喜允。就命朱武开了科仪，国主即敕有司办理，选七七四十九员有道行高真做七日道场。三清殿前立起两挂长幡，幡上写道：

一灵秉正，纵然铁额铜头，尽作忠臣孝子。

万法融时，任他刀山剑树，化为玉垒琼葩。

殿上摆设得十分庄严。到启醮这日，公孙胜主坛，披锦襕鹤氅，星冠象简，一日三朝，焚符诵咒，道众讽经礼忏。国主与众文武斋戒沐浴，朝夕礼拜。到圆满这日，萧妃、闻妃、公主、花太夫人等都来朝礼。国主教纵百姓观仰。公孙胜虔心发表，专求显应。到了三更时分，一轮皓月当空，万里无云，微风不动。忽听得西北天门上一声响亮，推出万朵彩云，霞光绚烂，半空里仙乐铿锵，异香馥郁。国主同众人不胜骇异。云过处，闪出朱幡绛节，玉女金童，宋公明等俱立云端。后边又有一小队，却是旧国主马赛真。万目同见，一齐下拜。逾时冉冉而去。众人尽道虔诚所感，道法高妙所致，无不欢喜皈依。高丽王见这般显应，次日唤内监备了贽仪，拜公孙胜为师。回到国中，谢别国主道：“承老弟不弃，得联宗谱，荣幸之至！今返小邦，看小儿综理国政，稍得就绪，明春即到丹霞宫来出家。”国主款留不住，又设宴饯别，命童威、童猛送至界口而还。自此无事。

不觉腊尽春回，上元将到。国主传令，请金鳌四岛并清水澳将领都到国中，与国中文武大家庆贺元宵。搭三座鳌山，金銮殿前一座，朝京楼下一座，宫中一座，广放花灯，与民同乐。设三处大酒馆，户部给下钱粮，备办酒馔，自十三夜起至十五夜止，效唐朝时故事，大铺三日，凡有职官员并羽林兵役，都挂牙牌，竟到馆中任意酒饭，不要会钞。公卿宅眷俱入宫陪侍国母宫中赏灯，闻妃为首，顾大嫂押班。笙歌细乐，烟火花炮，通宵彻夜不休。朝门前点兵护卫，国主同丞相柴进以下文武各官俱上朝京楼宴会。乐和把初出海时花逢春射死鲸鱼那两个鱼珠镂空了，点上蜡烛，如巴斗大两颗水晶丸，银光闪闪，人都猜不出是什么东西做的，真是奇观。公孙胜等也到。国主正坐，其余四十二人，序爵安位。国主举杯道："幸得皇天护佑，朝廷锡恩，众兄弟同心辅助，得成此大事业。思量在常州看灯，被吕太守拿了，乐兄弟用计救得出来，海外称尊，正所云：'不是一番寒彻骨，怎得梅花扑鼻香，'今遇上元佳节，不可不庆。只是不要荒淫，一年一次，与众兄弟畅叙欢情，却无不可。"饮到半酣，吩咐那奏乐的住了。国主道："我虽粗鄙，雅好文墨。当年重阳赏菊，宋公明有'满江红'一阕，至今我还记在心中。今日胜会，不可无诗以记其盛。若只是大块肉大碗酒，依旧梁山泊上光景了。诸位中有能诗的，各自做来；如不能者，罚依金谷酒数。我先罚起。"唤内监斟上三大犀杯吃了，取文房四宝放在闲桌上。众人互相推让。丞相柴进拂拭花笺，吟成一首呈上：

气象巍巍大国风，元宵乐事赏心同。
冰轮涌出金鳌背，万载千秋一照中。

国主、众人看了，称赞道："台阁气象，燕许手笔，可卜将来相业。"闻焕章吟道：

柳梢残雪拂东风，灯月交辉瑞霭同。
圣世必须兴礼乐，熏陶养育辟雍中。

柴进道："足征国丈教胄子育人材雅化。"萧让把酒吟成一首：

太史由来采国风，赓歌又与舜廷同。
万花明月元宵夜，杯酒君臣一气中。

闻焕章道："好个'杯酒君臣一气中'！真是盛世明良！"燕青作言

志诗道：

少年浪迹似飘风，曾记东京此夜同。

知己君臣难拂袖，且酣烟月五湖中。

乐和道："燕少师要扁舟五湖，有卢小姐作西施了。只是国主是可同安乐的。"蒋敬手里像打算子一般，停了片时，也做一首道：

瀛海澄波无疾风，洞庭秋月一般同。

笙歌鼎沸琼筵盛，映彻银花绿酒中。

燕青道："'洞庭秋月'是潇湘八景之一，可知是潭州人哩！"宋安平矢口成章道：

物华天宝动和风，一派箫韶仙苑同。

宣到玉堂传草诏，金莲两炬落梅中。

裴宣道："宋学士此诗自是翰苑仙班，移动不得。"花逢春不假思索，把锦笺起稿道：

玉街十里飐香风，长喜元宵佳节同。

圭马夜深金埒上，丝鞭遥指凤楼中。

众人尽赞道："驸马应诏之作，古来甚少，花公子此诗称绝唱了。"燕青又问柴进道："柴丞相，你是做过方腊驸马的，那时曾做诗么？"合席拍手大笑。公孙胜道："贫道不晓得吟诗，唱个道情罢。"敲着渔鼓简板，唱"西江月"道：

回首风尘自远，息机万虑俱忘。功名富贵霎时忙，走马灯边一样。　　美酒三杯沉醉，白云一枕清凉。蓬莱阆苑可翱翔，早渡洪波弱浪。

国主大喜，合席斟上大觥。阮小七道："国主的令，不能诗者罚三大杯，我连字也不认得，该吃六大杯。"众人皆笑起来。梨园子弟呈上院本。柴进与李俊翻了几页，原要点一本"邯郸梦传"，却见戏目上有个"定海记"，问是甚么故事。那副末禀道："此是虬髯公下海在扶余国封王故事，是周美成学士填词。"国主道："我们所做的事，正有些与虬髯公相似，就演他罢。"优人开了场，演出虬髯公路见不平，救了被难的父女两个，李俊道："这虬髯公便是与我们一般的义气，只是出身却比我们正气些。"又演到宇文智及设计陷害，李俊道："这奸贼便是与高俅、黄文炳一般的。”演到虬髯公越狱逃走,路上遇见尉迟南、尉迟北落草,请上山去结为兄弟,李俊道:“这便与宋公明在江州,与李户部在济州一样的事。”演到李靖在华山大王庙一出,柴进道:“这李靖敢是国主的一族,不然如何这等英雄气概!”演到李靖见杨素,红拂妓夜奔,乐和道:“这杨素比蔡京还好些,只是国主却没有遇见这红拂妓。”国主笑道:“若是我,决不收留他。”大家笑了。演到虬髯公遇见徐神客,燕青道:“这道士好像公孙先生,也姓徐,莫非就是前日的徐神翁么?”大家又笑。演到刘文静下棋,虬髯公会小秦王,燕青道:“前日牡蛎滩救驾,也是遇着真命天子了。”演到尉迟弟兄两个在罗艺标下为官,虬髯公招他二人同往登、莱泛海,李应道:“也是从登、莱泛海,好奇怪!”燕青道:“罗艺是幽州总管,从幽州到登、莱是便路,自然该是从这里来。”演到扶余国大将弑主自立,裴宣道:“这便与共涛一类,只是没有萨头陀。”演到虬髯公兵伐扶余国,杀贼为王,李俊道:“这却比我们直捷许多,不像我们费了许多周踅。”众人大笑。团过圆,国主道:“这一本戏竟像是与我们写照一般,如何这等相像得紧!也是奇事!”大家又饮了几杯,正是欢娱嫌夜短,已是鸡鸣四野,重赏优人,撤席归宫。一连欢乐了三日,谢恩而散,各守职业去了。

到了秋间,那高丽国王果然换了道妆,只带四名内监、两个行童,到丹霞宫投公孙胜出了家,钱粮他国中不时送来。自后国泰民安,风调雨顺,五谷丰登,人物康阜,真是升平世界。次年,国主生下世子,因徐神翁说“若要卸担,须待登来”,遂取名“登”。各公卿中大半生子,互结婚姻。公孙胜寿至八十余岁,无疾而去。高丽国王亦随羽化。国主七旬之后,传位与登,也到丹霞宫修道。李登英敏仁厚,守成令主,用宋安平为相,花逢春、呼延钰、徐晟为将,将相得人,国家安堵。各公卿之子皆行出仕。国主李俊直活到一百二十岁,无疾而终。李登生子,亦传数世。每隔数年,到临安贡献一次,直至宋朝变国,方才与中国断了往来。后贤有诗两首叹咏:

儒者空谈礼乐深,宋朝气运属纯阴。
不因奸佞污青史,那得雄姿起绿林。
报国一身都是胆,交情千载只论心。

无端又续英雄谱，醉墨淋漓不自禁。

其二：

郓城小吏志翩翩，白骨封侯亦可怜。
未到死生休遽信，漫夸富贵不相捐。
古来凡事多曾有，世上如君亦觉贤。
司马感怀成史记，一篇游侠最流传。